Az

DOĞAN KİTAP TARAFINDAN YAYIMLANAN HAKAN GÜNDAY KİTAPLARI

Zargana
Kinyas ve Kayra
Piç
Malafa
Azil
Ziyan

AZ

Yazan: Hakan Günday

Yayın hakları: © Doğan Egmont Yayıncılık ve Yapımcılık Tic. A.Ş.

1. baskı / Nisan 2011 / ISBN 978-605-09-0068-2
Sertifika No: 11940

Kapak tasarımı: Geray Gençer
Kapak İllüstrasyonu: Emre Orhun
Yazar fotoğrafı: Selen Özer Günday
Baskı: Görsel Dizayn Ofset Matbaacılık Tic. Ltd. Şti. / Atatürk Bulvarı Deposite İş Merkezi A5 Blok Kat: 4 No: 405 İkitelli OSB - Başakşehir / İSTANBUL
Tel: (212) 671 91 00

Doğan Egmont Yayıncılık ve Yapımcılık Tic. A.Ş.
19 Mayıs Cad. Golden Plaza No. 1 Kat 10, 34360 Şişli - İSTANBUL
Tel. (212) 373 77 00 / Faks (212) 355 83 16
www.dogankitap.com.tr / editor@dogankitap.com.tr / satis@dogankitap.com.tr

Hakan Günday, 29 Mayıs 1976'da Rodos'ta doğdu. İlköğrenimini Brüksel'de tamamladı. Ankara Tevfik Fikret Lisesi'ni bitirdikten sonra Hacettepe Üniversitesi Edebiyat Fakültesi Fransızca Mütercim Tercümanlık Bölümü'ne kaydoldu. Ertesi yıl Université Libre de Bruxelles'in Siyasal Bilimler Bölümü'ne geçti. Öğrenimine Ankara Üniversitesi Siyasal Bilgiler Fakültesi'nde devam etti.

İlk romanı *Kinyas ve Kayra*'yla (2000) edebiyat çevrelerinin ilgiyle izlediği ve kendi okur kitlesini yaratan bir yazar olan Günday'ın eserleri, Doğan Kitap tarafından yayımlanmaktadır: *Zargana* (2002), *Kinyas ve Kayra* (2003), *Piç* (2003), *Malafa* (2005), *Azil* (2007), *Ziyan* (2009), *Az* (2011).

Az

Hakan Günday

DOĞAN KİTAP

Nevzat Çelik'e

Çok olmadığımız kesin
Çok olan tarafta değiliz
Çok olan tarafta olmayacağız...

"İtirazın İki Şartı", Nevzat Çelik

Derdâ

Altı yaşındaydı ve altı yaşında ölecekti. Korkudan titriyor, gözlerini böcekten ayıramıyordu. Ay çekirdeği tarlası kadar bir tavana bakıyor ama sadece onu görüyordu. Ay çekirdeği kadar bir böcek. Sivri ayaklarının etrafındaki tüyleri paça gibi duran, antenlerinin inceliği kirpik kadar olan bir böcek. Bir böcek resmi kadar hareketsiz gövdesiyle, koyu bir loşluğun koyu griye boyadığı betonda simsiyah bir leke. Küçük kızın korkudan sulanmış gözleriyle aynı renkte.

Çenesine kadar çektiği battaniyeyi terli avuçlarının içinde sıkıyor ve böceğin ne zaman yüzüne düşeceğini düşünüyordu. Merdivensiz bir ranzanın üst katındaydı. Tavanla arasındaki mesafe yarım metreden azdı. Elbet uyuyakalacaktı. Elbet uyurken ağzını açacak ve böcek kendini boşluğa bırakıp dişlerinin arasından geçecekti. Ya da önce battaniyesinin üzerine düşüp bir süre orada duracak, karnı acıkınca da küçük yüzüne ayak basıp burun deliklerinden birine girecek ve önüne ne çıkarsa kemirecekti. Bir saniyeliğine başını sağa çevirip uzattı ve yerden ne kadar yüksekte olduğunu anlamaya çalıştı. Ama bunun için bir saniye yeterli değildi. Tam olarak zemini görememiş, böceği gözden kaçırmamak için bakışlarını yeniden tavana çevirmişti.

Daha önce de böcek görmüştü. Kendi evinin duvarlarında da, başka evlerin duvarlarında da. Hatta içine adım attığı her evin duvarında en az bir tane böcek görmüştü. "Dereden geliyorlar" demişti babası. Dereden gelip tavanlara tırmanan, sonra da kendi ağırlığına dayanamayıp sobaya düşen daha büyük böcekler de görmüştü. Saçlarının kesilmesine neden olan bitler kadar küçüklerini de. Duvarların içine hızla kaçıp yok olanları da görmüştü, şekerpancarı çuvallarının altında sakince öldürülmeyi bekleyenleri de. Fare bile görmüştü. Bir defasında bir kurt bile görmüştü. Gözlerini karartmış böcekten yüz kat daha büyük bir kurt. Ama hiçbirinden korkmamıştı. Hiçbirinde titrememiş, hiçbirinde ağlamamıştı. Çünkü hiçbirinde yalnız değildi. Aslında yine yalnız değildi. Altında yatanla birlikte, çevresinde otuz beş çocuk vardı. Ama onlar sayılmazdı. Çünkü hiçbirinin adını bilmiyordu ve öğrenmek için artık çok geçti. Uyuyorlardı. Uyku seslerini duyabiliyordu. Verdikleri nefeslerin tıkanmış burunlarına çarpıp kırılma gürültüsünü duyabiliyordu. Uykularında hırlayan çocuklar bir omuzlarından diğerine dönüyor, serin yüzlerini denk getirebilmek için yastıklarını başlarının altında çeviriyor, bir ayaklarını diğerinin topuğuyla kaşıyor ve böceği zerre kadar umursamıyorlardı.

Kaçması gerekiyordu. Böcek üzerine düşmeden önce yataktan inmesi gerekiyordu. Ama nasıl inebilirdi ki? Merdiven olsaydı! Çıkması bile altında yatan çocuğun itmesiyle olmuştu. "Bir dahakine kendin çıkacaksın!" diyen çocuğun. Kızgın çocuğun.

Ani bir hareketle üzerindeki battaniyeyi yüzüne çekti. Yıllar içinde katılaşmış battaniyenin dikenleşmiş tüyleri yanaklarına batmaya başladığı anda ne kadar büyük bir yanlış yaptığını anladı. Çünkü böceği göremiyordu artık. Oysa o hâlâ oradaydı. İnsanın görmediği şeyler yok olmazdı ki! Hem düşmanı gözetleyemedikten sonra gizlenmenin ne anlamı vardı? Hatta artık her şey daha tehlikeliydi. Böcek istediğini yapabilir ve kimsenin bundan haberi olmazdı. Çıkmıştı göz hapsinden.

Ter damlaları belirdi yüzünde. Şakaklarında su çiçekleri açtı. Nefes alışverişi kalp atışlarını geride bıraktı. Kurtulacaktı oradan! Kurtulacaktı o böcekten! Kurtulacaktı yalnızlıktan! Bir yolunu bulacaktı. O yataktan inmenin bir yolunu bulacaktı. Bir yolu olmalıydı. Bir tane yeterdi. Araması uzun sürmedi. Yollardan en kısa olanı seçti. "Ne olursa olsun!" adında kestirme bir sokağa saptı. Sol eliyle battaniyeyi savurup sağ eliyle kendini boşluğa doğru itti. "Nereye olursa olsun!" adındaki bir yere atladı.

Alnı zemine değdiğinde tek alkış kadar ses çıktı. Boynunun kırıldığınıysa kimse duymadı. O ana kadar bir sinekkuşunun kanatları gibi atan kalbi betona çarpınca durdu. Altı yaşındaydı. Loşluğun ve korkunun böceğe benzettiği tavandaki çatlaksa ondan sadece bir yaş büyüktü. Yedi yıldır orada duruyor ve yedi yıldır, ışıklar kapanınca bir böceği andırıyordu. Ayaklarındaki tüylerin belirmesi içinse koridordaki ampulün yanması ve koğuş kapısının açık kalması gerekiyordu.

Gözlerini alkış sesine açan Derdâ, yerde yatan çocuğun katlanmış ensesini gördü. Yüzü karanlığa gömülmüş olsa da, tanıdı. Birkaç saat önce, gözlerine bakıp "Sen üstte yatacaksın!" dediği çocuktu. Bacaklarından itip tırmanmasına yardımcı olmuş, sonra da "Sesini duyarsam, keserim dilini!" demişti. Hatta diğer çocuklar duysun diye bağırarak söylemişti. Şimdiyse yerde yatıyordu çocuk. Hemen yanında. Belli ki düşmüştü. Atlamış olamazdı ya!

Yastığının altından çektiği elini uzatıp çocuğun koluna dokundu. Yetmedi, parmaklarıyla yakaladığı omzunu sarstı. Başını kaldırıp ranza demirlerinin arasından koğuşa baktı. Uyanık birini aradı. Dikilmiş bir başa rastlamayınca rahatladı. Yavaşça yatağından kalkıp çocuğun yanında dizlerinin üstüne çöktü. Bir kedi kadar hafif olan çocuğu omuzlarından tutup çevirdi. Küçük yüzü kan içindeydi. Derdâ başını kaldırıp çevresine baktı. Hâlâ kimsenin uyanmadığından emin olunca ağlamaya başladı. Ağzını, dişlerinin arasındaki alt dudağıyla örttü. Kimseyi uyandırmayacak kadar sessizce hıçkırdı.

Var olmayan bir böcekten korkup ranzasının üst katından atlayan küçük kız Yatırcalı'ydı. Korucu köyü Yatırca. İtirafçı köyü Yatırca. Çocukların dediği gibi, ajan köyü Yatırca, hatta orospu çocuğu Yatırca. Ve Yatırcalılara yardım etmek yasaktı. Ölü bile olsalar onlara el uzatılmazdı. Bu yüzden Derdâ, o gece, ne nöbetçi öğretmene haber verdi, ne de başka bir şey yaptı. Sadece ağladı. Sonra da kızın bedeninden yavaşça sıyrılıp sessizce yatağına girdi. Çünkü kendisi de Yatırcalı'ydı. Ve bu gerçeği okuldaki dört yüz otuz çocuğa unutturmak dört yılını almıştı.

Ranzanın solundan üçgen biçiminde sarkan ve tek köşesi yere kadar uzanmış battaniyeyi, karanlığın içinde bir yelkene benzetti. Yatağını da bir tekneye. Gecenin içinde giden bir yelkenliye. Resimli bir kitapta görmüştü. İçinde masmavi denizler olan bir kitapta. Rengârenk teknelerin direklerinde bembeyaz yelkenlerin uçuştuğu bir kitap. Tekne güvertelerinde sarı yağmurluklu küçük kızların ufka bakarak gülümsediği bir kitap. Bütün kızların mutlu olduğu bir kitap. Ama sadece bir kitap. Aptal bir kitap. Hatta dünyanın en aptal ve en yalancı kitabı! Çünkü o kızlar gerçekte yoktu. Eğer olsalardı, o sayfalara fotoğraflarını koyarlardı. Suluboyayla yapılmış gibi duran resimlerini değil... Fısıldadı:

"Allahım, inşallah rüyamda ölürüm."

"Uykumda" diye düzeltecekti ki, içinde yattığı tekne sessizce uykuya battı. On bir yaşındaydı. Hem on hem bir.

"Yatırcalı piç gebermiş!"

Uyanmıştı. Ama uykusu her nereye gittiyse, peşinden gitmek için canını verirdi. Duymaya devam etti.

"Düşmüş, kafasını yarmış! Derdâ salağı da hâlâ uyuyor! Kalksana! Kalk!"

Sesi tanıyordu. Nazenin'di adı. Babası altı yıl önce öldürülmüştü. Bir karakolu basmaya çalışırken vurulmuştu. Cenazesini almak için bütün ilçe ayağa kalkmış, özel harekâtın panzerleri sokaklarına girince de aynı hızla oturmuştu. Verilmeyen cenazenin hesabını sormak örgüte kalmış, onlar da roket atmak için geceyi beklemişlerdi. Ama ne gariptir ki, ilk vurdukları bina, İlçe Jandarma Komutanlığı'nın komşusu olan Nazenin'lerin evi olmuştu. Küçük bir hesap hatası, ölü evinin iki duvarını yıkmış, bir bebeği kundağıyla birlikte parçalamıştı. Sonuçta cenazeyi kimse alamadı. Hatta ortada bir cenaze bile yoktu. Çünkü adamın cesedi, saldırılan karakolun civarındaki mağaralardan birine düşmüş ve doğa tarafından alıkonmuştu. Örgütün ilçe sorumlusu Nazenin'in ailesinden defalarca özür dilemiş, ancak söz verdiği kan parasının sadece yarısını ödemişti. Diğer yarıyı ise ilçe halkı, aileye itibar lirası üzerinden ödemeye devam ediyordu. Ziraat Bankası'ndan alınan krediyle iki duvarı onarılan ve yıllar sonra terör mağduru olarak aldıkları tazminatla iki oda ekledikleri evin en büyük kızı Nazenin'se, payına düşen itibarla, öğrencisi olduğu yatılı bölge okulunda koğuş ablalığı rütbesine ulaşmıştı. Bütün bunların yanında, kundaktaki bebeğin kız olması, bütün ilçe halkının da hemfikir olduğu gibi, kan davası çıkmaması adına büyük bir şanstı.

Nazenin'in sarsmasıyla Derdâ'nın gözkapakları gözlerinden kayıp açıldı.

"Senin Yatırcalı gece yataktan düşmüş. Kalk, Yeşim öğretmen seni çağırıyor."

Konuşmadı, sadece başını salladı. Yattığı yerde doğrulurken ayakları da yere bastı. Koyduğu anda çekti topuklarını. Başını kaldırıp, tepesinde dikilen Nazenin'e baktı ve beklediği emri aldı.

"Temizle orayı da!"

Tabanlarında ölen kızın kanı vardı.

"Sana o çocuk altta yatacak, demedim mi?"

Yeşim, yatılı bölge okuluna beş ay önce gelmişti. Yirmi iki bin metrekarelik alana kurulmuş okulu görünce adımları geri gitmiş, dört yüz otuz öğrencinin sadece dört öğretmenin sorumluluğunda olduğunu öğrenince de geri geri koşmaya çalışmıştı. Eğer beş yıldır herhangi bir okula atanmayı bekliyor olmasaydı, bu fiziksel açıdan zor hareketi de becerebilirdi elbet.

"Sana söylüyorum, duyuyor musun beni?"

Keşke "Velini çağır!" diyebileceği bir okulda çalışıyor olsaydı. Ama bu okuldaki öğrencilerin velileri genelde ellerinde AK-47'lerle gelir ve "Sana iyi bakıyor muyuz, hoca hanım?" diyerek, istedikleri anda kötü de bakabileceklerini belirtirlerdi. Bu okulda tembel, yaramaz, kötü ya da haylaz çocuk yoktu. Bu okulda çocukların beyinlerini yıkayan ajan öğretmenler vardı. "Bebelerimizi bizden koparmaya geldiler!" denilen öğretmenler vardı. Babaları devletle savaştığı için tutsak alınmış olan çocuklara sosyal bilgiler, matematik ve

Türkçe öğretilerek işkence ediliyor, çeşitli ödevler ya da yazılı sınavlarla ırzlarına geçiliyordu. Evlenme yaşı çoktan geçmiş olan on dördündeki bir kızın, kocası olacak yaştaki erkek hocalarla ne işi olabilirdi? Dinen de caiz değildi bu okullar. Ama ne yapacaksın? Örgüt her zaman kollamıyordu ki insanı! Devletle yalnız kalınca, kaçacak bir yer kalmıyordu. Tertemiz tezeklerden yapılmış evlerin önünde kuduzla oynayan çocukların ensesinden tuttukları gibi atıyorlardı Yeşim'in kucağına. O da açıyordu kollarını. Sonra bir de utanmadan, omuzlarından tutup sarsıyordu.

"Derdâ, cevap ver bana! Sen ne yaptığının farkında mısın?"

Ama cevap verecek bir Derdâ var mıydı? Kalmış mıydı? Derdâ'nın ne kadarı on bir yaşındaydı? Bacakları mı, tırnakları mı, yanaklarının kemirilmiş içleri mi? Neresi çocuktu? Örgülerinden buhar gibi sıyrılmış saç telleri mi, kabukları bir türlü bağlanmayan topukları mı?

"Peki, Derdâ, öyle olsun. Şimdi, yemekhaneye git, kahvaltını yap. Şu elini yüzünü de yıka."

Derdâ ne kadar çocuksa, 26 yaşındaki Yeşim de o kadar öğretmendi. Çekti ellerini kızın cılız omuzlarından. Son bir hamle yapıp üç parmağıyla tuttuğu çenesinden kaldırdı yüzünü. Göz göze gelmek bir işe yarardı belki. Bir ev kedisiyle bir sokak kedisi bir karış mesafeden bakıştılar. Pes eden Yeşim oldu. Kazanansa, Derdâ'nın kapalı dudakları.

"Seninle sonra görüşeceğiz."

Küçük kızın kapının ardında kayboluşunu izleyen Yeşim masasının üst çekmecesini açıp sigara paketini çıkardı. Paketten bir sigara, bir de çakmak çekti. İkisini de yaktı. Ağzı yüzü duman oldu. Yeşim'in gözleri biraz daha yaşlandı. Birkaç nefes boyunca kaçıp gitmeyi düşündü. Binadan çıkmayı, bahçeyi geçmeyi, demir kapıların arasından yürüyüp köye doğru koşmayı, kasaba minibüsüne binip siktir olup gitmeyi düşündü. Birkaç nefes sonra da geri döndü. Cam kül tablasında ezdi sigarayı. Söndü sandı. Ama hiçbir şey sönmedi. İki büklüm izmarit tütmeye devam etti. Bir daha denedi. Sonra bir daha. Karardı parmaklarının ucu. Kül yerleşti etle tırnağın arasına. Ama sönmedi sigara. Daha fazla da bakmadı. Gözlerini kapatıp beklemeye başladı. Ne olursa. Deprem, yangın, çığ, herhangi bir felaket. Her şeye nokta koyacak herhangi bir ilahi kalem ucu. Bekledi. Beklediği de oldu.

Odanın, çerçevesine küçük gelen kapısı vurulmadan açıldı. Gelen, müdür muavini Nezih'ti. Gözlüklü başını odaya sarkıtmış, mesai saatinde koltuğunda gözleri kapalı oturan genç öğretmene bakıyordu.

"Yeşim Hanım, uyumanın sırası mı?"

Gözler açıldı.

"Kızın ailesi gelemeyecek. Köyün yolu kapalıymış. Mutfaktaki et dolabına koyacağız şimdilik. Jandarma gelene kadar. Siz de yemekhaneye inin, haydi. Çocuklar başıboş kalmasın."

Beklediği felaketlerden herhangi birine benzemese de, ölen çocuğun et dolabında saklanacağı haberi yeterince karanlıktı. Göğsünün altında ne varsa kasıldı. Midesi ve karnı birbirine kenetlenip taşlaştı. Bir heykel yutmuş gibi ağırlaştı bedeni. Ayağa kalkmadığını gören Nezih ısrar edecekti. Etti.

"Yeşim Hanım, kimsenin bekleyecek hali yok. Haydi!"

Kül tablası hâlâ tütüyordu. Yeşim'in gözleri, yükseldikçe silinen dumanı takip etti. "Demek ki insanlar kendilerini böyle kaybediyorlarmış" diye düşündü. Bir daha da bir şey düşünmedi. Cam kül tablasını alıp Nezih'e doğru fırlattı. Kapı, koridora kaçan gözlüklü başa kalkan oldu. Yeşim'in boşalan eli ağır bir zımbayı yakaladı. O da kül tablasının peşinden gitti. Sonra bir kalemlik, bir not defteri, 500 sayfalık bir kitap izledi aynı rotayı. Son olarak da masadaki sınav kâğıtları havalandı. Uçuşmaya başladılar. Vahşi kuşlar gibi. Birbirlerine çarpıp düştüler. Nezih'in sesi kapının kapatamadığı yerlerden geçip odaya giriyordu.

"Yeşim Hanım! Kızım! Yeşim! Lan!"

Bütün oda duyuyor ama Yeşim dinlemiyordu. Annesinin hediyesi bir takıma takıldı gözleri. Aynı renkten bir dolmakalem, tükenmez kalem ve mektup açacağı. Sapından tuttuğu gibi kaldırıp indirdi mektup açacağını. İndirdiği yerde taş olmuş karnı vardı. Ölseydi bir sorun yoktu. Ama ne yazık ki hayatta kaldı.

Aynı gün içerisinde bir ölüm ve bir intihar teşebbüsüne ev sahipliği etmiş olan okul, kamuflajlı misafirlerini ağırlıyordu. Jandarma erleri çocuklarla şakalaşıyor ama çocuklar gülmüyordu. Yüzbaşı okul müdürünü dinliyormuş gibi yapıyor ama duymuyordu. Nezih iki parmağıyla şakaklarını ovuyor ama başı ağrımıyordu. Derdâ ağzındaki lokmayı çiğniyor ama yutmuyordu. Revirin tek sedyesinde yatan Yeşim'se ölmek istiyor ama yaşıyordu.

Kararlar verildi, kararlar alındı. Yeşim'le küçük ceset, jandarma tarafından ilçeye götürülecek, oradan da ne halleri varsa gidip görmeleri sağlanacaktı. Maddenin hallerinden biri de olağanüstü olandır. Olağanüstü haldeki okulun ağırlık merkezi, boşta kalmış çocuklar nerede toplanıyorsa oraya kayıyordu. Ani vuran dalgayla sallanan bir kayık gibi sağa sola yalpalıyor ve sadece bahçedeki Derdâ'nın midesi bulanıyordu. Diğerlerinin herhangi bir denge sorunu yoktu. Bu yüzden yere düşen tek çocuk Derdâ oldu. Denize düşer gibi. Boğulmadı ama dilini yutmasın diye yüzükoyun yatırdılar. Düşmemiş de uzanmış gibi.

Kendine geldiğinde, Yeşim'in kokusunu aldı. Başını kaldırıp öğretmenini aradı. Ama revir boştu ve Derdâ, Yeşim'in kalktığı sedyede yatıyordu. Daha fazla ayakta tutamadı başını. Koydu yastığa. Arada saçları kaldı. Başıyla yastık arasında ezildiler ama hiçbir tel sesini çıkarmadı. Çıkarsalar da

Derdâ duyamazdı çünkü ağlamaya başlamıştı.

Aynı gün içerisinde bir ölüm ve bir intihar teşebbüsüne neden olmuştu. Hınçtan kırışmış gözkapaklarıyla örtülü gözlerinden biri Yeşim'i, diğeri Yatırcalı kızı görüyordu. Belki fazladan bir böbreği yoktu Derdâ'nın ama vicdan ve vicdan azabı sayısı ikiye çıkmıştı. Çift vicdanlı ilk insan olarak tıp tarihine geçebilirdi ama bütün bunlar küçük bedenine biraz ağır gelmişti. Bu yüzden sedyeden kalkamıyordu. "Beni hapse atacaklar" diye mırıldandı.

"Jandarma her şeyi öğrenecek, sonra da beni hapse atacak!"

Oysa jandarmadan önce, Derdâ'nın korkması gereken başka bir kurum vardı. Dünyanın en eski kurumu: Aile. Ya da yarısı: Anne. Babası yoktu. Gitmişti. İstanbul'a. On iki yıl önce. Annesini hamile bıraktıktan dört gün sonra. Bir daha da dönmemişti. Ama en azından insaflı davranmış ve karısını yalnız değil, hamile bırakmıştı. Allahın, imamın ve iki şahidin huzurunda evlenmişler, dolayısıyla herkes gidince geriye bir de Allah kalmıştı. Onun da kadına yararı, ancak hayatının sonunda olacaktı. Çünkü tek duası şuydu: "Allah canımı alsa da kurtulsam!" Beklediği mucize gerçekleşecek ve Allah onu duyacaktı elbette ama kadın, her şeyin derhal olmasını isteyenlerdendi. Bu yüzden Derdâ'yı satmak için de memelerinin şişmesini beklemeyecekti. Sabrı kalmamıştı. On bir yıl beklemişti. Bu on bir yılın ilk ikisi, yok olan kocasının ailesinin yanında, erkek doğuramadığı her akla geldiğinde küfür yiyerek geçmişti. Gerisi de kızını alıp kaçtığı ilçede, öğretmen evini temizleyerek. Kendini yeterince kirletmişti. Kaybedecek tek saniyesi yoktu. Öğretmen evinin üç katında iki büklüm kova kovalamaktan, sürte sürte dizlerini paralamaktan ve avuçlarındaki çamaşır suyu çukurlarından bıkmıştı. Yapması gereken, köye dönmekti. Bir ev yaptırıp birkaç hayvan almak. Kızın da okumaya niyeti yoktu zaten. Hem okuyacak olsa okulun bahçesinde bayılıp kalır mıydı? Müdür muavini arayıp da, gel, kızına bir bak, der miydi? Minibüsün kaç para olduğunu biliyor muydu, o müdür muavini denilen herif? O mu parlatıyordu öğretmen helalarını? O mu öksürüyordu, ciğerlerine tuz ruhu çektikçe? Alacaktı kızı okuldan. Vermezlerse de kaçıracaktı. Bir yolunu bulurdu elbet. Sonra da köye giderdi. Aşiret kızıydı ne de olsa. Parası olmasa da Derdâ vardı. Akraba bir yol gösterirdi. Hem kim istemezdi ki on bir yaşındaki bir masumu? Hele bir ev, birkaç da hayvan parası versinler, geldiği gibi giderdi Derdâ. Anasını huzura erdirmek için kocaya varırdı. Evlatlık borcu...

"Saniye abla!"

Başını, yasladığı minibüs camından kaldırıp çevresine baktı. Daldığı hayallerden çıkıp şoföre parasını verdi. Dönüşte kızı kucağıma oturturum, bir de ona para veremem, diye düşündü, okulun kapısından girerken.

"Yenge, kızın biraz hasta. Ama korkma, kötü bir şey yok. Seni de buralara kadar getirttik, kusura bakma. Ama bir yüzünü görsün de memnun olsun çocuk."

Nezih'ti konuşan. Sıra Saniye'ye gelmişti. Konuşma sırası da, memnun olma sırası da kendisindeydi artık.

"Alayım kızımı, muavin bey. Bir hafta bir köye götüreyim. Dinlensin çocuk. İyi eder, getiririm sana."

Nezih'in aklı Yeşim'deydi. Alışamıyorlar, diye düşünüyordu. Bazıları memleketin bu taraflarına alışamıyor. Belliydi zaten, diyordu içinden. Geldiğinden beri bir tuhaflık vardı kızda. Deliymiş demek ki. İnsan kendini öldürür mü?

"Ne diyorsun muavin bey?"

"Ha?"

"Kızı, diyorum. Bir haftalığına köye götüreyim."

"Köye mi? Yatırca'ya mı? Kapalıymış ama yolu."

"Yok, Kurudere'ye götüreceğim."

Sıkılmıştı Nezih. Uzatmadı lafı. Aklı Yeşim'deydi. Daha çok

da göğüslerinde. Göğüslerine dokunduğu o gecede. Yeşim'in odasına girip başucundaki sandalyeye oturduğu gecede. Bir eliyle kızın ağzına, diğeriyle göğüslerine bastırdığı gecede. Yeşim'in açılan gözlerine, "Vurdururum seni, cesedini bulamazlar!" diye fısıldadığı gecede. Korkudan donsa da Yeşim'in titremeye devam ettiği gecede. Kızın yüzüne boşaldığı ve "Korkma, sikmeyeceğim seni!" deyip terk ettiği karanlık odadaydı aklı. Ama gitmişti Yeşim. Kimi elleyecekti artık? Kim uslu uslu gidip yüzünü temizleyecek, sonra da hiçbir şey olmamış gibi davranacaktı? Kim Yeşim kadar korkaktı? Son sınıftakiler mi? Yoksa daha küçükler mi? Sonra Nazenin geçti yanından. Nazenin ve sarı saçları. Niye olmasın, diye düşündü. Keyfi yerine geldi.

"Olur, olur, al kızı git. Ama bak, bir haftayı geçirme."

"Allah razı olsun muavin bey."

El öptürmeyi sevmezdi Nezih. Omzundan tutup kaldırdı Saniye'yi. Güzel kadınmış, diye düşündü. Bir de çamaşır suyu kokmasa!

Derdâ anlayamamıştı. Bir daha sordu.

"Bir hafta mı?"

Koğuştaki dolabından kızın eşyalarını çıkarıp iki torbaya yerleştiren Saniye başını kaldırıp Derdâ'ya baktı.

"Muavin bey o kadar izin verdi."

"Ama ödevler var."

Saniye, Derdâ'nın gözlerine baktı.

"Dönünce eksiğini tamamlarsın."

"O zaman haftaya bugün dönüyorum, değil mi?"

Saniye, Derdâ'nın gözbebeklerine baktı.

"Tabii kızım, ne yapacağız köyde? Ben de o kadar izin aldım zaten."

Tutuklanmaktan iyidir, diye düşündü Derdâ. Jandarmanın alıp götürmesinden iyidir. Aklına ders kitapları geldi. Matematikte anlamadığı birkaç kesir konusu vardı. Köyde çalışmak için bol bol zamanı olurdu.

"Dur, sınıfa gidip kitaplarımı alayım."

Bu defa Saniye, ne Derdâ'nın yüzüne baktı ne de konuştu. Sadece kızın, attığı her adımda sırtına kırbaç gibi inen uzun saç örgüsüne baktı. Beğenecekler, dedi içinden. Sonra da gülümsedi, dışından.

Sınıfta kimse yoktu. Derdâ sırasının kapağını açıp kitap ve defterlerini çıkarmaya başladı. Çantasına yerleştirirken çok dikkatli davrandı. Sayfaların uçlarının kıvrılmasından nefret ediyordu. Sıra matematik kitabına geldiğinde sınıfa Nazenin girdi.

"Nereye?"

"Annem geldi, köye gidiyoruz" dedi Derdâ. Nazenin'le yalnız kaldığı zamanlarda alnında biriken korku topunun patlayıp bütün bedenine yayılmasına izin vermemek için hızla hareket etti ve kitabı çantaya sokarken buruşmasına göz yumdu.

"Ne zaman döneceksin?"

"Haftaya bugün."

Bir gariplik vardı Nazenin'de. Sesinde o her zamanki şiddetten eser yoktu. Oysa genelde konuşarak yumruklardı. Ellerine gerek kalmazdı. Ama şimdi, sadece izliyordu. Sessizce. Derdâ çantasının şişmiş fermuarını çekmeye çalışıyor, o da izliyordu. On beş yaşındaydı Nazenin. Başka yerlerde yirmi beş ederdi.

"Geri geleceksin, değil mi?" diye sordu.

Derdâ, Nazenin'in bu ilgisi karşısında ne diyeceğini bilemiyordu. Korkmadan konuşmayı daha öğrenmemişti.

"Geleceğim tabii. Hem annem dedi. Bir hafta sonra geleceğim."

Çantasını omzuna asıp ilk adımını attı Derdâ. Ama Nazenin bir tokat mesafesinde, yolunu kesti. Aralarında kalın bir kitap kadar boy farkı vardı ve Derdâ başını tam olarak o kadar kaldırmıştı. Birkaç kalp atışı boyunca Derdâ Nazenin'i, Nazenin de Derdâ gibi giden bütün kızları gördü. Hiçbiri dönmemişti. Hiçbirinin, dönmeyeceğinden haberi yoktu. Günü geldiğinde kendisi de gidecekti. Amcasının peşinde çekip gidecek ve okula bir daha dönmeyecekti. Çekip gitmek. Çekilip gitmek. Çekildi Nazenin. Ve Derdâ yürüdü. Dönüp el sallasam mı, diye düşündü. Korktu, yapamadı.

"Yatırcalı!"

Dondu Derdâ. Olduğu yerde döndü. Önce bir el gördü.

Kalkmış bir el. Nazenin avucunu gösteriyordu. Buna, el sallamak deniyordu. Gülümsedi Derdâ. O gün ilk defa. Belki de o hafta...

Erimiş karın üzerinde kaymamak için adımlarını kısa atan Derdâ'nın bacakları ağrımaya başlamış, annesini dinleyen kulaklarıysa çoktan kızarmıştı.

"Aldın tabii o kadar kitabı, yürüyemiyorsun şimdi."

"Kurudere'ye mi gideceğiz?"

"Teyzenlere gideceğiz. Mübarek teyzeni hatırlıyor musun, ona gideceğiz."

Yakıcı soğuk başlarına geçmeden anayola çıkıp minibüse binmeleri gerekiyordu. Saniye konuşarak ısınanlardandı.

"Ne olmuş okulda bugün? Bir şeyler diyorlardı da, anlamadım."

Derdâ önüne bakıyordu. Elinden gelse yüzünü göğsüne sokacaktı. Utançtan, soğuktan...

"Bizim köyden bir kız vardı. Yataktan düştü. Öldü. Jandarma geldi. Yeşim öğretmen de..."

Konuşarak ısınanlar dinlemez. Saniye de çoktan elini kaldırıp yaklaşan minibüsü durdurmak için aptal bir kuş gibi çırpınmaya başlamıştı.

Buğulu camlı beyaz kapı açıldığında yüzlerine et sıcaklığı vurdu. Tek basamağı tırmanıp minibüse bindiler. Derdâ'nın kucağa oturmasına gerek kalmadı çünkü şoför küçük kız için para istemedi. Saniye'nin uzaktan bir akrabasıydı. Hiçbir işe yaramayan, sayıları meçhul akrabalarından biri...

Yakalarındaki karlar eriyip enselerinden aktı. On dört yolculu minibüsteki on beş ağızdan çıkan nefesin ılık kokusu uykularını getirdi. Gözkapakları alçaldı ve donmuş kirpikleri çözülüp yumuşadı. En arka koltukta oturan ve annesiyle yaşlı bir adamın arasına sıkışmış olan Derdâ'nın omuzları başının iki yanına yastık oldu. Küçük kız, oturduğu yerde uyudu. Uyudukça da küçüldü. Küçüldükçe de kâbus gördü. Uyanana kadar, Yatırcalı kızın ölü bedenine sarılıp ağladı. Uyanınca da hiçbir şey hatırlamadı.

"Saniye abla!"

Kurudere'de indiler.

Kurudere, bir köyden çok, engebeli bir araziyi andırıyordu. Camlı engebelerin kamburlarından çıkan duman, bembeyaz gökyüzünde leke bırakıyordu. Kurudere'de sokak ya da adres yoktu. Soğuktan korunmak için birbirine yanaşmış tümsekler vardı. Tümseklerin içinde de insanlar. Her ne kadar belli etmeseler de yaşıyorlardı. Kırk üç hane. Dip dibe. Aleyzam aşiretinin Kender kolu. Kırık olanı. Hiçbir boka yaramayanı. Şıh Gazi'nin uğramaya bile tenezzül etmediği karınca cesedi yuvası. Kupkuru bir dere. O kadar kuru ki, yok. Belki de oradan hiç geçmemiş. Belki de dere, köyü görünce yolunu değiştirmiş.

Kurudere'de insanlar konuşmazdı. Kızınca homurdanır, namaz kılarken mırıldanırdı. Arası sessizlik. Bir de kargalar. Bir de caminin hoparlörü: "Kurudereliler, Şıh Gazi hoca efendi hazretleri Girinti köyünü ziyaret edecektir. Kendilerini karşılamaya gideceğiz. Minibüs yarın sabah dokuzda kalkacak." Sonra biraz parazit. Belki birkaç imam öksürüğü. Sonra yine sessizlik. Hiç yokmuş gibi. Nefesini tutmuş gibi. Kırk üç hane. Kırk üç kırık sır küpü...

"Abla, biz geldik."

Mübarek Saniye'ye, Derdâ da Mübarek'e bakıyordu. Mübarek o kadar şişmandı ki, önünde durduğu kapı görünmüyordu. Ya da Kurudere'de kapılar ancak eğilerek geçilecek kadar küçüktü. Bir baş uzandı Mübarek'in arkasından. Kadının göğüs hizasından, Derdâ'nın yaşlarında bir kız çıktı.

"Hayırdır Saniye?" dedi Mübarek. Ya da homurdandı.

"Buyur etmeyecek misin? Girelim de bir soluklanalım."

Kapı yerine Mübarek açıldı ve dördü de diri diri gömüldü Kurudere'nin bir tümseğine.

"Ne kadar büyümüş!" dedi Saniye. Mübarek'in en küçük kızı olan Fehime'nin başını okşuyordu.

"On bir oldu" dedi Mübarek.

"Bizim Derdâ da on bir."

Mübarek laf uzatmayı sevmezdi.

"Niye geldin Saniye?"

Saniye'nin yanıtı hazırdı. Minibüste pişirmişti.

"Öğretmen evinden çıkardılar. Kız da hasta. Başka kimsem yok ki, kime gideyim? Bir siz kaldınız."

Mübarek'in lafı da da hazırdı. Ama biraz bayattı. Çünkü yıllardan beri aynıydı.

"Onu Yatırcalı'ya varmadan düşünecektin. Ne oldu o köpek, bir haber var mı?"

"Yok abla, ne bir haber ne bir şey. Gebermiştir inşallah!"

"İnşallah!"

Sustular. Birbirlerine baktılar. Daha çok da Fehime. Saniye'ye baktı. Derdâ'ya baktı. Hayvanlar gibi incelediler birbirlerini. Dakikalarca. Çay gelene kadar.

Fehime bardakları doldururken, Mübarek, uyuştuğu için altına aldığı ayağını değiştiriyordu. Konuştu.

"Ebcet gelsin hele, bir bakalım. Belki bir tanıdığı vardır öğretmen evinde."

Saniye, yumruğundaki bardakla ısınırken Fehime'ye bakıyordu.

"Fehime, al Derdâ'yı da köyü gezdir."

Fehime annesinin sallanan başını görünce kapıya yöneldi.

Derdâ da peşinden. Kapı kapanınca Saniye'nin ağzı açıldı.

"Ben esas, kızı evlendireceğim. Yok mu şöyle bildiğin biri? Onun için getirdim buraya."

Kahkaha attı Mübarek. Bir suaygırı gibi. Sonra da ağzını toplayıp konuştu.

"Demek öyle? Gittin kızı okula verdin, şimdi de kocaya vereceksin. Kim alır okullu kızı? Mundar oldu yavru."

Saniye bu konuyu kendisi de düşünmüştü ama ne yapabilirdi ki? Yokluk yüzünden vermek zorunda kalmıştı kızı. Yatılıya. Kendi bakabilseydi, bırakır mıydı devlete?

"Ne yapayım abla, oldu bir kere. Ama bitti, tamam. Aldım kızı okuldan. Dönmeyecek artık. Sen bana buralardan haber ver. Şöyle hali vakti yerinde birileri var mı?"

Mübarek arkasına yaslandı. Halı kaplı duvara. Tavana bakıp düşündü. Ya Ebcet'in canı Saniye'yi çekerse, diye düşündü. Ya Saniye hiç gitmezse, diye düşündü. Ya Saniye'nin gidecek parası olmazsa, diye düşündü. Ama ya Derdâ adam gibi birine varır da, Saniye de başlığı alıp çeker giderse, diye düşündü. Sonra da tavanda ne gördüyse, bir bir anlattı.

Fehime, Derdâ'nın paltosundan sarkan önlüğünün eteğini görmüştü. O rengi iyi biliyordu. Okul rengiydi.

"Okuma biliyor musun?"

Derdâ yerden çektiği karı top yapıp iki tümsek arasına attı.

"Biliyorum tabii. Beşe gidiyorum ben. Sen okula gitmiyor musun?"

Fehime, lastik botunun tabanına yapışan karı bir dal parçasıyla kazımaya çalışıyordu.

"Yok."

Sustular. Diyecek bir şey kalmamıştı.

"Olur mu dersin?"

Heyecanlanmıştı Saniye. Bir ev ve birkaç hayvan gelmişti gözünün önüne.

"Olur tabii. Birkaç haftaya bahar geliyor. O zaman hepsi gelir. Şıh Gazi'nin elini öpmeye gelirler."

Daha da heyecanlanmıştı Saniye.

"O kadar yoldan mı geliyorlar?"

"Geliyorlar tabii. Sen hele biraz sabret. Ebcet'le de konuşurum. Bir yolunu bulur."

Saniye'nin kalbi göğüs kafesinde sekiyordu.

"Yemin iç!"

"Vallahi, böyle her sene geliyorlar. Köyden kız alıp gidiyorlar. Bir sürü de para veriyorlar... Peki, sen bana şunu söyle: Diyelim, parayı aldın, sonra nereye yerleşeceksin?"

"Kusura bakma ama burada kalmam abla!"

Mübarek, kardeşini gördüğünden beri ilk defa mutlu oldu. Hatta o kadar mutlu oldu ki, kalkıp Saniye'nin boşalan bardağını doldurdu.

"Tomurcuk'a gideceğim... Hayvan... Ev... Yeri de güzel... İlçeye..."

Mübarek duymuyordu. Gerisi umurunda değildi.

Ebcet, iki odalı evin yeni nüfusunu göz hapsine almış, yaktığı sigaradan ilk nefesi çekmişti. Mübarek'le Saniye hamamböcekleri gibi odanın karanlık köşesine yuvalanmış fısıldaşıyorlardı. Derdâ ise Fehime'ye adını yazmayı öğretiyordu. Nereden çıktılar şimdi, diye düşündü Ebcet. İki boğaz daha. Kazandığı kendisine zor yetiyordu. Ne yiyecekti bu Yatırcalı'nın karısıyla piçi? Tutup kollarından atsa, köye de rezil olurdu. Ne diyordu Şıh Gazi? Babasıza baba olacaksınız. İyi de nasıl? Büfe de iyi gitmiyordu. Jandarma kaçak sigara peşine düştüğünden beri satışlar düşmüştü. İlçede kimsenin işleri iyi değildi. Düşündükçe sıkıldı. Sıkıldıkça ayaklandı. Ebcet kalkınca herkes sustu. Mübarek hariç.

"Bir şey mi istedin?"

"Gel benimle."

Mübarek kocasının peşinden gitti. Evden ayaza çıktılar. Ebcet elindeki sigarayla bir tane daha yaktı.

"Ne zaman gidiyor bunlar?"

"Ben de onu söyleyecektim sana" dedi Mübarek. "Derdâ'yı verecekmiş Saniye. Yarın Şıh Gazi'nin oğluna bir söylesen. Belki biri çıkar."

Ebcet boğazındaki dumanı tutup karanlığın içinde görebildiği kadarıyla Mübarek'e baktı. Allah kulunu görmüştü! Aklındaki bütün sıkıntılar, ağzından çıkan dumanla birlikte uçup gitti.

"Tamam, konuşurum. Kaç yaşındaydı?"

"On bir" dedi Mübarek.

"Maşallah" dedi Ebcet.

Girinti köyünün girişi araba pazarı gibiydi. İlçenin dört bir yanından Şıh Gazi'yi görmeye gelenler köy meydanında toplanmış, yaşlı eli öpüp birbirlerine sigara ikram etmekten konuşmaya fırsat bulamıyorlardı. Altı yaşlarında bir oğlan bağırdı:

"Geliyorlar!"

Sekiz araba uzunluğunda dört araba girdi köye. Peş peşe durdular. Kalabalık sardı etraflarını. Ayak öpecekler önceden belirlenmişti. Kapıları açanlar da onlar oldu. Hangi arabadaydı Şıh Gazi? Kimin kısmetine düşecekti? Hangi kapının arkasındaydı? Simsiyah camlardan bir halt görünmüyordu ki!

Ne zaman ki "Allah!" diye bağıran Ebcet'i duydular, diğer ayakçılar açtıkları kapıdan inecek olanı unutup kör bir kıskançlıkla sesin geldiği yere baktılar. Seksen bir yaşındaki Şıh Gazi, arabadan inmek için acele etmiyordu. Önce ayaklarını çıkardı. Daha toprağa basmadan Ebcet onları yakaladı ve öptü. Tam olarak neyi öptüğünü göremedi. Biraz cübbe kumaşı, biraz ayakkabı derisi. Başında bir el hissetti. Şıh Gazi'nin eli. Secde etmiş Ebcet'in başı, yaşlı adama baston olmuştu. Yükünü Ebcet'e verip ağır ağır indi arabadan. Ebcet'in işi bitmemişti. Doğrulup ellerine sarıldı. Öpüp alnına koydu. İkisini de. Gözlerinden yaşlar akıyordu. Allah yine kulunu görmüştü! Bütün bakışların üzerinde olduğunu biliyordu. Herkes onun yerinde olmak istiyordu. Bütün Aleyzam aşireti, bütün Hikmet tarikatı, herkes. Yanaklarını kavrayan iki zayıf el başını kaldırdı. Ancak o zaman göz göze geldi Şıh Gazi'yle. Birkaç saniye için. Sonra o eller eğdi Ebcet'in başını ve Şıh Gazi önüne çıkan alna dudaklarını değdirdi. Ebcet'in alnında güller açtı...

Gido Ağa altmış bir yaşında, geceleri İran sınırından giren mazottan içinde yüzecek kadar payını alan, Şıh Gazi denilen bunağa kesinlikle güvenmese de yüzüne gülmek zorunda kalan bir aşiret reisiydi. Aleyzam aşireti. Her beş yılda bir, koruculukla teröristçilik arasında gidip gelen, mevsime göre renk veren bir sürü. Başlarında da Gido Ağa diye bir çoban. Genişti evi. On ev kadardı. Her ev gibi bir başköşesi vardı. Ve artık o başköşede, beyaz cübbesi, beyaz sarığıyla uyuklayan Şıh Gazi oturuyordu. İyice yaşlanmıştı. Ne konuşur ne de dinlerdi. Aslında bir sancaktan farkı yoktu. Köy gezilerinde uygun bir yere dikilir ve çevresine çöreklenilirdi. Şıh Gazi kendi rüzgârında dalgalanırken, oğlu Hıdır Arif de tarikat işlerine bakardı.

Salonda, ayakta duran tek kişi Tayyar'dı. Et ve kemik yerine kas ve sinirden inşa edilmiş bir judocu. Şıh Gazi'nin arkasında duruyor ve gözleri birer objektif gibi gördüğü her şeyi kaydediyordu. İki metreye yakın bir boy ve yüz kilo. Cübbesine geniş gelen kollar, yüzüne dar düşen bir alın, kırıldığıyla kalmış bir burun ve namlu kalınlığında parmaklar. Ellerini kuşağının altında birleştirmiş, havadaki tozları bile birbirinden ayırmak ister gibi bakıyordu çevresine. Şıh Gazi'nin manevi oğluydu. Yedi yaşından beri yanındaydı. Annesi, babası ve dört ablası, İsrailli bombalar tarafından öldürülmüş bir Filistinliydi. 1967 yılındaki Altı Gün Savaşı'ndan kaçan üç milyon Filistinlinin arasında, Hikmetçilerin ellerinden tutup sınırları geçmiş ve Şıh Gazi'nin huzuruna ermişti. Öyle bir bakmıştı ki yedi yaşındaki siyah gözleriyle, Şıh Gazi,

"Ağla!" demişti. "İstediğin kadar ağla yavrum. Çünkü bir daha ağlamayacaksın."

O günden sonra, Tayyar, Şıh Gazi'nin gölgesine girdi ve nefesinin altında büyüdü. Büyüdükçe de, manevi babasının gözü, dili ve yumruğu oldu. Ülkede ayak basmadığı kent, kulağına Şıh Gazi'nin sözünü fısıldamadığı Hikmetçi kalmadı. Emirleri de o taşıdı, ricaları da. Yıllar geçtikçe, daha da çok susan Şıh Gazi'nin hayata gönderdiği elçisi oldu ve bir daha da ağlamadı.

Hikmetçilerin bölgedeki diğer tarikatlardan farkı, şıhlarının "yersiz" diye bilinmesiydi. Ne kapılandıkları bir medrese ne de yuvalandıkları bir dergâh vardı. Yersiz Şıh Gazi bir misafir olarak doğmuş ve bir misafir olarak ölecekti. Ne bir evi vardı, ne de bir muhtarlığa kaydı. Bu yüzden her üç ayda bir yer değiştirir, mürit evinden mürit evine geçer, ikramla yaşardı. Hikmetçiliğin temeliydi yersizlik. Hiçbir devlet sınırı gerçek değildi onlara göre. Hatta devlet diye bir şey yoktu. Müminler ve kâfirler vardı. Bu yüzden dağılmışlardı dünyanın dört bir yanına. Yersiz oldukları için. Ama yine de üzerinde Hıdır Arif yazan birkaç tapu vardı tabii. Yersizlik, mülksüzlük anlamına gelmiyordu ki. İstanbul'daydı Hıdır Arif. Bazen de Londra'da. Babasının ölmesini oralarda bekliyordu. Çoğunlukla da İstanbul'daki Çemendağ denilen semtte. İki yüz yirmi altı apartmanın bulunduğu semtteki iki yüz yirmi bir apartman ona aitti. Geriye kalan beş apartman da kaçaktı. En yakın zamanda belediyeye yüklenip onları da yıktıracaktı. Bir de cami vardı Çemendağ'da. Ama Hıdır Arif, caminin Hikmetçilerle birlikte anılmaması için elinden geleni yapardı. O daha çok, bir işadamıydı. Londra'da marketler zinciri olan, Hamburg çevresinde besicilik yapan, İstanbul'da da inşaatçılıkla uğraşan bir işadamı. Meşgul bir işadamı. Bu kadar işinin arasında, babasını gösteri hayvanı gibi köy köy gezdirmek zorunda kalması canını sıkıyordu. Ama müritler de sancağı görmeden uyuyamıyorlardı. Uyku tutmayınca da Hıdır Arifi arayıp "Son taksiti de yatırdık ama evler hâlâ bitmedi" diye sızlanıyorlardı. Aslında sürekli sızlanıyorlardı. Durmadan. Hemen yanında diz çökmüş Ebcet gibiler çevresinden eksik olmuyordu. Ne istiyordu şimdi bu herif?

"Bir kız var. Yeğenim. Daha on birinde. Şöyle münasip..."

"Fotoğraf" dedi Hıdır Arif.

Derdini anlatmaktan dinlemeyi unutmuş olan Ebcet anlamamıştı.

"Buyur?"

İç geçirip tekrarladı Hıdır Arif. İşadamı olmak sabır istiyordu.

"Fotoğrafını çek, gönder. Bakarız."

"Allah razı olsun. Allah ne muradın varsa..."

"Tamam, tamam" dedi Hıdır Arif. Sonra da çevresine baktı. Önce Gido Ağa'nın suratındaki bıçak yarası gibi duran kırışıklara sonra da babasının dudak kenarından sarkan salyasına. Önünde diz çökmüş onlarca erkeğin kulaktan kulağa oynamasını izledi. Kırk dört yaşındaydı. Üç karısı ve sekiz çocuğu vardı. Princeton mezunuydu. Maliye bölümü. Dönmemeye yemin ettiği Amerika'dan on altı yıl önce dönmüştü. Ne için? Girinti adında bir çukurda Gido Ağa denilen başka bir çukurla diz dize oturmak için. Ona göre değildi köyler ve köylüler. Her şeyi Londra'ya taşıyacağım, bir daha da dönmeyeceğim, diye düşündü. Sonra da Londra'daki ofisinin Thames Nehri'ni gören manzarasını hatırladı ve Gido Ağa'da unuttuğu yüzünde bir gülümseme belirdi. Gido, sigaralı eliyle Hıdır Arifin dizine dostane bir sertlikte vurarak yanıtladı bu gülümsemeyi.

Fehime, fotoğrafları çekilen Derdâ'yı alt dudağını dişleyerek izliyordu. Kıskanmaktan yorgun düşmüş, olduğu yerde çöküp avuçlarını yanaklarına yaslamıştı. Bütün hayatı boyunca yapacağı gibi, yine izlemekle yetinmek zorundaydı. İzlemekten delirene kadar izleyecek, delirmekten ölene kadar da delirecekti. Köyün bütün kızları gibi, Fehime de bir çift gözden ibaretti. Doğunca açılan, ölünce kapanan bir çift göz. Ne ağzı bir işe yarayacaktı, ne de ses telleri.

Çevrede kimseyi göremeyince "Başını aç" dedi Ebcet. Derdâ siyah örtüsünü çözüp iki ucunu boynunun iki yanından sarkıttı. Siyah örgüsü nadir bir yılan gibi sırtından aşağı kaydı. İlçenin tek beyaz eşya bayisinden makineyi alırken, "Işık lazım, ışıksız olmaz" demişlerdi. Ebcet de donuk bir gökyüzünün altında Derdâ'nın yüzünü ışığa düşürmeye çalışıyordu. Bir yandan da, kızı her kim alacaksa, her şeyi ödeyecek, diye düşünüyordu. Makinenin parasını da verecek, on bir yaşındaki bir kızın başını açtırmanın vebalini de üstlenecek. Sonra da biraz daha para verecek.

Hayatında ilk kez fotoğraf çektiren Derdâ ise gülüp gülmeme konusunda tereddüt ediyordu. Aslında gülmek istiyordu. Dayanamadı ve güldü. Ebcet de dayanamadı ve Derdâ'yı tokatladı.

"Ulan sen beni zorla günaha mı sokacaksın? Gir içeri!" Ne zamandır beklediği sahne karşısında istemsizce gülmüş olan Fehime'yi de unutmadı. "Sen de gir!"

Kızlar birkaç adımda evin kapısında kayboldular. Ebcet de makineyi evirip çevirirken kendi kendine söyleniyordu:

"Nasıl kapanıyor lan bu meret?"

Resmetmenin günah olduğu yıllar çok gerilerde kalmıştı...

"Ağlama artık. Bak, ben de hastayım. Hiç mi acımıyorsun bana? Haydi, biraz çorba iç. Haydi yavrum."

Saniye elindeki kâseyi Derdâ'nın önüne bırakıp odadan çıktı. Sobanın külüne patates gömmekle meşgul Mübarek'i görünce "Kız kötü" dedi.

"Alışır."

"İyi de, zayıflıktan ölecek. Bir şey de yemiyor."

"Yer, yer. Hem ne kaldı şunun şurasında? Haftaya geliyorlar. Sonra sen de rahat edeceksin..." Ben de, diyecekti ki sustu.

Fotoğrafların çekilmesinin üzerinden bir ay geçmişti. Bahar gelmiş, kar seyrekleşmiş, toprak rengini göstermişti. Okula döneceğini sandığı günün sabahında erkenden uyanan Derdâ hazırlanıp annesinin gözlerini açmasını beklemişti. Bir çift gözkapağının kalkmasını beklediği bir saat boyunca Yatırcalı kızı ve Yeşim öğretmeni düşünüp boğazına attığı düğümü Nazenin'in el sallamasını hatırlayarak çözmüştü. Ama hepsi, Saniye'nin uyanmasıyla sona ermişti. "Nereye?" demişti Saniye. "Gitmiyor muyuz okula?" diye sormuştu Derdâ. "Artık okula gitmeyeceksin" cümlesini duyduğu anda da ölüp dirilmişti.

Saniye kalkıp "Ben bir kıza bakayım" dedi. Evin ikinci odasına girdiğinde çorba kâsesinin boşalmış olduğunu gördü.

Sevindi. Kız açlıktan ölmeyecekti. Ama sonra duvardaki bir leke dikkatini çekti. Akan bir leke. Çorbayı duvar içmişti. Avucundan vazgeçip elinin tersiyle vurdu Derdâ'ya. Kızın kaçacak bir yeri yoktu. Odanın köşesinde yaşıyordu. Tam köşede. Sağ ayak bileğinde bir halka vardı. Demir. Halkaya geçmiş bir zincir baklası vardı. O da demir. Zincirin devamı da duvara çakılı bir halkaya bağlıydı. Yine demir.

Kaçmıştı Derdâ. Dört defa. Yakalanmıştı sonra. Kimsenin uğraşacak hali yoktu. Zincire vurmak en doğrusuydu. Evlendirileceğini de öğrenmişti. Fehime yine kıskanmıştı. Hele bir de Derdâ'nın evlenip gideceği yeri duyunca daha derinden dişlemişti alt dudağını. Yerin nerede olduğunu bildiğinden değil. Başka bir yer olduğunu bildiğinden...

Derdâ'yı kocası olacak adama saldırmayacak hale getirmesi için önünde sadece bir hafta olduğunu hatırlayan Saniye, kıza vurduğuna pişman oldu. Çöktü dibine, sarıldı Derdâ'ya.

"Korkma yavrum. Ben seni düşünüyorum. Sen iyi ol diye uğraşıyorum. Bak şu durumumuza. Benim sana bakacak halim mi var? Hem ben de senin yaşında evlendim."

Yalan söylüyordu. Evlendiğinde on üçtü.

"Anne" diye sayıkladı Derdâ. "Seni bir daha göremeyeceğim."

"Olur mu öyle şey? Geleceğim ben yanına. Önce sen bir git, ben sonra geleceğim."

Doğru söylüyordu. En azından doğru söylediğini düşünüyordu. Çünkü dünyanın en çabuk geçen, geçer geçmez de en hızlı yakalanılan hastalığına sahipti: Umut.

Birlikte ağladılar ve işe yaradı. Derdâ ikinci kâseyi duvara fırlatmadı ve çorbasını içti. Ekmek bile yedi. Mübarek haklıydı. Kız alışmıştı. Dünya üzerinde, öleceğini bildiği halde hayatta kalan bütün insanlar gibi...

Bir gün sonra zinciri çözüldü ve ayak bileğindeki halka izi merhemle ovuldu. İki gün sonra Mübarek, kızın ölçüsünü alıp

Ebcet'in getirdiği bordo kumaştan bir elbise dikti. Fehime sustu ve bir daha konuşmadı. Üç gün sonra Derdâ'nın örgüsü açıldı ve saçları yıkanıp tarandı. Dört gün sonra Derdâ'nın defter ve kitapları Derdâ tarafından sobada yakıldı. Beş gün sonra Ebcet, jandarma tarafından kaçak sigara satmaktan tutuklandı. Altı gün sonra Ebcet serbest bırakıldı. Yedi gün sonra akşamüstü kapı çalındı.

İki cübbeli erkek girdi eve. Yaşlı olanın sakalı göğsünde, genç olanınki çenesinin iki parmak altında. Ebcet el öptü ve Allah'ın selamını alıp verdi. Genç olan konuşmadı. Yaşlı olan, "O konuşmaz" dedi. Yer sofrasına oturdular. Mübarek'le Saniye hizmet etti. Konuşmak için çorbaların gelip kadınların çıkması beklendi.

Yaşlının adı Ubeydullah'tı. Genç olanınki Bezir. Ubeydullah konuştu. Ebcet'le Bezir dinledi.

"Fazla kalmayacağız Ebcet. Allah'ın izniyle kızı alıp İstanbul'a gideceğiz. Nikâhı orada kıyacağız. Sonra da işleri halledip devam edeceğiz. Dükkânlar hep sahipsiz. Bir an önce dönmek lazım."

Derdâ'yı çağırıp göstermenin zamanı gelmiş miydi? Hem kaç para vereceklerdi? Ebcet bir yandan başını sallıyor, bir yandan da hesabını yapıyordu. Ama önce bir şeyler söylemeliydi.

"Şıh hazretleri nasıl, görebildiniz, değil mi? Sıhhati yerinde mi?"

"İyidir, iyidir... Yalnız, kızın nüfus cüzdanı sende, değil mi?"

Ebcet rahatladı. Ubeydullah'ın da en az kendisi kadar acelesi olduğunu anlamıştı.

"Evet. Konuştuğumuz gibi, her şey hazır. Çağırayım, gelsin mi?"

"Dur" dedi yaşlı adam. Cübbesinin içinden bir zarf çıkarıp uzattı. "Önce şunu al."

Ebcet zarfı aldı. Peki, şimdi ne yapacaktı? Parayı çıkarıp

sayacak mıydı? İlk kez kız satıyordu. Kendi kızları yedi yıl önce intihar etmişti. Aynı gün. Aynı sabah. Yan yana. Aynı tüfekle. Önce biri. Diğeri sonra. Fehime'ye de daha sıra gelmemişti. Tereddüt ettiğini gören Ubeydullah güldü.

"Aç, aç... Aç da bak, bakalım."

Halden anlayan biriyle iş yapmak ne kadar kolaydı! Ebcet zarfı açtı ve bir elinden diğerine geçirdiği banknotları tane tane saydı. Saydıkça da nefesi hızlandı. Çünkü hepsi oradaydı. Elinde. Fotoğraf makinesinin parası da, işlediği günahın kefareti de, Saniye'nin hakkı da, kendininki de... Ne diyeceğini bilemedi. Saçmaladı.

"Allah kabul etsin."

Ubeydullah'ın doğrulduğunu gören Bezir, babasından önce ayağa kalktı.

"Gidelim biz. Yolumuz uzun."

Ubeydullah'ın ağzı kapandığı anda Ebcet içerideki odaya dönüp bağırdı.

"Mübarek! Getir."

Odanın kapısı açıldı ve Mübarek'in omuzlarından tutarak önünde yürüttüğü Derdâ göründü. Daha doğrusu gözleri. Çünkü Derdâ'nın sadece gözleri açıktaydı. Önce Ubeydullah'a baktı. Çok korktu. Sonra Bezir'i gördü. Daha da korktu. Başını çevirip yanında duran annesine elini uzattı. Saniye kızın elini tutup bıraktı. Derdâ'nın okul çantasında birkaç parça eşyası vardı. Bordo elbise, iç çamaşırı, bir çift de ayakkabı. Bezir çantayı Saniye'den aldı ve Ubeydullah'ın peşinden kapıya yürüdü. Derdâ'ya hiç bakmadı. Mübarek'in itişiyle yürümeye başlayan Derdâ dönüp Saniye'ye baktı. Birlikte ağladılar. Ama hiçbir işe yaramadı.

Bezir arabanın arka kapısını açmış bekliyor, Ebcet kızın kimliğini Ubeydullah'a veriyordu. Derdâ biraz daha yürüdü ve arabaya bir kol kala düştü. Üzerindeki çarşafın rengi siyahtı. Bu yüzden kan lekesi belli olmadı.

Derdâ, on bir yıllık hayatında ilk kez âdet görmüş ve aşırı kanama sonucu tansiyonuyla birlikte yere düşmüştü. Ubeydullah'la Bezir, iki gün sonra dönmek üzere Girinti'deki akraba evine gitmişler, Saniye de Derdâ'yı temizleyip uyutmuştu. Ebcet, böylesi bir aksilik karşısında sinirlenip her şeyden vazgeçeceğini düşündüğü Ubeydullah'tan özür dilemeye hazırlanırken, yaşlı adamın, "Hayırdır, hayır" demesiyle sakinleşmiş, para dolu zarfı yastığının içine saklamıştı.

Bir sonraki ziyaret ilkinden de hızlı geçti. Geldiler ve Derdâ'yı alıp gittiler. Kanı akmıştı artık. Küçük kızın dökecek bir şeyi kalmamıştı. Tek bir damla bile gelmedi gözünden, annesine son kez bakarken.

Derdâ'nın hiçbirinde yemek yemediği üç mola verip on beş saatte İstanbul'a, on altı saatte de Çemendağ'a vardılar. On altı saat boyunca on altı kelimeden fazla konuşmadılar. Derdâ uyumadı ve arabadaki bütün camlardan dışarı bakıp siyah eldivenleriyle oynadı. Öndekilere belli etmeden defalarca çıkarıp giydi. Yumruk yaptığı sol eline sağ eliyle giydirdiği eldivenin boş parmaklarını salladı ve kapı açılınca da indi.

Bir apartmana girip dördüncü kata çıktılar. Böylece Derdâ, hayatında ilk kez bir asansöre binmiş oldu. Kattaki karşılıklı iki kapının da açık olduğunu gördüler. İki kapıda da başlar birikmişti. Ubeydullah'ın elini öpenler, Bezir'in elinden çantaları alıp çekildiler. Bir eve erkekler, diğerine kadınlar girdi. Birkaç saniye için Derdâ'yı asansörün önünde unutanlar dönüp kızı aldılar. Ve Derdâ da kadınlar evine adım attı.

Etrafını kuşatanlar, çarşafını çıkarıp Derdâ'yı inceledi. Derdâ hiçbir şey hissetmedi. İçlerinden biri, "Adın ne senin?" dedi. "Sana ne!" yanıtını alınca, diğerleri güldü. Soruyu soran, intikam için kızın tuvalete gitmesini bekledi. Peşinden yanaşıp Derdâ'yı tokatladı. Kendini banyoya kilitlemeyi düşünen Derdâ, hiçbir kapıda anahtar olmadığını fark etti. Hikmetçilerde kapılar sadece dışarıdan kilitlenirdi. Anahtarların yerini de, evde kimin sözü geçiyorsa o bilirdi.

Bütün gece yolda oldukları için Ubeydullah ve Bezir öğle namazına kadar uyudu. Derdâ'nın uykusu yoktu ama kadınlar ısrar etti. Gösterdikleri yatakta gözlerini örttü ve kapı üstüne kapandı. Anahtar deliğinde bir anahtar döndü ve Derdâ gözlerini açtı. Tavana baktı. Betonda kesirler gördü. Çözmeye çalıştı. Sonra annesini gördü. Gözlerini derhal kapadı. Derdâ, annesinden o yatakta vazgeçti.

Ubeydullah, yanında Regaip'le Çemendağ'ın tek caddesinden geçip apartmana girdi. Dördüncü kata çıkıp erkekler kapısından geçtiler. Salonda dizlerinin üstünde oturanlar imamın Kuran okumasını dinliyorlardı. Ubeydullah, Regaip'e "Otur" dedi. Regaip oturdu. Bezir'in yanına. Ama Bezir dönüp bakmadı. Evin kapısı çalındı ve açıldığı duyuldu.

Salona Derdâ girdi. Bir de, boyu Derdâ kadar olan bir kadın. Kıza "Otur" dedi. Derdâ oturdu. İmamın sesinden başka ses yoktu. Sonra o da sustu. Elindeki nikâh defterini açıp boş bir sayfa buldu ve özenle Derdâ yazdı. Regaip'e baktı ve Ubeydullah, "Regaip" dedi. İmam onu da yazdı. Şahitlerin adını da ekledi ve listesini Bezir'le bitirdi. Kaç paraya anlaştıklarını, içinde mehr-i müeccel deyimi geçen Müslüman dilinde sordu. Ubeydullah kız için ne kadar ödediğini söyledi. İmam, Regaip'e baktı. Regaip başını sallayıp onayladı. İmam sureler okumaya başladı ve aniden Regaip'e bakıp "Allahü teâlânın emri ve peygamber efendimizin sünneti" ile başlayıp "...vekili olduğun Derdâ'yı..." ile devam eden ve "...talibi olan Bezir'e tezvice, vekâletin hasebi ile, verdin mi?" diye biten çok uzun bir cümle kurdu. Regaip, "Evet" dedi. İki kez daha tekrarlandı soru. İki kez daha evetti yanıtı. Bezir'e dönen imam, "...aldın mı?" ile biten çok uzun bir cümle daha kurdu ve Bezir birkaç gündür ilk kez konuştu. Ama yine de pek bir şey söylemiş sayılmazdı çünkü üç kez aynı kelimeyi tekrar etti: "Evet."

"Ben dahi akd-i nikâh ettim" diyen imam, gözlerini kapatıp sesini ayarladı ve yeniden surelerine döndü.

Bütün bunlar gerçekleşirken Derdâ, siyah kumaşla örtülü dizlerine bakmış, bacaklarının bittiği yerde başlayan halıdaki aslan motifini incelemişti. Aslan, üç ağaçlı bir ormanın içinde uzanmış, Derdâ'yı izliyordu. Arkasında oturan kadın uzanıp omzuna değene kadar aslanla göz göze kalan küçük kız, halıdan çıkıp herkesi yese diye düşündüğü bir anda başını kaldırıp ağzına uzanan bir el gördü. Bu el, Regaip'in sağ eliydi. Ubeydullah konuştu.

"Haydi bakalım, öp babanın elini."

Dudaklarını değdirdiği eli alnına koyarken yanlış duyup duymadığını düşündü Derdâ. Regaip, hiç görmediği babası mıydı? Hiç görmediği için de gözlerini Regaip'ten ayıramadı. Ama bakışlarının karşılığı yoktu, çünkü Regaip, Bezir'in peşinden kalkmış, gidiyordu. Tam, "Baba, beni de al!" diye ardından bağıracaktı ki, ağzına bir el daha uzandı. Ubeydullah'ın eli de uzaklaşınca, babasının çoktan gitmiş olduğunu gördü. Sonra birkaç el daha öptü. Onları da alnına koydu. Ama hiçbir el sahibi Derdâ'nın otuz dokuz derece ateşi olduğunu fark etmedi. Oysa küçük kızın alnı mangal gibi yanıyordu.

Çektirirken artık gülümsemediği fotoğraflarıyla devlete ait binalara girip çıktığı iki gün ve yer yatağında yalnız geçirdiği, attığı terle de ateşini söndürdüğü iki geceden sonra kadınlar tarafından uyandırılan Derdâ'ya bordo elbisesi giydirildi. Bu kez sadece başı örtüldü. İçinde Ubeydullah'ın oturduğu, Bezir'in kullandığı arabaya bindirildi ve sokaklara girip caddelerden çıktılar. Bir otobüs durağında yavaşlayınca Derdâ kapıyı açıp kaçmak istedi ancak açılan kapıdan içeri Regaip girdi ve kızın yanına oturdu. Regaip'i dördüncü görüşüydü. Derdâ sessizce babasını izledi. Babası önüne baktı. Derdâ, Regaip'in kulağına yükselip "Baba" diye fısıldadı. Regaip, işaret parmağını dudaklarına götürüp susmasını işaret etti. Derdâ boyun eğmedi. Bir daha fısıldadı:

"Beni götür buradan."

Ubeydullah, başını arka koltuğa doğru çevirip konuştu:

"Ne diyeceğini biliyorsun, değil mi?"

Regaip önündeki koltuğun kafalığını tutup doğruldu ve "Evet, evet" dedi. "Biliyorum."

Derdâ'nın pes etmeye niyeti yoktu. Yine fısıldadı:

"Baba, niye hiç gelmedin?"

Regaip, ağır trafikte solladıkları çöp kamyonunun yanında durmalarını bekledi ve gürültüye saklanıp kızın kulağına öksürür gibi konuştu.

"Ben senin baban değilim."

Derdâ bir daha fısıldamadı ve sadece önüne baktı. Bezir'in koltuğunun deriden sırtına. Birkaç cadde sonra bir sokâğın köşesinde kapıyı açıp arabadan atlamayı deneyecekti ki, karşısına çocuk kilidi çıktı.

Ubeydullah'ın emri üzerine başını açmış olan Derdâ ve diğerleri, yüksek duvarlı bir binanın içindeki bekleme salonunda adları yüksek sesle okununca ayaklanıp gösterilen kapıdan girdiler. Karşılarına çıkan bir görevli dar koridorda kılavuzluk etti ve başka bir kapının önünde durup duvardaki zile bastı. İki saniye sonra zilin altındaki yeşil ışık yandı. Kılavuz kapıyı açıp üç buçuk kişilik kafileyi içeri aldı. Girdikleri odada takım elbiseli bir adam ve önünde geniş bir masa vardı. Gülümseyerek ayağa kalktı ve Ubeydullah'a elini uzattı. Diğerleriyle tokalaşmadı. Yerine oturunca, "Evraklar tamam mı?" diye sordu. Kırık bir Türkçeyle. Ve Ubeydullah, "Evet!" dedi.

Ticaret ataşesine, mobilya fabrikasına alacağı yeni işçisi Regaip ve kızı Derdâ'yı tanıttı. Ataşe, kıza bakarak ülkesinde ne denli kaliteli okullar olduğundan söz etti. Doldurulan birkaç form ve yanıtlanan birkaç sorudan sonra, babayla kıza beş yıllık vize verilmesinin uygunluğunda hemfikir olundu.

Gerekli talimatları iletmek üzere masasındaki telefonun ahizesini kaldıran ataşe, "Bir şey içer misiniz?" diye sordu. Ubeydullah, "Hayır" derken, ataşe, masasındaki kavanozdan bir çikolata çıkarıp Derdâ'ya uzattı. Küçük kız çikolatayı alıp Ubeydullah'a baktı. Yaşlı adam başını sallayınca, jelatinini soyduğu çikolatayı ağzına atıp çiğnemeye başladı. Birden yüzü ekşidi ve üç günlük ateşin kalıntısı bir bulantıyla midesinde ne varsa ve çikolatadan ne kaldıysa kustu. Ataşenin masasının önünde duran, Bezir'le Ubeydullah'ın dizlerinin arasındaki sehpanın üzerine. Tam olarak, sehpanın üzerindeki üç dergiden en üsttekinin kapağına kustu. Kapaktaki kadına İngiltere Kraliçesi deniyordu.

En çok sinirlenen Ubeydullah oldu. Ne de olsa, yirmi altı yıl önce İngiliz vatandaşlığına geçerken, kraliçeye içtenlikle bağlı kalacağına yemin edenlerin arasında sesi en gür çıkan oydu. Bezir ve ataşe soğukkanlılıklarını kaybetmedi, çünkü onlar doğuştan İngiliz'di.

Regaip, Derdâ'yı kucağına almış konsolosluk binasından çıkarken, kızın terlemiş alnından gözlerine dökülen ıslak saç tellerini ayıklıyor, çocuğunu doğumundan önce terk etmiş bir baba gibi başını göğsüne bastırıyordu. Belki de bu yüzden umutlanmıştı Derdâ. Gözkapaklarını aralayıp "Baba" diye sayıkladı. Bu kez inkâr etmedi Regaip. Ama kabul de etmedi. Sadece sustu ve kucağında Derdâ'yla arabaya doğru koştu.

Çemendağ'a vardıklarında, Şıh Gazi Polikliniği'ne uğrayıp Derdâ'yı kadın doktorlara emanet ettiler ve binanın bahçesindeki mescitte öğle namazını kıldılar. Sonra doğruldular ve Ubeydullah, Regaip'e "Senin işin bitti, haydi kendi yoluna" dedi. Ama Regaip uzaklaşmaya niyetli değildi.

"Beni de götüreceksiniz!"

Böyle bir yanıtı asla beklemeyen ve böyle bir yanıt almamak için Regaip'e yeterince para ödediğini düşünen Ubeydullah, şaşkınlıkla, "Nereye?" dedi.

"Nereye gidiyorsanız, oraya."

Regaip'in ses tonu Bezir'in iki adım ileri çıkmasına neden oldu. Tek hamlede Regaip'in kollarından birini kırabilirdi ama Ubeydullah'ın elini göğsünde hissedince durdu. Bakışlarını Regaip'e çeviren yaşlı adam ağır ağır konuştu:

"Seninle anlaştık biz. Kızı alıp gideceğiz. Sen kalacaksın."

Regaip, saldırmak için babasının aradan çekilmesini bekleyen Bezir'in gözlerine baka baka, "Karakola gideyim mi?"

diye sordu. Tane tane. Sakince. Asla bir tehdit gibi değil.

Oysa, "Senin istediğin ne? Bana onu söyle!" diyen Ubeydullah, istemeden de olsa bağırmıştı. Ayakta kalmaktan yorulduğu için Bezir'in omzuna tutunuyordu. Her ne kadar pazarlık etmek bu hayatta yaptığı en iyi iş olsa da sesi titremişti. Oysa her şey hakkında herkesle pazarlık edebilirdi. Şeytanla, Allah'la, herkesle...

"Sizinle geleceğim, sonra da ortadan kaybolacağım. O kadar. Başka da bir şey istemiyorum. Beni de İngiltere'ye götüreceksiniz, sonra da ben kendi yoluma..."

Ubeydullah, Regaip'in sözünü, "Bilet paranı kendin verirsin" diyerek kesti. Başka neyle kesebileceğini düşünecek halde değildi. Yorgundu. Bezir'e aldığı kızın sağlığının ne kadar sağlam olduğu konusunda kuşkuları vardı. Dükkânlar dediği fabrikalarındaki işler için endişeliydi. Karşısındaki zavallı tarafından köşeye sıkıştırılmaktan ve bütün bunları oğlu için yapıyor olmaktan bitkindi. Sonra, diyordu içinden. Sonra ne olacak? Bu hayvan bizimle gelecek, sonra da başımıza bela mı olacak? Kız reşit olana kadar bununla mı uğraşacağım? Yoksa bu herifi gerçekten işe mi alsam? Yakınımda dursa da ne halt ettiğini bilsem, daha mı iyi acaba? Ama ne olursa olsun, bilet parasını ben vermem! Kendisi ödesin! Allah da belasını versin! Sahtekâr pezevenk!

Düşünmekten vazgeçip konuştu:

"Sağda solda itlik edip etmeyeceğini nereden bileyim? İki gün sonra başına bir iş açsan kızın da peşine düşerler. Gözümün önünde olacaksın, benim oralarda çalışacaksın, tamam mı?"

Ubeydullah konuşurken, gözlerini Bezir'den ayırmamış olan Regaip gülümseyerek yanıt verdi.

"Olabilir."

Ubeydullah sordu:

"Sen ne iş tutarsın?"

"Hiçbir iş tutmam. Korucuydum ben."

Ubeydullah'ın pazarlıkçı sabrı taşmak üzereydi.

"İstanbul'da ne yaptın peki?"

Regaip'in gülümsemesi dondu ve dili dişlerinin arasında bir jilet oldu.

"Adam vurdum. Sizinkiler beni bulduğunda içeriden yeni çıkmıştım."

Ubeydullah, adam vuran adamlardan zerre kadar korkmazdı. Çünkü iş saf şiddete geldiğinde, çevresinde Regaip'e cihat ilan edebilecek yüzlerce insan vardı. Sadece hırsızlardan korkardı Ubeydullah. Tereddüt etmedi.

"İyi o zaman" dedi. "Güvenlikçi olursun."

Regaip, "Bakarız" dedi. Karşısındakileri iyice kanırtmak için. "Hele bir gidelim de oralara, bakarız."

130 kiloluk ve 1,95'lik Bezir'in sağ eli, fırlatılan bir bıçak gibi Regaip'in boynunu tuttu. Tutmasıyla da Regaip'in topukları yerden kesildi. Ayak parmaklarıyla kendini dengeleyene kadar nefes alamadı. Polikliniğin bahçesindeki hasta yakınları başlarını çevirip baktı. Ubeydullah, "Bezir!" diye bağırdı. Elindeki boynu, yakaladığı hızla bıraktı Bezir. Regaip öksürüyor, bir yandan da yüzündeki zoraki gülümsemeyle, "Beni mi öldüreceksin lan? İnsan, kayınbabasını öldürür mü?" diyordu.

Kazık yemekten korktuğu için birlikte gitmekte ısrar eden ancak diğerleriyle aynı uçakta yer bulamayan Regaip, Ubeydullah'ın elindeki biletlerin yanmasına ve yolculuğun bir gün ertelenmesine neden olmuştu. Karakol tehdidiyle söz dinlemenin acısını unutmak ve fazladan günü boş geçirmemek için, Bezir'e "Bizi kabristana götür" diyen Ubeydullah, Şıh Gazi'nin kardeşi Yakup hoca efendinin mezarının başında Kuran okuyordu. Yakup da, ağabeyi gibi yersiz olduğundan, yaşadığı sürece dolaşmış, öldüğü yere de gömülmüştü. Mezarı, çevresindeki ahşap şadırvanla küçük bir türbeye benziyordu. Zaten istenen de buydu. Mümkün olsa, yaşarken türbeye benzetirlerdi Yakup'u. Ağabeyine yaptıkları gibi.

Derdâ, mezarın üzerinde birikmiş yabani otları ayıklamakla görevlendirilmişti. Mezarlığa giren arabayı ara yollardan geçerek ve koşarak takip etmiş olan, Derdâ yaşlarında bir oğlan, elinde su dolu iki bidonla yaklaştı.

"Dökeyim mi amca?"

Ubeydullah, rahatsız edilmek istemediğini, oğlana çatık kaşlarıyla bakarak ve Kuran okumaya yüksek sesle devam ederek gösterdi. Sonra da mırıltısına geri döndü. Ancak, oğlanın hiçbir yere gitmediğini hissedince, başını kaldırıp kaşları ve gözleriyle mezarı işaret etti.

Oğlan iki adımda mezarın başına geldi ve Derdâ'nın arkasına geçip azar azar su dökmeye başladı. Toprağa yedire yedire. Derdâ eline ne gelirse hırsla yoluyor, oğlan da peşinden toprakta açılan kök çukurlarını suyla dolduruyordu. Sessizlik içinde bu hareketleri tekrarlayarak mezarın etrafında döndüler. O sırada Bezir, aile büyüklerinin mezarlarını ziyarete gelmiş Hikmetçiler tarafından kuşatılmıştı. Konuşmasa da dinliyordu. Anlatılanlar her neyse, ilgilenmiyor olmalıydı ki, omuzların üzerinden çevresine bakıyordu.

Oğlan toprağı tamamen ıslatmış, sıra mezarın ayakucundaki mermer hazneyi doldurmaya gelmişti. Her ne kadar kuşların gelip o hazneden su içtiklerini nadiren görmüş olsa da, iyi bir bahşiş almak için işini tam yapmak istiyordu. İkinci bidonu açıp hazneyi doldurmaya başladı. Sonra bir çift el gördü. Bidonun ağzına uzanan. Kelepçelenmiş gibi üst üste duran. Ot yolmaktan çamurlanmış olan. Ve oğlan başını kaldırıp Derdâ'yla göz göze geldi. İlk kez. Suyun yolunu değiştirip hazneden çekti ve o ellerin üzerine dökmeye başladı. Derdâ'nın iki beyaz eli, o suyun altında birbirini yıkadı. Birbirlerine yakın duruyorlardı. Baş başa. Belki de fazla yakın.

"Sağol" dedi Derdâ.

"Sen sağol" diyecekti ki oğlan, bir el tuttu yakasından ve küçük bedeni sürüklendi. Bezir oğlanı alıp attı. Bir taş gibi. Ubeydullah başını kaldırıp oğluna bakarak okumasının sesini yükseltti ve Bezir anladı. Cebinden biraz bozukluk çıkarıp, doğrulmakta olan oğlana gösterdi. Ayağa kalkan oğlan, elinden fırlamış bidonu eğilip aldı. Önce Bezir'e sonra da Derdâ'ya baktı. Dönüp arkasını gitti. Elindeki Kuran'ı fısıltılarla kapatan Ubeydullah, herkesin duyacağı bir "Amin!" dedi.

Kendini Londra'daki evinde kaza namazı kılarken hayal eden Ubeydullah, havaalanının çelik banklarının arasından tespih çekerek geçiyordu. Bezir'le Regaip valizleri taşıyor, üzerindeki siyah kumaşı yakmak isteyen Derdâ'ysa, sırtında okul çantasıyla yürürken, hayatında ilk kez gördüğü dev binayı açık bir ağızla inceliyordu.

Birkaç adım sonra ağzını kapadı, çünkü o güne kadar dünya üzerinde yaşamış ve yaşamakta olan her insandan ne kadar nefret ettiğini hatırladı. Çevresi onlarla doluydu. Kuşatılmıştı. İnsanlarla. Yanından geçip giden insanlarla. Önlerine çıktığı için hızlı adımlarla etrafından geçtikleri, siyahlar içindeki kızı görmeyen ve acelesi olan insanlarla. Nasıl anlayamıyorlar, diye düşündü Derdâ. Yanlarından geçiyorum. Buradayım, aralarında. Ama hiçbirinin umurunda değilim. Görmüyorlar bile beni. Hepsi de kör olmuş. Ya da bu çarşaf, görünmezlik kumaşından...

Üç saat geçti ve Derdâ'nın yüzünün görünen kısmına, acıyarak ancak gülümseyerek bakan bir hostes, kızın emniyet kemerini bağladı. Bir yarım saat daha geçti ve uçağın tekerlekleri beyaz karnına gömüldü. Derdâ, İstanbul'a bir kuş gibi baktı. Göçmen bir kuş gibi uçup gitti.

Birkaç dakika boyunca Yatırcalı kızı ve öğretmeni Yeşim'i düşündü. Gözünün önünde dolaştılar. Biri ağladı, diğeri konuştu. Sonra yavaş yavaş silindi yüzleri. Nazenin'den öğrenmişti. Tam da onun gibi söyledi. İçinden. Tek nefeste: "Sikeyim!" Hoşuna gitti. Tekrarladı. "Sikeyim, sikeyim, sikeyim!" Gözle seçilemeyecek incelikte bir gülümsemeye kavuştu yüzü. Nasıl olsa kimse duymuyordu. İnsanlar, diye düşündü. Ne görüyor ne de duyuyorlar. Bin kere, dedi, söyleyeceğim. Hepsi için. "Sikeyim, sikeyim, sikeyim, sikeyim, sikeyim, sikeyim, sikeyim, sikeyim, sikeyim, sikeyim..." Hatta bir ara, oynamak için insanların sağır kulaklarıyla, birkaç tanesini düşünmekle yetinmeyip fısıldadı. Kim'le biten kuyruklarını, ağzının içinden biraz da olsa çıkarıp öyle söyledi. Yanında oturan Ubeydullah, dudakları hızla hareket eden kızın uçak korkusundan dua ettiğini ya da Ebcet'in "Beş yaşındaydı gönderdiğimizde" dediği Kuran kursundan kalma bir sureyi okuduğunu düşünüp memnun oldu.

Bin "Sikeyim!" bitti ve Derdâ başını kaldırıp üzerindeki düğmelere baktı. Dikkatini lamba çekti. Daire biçimindeki lambanın içindeki bir leke. Daha dikkatli baktı. Leke, bir sinekti. Hâlâ hayatta ve her nasılsa fanusun içine girip sıkışmış olan bir sinek. Daracık akvaryumunun duvarlarına çarpa çarpa uçmaya çalışan bir sinek. Derdâ acımadı. Hem de hiç. Yaktı lambayı.

Derdâ, gözünün önünden ne geçerse, su gibi içiyordu. Heathrow Havaalanı'ndan bir minibüsle alınmışlar ve çevreyolunda ilerliyorlardı. Derdâ, kısa araba geçmişinde en sevdiği yer olduğuna karar verdiği cam kenarında oturuyordu. Manzaradan değildi cam kenarını sevmesi. Yanında bir insan az olması demekti. Öğreniyordu Derdâ. Ne kadar az, o kadar iyi! Ama bu kez manzara da fena değildi. Otobanın çevresindeki yeşil arazilere ve çiftlik evlerine, bir zamanlar okuduğu kitaplardaki resimlere bakar gibi bakıyordu. Tabelalara, yanlarından geçen arabaların içindeki insanlara, bulutlara, dev trafolara, her şeye ama her şeye bakıyordu. Gözleri yanıyordu bakmaktan. Gözleri acıyordu izlemekten. Saatte doksan kilometre hızla giderken, geride hiçbir şey bırakmak istemiyordu. Görmediği hiçbir şey kalmasın! Bazen kaçırıyordu. Bir binayı ya da bir köprüyü. Hemen çeviriyordu başını. Geriye doğru. Ama fazla hızlı çeviriyordu. Başı, bollaşmış çarşafın içinde dönüyor ve her yer karanlık oluyordu. Yanaklarının üzerinden inen kumaşı sıkılaştırmak için çengelli iğneyi çenesinin tam altından tutturmak istiyor ama camın dışında olup bitenleri kaçıracağını düşünüp yapamıyordu.

Gördüğü her şeyden etkilenmiş gözleri zevk, şaşkınlık ve kırpılmamaktan sulanmışken Londra'ya girdiler. Trafik başladı. Solunda oturan Bezir, o ana kadar kızın dikkatini çekmemiş olan ve camın üstünde duran siyah silindire uzandı.

Tam Derdâ, kaldırımda dilenen bir *punk*'la göz gözeyken, plastik perdeyi çekip indirdi. Kararmıştı artık cam. Dünya görünmüyordu. Derdâ boynunu eğdi. Dizlerine baktı. Gözlerini kapatıp yol boyunca gördüklerini düşündü. Düşündükçe de bir daha gördü.

Hayallerinden uyandırıldığında Finsbury Park'a gelmişlerdi. Londra'daki Hikmetçilerin karargâhı. Çemendağ'ın İngilizcesi: Finsbury Park. Müslüman göçmenler yüzünden emlak fiyatlarının düşük olduğu Finsbury Park. Dolayısıyla yoksullaştıkça ırkçılaşan İngilizlerle zenginleştikçe çoğalan Müslümanların dip dibe yaşadığı Finsbury Park.

Regaip'i başka bir adrese taşıyacak olan minibüs ayrıldı ve diğerleri, yarısında Hikmetçilerin oturduğu on iki katlı bir apartmana girdi. Ubeydullah'ın eli, on birinci kattaki evine varana kadar onlarca insan tarafından öpüldü. Sonra o el, Bezir'in omzuna kondu.

"Sen evine çık. Kızı gönderirler."

Ubeydullah'ın karısı Rahime ve diğer kadınlar, Derdâ'yı on birinci kattaki dairenin banyosunda alıkoyup sordular: "Abdest almasını biliyor musun?"

"Evet."

Kadınlar emin olamadı. Bu yüzden, kanıtlamasını istediler. Derhal ve önlerinde. Derdâ soyundu ve Mübarek'in öğrettiği biçimde abdest aldı. Hikmetçi usulü. Beğendiler. Bunun üzerine, "Bak, benim adım Rahime abla, ben de buraya geldiğimde senin yaşlarındaydım, sakın korkma" diyen ve gülümseyen bir kadın, Derdâ'yı, elinden tutup on ikinci kata çıkardı. Katta iki daire vardı. Kadın merdivenin yakın olduğu kapıyı çalıp birkaç basamak indi. Kapının açıldığını duydu ve bir süre hareketsiz kalan Derdâ'nın attığı adımla kapıdan girdiğini gördü.

Bezir'in evi üç odalıydı. Yerler halı kaplıydı. Halılar da aslanlarla. Salonda bir kanepe, iki koltuk, yüz yıllık bir rahle ve duvarlardan birini kaplayan siyah çerçeveli Kâbe posterinden başka eşya yoktu. Odaların biri boştu. Birinde de büyük bir gardırop vardı. Evdeki tek ayna banyodaydı. Üçüncü oda en geniş olandı. İçinde de, bir yanı duvara dayanmış çift kişilik bir yatak duruyordu. Sadece bir yanından inilip çıkılabilen bir yatak. Belli ki yeni çekilmişti. Duvara yaslayalı çok olmamıştı. Altından uzanan halının dalgalanmasından belliydi.

Bezir, Kâbe posterine doğru yürüdü. Yerde iki seccade vardı. Yan yana. Birinin başına geçti ve eliyle Derdâ'yı çağırdı. Küçük kız, diğer seccadenin başında durdu ve binanın kıbleye bakan duvarındaki Kâbe posterine dönük biçimde namaz kılmaya başladılar. Camlar kalın perdelerle kapanmıştı, Londra bir gece yarısına daha giriyordu. Derdâ, göz ucuyla takip ettiği Bezir'in, namaz kılmadığını fark etmemesi için dua etti.

Seccadeleri ağır ağır yuvarlayıp kanepenin üzerine bırakan Bezir, Derdâ'nın elinden tutup yatak odasına çekti. Bir an için bile gözlerini küçük kızdan ayırmadan, omuzlarından cübbesini çekti. Derdâ'ya, üzerindeki çarşafı işaret edip "Çıkar" dedi. Derdâ siyah kumaştan sıyrıldı ve Bezir, "Yat" dedi. Sonra duvarı gösterdi.

"Yanaş."

Bir süre ayakta kalıp Derdâ'yı izledi. Üzerinde sadece iç çamaşırları olan Derdâ'yı. Titriyordu. İkisi de. O gece son kez konuştu Bezir:

"Bismillahirrahmanirrahim."

Ve Derdâ'yı döve döve sikti. Londra'da sabah olana kadar...

O gece Londra tarihinin en uzun gecesi oldu, çünkü güneş bile doğmaya utandı. Bu yüzden, Londra'ya gelen en geç sabah, o sabahtı.

Ellerindeki diş izlerini inceleyen Bezir, ayağına kadar gelen asansöre binip gitti. Derdâ küvette kan içinde yatıyor ve nefes almakta zorlanıyordu. "Temizlen" demişti Bezir. Sonra da kucaklayıp bırakmıştı küvetin içine. Mezara koyar gibi. Çıplaktı Derdâ. Üzerindeki kanın nereden geldiğini öğrenmekten korktuğu için başını kaldırıp bakamıyordu. Zaten istese de kaldıramazdı. Gücü kalmamıştı. Bütün gece direnerek geçmişti. Çekerek, iterek, ısırarak, bağırmak için açılan ağzını kapatan elleri kemirerek. Ama hiçbiri işe yaramamıştı. Tırnaklarıyla etlerinin arası pıhtılaşmış kanla doluydu. Kolları ve bacakları leopar derisi gibi lekelenmişti. Çürümüştü Derdâ. Bir gecede. Çürüyüp kurumuştu. Bu yüzden ağlayamıyordu.

Ev kapısının açılmaya çalışıldığını duydu. Önündeki kilide elindeki anahtarlardan hangisinin ait olduğunu bilmeyen biri hepsini deniyordu. Sonunda biri kilide denk düştü ve içinde döndü. Kapı açıldı. Bir kadın sesi.

"Derdâ! Derdâ!"

Rahime banyoya girdi ve kızı gördü. Asla şaşırmadı ve küvetin musluğunu açıp suyun ısısını ayarladı. Derdâ, gözleri oyuklarına gömülmüş, sanki dünyayı bedeninin çok derinlerinden izliyormuş gibi sadece görüyordu. Konuşamıyor, ağzına kadar gelen sesleri çıkaramıyordu. Sadece görüyordu. Bir dürbüne tersten bakarmış gibi izliyordu Rahime'nin suya tuttuğu elini. Aradığı kıvamı derisinde hisseden Rahime elini çekip salladı ve parmaklarının ucundan damlalar fırladı. Musluk suyunun yolunu çevirip duştan akıttı ve Derdâ'nın bacakları ıslandı. İnledi küçük kız. O kadarını yapabildi. Ilık su yağmur gibi yağdı bedenine. Ayaklarına, kollarına, ellerine, boynuna.

"Kapa gözlerini" dedi Rahime, gülümseyerek.

Duymadı Derdâ. Anlamadı. Uğuldamaya başlamıştı kulakları. Ama ağzına girince yağmur damlaları, ister istemez indirdi gözkapaklarını. Yüzündeydi artık, duşun süzgecinden geçip yüz misinaya bölünen su halatı. Gözlerine ıslak bir gözlük gibi yerleşmişti. Sonunda Derdâ ağlıyormuş gibi göründü. Ağlamasa da...

Su temizledikçe kan lekelerini, kanın kaynağı belli oluyordu. İnce bacaklarının arasından sıçramıştı her yerine. Bir şeyler parçalanmıştı o bacakların arasında. Bir şeyler yırtılmıştı. Bir şeyler ölmüştü. Su temizledikçe kan lekelerini, mor dövmeler kalıyordu geriye. Derdâ'nın her çıplak yerinde. Bir şeyler zedelenmişti o yerlerde. Bir şeyler burkulmuştu. Bir şeyler doğmuştu. Mor gözler. Sırtında bile gözü vardı artık Derdâ'nın. Şimdilik görmese de vardı. Belki de o mor gözün açılması için gereken tek şey, biraz zamandı.

Önüne gelen çorbayı içmek istedi ama yapamadı. Rahime, elinden kaşığı alıp içindekine üfledi ve kızın aralık dudaklarının arasından döktü. Birkaç kaşık sonra Derdâ küçük bir a harfi çıkardı ağzından. Sonra büyüttü o harfi.

"A!"

Sonra çoğalttı.

"AAAA!"

En sonunda da sadece nefes almak için kesti çığlıklarını.

"AAAAAAAA... AAAAAAAA... AAAAAAA..."

Dördüncü kattaki Ulviye gelip de bir Diazepam iğnesi

yapana kadar dudaklarını kapamadı. Daha doğrusu, kapatamadı. Çünkü bağıran kendisi değil, on bir yıllık hayatıydı. Sonra... Sonra uyudu.

Uyandı. On altı yaşındaydı. Kanepede uzanmış, ılık bir öğleden sonranın sessizliği içinde gözlerini açmış tavana bakarken, evin kapısının ardından gelen bir gürültüyle irkildi. Ayağa kalkıp üzerine çarşafını örttü. Sadece gözlerini açıkta bırakıp kapıya yürüdü. Delikteki bir dengesizlik yüzünden dışarısı görünmediğinden kapıyı aralayıp başını uzattı.

Önce bir yaprak gördü. Kocaman bir saksıda, kocaman bir gövdeden çıkmış kocaman bir yaprak. Sonra bir koltuk gördü. Siyah deri bir koltuk. Sonra da Stanley'yi gördü. İnce, uzun boylu bir erkek. Stanley, kollarının altında iki koliyle önünden geçen mavi tulumlu bir adamın, kapısı ardına kadar açık eve rahatça girebilmesi için önündeki cam sehpayı itiyordu. Alçak sehpayı itip doğrulan Stanley, çevresindeki diğer eşyaları incelerken karşı komşusu Derdâ'nın başını ve omzunu gördü. Ne gülümsedi ne de selam verdi. Sadece baktı. Simsiyah kumaşın çerçevelediği simsiyah gözlere. İçeriden çekiliyormuş gibi hızla kayboldu Derdâ ve ardına saklandığı kapıyı kapadı.

Beş yıldır boş olan karşı daireye bir kiracı bulunmuştu demek ki. Artık paspası temizlemek ya da sabahları Bezir'i asansöre kadar geçirmek için çarşafını örtmek zorunda kalacaktı. İlk aklına gelen bu oldu. Yabancı erkeğe görünmez olmak için örtünmek.

Kapının önünde çöktü ve hayata kulağını dayadı. Gürültüler duydu. Hafif olanlar, ağır olanlar, ani gelenler, uzun sürenler... Her birine bir eşya yakıştırdı. Hiçbirini tutturamadığını bilse gürültüler bitip de karşı kapı kapanana kadar orada iki büklüm kalır mıydı, bilinmez. Belki de zerre kadar umurunda olmazdı. Çünkü Derdâ'nın yapacak başka işi yoktu. Beş yıldır, on ikinci kattaki evde yaşıyordu. Kurudere'deki odadan farkı, ayak bileğinde bir halka olmamasıydı. Bu kez halka bütün bedeninin etrafındaydı. Sadece cumaları çıkıyordu evden. Tam olarak on altı basamağa basıp on birinci kata iniyor ve Rahime'nin açtığı kapıdan içeri giriyordu. Apartmandaki Hikmetçi bütün kadınlar orada oluyor ve sohbet denilen bir konuşmayı dinliyorlardı. İlk başlarda Derdâ, bu konuşmaya neden sohbet dendiğini anlamamıştı. Çünkü sohbetin karşılıklı konuşma olduğunu sanıyordu. Sonralardaysa kesinlikle umursamadı. Sadece, ağzından tükürükler saçarak ve ağlayıp sızlayarak hadisler anlatan Vezir adındaki yaşlı adamın yakınlarında oturmamaya dikkat etti. Çünkü yaşlı adamın ağzı çok sulu ve çok gürültülüydü. Üç saat boyunca aralıksız konuşabiliyor ve son saat boyunca gözleri kapalı oluyordu. Kadınlar, salona sığabilmek için birbirlerine yanaşıp yere oturuyorlardı. Derdâ, geniş sarı koltukla duvarın arasını tercih ediyordu. Bu yüzden sohbete birkaç dakika erken inip orayı kapmaya çalışıyordu. Çünkü Derdâ gizlenmeye çalışıyordu. Çünkü Derdâ normalde beli lastikli tek parçalıyı tercih etse de, iki yıldır sohbete inerken iki parçalı çarşafıyla örtünüyor ve kimseye belli etmeden sol elini şalvarına, orta parmağını da kendine sokuyordu. Hemen yanındaki kadınlar gözyaşları içinde Vezir'i dinleyip histeri nöbetleri geçirirken, Derdâ da o üç saat içinde en az üç kez kasılıp yüksek sesle inliyordu. Böylece kendisi kalabalığa, sesi de uğultuya karışıyordu. Parmağını içinin duvarlarına bir kanca gibi sürterken, yüzleri olmayan onlarca erkek tarafından kuşatıldığını ve her biri tarafından sırayla sikildiğini hayal ediyordu. Zevk merdiveninin son basamağı olan hayaliyse kurmakta acele etmiyordu. Bu hayalde Bezir, bir mucize eseri donuyor, karısının kasılmaktan buruşmuş yüzünü kudurmaktan çıldırmış bir halde izlemek zorunda kalıyordu.

Bezir'in müdahale edemeyişinin nedeni, her sohbette değişiyordu. Bazen felç geçiriyor, bazen elleri ve ayakları bağlanmış oluyor, bazen de üç kişi tarafından zorla tutuluyordu. Derdâ, Bezir'in acı çeken yüzüne iyice bakıp öyle inliyordu. Sonra sohbet bitiyor ve herkes evine dağılıyordu. İki saat sonra Bezir geliyor ve yer sofrasına oturuyordu. Ağzındaki lokmaları çiğnemeden yutup dişlerini Derdâ'yı parçalamak için kullanıyordu.

Derdâ'nın yerine başka bir kız olsaydı, o sohbetler sırasında kirpiklerini yolabilir, dudak derilerini soyabilir ya da bir zamanlar on bir yaşındaki bir çocuğun yaptığı gibi yanaklarının içlerini kemirebilirdi. Ama Derdâ tek kişilik protestosunu acı veren eylemlerden birini seçmeyerek gerçekleştirmeye karar vermişti. Çünkü başkaları bunu yeterince yapıyordu. Derdâ'ya zarar vermek için sıraya girmiş bir dünya insan vardı. Onlardan biri olmayacaktı. Bu yüzden sessiz çığlığının kaynağını zevkte bulmuştu. Alabileceği tek intikam buydu. Acı dolu bir dünyada kendine zevk vermek. Kurban olmayı reddettiğini ilan etmenin tek yoluydu. En azından kendine...

Ne Ubeydullah öğrendi Bezir'in Derdâ'yı dövdüğünü, ne de Rahime o küvette gördüklerini anlattı. Oysa Ubeydullah, Derdâ'yı sevmişti. Merhametle. Seyrek de olsa eve geldiğinde "Derdâ, kızım" diyordu. Ama o üzerindeki, her şeyi örten kumaş yüzünden hiçbir şey göremiyordu. Ne Derdâ'nın dizlerindeki kemer tokası izlerini, ne de omuzlarındaki yumruk kalıntılarını.

Bezir vuruyordu çünkü konuşmak ona zor geliyordu. Bezir vuruyordu çünkü en esmer tüylerine kadar işlemiş kuduz köpekliğini bastırmak için, bir zamanlar gittiği semt okulundaki öğretmeninin yönlendirmesiyle başladığı ve on altı yıldır bırakmadığı *kick box,* öfke kontrolü açısından hiçbir boka yaramıyordu. Bezir vuruyordu çünkü Derdâ bir türlü hamile kalmıyordu.

Karşı evin kapısının açıldığını duyan Derdâ, ayağa fırlayıp dayadı kulağını kendi kapısına. Daha iyi duymak için kapadı gözlerini. İnce ve uzun boylu, çok kısa saçlı bir adam geldi gözkapaklarının içine. Gözleri, diye düşündü. Mavi miydi, bilemedi. Bir sonraki sohbette, etrafını kuşatan erkeklerin arasında birinin yüzü olacaktı artık. En azından bundan emindi.

Bezir, dört günlüğüne İstanbul'a gitmek zorunda kalmış ve Derdâ'nın kısa bir süre için de olsa yalnız kalacağını öğrendiği için hissettiği sevinç, gündüzleri Rahime'nin evinde geçirmesi emrini almasıyla cıva gibi dağılmıştı.

Rahime'nin yüzünde daima bir gülümseme olurdu. Yüzü, gülümsediği bir anda tutkallanmış gibiydi. Gülümseyerek hakaret eder, gülümseyerek yemek yer, gülümseyerek namaz kılardı. Derdâ'ya da öyle bakıyordu. Gülümseyerek. Bir şey diyecekti. Konuştu.

"Bezir'in İstanbul'a neden gittiğini biliyor musun?"

"İş için" dedi Derdâ.

Rahime gülümsemesini daralttı.

"Sana öyle mi söyledi?"

"Evet" dedi Derdâ.

Rahime gülümsemesini bollaştırdı.

"Ah benim yavrum, bir bilsen... Benden duymuş olma ama, Bezir kız bakmaya gitti."

Derdâ acele etti.

"Beni bırakacak mı o zaman?"

"Bırakmasını mı istiyorsun?"

Bu soruya vereceği yanıt çok önemliydi. Sonucu, dört gün sonra üzerine düşecek bir yıldırım olabilirdi.

"Hayır, hayır" dedi Derdâ.

Rahime, gülümsemesini yırtacak kadar güldü.

"Aptal kız, hiç olur mu? Hiç kız bakmaya gider mi? Senin gibi karısı varken... Aptalsın sen, aptal!"

Derdâ başını sağ omzuna doğru eğdi ve gözlerini kıstı. Karşısında, elleriyle ağzını kapatarak kahkahalar atan kadına baktı. Ve o an, Rahime'nin delirmiş olduğunu anladı. Haklıydı. Otuz iki yaşındaki Rahime deliydi ve o güne kadar bunun farkına varan tek kişi Derdâ olmuştu. Rahime'nin Ubeydullah'tan olan tek kızı, on dört yaşına geldiğinde yan bloğun yaşlısı Azamet'e üçüncü eş olarak verilmişti. Bunun üzerine Rahime, kızını bir daha göremeyeceğini, görse de tanıyamayacağını anlayınca, herhangi bir şeyi anlamaktan vazgeçmişti.

Akşam namazına kadar, Rahime'nin, fısıltılı gülümsemesiyle anlattığı, Allah'la konuşmalarını dinledi. "Başka kimse duymuyor" diyordu. "Çünkü sadece benimle konuşuyor. Seni cennetime alacağım, diyor."

Sonra duruyordu Rahime. Aklına bir şey gelmiş gibi. Gülümsemesi donmuş biçimde. Birkaç saniye geçiyor ve yeniden başlıyordu.

"Rahime, diyor bana. Sen benim sevgili kulumsun. Bir tek senin namazına inanıyorum. Diğerleri hep yalancı..."

Bir de yemin ettiriyordu Derdâ'ya. Hemen hemen iki saatte bir.

"Bak, kimseye söylemeyeceksin, değil mi?"

Gidip Kuran'ı getiriyordu.

"Koy elini üstüne" diyordu. "Yemin et!"

Yemek yediler ve Derdâ evden çıkıp basamakları tırmanmaya başladı. Hapishanesinin anahtarını boynundaki ipte taşıyordu. Anahtarı kilide soktuğu anda asansör katta durdu ve Derdâ dondu. Anahtarla birlikte. Asansörün kapısı açıldı ve Derdâ kendine hâkim olamadı. Başını çevirip omzunun üstünden baktı. Gözlerine simsiyah bir sürme çekmiş olan Stanley, üzerindeki deri pardösüsüyle ona bakıyordu. Konçları dizlerine yaklaşan, burunlarında çelik plakalar olan, dev Dr. Martens'leriyle boyu daha da uzamıştı. Mavi gözleri, siyah bulutların arasından çıkmış gökyüzü gibiydi.

Derdâ çok, ama çok yavaşça, anahtarı kilitte bırakıp olduğu yerde döndü ve siyah bir hayalet gibi Stanley'ye baktı. Tavanda sarı bir lamba vardı ve sönmesiyle üzerlerine karanlık çöktü. Kimse göremezdi artık onları. Derdâ koşup sarılabilirdi Stanley'ye. Stanley de çekip alabilirdi Derdâ'yı. Sonra da asansöre biner ve sonsuzluğa giderlerdi. Ama Derdâ'nın unuttuğu bir şey vardı. O da, karanlığa saklanıp kaçmalarının mümkün olmadığıydı. Çünkü Stanley bir adım attı ve lamba tekrar yandı. Birbirlerine bakmaya devam ettiler. Aralarında iki metreden az vardı. Lamba söndü ve bu kez Derdâ bir adım attı. Öyle hızlı bir adımdı ki, üzerindeki kumaş dalgalandı. Dünyaya Derdâ'dan yıllar önce gelmiş olan Stanley, dünyaya ondan önce döndü ve sertçe salladığı başıyla kızı selamlayıp evinin kapısına yöneldi. Sarhoş olmasına rağmen tek hamlede anahtarını kilide saplayıp tek hamlede kapıyı açtı. Lamba söndü ve tekrar yandığında kapı kapanmıştı.

O gece, Derdâ, antrenin zemininde uyudu. Kapının ardından gelecek herhangi bir sesi duyma umuduyla.

Uyandı ve evden çıktı. Stanley'nin kapısına baktı. Duvar gibi duruyordu. Arkası boşmuş gibi. Başını eğip aşağı kata indi. Rahime'nin kapısı, zilin melodisi sona ermeden açıldı.

"Ulviye'yi biliyorsun, değil mi?" diye sordu Rahime.

Başını salladı Derdâ.

"O da konuşuyormuş Allah'la, biliyor musun? Geçen gün söyledi. Yalancı orospu!"

Küfretmek için bulduğu fırsatı kaçırmayan Derdâ, ağzından çıkan kelimenin her harfine teker teker bastı.

"Orospu!"

Rahime duyduğuna çok sevindi ve dudak kenarlarını elmacık kemiklerinin altına sokacak kadar gülümsedi.

Abdest alıp namaz kılarak, yemek yapıp yiyerek ve Rahime'yi dinliyormuş gibi yaparak on iki saat geçirdikten sonra, Derdâ evden ayrıldı. Her çıktığı basamakta durup asansörün sesini dinledi. Daha doğrusu, sessizliğini. Üç basamak çıkıp iki basamak iniyordu. Sonra yeniden bir basamak çıkıp, içinden elliye kadar sayıyordu ama asansörün mekanik gürültüsü bir türlü kulaklarına gelmiyordu. İlk sekiz basamaktan sonra beklemekten vazgeçip hızla çıktı merdiveni ve Stanley'nin kapısına bakmadan girdi evine.

O gecenin ilk saatlerinde camın kenarına çektiği koltukta oturup, karanlıkta Londra'yı izledi. Sonra ayağa kalkıp ağır ağır soyundu. Çırılçıplak bir adım attı ve parmaklarıyla göğüs uçları, kente bakan camda aynı anda iz bıraktı. On ikinci kattaki karanlık evin camında kollarını açmış çıplak bir Derdâ vardı. Alnını cama yaslamış, uzaktaki ışıklara bakan. Ya biri görürse, diye endişelenen, sonra da keşke biri görse, diye düşünen. O gece Derdâ, beyaz bir bayrak gibi salladı kendini camın önünde. O gece Derdâ, bir çığlık kadar çıplaktı karanlığın içinde. Ama kimse duymadı o çığlığı. Önünde kendini açtığı cam ses geçirmediği için, çiğ et gibi dövülmüş bedenini kimse görmedi. Ne çürüklerini görüp polise haber veren oldu, ne de teşhircilikten şikâyet eden. Giyinmeden yattı Derdâ.

Gözkapakları aralandı ve aralarından siyah bir siluet geçti. Gözlerini açtı ve üzerindeki yorganı dirseğiyle göğüslerinin arasına sıkıştırıp hızla doğruldu. Yatağın kenarına oturmuş Rahime, Derdâ'nın çıplak omuzlarına bakıyor ve gülümsüyordu. Önce nasıl içeri girdiğini anlayamadı, hatta hangi evde olduğunu. Hınçla atılmış bir taş gibi, Rahime'de evin anahtarı olduğu düştü aklına. Kim bilir ne kadardır oradaydı? Yanında, yatakta. Sabah olmuş, güneş kapalı perdelerin rengini açmıştı. Yoksa biri mi görmüştü dün gece ne yaptığını?

"Ben de senin gibi güzeldim bir zamanlar."

Uzun bir nefes verdi Derdâ. Genç kızın omzunda avucunu gezdiren Rahime konuşmaya devam etti.

"Ama bak, sonra ne oldum? Ne hale geldim?"

Yatağa üzerindeki çarşafla girdi Rahime. Derdâ'nın göğsüne başını koyup ağladı. Derdâ'nın tek yapabileceği, Rahime'yi teselli etmek için başını saran kumaşı okşamaktı.

O gün çok sessiz geçti ve kimse namaz kılmadı. Akşama doğru, Rahime elinde bir ayakkabı kutusuyla Derdâ'ya yaklaşıp fısıldadı:

"Bunun içinde ne var, biliyor musun?"

Derdâ'nın yanıtını beklemeden kutunun kapağını kaldırdı ve içinden bir eşarp yumağı çıktı. Yumağı dağıttıkça, metalik bir renk göründü. Rahime, küçük el radyosunu çıkarıp Derdâ'ya gösterdi.

"Sakın kimseye söyleme, sakın!" deyip radyoyu açtı. Siouxie and the Banshees söylüyordu: "Peek a Boo."

Rahime güldü ve "Hiçbir şey anlamıyorum ama çok güzel" dedi. Bu kez Derdâ da güldü.

Gece yarısına kadar müzik dinleyip dans etmeye çalıştılar. Ama nasıl yapılacağını bilmiyorlardı. Bu yüzden, daha çok, el ele tutuşup zıpladılar ve kendi etraflarında dönerek birbirleriyle çarpıştılar. Yaptıklarına pogo deniyordu ama bundan kimsenin haberi yoktu.

Derdâ için yorucu olan tek şey, her yarım saatte bir, elini Kuran'ın üstüne koyup "Radyoyu kimseye söylemeyeceğim" diye yemin etmekti.

Derdâ boğazında bir düğümle uyandı. Yutkundu ama geçmedi. Boynunun içinde çelik bir misket gibi sıkışıp kaldı ve nefesini daralttı. İltihaplı düğümün uzun bir adı vardı: Bezir olmadan geçireceği son gün. Üstelik her an kısalıyordu o gün. Her geçen saniye...

Önce karşı dairedeki adamın gözbebeklerini getirdi gözlerinin önüne. Sonra soluduğu havada gördü mavi gözlerini. Bezir'in siyah saçlarının biraz altında. Mavi gözlerin çevresindeki solgun yüz belirginleştikçe, Bezir'in esmer suratı kayboldu ve boğazındaki düğüm çözüldü. Gidip kapısını çalsam, diye düşündü. Beni alıp götür, desem. Kaçır, diye yalvarsam... Ama nasıl, diye sordu kendine. Hangi dilde? Düşündü... Birden, aklına resim yapmak geldi. Evet, çizecekti! Her şeyi. Beş yıl önce apartmana girişini. Bezir'in işkencesini. Ve bir daha dönmemek üzere apartmandan çıkışlarını. Birlikte. Hatta el ele. Bir de kalp çizerdi. Kocaman.

Yataktan kalkıp koşarak salona gitti. Rahlede, Bezir'in Arap harflerini çalıştığı defteri ve dolmakalemi vardı. İkisini de alıp yüzüstü yere yattı ve boş bir sayfa açıp, elinde kalemle üzerine kapandı. Kendisini çizdi. Kolaydı. Simsiyah bir kardan adam. Yanında Bezir. Sakallı bir kardan adam. Yanlarında da apartman. Sonra yılı yazdı. Beş yıl önceki yılı. Hepsinin altına bir çizgi çekip, resimli romanının ikinci karesine geçti. Beyaz kardan adamın biçimsiz eline bir sopa yerleştirdi. Siyah kardan adam bu kez yataydı. Kırmızı kalem gerekiyordu. Kan için. Ama yoktu. Mutfağa koştu. Ekmek bıçağını alıp keskin yüzünü parmak ucuna yasladı ve bir testere gibi çekti. Derisinde kırmızı bir tel belirdi. Salona dönüp, siyah kardan adamın üzerini ve çevresini kanla boyadı. Üçüncü karede Derdâ'yı apartmandan çıkaran mavi gözlü adamı çizmek için o kadar özendi ki, neredeyse unutuyordu. Sıktığı parmak ucundan çıkan kanının son damlasını, çizdiği kalbe döktü.

Karşılıklı iki sayfayı kaplayan resimlerini defterden koparıp aldı ve giyinip çıktı. Rahime'nin kapısı açıldı ve elinde Kuran olan kadın, "Ne istiyorsun?" diye sordu. Her şeyi unutmuştu. Bezir'in gittiğini, onun yokluğunda Derdâ'nın her gün gelip kendisine görünmesi gerektiğini, geçen gece dinlediği şarkıları, her şeyi. Uzatmadı Derdâ. Ekmek istemeye geldiğini söyledi. "Yok" dedi Rahime. "Sizin gibi yalancı orospulara hiçbir şey yok!" Burnuna kapanan kapıya gülümseyerek bakan Derdâ, koşarak üst kata çıktı. Biraz sonra yapacaklarından o kadar korkuyordu ki, bir saniye bile dursa vazgeçebilirdi. Bu yüzden durmadı. Karşı evin ziline basana kadar koştu.

Yaklaşan ayak sesleri duydu ve kapı açıldı. Stanley yeni uyanmıştı. Gözaltlarındaki torbalar bir önceki gece çektiği metamfetaminle doluydu hâlâ. Üzerinde sadece, düğmesi iliklenmemiş ancak fermuarı çekilmiş deri bir pantolon vardı. Üstündeyse dövmeleri. Belki bir de dövmelerden geriye kalmış birkaç parça ten rengi. Derdâ, elinde resimleriyle, bir adım geri attı. Korkmuştu dövmelerdeki şeytanlardan. Ama Bezir'in döneceğini hatırlayıp uzattı kâğıtları. Stanley aldı ve kapıyı kapadı.

İşte o an, ne yapacağını bilemedi Derdâ. Kapının önünde öylece kalakaldı. Bir süre bekledikten sonra, arkasına baka baka evine döndü.

Londra kararıyordu. Camdaki kentin caddelerinden ışıklar akıyordu. Dizlerini karnına çekmiş, koltuğunda oturup

Londra'ya bakan ama görmeyen Derdâ, "Ya adam resimleri Bezir'e gösterirse?" diye endişelenip yanaklarının içlerini kemiriyordu. Eski bir alışkanlık. Birkaç saat boyunca camdaki yansımasını izleyip intihar etmeyi düşündü. Camı açıp atlamayı.

Ayağa kalktı. İkinci derisi olmuş siyah kumaşı üzerinde unuttuğunu fark etti. Eldivenleri bile ellerindeydi. Umursamadı. Bir adım atıp camı açtı. Yeni başlayan yağmurun ilk damlaları yüzüne vurdu. Önce on iki kat aşağıya sonra da uzaklara baktı. Ve kapı bir yumrukla çalındı. Zil bozuktu.

Hiçbir şey hissetmeyen Derdâ, camı açık bırakıp salondan çıktı ve antreden geçip kapının önüne geldi. Hiçbir şeyi merak etmeyen Derdâ kapıyı açtı ve kimin geldiğine bakmak için başını bile kaldırmadı. Bir çift Dr. Martens gördü. Sonra bir çift siyah deriyle kuşatılmış bacak. Siyah bir tişört ve Stanley'nin yüzü. Derdâ'nın görmek için başını kaldırması gereken mavi gözleri. Derdâ'nın üzerinden bakıyorlardı. Karanlık evin içlerine doğru. Sanki birini arıyormuş gibi. Evde başka birinin olup olmadığını anlamak istermiş gibi. Ve iki elini pervazın iki yanına yaslayıp Derdâ'nın üzerinden içeri uzandı.

"Kimse yok mu?" dedi, anadilinde. Derdâ da ister istemez, başını çevirip evin içine bakmıştı. Sonra birden anladı, adamın ne yapmak istediğini. Dönüp "Yok" dedi. "Kimse yok." Ellerini bileklerinden kırıp defalarca kaldırdı. Bu işareti çözemese de, çağrısına yanıt gelmeyen Stanley, evde Derdâ'dan başka kimse olmadığını anladı. Kızın bileğini tutup kendine doğru çekti ve resimli romanın üçüncü karesindeki gibi yürüdüler. Derdâ, evin kapısını son anda uzanıp kapatabildi. "Gidiyorum işte!" diye düşündü. "Sonunda gidiyorum!" Ama fazla yürümediler. Ne merdivene yöneldiler ne de asansörün önünde durdular. Stanley'nin açık bıraktığı kapıdan evine girdiler.

Bomboş antreden geçip karanlık bir koridora saptılar ve en büyük yatak odasına adım attılar. Derdâ, evi hiç görmemiş olsa da mimariyi tanıyordu. Hem de çok iyi. Beş yıldır içinde yaşıyordu o mimarinin. Bezir'in tek duvarına bir yatak yasladığı odaya, Stanley siyah perdeler asmış, tavanından uçlarında halkalar olan zincirler sarkıtmış, çift kişilik bir yer yatağının yanına, Derdâ'nın daha önce gördüğü siyah deri koltuğu koymuş, duvarlara da *Torture* dergisinin verdiği posterleri asmıştı. Derdâ, dört bir yanındaki, latekslere gömülmüş kadın ve erkeklerin birbirlerine yaptıklarını görünce Stanley'nin elini bıraktı ve odadan çıkmak üzere geriye doğru bir adım attı. Stanley, kızın omuzlarından yakalayıp gülümsedi. Tek elini kaldırıp durmasını işaret etti. Ve çarşafının üzerinden Derdâ'nın başını okşadı. Sadece gözleri görünen Derdâ'nın eldivenli eli, yüzünü kapatan kumaşı çekmek için yükselirken Stanley tarafından durduruldu. Uzun boylu adam çenesini hafifçe iki yana salladı. Yüzünü açmasını istemiyordu. Derdâ anlamıştı. Peki, ama ne istiyordu? Birkaç dakika sonra öğrendi.

Üzerindeki tişörtü çekip çıkarmış olan Stanley, yer yatağındaki yastıklardan birini kaldırdı ve altından bir cop çıktı. Yatağın üzerinde dizlerinin üstüne çöküp iki eliyle copu Derdâ'ya uzattı. Copu alan Derdâ'dan gözlerini ayırıp fermuarını açtı ve pantolonunu indirdi. Dizlerine kadar. İki avucunu yere koydu ve bir köpek gibi başını kaldırıp Derdâ'ya baktı. Kasıklarından yatağa doğru sertçe uzanmış et parçasını durduğu yerden görebilen Derdâ'nın gözleri, kedi sırtı gibi şişmiş omuriliğin çevresindeki çürüklere kaydı. Ve bir eliyle bacaklarının arasında ne varsa okşadığı için artık üç ayaklı olan Stanley gözleriyle Derdâ'ya yalvardı. Elindeki copu sırtına indirmesi için.

Dehşetten gözleri kararmış olan Derdâ kaçtı.

Üç saat sonra döndü ve Stanley'ye vura vura, copun boyasını döktü.

Camden Town denilen deliler semtinin arka sokaklarının kesiştiği ücra bir köşede Stick vardı. Bir *pub*. Barın arkasında duran Stanley, elindeki kadehi, yer bezi bile olmayacak bir bezle silermiş gibi yapıyor ve karşısındaki taburede oturan Mitch'le konuşuyordu. Mitch Amerikalıydı. Ve doğduğu ülkede sadomazo daha çok bir soda markasını çağrıştırdığı için, Londra'ya gelmişti. *Torture*'ın ilan sayfalarından bulduğu Severin adında bir kadının kölesi olmaya. Ama anlaşamamışlardı. Kadın bir sabah uyanıp lezbiyen olmuştu. Mitch de azat edilmiş ve boşlukta sallanmaya başlamıştı. Sallanırken de çenesinden akan bira damlasını elinin tersiyle siliyor ve Stanley'yi dinliyordu. Bir yandan da, sol kulağındaki küpeye ince bir zincirle bağlı olan sol gözündeki monoklünü düzeltiyordu.

"Görmelisin, öyle güzel ki! Nasıl anlatılır, bilemiyorum. Hani şu Arap kadınlar var ya? Simsiyah kumaşlar içinde! Böyle, sadece gözleri görünüyor. İşte, onlardan. Galiba Türk. Yani apartmanda bir sürü Türk var, yönetici söyledi. Galiba o da öyle. Her neyse, bir kocası var ya da ağabeyi. Sakallı bir herif... Şimdi bunlar benim karşımdaki dairede oturuyor. Kızı birkaç kez görmüştüm. Ama hiç konuşmamıştık tabii. Neyse, dün gelip kapımı çaldı."

"Kaç yaşlarında?" diye sordu Mitch.

"Ne bileyim" dedi Stanley. "Ama genç olmalı. Bana öyle geldi."

Mitch, anlatılanların bu kadarıyla bile tahrik olmuştu. Delik cebine elini sokup sokmama konusunda tereddüt ediyordu. Stanley fark ederse sinirlenebilir diye düşündü. Kendini tuttu ve "Bir bira daha versene" dedi.

Stanley, kirli bardağı iki adım sağındaki musluklardan birinin ağzına dayayıp içini birayla doldurdu ve Mitch'in önüne koydu. Sabahın onuydu ve Stick'in tek müşterisiyle konuşmaya devam etti.

"Ne diyordum? Evet, gelip kapıyı çaldı. Bir baktım, elinde resimler. Alıp baktım. Belli ki kendisi yapmış."

Mitch sarhoş oluyordu. Heyecanlanmıştı.

"Eve almadın mı?"

"Dur" dedi Stanley. "Dinle! Resimlerde bir şeyler çizmiş. Bir adam, bir kadın. Birbirlerine vuruyorlar. Sonra bak, daha tuhaf bir şey... Kalp yapmış. Kırmızıya boyamış. Ama neyle, biliyor musun? Galiba kanla."

"Siktir!" dedi Mitch. Kan görünce midesi bulanan Severin'i hatırladı ve bir kez daha söyledi: "Siktir!"

Stanley anlatırken gülüyordu.

"Ciddiyim! Her neyse, o sakallı herifin ortalarda olup olmadığını anlamak için geceyi bekledim. Sürekli kapı deliğinden bakıyorum. Yok, herif gelmedi. Sonra gidip kapıyı çaldım. Kız açtı. Baktım, içeride de kimse yok."

"Hiç konuşmuyor mu? Yani konuşmadınız mı?" diye sordu Mitch.

"Hayır, hayır, İngilizce bilmiyor. Neyse, aldım kızı, eve götürdüm. İnanamazsın Mitch, rüya gibiydi! Tam bir rüya!"

"Yüzünü gördün mü?"

"Deli misin? Yüzünü görürsem ne zevki kalır? Hiçbir yerini görmedim. Ellerini bile. Eldivenleri vardı."

"Evet, evet, biliyorum" dedi Mitch. "Benim sokaktaki *Tesco*'ya geliyorlar. Beş kadın. Beşi de simsiyah. Böyle, hayalet gibi dolanıyorlar reyonlarda. Bir tanesi kasa kuyruğunda önüme düşmüştü de o zaman görmüştüm. Siyah eldiven takıyordu..."

Sustu Mitch. Hayal etti. Dünya üzerindeki, bedenlerini ve yüzlerini gizleyen bütün Müslüman kadınları. Sonra konuştu.

"Bence dünyanın en seksi kadınları onlar olmalı."

"Kimler?" dedi Stanley.

"Müslüman kadınlar. Baksana, o kadar seksi olmalılar ki, her yerlerini kapatıyorlar. Yani bir açsak kendimizi, tutamayacaksınız kendinizi, diyorlar bize, anlıyor musun? Üzerimizdeki kumaşları çıkarırsak, kendinizi kaybedersiniz, demek istiyorlar biz erkeklere! Evet, evet, bunu hiç düşünmemiştim ama böyle olmalı! Yani insan, dünyanın en güzel kadını değilse niye saklasın kendini? Tecavüze uğramaktan korkuyor olmalılar! Şöyle düşün, sen hiç nüdist olan güzel bir kadın gördün mü? Yok! Belki de Müslüman kadınlar, bir çeşit silah gibidir. Ölümcül bir silah gibi! O kadar ölümcüller ki, kılıflarından asla çıkarılmıyorlar. Nükleer bombalar gibi! Asla ateşlenmiyorlar ama oradalar! Yani ortaya bir çıksalar, dünyanın sonu olacak! Herkes onların kölesi olacak! Belki de tutsak alınmış Amazonlardır!"

Gülüyorlardı. Ama Stanley birden ciddileşti.

"Beni o kadar tahrik ediyor ki o üzerindekilerle... Üstelik bu bir fantezi falan değil. Gerçek! Yani öyle buradaki salaklar gibi sabah etek giyip gece kafalarına lateks maskeleri geçirmiyorlar! O kadınlar hep öyle! O kadar soylular ki o karanlık kumaşların içinde! Sanki yürümüyorlar da uçuşuyorlar, anlıyor musun?"

"Evet!" dedi Mitch. Yine Severin'i hatırlamıştı. Boktan bir bankada tayyörle çalışan Severin'i. "Peki, sonra ne oldu, ne yaptınız?" diye sordu.

Stanley arkasını dönüp tişörtünü sıyırdı. Sırtı, Derdâ'nınkine benziyordu. Morluklar içindeydi. Mitch'in alkolik eli titreyerek barın üzerinden geçti ve izlerin üzerinde dolaştı. Stanley olduğu yerde döndü ve Mitch'in açık ağzını gördü.

Stick'i geçici olarak kapatan Stanley, Amerikalı'nın küçük diline kadınlar tuvaletinde boşaldı. Çünkü erkekler tuvaletini daha temizlememişti.

Stick yeniden açıldığında içeri ilk giren Regaip oldu. Stanley, Regaip'i gördüğü anda *pub*'ın diplerine doğru sandalyeleri devire devire kaçmaya başladı. Biraz önce Amerikalıya diz çöktürdüğü kabine kendini kilitleyince kurtulacağını düşündü ama bir tekmede kapıyı menteşesiyle içeri sokan Regaip, Stanley'yi boynundan yakalayıp devirdi ve kafasını klozete sokup sifonu çekti. Bir süre sifon gürültüsü eşliğinde dondular ve Regaip, Stanley'nin kafasını klozetten çıkarıp yanındaki duvara vurdu. Stanley ellerini kaldırıp "Tamam, tamam!" dedi. Regaip bir adım geri attı ve bekledi. Stanley, pantolonunun arka cebinden iki yüz pound çıkarıp uzattı. Bir aylık metamfetamin borcunun yarısıydı. Bu yüzden, parayı alan Regaip, "Gelecek hafta" dedi İngilizce. "Geleceğim!"

Sonra da dönüp gitti. Korkudan barın arkasına sığınmış ve asla kullanamayacak olsa da eline boş bir viski şişesi almış olan Mitch'i görünce de, "Amına koduğumun ibneleri!" dedi Türkçe. Yürüyüp çıktı. İki adım attı ve kaldırımda durdu. Dönüp bir daha girdi, çıktığı kapıdan. Bu kez bağırarak. Yine Türkçe.

"Ulan, sen bana mı kaldırdın o şişeyi, şerefsiz!"

Üzerine doğru gelen Regaip'i gördüğü anda Mitch'in kaşları yükseldi ve sol gözündeki monokl kulağını kanatacak bir hızda düştü.

Bezir bir daha sordu:

"Ne dedin?"

"Alışverişe, diyorum... Rahime ablalarla beraber çıksam. Hep eksik alıyorlar bize."

Bezir bir daha sordu. Bu kez üçe bölüp.

"Sen? Dışarı çıkacaksın? Rahime ablalarınla?"

Yetmişti. Israr etmeyecekti Derdâ. Anlaşılmıştı.

"Yok" dedi. "Neyse, zaten onlar alıyor her şeyimizi."

Kanepede oturan Bezir, arkasına yaslanıp ayağını altına aldı.

"Sen hele bana, şu koltuktan bahset biraz."

"Ne koltuğu?" dedi Derdâ.

"Şu, şu! Oynattın mı onu yerinden?"

Dört gün ve dört gece boyunca camın önünde durmuş olan koltuğu gösteriyordu. Şimdi, asıl yerinde, kanepenin karşısındaydı. Duvara bakıyordu. Ne diyeceğini bilemedi Derdâ. Kekeledi.

"Bel... Belki ortalığı süpürürken çekmişimdir."

Bezir gülümsedi.

"Öyle mi?"

Ayağını altından çekip sarkıttı ve kanepeden kalktı. Ayakta duran Derdâ'nın ensesine yavaşça elini koydu. Hafifçe sıktı. Ama fazla değil.

"Gel" dedi.

Derdâ'yı yürüttü ve camın önüne geldiler. Perdeler kapalıydı ve Derdâ'nın ne olacağı hakkında hiçbir fikri yoktu. Çok korkuyordu. Ama çok.

Birden ensesinde olağanüstü bir ağırlık hissetti. Bezir, Derdâ'yı yere çiviler gibi bastırıp dizlerinin üstüne çöktürdü. Kendisi de eğildi. Derdâ'nın gövdesini büküp, yüzünü halıya yasladı. Sordu:

"Peki, o zaman bu ne?"

Hiçbir şey görmüyordu ki Derdâ. Halının tüylerinden başka. Bezir de fark etti kızın görmediğini. Birkaç santim kaldırdı başını. Ama hâlâ görmüyordu. Gözlerinin önünde sadece bir halı duruyordu, hepsi o.

"Neyi?" diyebildi. "Neyi göreceğim?"

Bezir'in işaret parmağı halıdaki dar çukuru gösterdi.

"Bunu göreceksin, bunu!" deyip kızın başını diğer çukura sürükledi. Yetmiş santim sağa.

"Bunu da göreceksin!"

Sonra bir çukur daha.

"Bunu da göreceksin!"

Ve sonuncusu.

"Bir de bunu göreceksin!"

Kızı, dizlerinin üstünde kendi etrafında döndürmüş ve koltuğun halıda bıraktığı ayak izlerine teker teker yüzünü sürtmüştü.

"Bilmiyorum" diyordu Derdâ. "Ben bilmiyorum!"

Ağlamaya başlamıştı. Bezir, ağlamasından nefret ederdi.

"Kim bilecek? Başka biri mi? Başka biri mi girdi bu eve? O mu girip çekti koltuğu buraya? Camın önüne! O mu baktı dışarı, perdeleri çekip? Sen bu eve birini mi soktun? Onu mu diyorsun bana? Onun için mi çıkacaksın dışarı? Onu görmeye mi gideceksin?"

Ve bağırmamıştı Bezir bunları sorarken. Kısık bir sesle konuşmuştu. Çünkü Ubeydullah, "Çok gürültü geliyor evladım sizin evden" demişti. "Bir şey mi yapıyorsun kıza?"

Sonra Derdâ'nın ensesi birden hafifledi. Çünkü Bezir'in zamanı yoktu. İşe gidecekti. Antrede ayakkabılarını giyip evden çıktı. Derdâ, bıraktığı yerde kalmıştı. Başını kaldırıp rahleyi gördü. Sayfalarını kopardığı defteri aradı gözleri ama yoktu. Onu da mı fark etmişti acaba? Akşam dönünce öğrenirim nasıl olsa, deyip ayağa kalktı.

Öğleden sonraya kadar salonda volta attı ve evden çıkıp karşı dairenin kapısını çaldı. Stanley o gün çalışmıyordu. Derdâ, adamın yüzüne bile bakmadan içeri girdi ve yatak odasına yürüdü. Stanley peşinden gitti. Derdâ eğilip yastığın altındaki copu aldı. Stanley, işaret parmağını kaldırıp durmasını istedi. Tavandan sallanan zincirlerden birine takılmış olan, üç şeritli, çivili boyunluğu aldı ve Derdâ'nın çarşafının üzerinden boynuna taktı. Bir adım geri atıp çivili boyunluk takan siyah çarşaflı kıza baktı. Hayranlıkla. Sonra yavaşça soyundu ve bekledi. Bu kez ayakta kalıp ellerini başında birleştirdi. Ve gözlerini kapadı. Sert plastikten yapılmış olan cop bacaklarına ve sırtına indikçe doğrulan et parçasının ucundan saydam bir sıvı akana kadar hareketsiz durdu. Gözlerini açıp Derdâ'ya avucunu gösterdi ve kız durdu. Stanley yerde duran çivili bilekliği alıp ucu ıslak et parçasının etrafına tersten geçirdi. Çiviler etine batacak biçimde. Bilekliği birkaç kez ileri geri götürdükten sonra başını kaldırıp Derdâ'ya baktı. Kız, Stanley'nin ne istediğini anlamıştı. Siyah eldivenli eli bilekliği tutup on iki kez ileri ve geri götürdü. Bu kez et parçasından çıkan sıvının bir rengi vardı.

Derdâ, elinde kalmış copu yatağa atıp evde dolaşmaya başladı. Bir şey arıyordu. Bir kitap. Herhangi bir tane. Buldu. Bir kitap değil. Ama bir dergi. Televizyon rehberi. Giyinip yanına gelmiş olan Stanley'ye dergiyi açıp gösterdi ve "İngilizce!" dedi bağırarak. Sanki sesini duyuramayacakmış gibi.

Ağzını kapatan kumaş yüzünden sesinin tam olarak duyulmadığını düşünürdü hep. Bir eliyle sayfalardaki resimleri gösteriyor, bir yandan da "İngilizce!" diyordu. Stanley, "Anlamıyorum, ne istiyorsun?" diye sordu. Derdâ, boştaki elinin parmaklarıyla havaya yazar gibi yaptı ve Stanley bir kalem bulup getirdi. Elindeki derginin arka kapağında bir çanta reklamı vardı. Dimdik ayakta duran ve avuçlarını baldırlarına yapıştırmış çıplak bir kadının göğüsleri çantayla kapanmış, bacaklarının birleştiği yerde de markası yazıyordu. Derdâ, çantadan çıkardığı okun ucuna bir kelime yazıyormuş gibi zikzaklı bir çizgi çizdi. Sonra kadının gözlerini yuvarlak içine aldı ve o yuvarlaktan da bir ok çıkardı. Onun da ucuna zikzaklı çizgisini çekti. Bir yandan da "İngilizce!" diyordu. Sonra bir şey unuttuğunu hatırladı. Çektiği bütün okların ucuna bir soru işareti ekledi ve Stanley anladı. Derdâ'nın elinden dergiyi alıp işaret parmağıyla çıplak kadının üzerinden defalarca geçerek "Kadın" dedi, İngilizce. Ve Derdâ tekrarladı.

O gün Stanley iki kez daha boşaldı ve Derdâ otuz altı kelime daha öğrendi.

Hıdır Arif, "Bu da meşhur Big Ben" dedi.

Ama Gido Ağa'nın umurunda değildi. O daha çok, yeni girdiği eroin işini düşünüyordu. Kaçak mazotun kârını sekize katlayan eroin. Uzun zaman önce Londralı olmuş hemşerileriyle pazarlığa gelmişti Londra'ya. Her ne kadar pazarlık yaptığı adamlar o güne kadar hiç görmediği bir köyde doğmuş olsalar da, anasının memesinden Kürtçe emmiş her erkek hemşerisi sayılırdı. Kadınlarla iş konuşmazdı. "Ben" demişti, "malı Bulgar sınırından sokarım. Ondan sonrası sizin işiniz, gerisine karışmam." Londralı hemşerileri de "Tamam" demişti. "Hallederiz ama maliyet artar. Payın düşer, ona göre." Canı sıkılmıştı Gido Ağa'nın. Bu yüzden umurunda değildi önünden geçtiği Big Ben. Kendine ait olmadığı sürece hiçbir binayla ilgilenmezdi aslında. Hıdır Arif de, yirmi bir metrelik bir yat kiralayıp Thames Nehri'ni Gido Ağa'yla geçmeye meraklı değildi tabii. Ama sırf memleketlerinden binlerce kilometre uzaktalar diye tanışmıyormuş gibi de yapamazlardı. Ortak noktaları çok fazlaydı. Yaklaşık iki yüz bin adet. İkisinin de ayrı ayrı hükmettiği toprağın nüfusu bu kadardı. Gido'nun işlerine karışmamayı babasından öğrenmiş olan Hıdır Arif, çevirdiği dolapları bilse de kapılarını açmazdı. Yeter ki Gido da Hikmetçilere karışmasın. Paylaşmışlardı insanları. Et ve kemikleri Aleyzam aşiretinin, ruhları da Hikmetçilerindi. Adil bir anlaşmaydı. Neredeyse yüz yıllık bir geçmişi vardı. Örgüt işlerine Gido baktığı için, dağa çıkanların çetelesini de o tutuyordu. Hıdır Arifin umurunda değildi topraklarında dalgalanacak bayrağın rengi. Ruhları olmadan, yaşayan ölülere döneceğini iyi bilirdi insanların. Bu yüzden bölgesini Çinliler de işgal etse Hikmetçilerin hükmü sürerdi. "Kürdistan, Türkiye Cumhuriyeti, Çin Halk Cumhuriyeti, ne fark eder" derdi babasına. Şıh Gazi'nin kulaklarının hâlâ duyabildiği yıllarda. Princeton'ın eseri bir dünya vatandaşıydı Hıdır Arif. Dini olandan başka sınır tanımazdı. Sınır Tanımayan Müslümanlar diye bir örgüt kurulsa, başına geçecek kadar hayal gücü vardı. Ama yine de tercih ettiği halklar vardı. Örneğin, Arapların gösteriş merakına hayranlık duyar ve Kâbe'yi altınla kaplamaya kalksalar, ilk destekleyenlerden olurdu. Hatta gösterişe olan bu yatkınlığı yüzünden Hacerü'l Esved'in kırıntısı olduğuna tam da inanmadığı yarım kiloluk bir taşa yarım milyon dolar ödemişti. Sonra da taşı çalışma odasına giren bütün misafirlerin gözüne sokmaya başlamıştı. Üzerinde dünya haritası olan bir cam küre ve tam merkezinde, havada asılı gibi duran simsiyah bir taş. Magmanın yerine. Küre, çelik bir sütun üzerinde duruyor ve önce o karşılıyordu odaya girenleri. İçini de ışıklandırmıştı Hıdır Arif. Bir kumandayla, oturduğu yerden yerkürenin rengiyle oynuyordu. Ama genelde türbe yeşilini tercih ediyordu.

Waterloo Bridge'e yaklaşırken, "Bir herif varmış" dedi Gido Ağa. "Tanırsın belki."

"Kim?" diye sordu Hıdır Arif.

"Bedir mi, Bezir mi, öyle bir şey... Buradaymış. Ne iş yapar, bilir misin?"

Çevrelerindeki teknelerden ve Waterloo Bridge'den turistler taşıyordu. Ellerinde makineleriyle, yakaladıkları karelere belki de asla bakmayacak olan onlarca insan sürekli fotoğraf çekiyordu. Köprüdekilerden biri, birazdan altlarından geçecek olan lüks yattaki cübbeli, sarıklı ve sakallı adamı görünce, bir Ortadoğu ülkesinin lideri olduğunu düşünüp fotoğrafını çekti. Yanındaki, "Onu boş ver, kim olduğunu biliyorum. Bizimkini çek" dedi.

MI5 adındaki İngiliz iç istihbarat servisinin sarı yağmurluklu iki memuru, kentin en pahalı oteli Waldorf'ta kalan Gido Ağa'yı çözmek için oradaydı. Aslında Gido, basit bir turist olarak gelip terk edebilirdi İngiltere'yi. Ama MI5 tarafından aylardır izlenen kişileri ziyaret etmesi, kendisini de bir ilgi odağı haline getirmişti. Ve izlenilmek bulaşıcı olduğundan, Gido da takip ediliyordu artık. Köprüde gayda çalarak hayatını kazanan kızıl sakallı ve kiltli İskoç, dirseğiyle itti memurları. "Çekilin buradan" dedi. "Kapamayın önümü!" İster istemez, durdukları yeri terk ettiler. Önlerinden geçen çift katlı otobüsün üzeri, sinemalara yeni gelmiş *James Bond* afişiyle kaplıydı. İki yanında bikinili kızların durduğu, saçları kask gibi ve smokinli bir James Bond. Önce afişe, sonra birbirlerine baktılar. Etekleri rüzgârdan enselerine kadar kalkmış fosforlu sarıdan yağmurluklarına, tamamen dağılmış ve her geçen yıl azalan birkaç yüz tel saçlarına, fazla mesaiden kan oturmuş gözlerine, indirimden alınmış Çin malı ayakkabılarına ve en sonunda da gayda çalmaya başlamasına rağmen kendilerine hâlâ ters ters bakan İskoç'a kaydı gözleri. İçlerinden biri, "James Bond'u sikeyim!" dedi ve yürüyüp gittiler.

O sırada Hıdır Arif, Gido'nun sorduğu ismi nereden hatırladığını düşünüyordu. Biraz daha bilgiye ihtiyacı vardı.

"Kimlerdenmiş?"

Aşiretten mi, yoksa cemaatten mi, demekti bu. Yani hangi tarafı ağır basar, demek istiyordu.

"Sizden" dedi Gido.

"Allah Allah" deyip başını salladı Hıdır Arif. "Biliyorum ben bu adı ama nerden? Neyse, ne işin var senin bu adamla?"

"Sorma" dedi Gido, gözlerini Thames'in çamurlu suyuna

bırakıp. "Bir işimiz var işte..."

Hıdır Arif sormadı. Dolayısıyla, Londra'daki Müslüman *kick box*'çılardan küçük bir örgüt kuran Bezir'in, "Allah yolunda cihadın her türlüsü mubahtır" deyip birkaç yüz kefereyi eroine bağlayıp gebertmeye çalıştığından haberi olmadı. Hıdır Arif sormadı. Dolayısıyla, harama asla el uzatmadığı için topladığı paranın tamamını yine eroine yatıran Bezir'in, Müslümanlara satış yapan torbacıların dizlerini tek hamlede kıracak bir vuruş tekniği geliştirmiş olduğundan da haberi olmadı. Aslında Hıdır Arif, Gido'yu dinlemeyip sorsaydı da bunları öğrenemezdi. Çünkü o da hiçbirini bilmiyordu. Ona sadece, "Bir herif var, Hikmetçilerden. Ne bok yediği belli değil, onu da sen halledeceksin artık" demişlerdi. Bunu diyenler, adaya çıkan eroinin dörtte üçünün sahibi olmakla övünen dört kardeşti. Dulluhan kardeşler. Londra'nın Daltonları! Aslında Bezir'le dertleri, eroini Ruslardan almasıydı. Yani kendilerinden geriye kalan dörtte birden. "Bakarız icabına" demişti Gido. Zaten, MI5 tarafından ilk fotoğrafı da orada çekilmişti. Westminster'daki Dulluhan karargâhının karşısındaki apartmanın dördüncü katındaki aralık bir camdan.

Yatın kıç güvertesine geçip yemeğe oturdukları anda, "Tamam!" dedi Hıdır Arif. "Hatırladım ben o adamı! Bezir onun adı, Bezir! Bizim Ubeydullah'ın oğlu. İyi oğlandır. Babasının mobilya fabrikasına bakar."

"Beş yıl önce on bir yaşında bir kızı karısı yapmasına aracılık ettim" diyemedi ama şöyle devam etti:

"Hatta Kurudere'den bir kız aldı. Hatırladım şimdi... Neyse, nesi lazım sana bu adamın?"

Gido, önündeki etin yanında rakı olmadığı için burnundan solurken başını kaldırdı.

"Adresi ver, yeter. Bir de bana şunu söyle: Değerli midir?"

Aslında hissetmişti Hıdır Arif. Lafın buraya geleceğini hissetmişti. Orospu çocuğu Gido, canını yakacaktı oğlanın.

Düşünce hızında bir hesap yaptı zihninin sayfalarında. Sonuç, Bezir'in aleyhineydi. Allah affetsin, dedi içinden.

"Değildir."

"İyi" dedi Gido. Keyfi yerine gelmişti. Sonra etrafına baktı. "Ne diyordun sen, big mig, bir şey diyordun, nerede o?"

Hıdır Arif, içinden küfredip dışından konuştu.

"Geçtik onu, geçtik... Big Ben!"

Ve ikisi de çatallarına sarıldığı anda, ortalarındaki geniş ahşap masanın üzerine bir kadın düştü. Başlarını kaldırdıklarında Tower Bridge'in altını gördüler. Kadın köprüden atlamış ve yata denk gelmişti. Ama istediği olmuş ve ölmüştü. Masayı kırıp içinden geçmiş, kan içinde yatıyordu. Elinde bir şey vardı. Küçük bir radyo. Hâlâ çalışıyordu. İnsan etinden daha sağlamdı. Dipten dipten, "If It Be Your Will" çalıyordu. Rahime'nin üzerinde çarşaf yoktu. En azından hayatının son günü örtünmemişti. Belki de saklayacak bir şeyi kalmamıştı...

Bir sonraki gün, kan içindeki güvertenin ve Gido'nun şaşkın suratının her açıdan çekilmiş fotoğraflarını gazetelerde gören MI5 ikilisinden biri yine küfretti: "James Bond'u...!" Diğeriyse Hıdır Arif'in bir muhabire söylediklerini okuyordu:

"Bu ülkede can güvenliği diye bir şey yok! Ya bu kadın üstümüze düşseydi? Bir tel örgü de mi yapılamıyor şu köprülere? O kadar vergi ödüyoruz! Kimse bunun sorumluları, hepsini dava edeceğim. Allah korudu da hayatta kaldık! Ayrıca buradan, aynı hikmetin altında kavuştuğumuz mümin kardeşlerime söylemek isterim ki, ben gayet iyiyim, merak etmeyin."

Hikmetçiliğin temeli olan, Kaşıkatlı Seyit Muharrem'in, 1842 tarihli *Hikmetü'l-Arz* adlı manzumesinde şöyle yazıyordu:

Unutma, ecele kadar senin imtihanın
Cüzi halinden utan külli olandan sakın
Belki nefsini müdafaa için can alacaksın
Ama kendine asla kıymayacaksın

Madem varsın o zaman kalacaksın
Hayatta ve huzurda
Ne zulüm ne küfür ne de zina
İntihardır şu küre-i arzda en beter günah

Kime aittir nefesin, bilmez misin?
Toprağa girene kadar üstünde secde etmez misin?
Ne yalan ne riya ne de şehvet
İntihardır, Allah'a tek ihanet

Nasıl, gel, denmeden gelemediysen
Git, denmeden gitmeyeceksin
Olur da başına buyruk kesilir ve kendi ipini kendin çekersen
Kömürden kara bir boşlukta silinirsin

Velhasıl, ecele kadar imtihanında ilk zaferin
Ecele kadar sabretmektir, bunu bilesin...

Güçlerini nicelik ve işlevsellikten alan bütün oluşumlar gibi, Hikmetçilik de intiharı, sonsuza kadar lanetlenmenin en kestirme yolu olarak benimsemişti. Ne de olsa, Hikmetçiliğin varlığı Hikmetçilerin hayatta kalmasına bağlıydı. Ve dava uğruna değil de kendi adına ölmüş olanlar hiçbir işe yaramıyordu. Dolayısıyla Hikmetçiler, intihar ederek ölen, üstelik son nefesini yüzü açık veren Rahime'nin cenazesini ellerinin tersiyle itmişlerdi. Hepsinden önemlisi, neredeyse Hıdır Arif gibi üstün bir insanın ölümüne neden olacaktı ve bu affedilemezdi! Sonuçta, Rahime'yi her anlamda inkâr etmek için fazla düşünmediler. Sadece Ubeydullah vazgeçmedi son karısından. "Cenaze namazı kılınacak, gerekirse ben kıldıracağım!" dedi. Kendine. Çünkü çevresinde kimse kalmamıştı. Lanetin sonucu olarak, bir günde boşalmıştı dopdolu hayatı.

Bezir'le almaya gideceklerdi Rahime'nin cesedini. Hastanenin morgundan. Sonra da kentin kuzeyindeki Müslüman mezarlığına defnedilecekti. Babasının hatırına, Bezir her şeyi ayarlamıştı. Kefeninden ölünün yıkanmasına kadar her şeyi. Ubeydullah daha fazla duramadı evde. Kalbi şişmiş ağrıyor, göğüs kafesine dar geliyordu.

O sırada, bir kat yukarıda, Derdâ, cenazeye birlikte gitmek için Bezir'e yalvarmış, ancak yüzünde açan parmak izleriyle yere düşmüştü. Ağlıyordu. Hiç ağlamadığı kadar. Çığlık atıyor, topuklarıyla halıyı tekmeliyordu. Dayanacak gücü kalmamıştı. Kalkıp cama koştu. Açtı. "Atarım kendimi!" diye bağırdı. "Yemin ederim, atlarım!"

Bezir sessizce bakıyordu. Evden çıkacakken kapıyı açık bırakıp salonun girişine dönmüş ve tek bacağını pencereden dışarı sarkıtmış Derdâ'ya bakıyordu. Sessizce. Sanki atlayıp ölmesini bekliyormuş gibi. Birden, girişi kaplayan gövdesi öne doğru büküldü ve ardından Ubeydullah göründü. Yaşlı elleriyle oğlunun sırtına vuruyordu. Bezir, beklemediği yumrukların acısından değil, kimin tarafından atıldıklarını görünce çöktü.

Omuzları düşüp boynu büküldü. 130 kiloluk Bezir küçülmek için uğraştı ve başardı.

Ağlıyordu Ubeydullah. Bir çocuk gibi. Sevmişti Rahime'yi. İlk karısını göğüs kanserinden kaybetmiş, Bezir'den başka da oğlu olmamıştı. Aralarındaki otuz altı yaş farka rağmen Rahime'yi çok sevmişti. Bir şekilde, bütün insanları sevdiği gibi. Merhametle. Hem karısı hem de çocuğu gibi. Belki ölümüne neden olmuştu ama sevmişti. Ama başka bir hayat bilmiyordu Ubeydullah. Bir kadınla başka türlü nasıl yaşanabileceğini öğrenmemişti. Sadece ağlıyor ve Bezir'in yetişebildiği her yerine titreyen elleriyle vuruyordu. Sanki Rahime'yi köprüden Bezir atmış da onun intikamını alıyormuş gibi. Aslında Ubeydullah kendini dövüyordu o sırada. Başkasını değil.

"Bir daha!" diyordu, nefes nefese. "Bir daha bu kıza dokunursan seni öldürürüm! Duyuyor musun beni? Allah şahidim olsun ki öldürürüm seni! Oğlum demem, gebertirim!"

Sonra, biraz daha vurdu ve olduğu yere yığıldı. O ana kadar başını eğmekten başka hiçbir tepki vermemiş olan Bezir, babasını kucaklayıp açık kapıdan çıktı. Peşinden de Derdâ koştu. Bezir, on iki katı, kucağında babasıyla indi. Ancak bir oğlun hissedebileceği biçimde, babasının son nefeslerini alıp verdiğini biliyordu. Çünkü yaşlı adam o güne kadar, alacak nefes bulmakta hiç böyle zorlanmamıştı. Bu yüzden asansör, Bezir'in aklına bile gelmemişti.

"Allah!" diye bağırıyordu Bezir. "Allah!"

Kıstığı gözlerinin pınarlarında yaşlar birikmiş, alt dudağından ince bir salya inmişti çenesine. Ardındaki Derdâ'yı görmüyordu bile. Hiçbir şeyi görmüyordu. Bir kapıdan başka. Çift kanatlı bir kapı. Tekmeleyip açtı apartman kapısını ve bahçeden otoparka doğru koşmaya başladı. En son beş yıl önce girdiği kapıdan çıktığının farkında bile değildi Derdâ. O da ağlıyordu. Neden ağladığını da bilmiyordu. Belki de her şey için. Beş yıl için. Ubeydullah için. Rahime için. Kendisi için.

Önce Bezir'i kaybetti. Kendi etrafında döndü. Gökyüzü başını döndürmüştü. Sonra buldu kendini ve otoparktaki kocasını yakaladı gözleri. Koştu. Bezir, babasını arka koltuğa yatırıyordu. Derdâ, diğer kapıdan girmeye çalıştı. Açamadı. Nasıl açılacağını bilmiyordu. Bir an için, arabanın üzerinden göz göze geldiler. Bezir ve Derdâ. Birbirlerinin gözlerinden akan yaşlara baktılar. Daha çok Derdâ baktı. Çünkü kocasının ağladığını ilk kez görüyordu.

Bezir, önündeki kapıyı kapatıp arabanın arkasından dolaştı. Derdâ iki adım geri gidip kendini korumak için ellerini kaldırıp gözlerini kapadı.

"Bin!" dedi Bezir.

Derdâ gözlerini açtığında, açık bir kapı gördü. Girdi arabaya. Bezir de yanına oturdu ve motoru çalıştırdı. Otoparktan caddeye çıktılar. Bir an için dirilen Ubeydullah'ın sesi duyuldu.

"Yemin et Bezir!"

"Baba!" diyordu Bezir. "Baba, Allah aşkına!"

Bir türlü yemin edemiyordu, Derdâ'ya vurmayacağına. Direksiyonu tokatlıyordu nasırlı avuçlarıyla.

"Baba, Allah'ını seversen..." diyordu, çünkü Ubeydullah susmuyordu.

"Şahadet getir baba!" diyordu, ama Ubeydullah duymuyor ve bağırmaya devam ediyordu.

"Yemin et! Vurmayacaksın! Ye..."

Yarım kaldı kelimesi. Hayatı, kızgınlığı ve her şeyi yarım kaldı. Çarpmaktan yorulmuş kalbi, ete saplanmış mermi gibi durdu. Gitse, daha giderdi ama karşısındaki de oğluydu. Delip de geçemedi...

Öldü Ubeydullah. Geçtikleri ikinci kavşakta. Hastaneye dört kavşak kala. İlk fark eden Derdâ oldu.

"Hareket etmiyor!" diye bağırdı.

Bir yandan da tek eliyle sarsıyordu yaşlı adamın bedenini. Bezir frene bastı ve arkalarındaki taksi duramayıp çarptı.

Derdâ, alnını önündeki konsola vurdu. Bezir, arabadan çıkıp arka kapıyı açtı ve babasını bacaklarından yakalayıp çekti. Ubeydullah bir minder gibi eğilip büküldü ve Bezir arabanın yanına çöküp babasına sarıldı. Sonra da kavşağı kuşatan bütün binalardan sesi duyuldu: "Allah!"

O günden sonra kırk gün boyunca Bezir, Derdâ'ya dokunmadı. Hatta Derdâ'yı görmedi. Kırk gün boyunca evden çıkmadı. Bedensiz gibi yaşadı. Yemedi, su içti. Karısını yatak odasına kilitleyip *kick box*'çılarla toplantılar yaptı salonda. Akşam olunca da bir köşeye çekilip ağladı. Elleri yüzünde.

Derdâ, öğrendiği kelimelerle ilkel bir mektup yazıp yedi kez katladı ve Stanley'nin kapısının altına sıkıştırdı. "Gelme!" son kelimesiydi.

Bezir'e acıyıp acımadığına karar veremedi Derdâ. Ama bir gün, neredeyse bir şeyler hissedecekti. Bezir'in yatakta oturup sessizce hıçkırdığı bir sabah yanına yaklaştı ve elini omzuna koydu. Uzanan bileğini kapatan kumaş çekildi ve derisini gördü. Koyu bir kahveye bulanmış kendi bileğini gördü. Sonra da o kahvenin içindeki, Bezir'in parmak izlerini. Hatırladı her şeyi ve derhal çekti elini. Bezir hıçkırmaya devam etti. Derdâ da umursamamaya.

Kırk birinci gün Bezir giyinip evden çıktı. Yas bitmiş, sıra kine gelmişti. Eroin işinden gelen parayla Afganlara yaptıracağı bombaları en kalabalık saatte metroya yerleştirecek ve kâfir memleketi İngiltere'nin amına koyacaktı. Kırk gün boyunca ağlayarak yaptığı plan buydu: Amına koymak! Babasının intikamını mutlaka alacaktı. Kendinden alamadığına göre bütün dünyadan. Oysa bütün dünyada, babasının ölümünden sorumlu olan tek kişi kendisiydi. Ama Bezir, bu konuda babasına çekmişti. Kendine vuramadığı için oğlunu döven Ubeydullah'a.

Kapıyı açan Stanley, gördüğü karşısında derhal gülümsedi ve Derdâ'nın yolundan çekildi. Kız içeri girdi ve salona geçti. Dönüp Stanley'ye baktı ve "Para!" dedi.

Adamın yüzü asıldı ve "Yok!" dedi.

Derdâ, başını sallayıp "Hayır" diyerek camın yanına gitti ve eliyle dışarıyı gösterdi. Londra'yı ve içinde yaşayan insanları.

"Ben" dedi ve sağ eliyle bir hayalete vuruyormuş gibi yaptı. Dışarıyı gösterip "Onlar!" dedi ve uzattığı eliyle boşluktan bir şey alıyormuş gibi yaparak "Para" diye ekledi.

Stanley yavaş yavaş anlıyordu. Ve birden aklına, artık sahibesi olarak kabul ettiği Derdâ'ya aldığı ilk hediye geldi.

"Bekle!" deyip yatak odasına koştu ve döndüğünde, elinde bir sözlük vardı. İngilizce-Türkçe ve tersi. Derdâ küçük kitabı görür görmez ne olduğunu anladı ve nefes peşinde koşan bir yunus gibi üzerine atladı. Anlatmak istediğini şu kelimelerle özetledi:

"Ben... Dövmek... Erkek... Sonra... Para... Almak... Çünkü... Ben..." Tam olarak aradığı kelimeyi bulamamıştı ama yine de yeterliydi: "Kraliçe."

Stanley gülümseyip "Evet" dedi. "Benim kraliçemsin."

Derdâ'nın zekâ seviyesi, hayat seviyesine rağmen olağanüstüydü. Bezir'in kendisine yaptığı gibi aniden tokatladı karşısındaki adamı. Sonra da vurduğu yanağı okşayıp, otuz santimetre yukarıdaki sol omzu tutup bastırdı. Yüzünün yarısı kızarmış olan Stanley boyun eğdi ve Derdâ'nın önünde diz çöktü. Ama bu yeterli değildi. Bir de alnını yere koyması gerekiyordu. Stanley'nin evinde halı yoktu. Parkeye yasladı burnunu. Derdâ, sol ayağını kaldırıp önünde secde etmiş olan Stanley'nin ensesine bastı.

"Ben" dedi. Aradığı fiili hatırlayamadığı için sözlüğün sayfalarını karıştırdı. "Almak... Para... Sonra... Vermek... Sana..."

Stanley başını sallıyordu. Salladıkça da Derdâ'nın ayağı hareket ediyordu. Stanley, o rahatsız haldeyken bile pantolonunu biraz da olsa indirebilmeyi başardı. Ve arkasına giden iki eli, çıplak etini iki yana çekip, etrafında tek bir tüy olmayan bir noktayı genişletti. Derdâ'nın önce bir, sonra iki parmağı o genişleyen noktada kayboldu. Evde üç çift daha eldiveni olduğunu düşünüp rahatladı. Çünkü parmaklarını saran, bir hayli kirlenmişti.

Derdâ, beş yıldır parasız yaşıyordu. Bezir evde asla para bulundurmuyor, cüzdanında da sadece kredi kartları ve bozukluklar taşıyordu. Dolayısıyla Derdâ'nın İngilizceden sonraki en büyük ihtiyacı paraydı. Ve eğer dışarıda Stanley gibi başka insanlar da varsa, para kazanabilirdi. İstenildiği kadar acı verebilir, istenildiği kadar aşağılayabilirdi. Bu konudaki bilgisi, diğerlerinin yanında en geniş yeri kaplıyordu. Hayatı boyunca acı çekmiş ve aşağılanmıştı.

Üstelik para kazanırken çarşafını çıkarmasına bile gerek kalmayacaktı... Haklıydı Derdâ. Ne de olsa Londra'da yaşıyorlardı. Dışarıda birkaç bin Stanley, her gün evinden işine gidip işinden evine dönüyor ve yanlarında otobüs bekleyenlerin asla tahmin edemeyeceği hayaller kuruyordu. Sadece gözleri görülebilen, on altı yaşındaki bir kızın yarım saatliğine kölesi olmak için cüzdanını boşaltabilecek olanların arasında postacılar da vardı, lordlar da.

Ama Derdâ'nın ilk müşterisi Mitch oldu. Korkarak girdi eve. Tedirginlikten tahrik olmuş biçimde. Derdâ, tek parçalı çarşafıyla ellerini arkasında birleştirmiş, salondaki camın önünde siyah bir lobut gibi duruyordu. Hayal ettiğinden daha kısa boylu olduğunu gören Mitch daha da heyecanlandı çünkü karşısındaki lobutun çocuksu küçüklüğü, Gulliver'in Liliputlular tarafından işkence görmesi gibi bir hayali gezdirmişti başının etrafında. Mitch de 130 kiloydu ama Bezir'den farklı olarak, 70 kilosu domuz yağıydı.

Derdâ da heyecanlıydı. Stanley'nin etine alışmıştı ne de olsa. Ama karşısındaki kırmızı saçlı, deri ceketli, gözbebekleri yerinde duramayan, alnı terli şişkoya nasıl davranacaktı? Sonra yüzünün kapalı olduğunu hatırladı. Ne kadar heyecanlı olursa olsun bunu kimsenin anlayamayacağını. Sonra da Kurudere'yi hatırladı. Kurudere'deki zinciri.

Salonun girişinde Stanley'nin yanında duran Mitch hafifçe başını sallayıp selamladı Derdâ'yı. Stanley Laurel ve Oliver Hardy'yi tanımadığı için herhangi bir benzerlik kuramayan kız, iki adamın üzerine doğru yürüdü ve yüzlerine bile bakmadan aralarından geçip gitti. Stanley ve Mitch birbirine baktı. Koridordan yatak odasına geçen Derdâ'yı takip ettiler. Odaya girdiklerinde, tavana çakılmış halkalardan sarkan zincirlerden birini eline almış ve ucuna taktığı deri kemerin tokasını açmış, beklediğini gördüler. Boştaki elinin işaret parmağını Mitch'e uzattı. Mitch yaklaştı. En az Oliver Hardy kadar sakardı.

Bir sonraki saat boyunca, ayak bileklerinden zincirlenmiş ve başına Stanley'nin kirli bir The Cramps tişörtü geçirilip boynuna çivili tasma takılmış Mitch, Derdâ tarafından, ucunu yumruğunun etrafında sardığı uzun bir deri parçasıyla kamçılandı. Mitch'in ellerinin fazla hareket ettiğini gören Derdâ, onları da zincirledi ve profesyonel işkenceciliğe yavaş yavaş adım attı.

İlk müşterisinin Mitch gibi, havadaki kokudan bile tahrik olan bir fok olması Derdâ'nın işi öğrenmesinde büyük kolaylıktı. Çünkü sado-mazoşizm denilen oyunda, kararsız ya da bir sonraki hamlesini bilmeyen bir sahibeye yer yoktu. Ve bütün köleler, her şeyden önce, titanyumdan inşa edilmiş gibi kırılmaz ve bükülmez bir iradeyle karşılaştıkları için tahrik olurlardı. Aslında, oyundaki roller, sokaktaki insanların gündelik yaşantısının bir parodisiydi. Sadece bir canlandırma. Herhangi bir kasabanın düşman işgalinden kurtuluşunu temsili olarak canlandırmaktan farklı değildi. Yalnız bu parodide, sahibe hayatı, köle de insanı simgeliyordu. Ve bütün insanlar hayat tarafından dövülür, nadiren de ödüllendirilirdi. Bu kadar basit.

İnlemelerin duvarlarda böcek gibi süründüğü yatak odasındaki deri ve metal aksesuarlar ise sadece bir ayrıntıydı. Havaya girmek için. Gerçek hayatta onların yerini kartvizitler, evrak çantaları, kravatlar, içinde eşantiyon parfüm şişeleri olan kadın çantaları, numarasız da olsa yakıştığı için takılan şeffaf camlı gözlükler, renkli lensler, saç boyaları, indirimli epilasyon broşürleri, herkesten gizlenerek zayıflamak için satın alınıp yatak odasına konan spor aletleri, yaramaz çocukların çekildikçe çekilmeye alışan kulakları, radyasyon oranının yüksekliği, otuz yıl vadeyle alınan iki odalı bodrum katları, bütün taksitli alışverişler, kanunlar, polis copları, yedikçe kanser yapan gıdalar, içilmese de kanser yapan sigaralar ve siyasi ya da dini liderlerin nurlu yüzlerindeki porselen dişler alıyordu. Bir de gerçek hayattaki şiddetin önünde ya da arkasında lütfen, rica, özür gibi kelimeler oluyordu. Dolayısıyla insanın, hayatla olan, çoğu acıya, azı zevke dayalı ilişkisini kabullenip oyunu kuralına göre oynaması kesinlikle bir hastalık değildi. Bazı psikologların, sado-mazo gecelere sahip müşterilerine dedikleri gibi. Bu sadece neyin ne olduğunu anlamaktı. Çocukken yaşanan taciz ya da tecavüzlerin travmatik sonuçlarından ibaret değildi bütün bunlar. Travmatik olan hayattı. Hepsi. Bütün hayat. Her şey. Özellikle de, travmatik gibi durmayan ne varsa. Doğmak gibi. Dolayısıyla, doğum sonrası depresyon, yeni annelerin yakalandığı psikolojik bir hastalığın değil, hayatın tanımıydı. Hayatta kalma isteğinin. Hayata rağmen.

Seans boyunca Mitch'le Derdâ'yı izleyen Stanley daha fazla dayanamadı ve ayağa kalkıp soyunarak yanlarına gitti. Mitch'in yağlı ve dövmeli sırtının aşağısındaki her şeyin içine girdi. Derdâ bu kez ikisine de vurdu ve ayağa zorlukla kalkan Mitch'in uzandığı deri ceketinin cebinden yirmi pound çıkarıp yatağa bıraktığını gördü. Bu şekilde bir ödeme Derdâ'nın hoşuna gitmedi. Odadaki bütün çirkinliği unutup bunu çirkin bulmuştu. Belki de bir kraliçenin önüne para atılmasını uygun bulmamıştı. Bundan sonra, diye düşündü ve dönüp ayağa kalkmış olan Stanley'ye baktı.

"Adın?"

"Stanley" dedi Stanley.

Bir zamanlar kendisini Bezir'den kurtaracağını düşündüğü ve hakkında aşk hayalleri kurduğu mavi gözlü adamın adını sonunda öğrenmişti. Tam olarak düşlediği gibi olmasa da Stanley yine kurtaracaktı Derdâ'yı! Bundan sonra Stanley alacak paraları, ben dokunmayacağım, diye getirdi düşüncesinin devamını. Hayal gücü yüksek insanların çoğu gibi ticaretten anlamıyordu Derdâ.

Kırmızı saçlı fok gittikten sonra Stanley'nin uzattığı iki onluğun birini, verdiği sözü tutarak iade etti. Elindeki banknotu inceleyerek evine dönen Derdâ, kâğıdın üzerindeki, taç giymiş kadının yüzüne baktı. Bir yerlerden hatırlıyordu. Bir zamanlar üstüne kusmuştu.

Altı gün sonra yine geldi Mitch. Bu kez elinde bir kamerayla. Derdâ hazırdı. Önündeki rahleyle. Kâbe posterini de getirecekti ama taşıyamayacağı kadar ağırdı. Dizlerinin üzerine çökmüş ve gözlerini rahledeki Kuran'a dikmişti. Önceden anlaştıkları gibi, Stanley, tamamen lateks olan ve başı dahil bütün bedenini kaplayan bir tulumun içinde salona girdi ve film başladı.

Bir süre hareketsiz durdu Derdâ. Rahlenin önünde. Hafif sallanarak, mırıldanmaya başladı. Kuran okuyormuş gibi. Ne dediği anlaşılmıyordu. Sonra Stanley girdi kadraja. Elleri arkasından kelepçeliydi. Rahleye iki adım kala durdu. Derdâ, ağır ağır başını kaldırıp baktı. Önündeki Kuran'ı kapatıp ayağa kalktı. Kalkarken de Kuran'ın yanında duran kırk santim uzunluğundaki esnek at kırbacını aldı. Stanley'ye yaklaşıp tulumun sayısız fermuarından birini açtı. Yarılan fermuarın içinden sünnetsiz bir et çıktı. Sertleşmemesi için olağanüstü bir çaba sarf ediyordu Stanley. Derdâ, elindeki kırbacın ucuyla cansız gibi duran eti hafifçe kaldırdı ve Mitch kamerayı Derdâ'ya çevirip görüntüyü yaklaştırdı. Derdâ, başını sallayıp "Hayır, hayır, hayır" dedi sakince. Sonra da boştaki elinin iki parmağı bir makasa dönüştü ve açılıp kapandı. Üç kez.

Derdâ, içine kan doldukça şişen ete kırbacın ucuyla küçük tokatlar atarken, bir yandan da Mitch'in çaprazındaki koltuğa yaslanmış kartonu görmeye çalışıyordu. Üzerinde, Stanley'den defalarca dinleyerek telaffuz edildiği biçimde yazdığı bir cümle vardı.

"Seni sünnet edeceğim" demeye çalışıyordu İngilizce. Salondaki iki erkek de aynı anda aynı düşünceyi geçirdi kulaklarının arasından: Derdâ'nın cümleyi doğru telaffuz edememesi daha da seksiydi!

Filmin bundan sonrasında Yatırca doğumlu Derdâ'yla Londra doğumlu Stanley konuşmadılar ve sadece bağırdılar. Biri korkutmak için, diğeri korktuğu için. Doğu'yla Batı arasında ne oluyorsa, Derdâ'yla Stanley'nin arasında da o oldu: Tehdit ve teklif. Ceza ve ödül. Umursamazlık ve şiddet. Sadizm ve mazoşizm.

Mitch, tek odalı evinde, elindeki CD'ye bakarken bir başyapıta dokunduğunu hissetti. Haklıydı. Bir hafta içinde, bütün karanlık kulüplerde ve karartılmış evlerde Derdâ'nın kırk dört dakikalık filmi, binbir gürültü eşliğinde izlendi. Mitch, çoğalttığı CD'lerin üzerine, bir zamanlar Stanley'le yaptığı konuşmayı hatırlayarak, "MÜSLÜMAN KADIN NÜKLEER BİR BOMBADIR" yazmıştı.

Derdâ, adı fazla uzun olan ilk filminin hasılatı 4300 poundun sadece 500'ünü alabildi. Böylece gösteri dünyasındaki ilk kazığını yemiş oldu. Gerçek dünyadan farkı, hissettirilmeden atılmış olmasıydı, bu yüzden ne yuttuğunu anlamadı ve beş yüz poundla dünyanın en zengin kadını olduğunu düşündü. Bağımlılığının yüksek maliyeti yüzünden sahibesini kandırmak zorunda kaldığı için kendini kötü hisseden Stanley ise, vicdanındaki acıyı metamfetaminle değil, eroinle dindirdi.

Derdâ, üç hafta içinde Mitch'in çektiği dört filmde daha göründü ve Stanley'nin ayarladığı on altı müşteriye de hayatları boyunca unutamayacakları yarım saatler yaşattı. Haberi yoktu ama Londra'nın karanlık yüzünü aydınlatan bir yıldız olmuştu. O karanlık yüzün gözleri her yerde Derdâ'yı arıyordu. Adını bilmeseler de. Sokaklarda gördükleri bütün çarşaflı kadınlara, "Acaba?" diye bakıyor, ona nasıl ulaşabileceklerini birbirlerine soruyorlardı. Ama bunların hiçbiri Derdâ'nın umurunda değildi. Onun tek isteği, mutfaktaki davlumbazın içinde biriktirdiği üç bin altı yüz poundu ve hafızasında biriktirdiği dört yüze yakın İngilizce kelimeyi alıp Londra'ya kaçmaktı. Apartmanın dışına. Hazırdı artık. Günü gelmişti. Gidecekti. Korkmuyordu. Dışarıda, içeridekinden daha tehlikeli ne olabilirdi? Ama planını doğru yapmalıydı. Öncelikle Stanley'le ilişkisini tamamen kesmeliydi. Çünkü Bezir şüphelenip de karşı dairenin kapısından girer, Stanley'yi konuşturursa ve o da nereye gittiğini bilirse mahvolurdu. Çünkü Stanley derhal konuşurdu. Bu yüzden Stanley ya da Mitch'e herhangi bir şey söylemeyecekti. Tek bir konuda yardımlarını istemişti. İki hafta önce giysi ve ayakkabı aldırmıştı. O kadar...

Sadece gidecekti Derdâ. Elbet kalacak bir yer bulurdu kendine. Bir iş de bulurdu. Belki de başka bir kente giderdi. Başka bir ülkeye. Bezir'den olabildiğince uzağa. Neresi olursa... Bu arada, Bezir tamamen değişmiş ve sessizleşmişti. Artık dövmüyordu Derdâ'yı. Hatta dokunmuyordu bile. Bazen, iki gün eve uğramadığı oluyordu. Bütün bunlar Derdâ'yı daha da çok korkutuyordu. Bir an önce yok olmalıydı.

O gece hiç uyumadı ve sabah namazına iki saat kala, yataktan bir yılan gibi süzülüp sessizce kalktı. Bezir uyuyordu. Gözlerini kocasından ayırmadan, geri geri yürüyerek çıktı odadan. Gardırobun durduğu odada, geceliğinin üzerine çarşafını geçirip mutfağa girdi. Davlumbazın içinden parasını ve sözlüğünü çekti. Karanlık eve son kez bakıp kapıyı açtı. İçinden geçti ve iki eliyle tuttuğu kapının dilini, denk düştüğü dikdörtgen deliğe yarım santim soktu. Daha fazla çekmedi. Çünkü tek bir ses bile çıkarmak istemiyordu. Asansör gürültüsü dahil. Stanley'nin kapısına da son kez bakıp parmaklarının ucunda beş basamak indi. Birden durdu. Yeniden çıktı on ikinci kata ve asansörün tam karşısındaki kırmızı yangın kutusunu açtı. Gıcırdamayacağını biliyordu, kendisi yağlamıştı. Spiral biçimde katlanmış, kalın kırmızı hortumun üzerindeki geniş boşlukta duran ve neredeyse unutacağı torbayı çekti. İçinde giysiler vardı. Dönüp gitti. Son kez.

On iki kat sonra, en son Ubeydullah'ın peşinde çıktığı apartman kapısının önündeydi. Önce nasıl açılacağını anlayamadı. On dakikaya yakın bir süreyi, duvardaki beyaz düğmenin bu işe yaradığını anlamak için harcadı. Düğmenin çıkardığı metalik sesten korktu ama ağır kapının bir parmak açılmış olduğunu görünce derhal dışarı çıktı.

Karanlık bahçe yolunu takip etti ve caddenin kaldırımına ayak bastı. Hangi yöne gidecekti? Uzun caddenin hangi tarafına? Önce sağa baktı, sonra sola. İleride bir karaltı gördü. Bir insan. Kaldırımda. Kendisine doğru geliyordu. Elleri, montunun ceplerinde. Derdâ çok korktu ve sağına dönüp koşmaya başladı.

Karaltı, kaldırımın, apartmana giden bahçe yoluna döküldüğü noktaya gelip durdu. Başını kaldırıp apartmana baktı ve ona doğru yürüdü. Apartman kapısına geldiğinde, cebinden çıkardığı kâğıda çakmak ışığında baktı. Duvardaki küçük kutunun üzerindeki düğmelere basarak dört haneli bir şifre girdi. Biraz önceki metalik ses duyuldu ve kapı açıldı.

Asansör zemindeydi. Binip üzerinde 12 yazan düğmeye bastı. Kata geldiğinde kapıyı yavaşça açtı ve tavandaki lamba yandı. Önce sol, sonra sağdaki kapının üzerindeki numaralara baktı. Merdivene yakın olana yaklaştı ve montunun iç cebinden bir tornavida çıkardı. Tam ucunu kilit hizasına getirdiğinde kapının açık olduğunu fark etti. Yavaşça itti ve başını eve soktu. Karanlıktı ev. Tornavidayı cebine sokup içeri girdi. Belinden bir tabanca çekti ve yürüdü. Salon ve mutfağın önünden geçip koridorda ilerledi. İlk iki odanın kapıları aralıktı. Daha da aralayarak odalara baktı. İkisi de boştu. Banyonun kapısı tamamen açıktı. Geriye tek bir kapı kalıyordu. Koridorun sonundaki. Tam karşısındaki. Ve o kapalıydı. Eli mandala uzandı ama mandal kendiliğinden indi. Kapı açıldı. Açan, Bezir'di.

Biraz korkudan, biraz koruculuktan, biraz da yıllar öncesinden kalma bir boğaz sıkma davasından, Regaip hızlı davranıp tetiği çekti. Sonra kızdı kendine. Evde Derdâ'yı göremeyince. Soracaktı oysa Bezir'e. "Nerede?" diye. Böylece hem Gido'nun işini halletmiş olacaktı hem de dul bırakacağı Derdâ'yı yanına alacaktı. "Kısmet değilmiş" diye düşündü sonraki günlerde, hatırladıkça.

Bilemezdi tabii Regaip. Sonraki günlerde, başkalarının da "Kısmet değilmiş" dediğini. Bir *kick box* kulübünde toplanmış on bir kişinin, "Madem Bezir artık yok, o zaman bu iş bitmiştir" deyip kararlarından vazgeçtiklerini. Vazgeçtikleri kararın da, ellerindeki bombaları Londra metrosunun dört durağına yerleştirmek olduğunu. Sonra da gidip bombaları Thames Nehri'ne attıklarını bilemezdi Regaip. O *kick box*'çıların da, yıllar sonra, Londra metrosunun ve çift katlı bir otobüsün dört El Kaide militanı tarafından havaya uçurulacağını bilemeyeceği gibi. 7 Temmuz 2005 tarihli o intihar saldırılarında 52 kişinin ölüp 700 kişinin yaralanacağını bilemeyecekleri gibi...

Sonuçta başkalarına kısmet olmuştu İngiltere'nin amına koymak! Sırf kendine kızdığı için Londra'yı patlatmak isteyen Bezir'e değil.

Bezir'in öldüğünden haberi olmayan Derdâ, hayatı boyunca Bezir'den kaçacakmış gibi koşuyordu. Nereye gittiğini bilmeden. Beş yıldır koşmamış gibi. Sıçrayarak attığı adımlarını taşıyan bacakları yorulacaklarına, daha da hafifliyorlardı. Sokak lambalarının arasından, bomboş caddelerdeki şeritlerin üzerinden, bütün Londra'nın donup Derdâ'yı izlediğine kanıt bronz heykellerin önlerinden geçiyor ve hayatında ilk kez hissettiği bir duyguyla daha da hızlanıyordu: Özgürlük.

Ayaz gözlerine giriyor, çıktığında yaşlar bırakıyor ama Derdâ yavaşlamıyordu. On altı yıldır atan kalbi savaş bandosu gibi çarpıyordu. Kazanılmış bir savaşın bandosu gibi. Gülüyordu Derdâ. Gözyaşları kahkaha atan dudaklarından damlıyor ama kimse görmüyordu. Stanley'nin de bir zamanlar sözünü ettiği gibi, Derdâ, aslında, ne yürüyor ne de koşuyordu. Şehrin ışıklarının altında, rengârenk bir kelebeğin siyah gölgesi gibi uçuşuyordu.

Crouch Hill kavşağına geldiğinde karşısına beş sokak ağzı birden çıkınca aniden durdu ve neredeyse dudaklarından dökülecek nabzını duydu. Geldiği yöne baktı. Ne apartman görünüyordu ne de Bezir. Hepsi geride kalmıştı. Her şey. Bütün geçmiş. Kollarını açtı ve dizlerinin üstüne çöktü. Yıldızların bulutların ardında yaşadığı gökyüzüne bakıp, beş yıl önce yaptığı gibi bağırdı: "AAAAAA!" Bu kez mutluluktan. Mutluluk A'ları! Birkaç camda ışık yandığını görünce doğrulup koştu. Beş sokaktan birine. Mümkün olsaydı, beşine birden sapardı. O güne kadar girmediği bütün sokakların acısını çıkarmak için. Ama seçti birini. Derdâ seçti. Başka biri değil. Sadece o. "Bunu istiyorum!" dedi ve istediğini aldı. Soldan üçüncü sokâğın ağzına girip midesinde kayboldu.

Sokâğın iki yanındaki bahçeli evlerin seyrekleştiğini görünce adımlarını yavaşlattı ve yüzündeki gülümseme camdaki buğu gibi ağır ağır silindi. Yorulmuştu. Sabahı bekleyeceği bir yere ihtiyacı vardı. Soğuğu geçirmeyen bir yere. Bir türlü sona ermeyen bir köşeyi dönünce kırmızı kulübeyi gördü. Camlı bir kulübe. Tek kişilik bir ev... Londra'daki ilk gecesini bir telefon kulübesinde, sığabildiği kadar uzanarak geçirdi.

Bir el hissetti üzerinde ve derhal gözlerini açıp yüzünü avuçlarının ardında gizledi. Bezir yakınlarındayken ne zaman elini kaldırsa, Derdâ böyle yapardı. Bazen Bezir mutfak dolabından bir bardak almak için uzanır ama Derdâ üç adım geri gidip olası bir tokattan korunmak için yüzünü korurdu. Ama bu kez avuçlarına ya da yüzüne bir tokat inmemişti. Araladı ellerini. Ve parmaklarının arasından bir çocuk gördü. Beş yaşlarında. Gülümsüyordu. Birden kesildi eksik diş gösterisi. Annesi bileğinden yakalamış ve çekmişti. Biri ağlayarak, diğeri bağırarak, uzaklaştılar.

Derdâ doğrulmaya çalıştı ama bacaklarının uyuşmuş olduğunu fark etti. Kendini ovdu ve ayağa kalktı. Kulübeden dışarı attığı ilk adımda çarşafı bir pelerin gibi şişti ve SüperDerdâ, en korkunç düşmanı olan geleceğinin üzerine büyük bir cesaretle yürüdü.

Crouch End adındaki semt, gerçek Londra'ya, otobüs denilen birkaç pamuk ipliğiyle bağlı, kent merkezi denilen gezegenin uydularından biriydi. Bir zamanlar Bob Dylan'ın bile beğenip içlerinden birini kiraladığı, yaşlı ve bakımlı evlerin bahçeler içinde birbirine komşu olduğu, kaldırımları tenha, duvarları yosunlu bir bölge. Emeklilerin ve kendilerine hayat kuramadıkları için o emeklilerle yaşayan yetişkin çocuklarının, banklarında, iğneli sözlerle birbirlerini yaralayıp karşı kaldırıma bakarak zaman öldürdüğü bir yer... Ama o gün Crouch End, en çok, Derdâ'nın lokanta aradığı bir yerdi. Üzerini değiştirip karnını doyurmak için. Sarı saçları beyazlayalı çok olmamış emeklilerden biri, oturduğu bankta başını çevirip Derdâ'nın geldiği yöne baktı. Kızı gördüğü anda sırtı dikildi. Yaşlanmakta olan gözlerine güvenemedi ve daha dikkatli bakmak için Derdâ'nın yaklaşmasını bekledi. İki adım kala emin oldu. Derdâ'yı gözlerinden tanımıştı. Ekranı dondurup dakikalarca izlediği siyah gözlerinden.

Tam önünden geçerken, kendine hakim olamayıp elini uzattı ve kızın kolunu tuttu. Derdâ, göz açıp kapayıncaya kadar kolunu çekmiş, beş adım kaçmış, durmuş, dönmüş, sarı-beyaz saçlı adama bakıyordu. O da ayağa kalkmış ve teslimiyet bayrağı olan avuçlarını kaldırmış, "Özür dilerim! Özür dilerim! Ben sizin bir hayranınızım! Çok özür dilerim!" diyordu.

Kendi evinde kimse ondan özür dilemediği için Stanley'nin evinde herkese defalarca özür dilettiğinden, özür dilemenin İngilizcesini çok iyi bilen Derdâ, dinlemeye devam etti. Adam yaklaşıp kol mesafesinde durdu. Tokalaşmak için uzattığı eliyle de o mesafeyi kat etti.

"Benim adım Steven. Sizinle tanışmak büyük bir onur."

Derdâ, kırışık ve zayıf ele baktı. Sonra da, adamın yüzüne. Tabii ki tokalaşmadı.

"Sizinle biraz konuşabilir miyiz?" diye sordu adam. "Zamanınız var mı? Bir yerde otursak, bir kahve içsek?"

Derdâ, filmlerindeki gibi duruyordu. Kısa boyuna rağmen herkesten uzunmuş gibi. Sessizliğine rağmen herkese küfrediyormuş gibi.

"Filmlerinizden tanıyorum sizi" dedi adam. "Müthiş!" diye ekledi.

Derdâ'nın kulakları kelimeyi seçmişti: Film. Güldü. İçinden. Çarşafın.

"Lütfen" dedi adam. "Beş dakika, hemen şurada bir yer var. Söz veriyorum, sonra sizi rahat bırakacağım."

Derdâ'nın sesi çatlayıp çıktı, çünkü uyandığından beri ilk kez konuşuyordu.

"Tamam."

Adam, gerçek bir centilmen gibi eğilerek, uzattığı eliyle Derdâ'ya yolu gösterdi.

"Lütfen buyurun."

Yürüdüler. Derdâ önde, adam üç adım arkasında.

Girdikleri *pub*, Crouch End'in en eskilerinden biriydi. Mars'ta hayat olmadığını bilseler de çarşaflı kıza yeşil bir Marslı gibi bakan emeklilerin arasından geçip boş bir masaya oturdular. Birkaç dakika sonra yanlarına gelen garson kıza "Tuvalet?" diye soran Derdâ'ya yol tarif edildi ve Derdâ torbasını alıp gitti.

Dar tuvalet aynasında kendine baka baka çarşafını ve geceliğini çıkarıp katlayarak torbaya koydu. Klozet kapağının üzerinde, Stanley'nin gotik zevkiyle seçtiği, siyah bir kot pantolon, siyah bir The Cramps tişörtü ve siyah bir deri ceket vardı. Yerde de bir çift kırmızı Dr. Martens duruyordu. Meslerinin fermuarlarını indirip çekti ayaklarından. İğrenerek baktı ve kirli tuvalet kâğıtlarının arasına attı.

Teker teker giydi yeni kostümünü. Saçları belindeydi. Tek örgü. Aynadaki Derdâ'ya gülümseyerek baktı. Sonra elleri saçına gitti ve gülümsemesi öldü. Huzursuz olmuştu. Ne bacaklarındaki pantolon, ne de üzerindeki tişört rahatsız etmişti. Ama saçlarının açıkta olması, Derdâ'nın kolaylıkla alışabileceği bir şey değildi. Derin bir nefes alıp verdi ve tuvaletin kapısını açtı. Torbasını ve deri ceketini alıp çıktı.

Derdâ'nın en büyük hayranı, masaya doğru yaklaşan kızın o olduğuna inanamadı. O an bir sürü şey düşündü: Kızın, hayal ettiğinden çok daha güzel, göğüslerininse sandığından küçük olduğunu ve Derdâ'nın yüzünü bir yerlerden hatırladığını...

Yeniden gelen garson kıza kendisi için kahve söyleyen adam, Derdâ'nın mönüyü istemesiyle rahatladı. Çünkü bu, beş dakikadan fazla oturacağına kanıttı. Derdâ, çözemediği kelimeler karşısındaki uzun tereddüdünden sonra herhangi birinin üzerine parmağını koyup garsona gösterdi. Mantar soslu dana biftekle patates kızartması seçmişti. Bilmeden. Şanslı günüydü.

"Özür dilerim ama beni anlayabiliyor musunuz?"

O sırada tırnaklarının arasındaki kire bakan Derdâ başını kaldırıp, "Biraz" diyeceğine "Belki" dedi.

"O zaman size şunu sorayım, daha önce karşılaşmış olabilir miyiz?"

Derdâ hiçbir şey anlamamıştı.

"Nerelisiniz? Yani hangi ülkeden geliyorsunuz?"

Derdâ yine anlamamıştı.

"İspanya? İtalya? Romanya? Hangisi?"

Derdâ gülümsedi çünkü gerçekten hiçbir şey anlamıyordu. Garson kız o sırada kahveyi getirip Derdâ'nın önüne servis açmıştı. Üzerinde *pub*'ın tarihçesini anlatan bir metin olan dikdörtgen bir kâğıt, peçete ve et bıçağıyla çatal. Adam ülkeleri saymaya devam ediyordu.

"Yunanistan? Türkiye?"

Derdâ bir anda kasıldı. Tam olarak anlamamıştı ama Türk'e benzeyen bir kelime duyduğuna emindi. Bir ipucu yakaladığına emin olan adam, yeniden "Türkiye?" dedi. Bu kez Türkçe. Derdâ başını salladı. Adam konuşmasına Türkçe devam etti.

"Tamam, şimdi oldu. Ben hatırladım sizi. O zaman çocuktunuz. Vize almaya gelmiştiniz babanızla. İstanbul'da."

Derdâ, sağ elinin altındaki et bıçağının sapını kavradı. O an vereceği kararın çok önemli olduğunun farkındaydı. Beş yıl boyunca yaşadığı cehennemin kapısını açıp onu içeri alan orospu çocuğu karşısında oturuyordu. O da hatırlamıştı Steven'ı. Daha çok da, verdiği çikolatanın kusturan tadını. Elindeki bıçağı alıp, göğsüne sokabilirdi. Ya da zayıf ve kırışık elini üzerinde durduğu masaya çivileyebilirdi. Ama ikisini de yapmadı. Sadece dinledi.

"Kaç yıl oldu? Altı mı, beş mi? İnanılmaz bir tesadüf bu, değil mi?"

Derdâ, zorla da olsa dişlerini göstererek başını salladı.

"Beni hatırladınız mı acaba?"

Derdâ yine başını salladı.

"Buradan sonra benim evime gidelim mi?"

Derdâ son kez başını salladı ve elindeki bıçağı alıp, önüne konan ete sapladı. İntikamını başka bir zamana sakladı. Londra'daki hayat için bir kılavuza ihtiyacı vardı. Dolayısıyla, tanıdığı İngilizlerin arasında Türkçe konuşan tek insanı öldüremezdi. En azından henüz değil.

İki katlı evin, özenle düzenlenmiş, kırmızı güllerin beyazlarla karıştığı bahçesinden geçip yeşil, ahşap kapısından girdiler. Eve gelmek için sadece birkaç yüz metre yürümüşlerdi ama Derdâ, yanından geçen her insanın saçlarına baktığını düşünmüştü. Hatta bir ara Steven'a olan nefretini unutup sokaktakilerin gözlerini çıkarmayı hayal etmişti.

Ev, içinde çok mutlu bir aile yaşıyormuş gibi, klasik ve rahat biçimde döşenmişti. Titizce temiz tutulduğu belliydi. Steven, döşemesinde bahçedeki güllerin benzerleri duran bir kanepeyi gösterip "Lütfen oturun" dedi. Derdâ yanındaki koltuğu tercih etti. Kanepeye geçerse Steven'ın da yanına oturacağını düşünmüştü. Oysa onun başka planları vardı. DVD'sini ve televizyonunu çalıştırmak ve Derdâ'nın filmlerinden birini Derdâ'yla birlikte izlemek gibi.

Elindeki kumandanın birkaç düğmesine bastıktan sonra, koltuğun ucunda oturan Derdâ'ya, "Lütfen rahat olun" dedi. "Onu da bırakabilirsiniz artık" diye ekledi. Derdâ'nın sıkıca tuttuğu torbayı göstererek. Kız, torbayı yere bıraktı ve aniden televizyonda beliren kendisine baktı. Hiçbir şey hissetmedi.

Görüntüler sertleşti ve Derdâ, ayakta kalmış olan Steven'a çevirdi bakışlarını. Görebildiği kadarıyla, yüzü sahnelerle birlikte biçim değiştiriyordu. Ekşiyor, yayılıyor, açılan ağzıyla daralıyor ve aralara tek heceli gülüşler sıkışıyordu. Stanley ya da Mitch'den farklıydı, yaşlı adam. Derdâ'nın o an verdiği karara göre, Steven, en az Rahime kadar deliydi. Yeniden televizyona baktığında, ekrandaki Derdâ'nın da gözlerini kendisine diktiğini ve hareket etmediğini gördü. Görüntüyü dondurmuş olan Steven, kumandayı kanepeye koyup gülümseyerek sordu:

"Bu üzerinizdekinden bulabilir miyim? Ne diyordunuz siz?"

"Çarşaf" dedi Derdâ.

El parmaklarını şıklatıp, ayak parmaklarının üzerinde yükselip alçaldı.

"Evet!" diye bağırdı. "Çarşaf! Nereden bulabilirim?"

Derdâ, o kadar umursamıyordu ki olan biteni, Dr. Martens'lerinin sol tekiyle itti yerdeki torbayı.

"Burada var."

Büyümesini durduran garip bir hastalığa yakalanmış, çocuk görünümlü altmış yaşındaki bir adama benzeyen Steven "Öyle mi?" diyerek torbaya saldıracaktı ki, son anda durup Derdâ'ya baktı.

"Bakabilir miyim?"

Derdâ sessiz kaldı ve Steven kraliyet ailesinin kutsal emanetlerinden bir parçaya dokunuyormuş gibi aşırı bir nezaketle torbadaki çarşafı çıkardı. İki eliyle kaldırıp pencereden gelen ışığa tuttu.

"Mükemmel!" dedi İngilizce. Türkçe devam etti.

"Nasıl giyiliyor?"

Dört saat sonra, salondaki kanepenin hemen arkasında duran yemek masasında, çarşafa bürünmüş olan Steven ve Derdâ makarna yiyorlardı. Ağzındaki lokmayı çiğneyen Derdâ, aynı anda konuşmakta bir sakınca görmedi.

"Şimdi yüzün açık. Yemek yiyorsun. Ama sonra o da kapanacak. Sadece gözlerin görünecek."

"Evet" dedi Steven, fısıldar gibi.

"Ben sana izin vermedikçe konuşmayacaksın" diye bağırdı

Derdâ. Son filminden çaldığı bir replikti. Steven tam "Peki" diyecekti ki, eliyle ağzını kapadı. Sonra da gözlerini yuvalarında çevirip mahcup biçimde gülümsedi. Bir Osmanlı kadını edasıyla...

"Bu gece burada kalacağım" dedi Derdâ.

Başını salladı Steven. Olur, anlamında. Defalarca.

"Belki yarın da kalırım" diye devam etti Derdâ.

Başını sallamaya devam eden Steven'ı gördükçe cüreti artıyordu Derdâ'nın.

"Belki de hiç gitmem! Sen de bana İngilizce öğretirsin. Hatta hemen başlayalım. Yeter, çok yedin. Kalk, tabakları kaldır!" dedi son olarak.

Steven hızlı hareketlerle sofrayı toplarken, Derdâ evi incelemeye kaldığı yerden devam etti. Ceviz ağacından yapılmış ve İstanbul'dan alındığı belli olan, üzerinde ay yıldızlı kabartmalar bulunan vitrinin önünde durdu. Kristal viski takımlarının ve çeşitli ülkelerden alınmış hatıra tabaklarının arasında bir paket kısa Camel gördü. Steven'ın bırakmak için büyük bir savaş verdiği ve paketini de bir savaş esiri gibi sakladığı kısa Camel. Derdâ vitrini açıp paketi aldı. İçinden bir sigara çekip "Rahime!" diye bağırdı. Birkaç saat önce, bu adı duyduğu anda âşık olan Steven, artık bir Rahime'ydi. Derdâ, senaryolarını Mitch'in yazdığı filmlerden çok şey öğrenmişti. Kişinin benliğini kırmanın birinci şartı, sopalarla dövmek değil, sahip olduğu adı reddetmekti. Sonra da yeni bir ad koymak. Sahip, ad koyandı. Evcil hayvanına ad veren bir çocuk ya da sırf kendilerine göre doğuda diye koca bir coğrafyaya Doğu diyen ve bu adı orada yaşayanlara da kabul ettirmiş olan Amerikalı ve Avrupalılar gibi!

Üzerindeki çarşafın eteklerini tuta tuta yanına koşan Steven'a, "Bir çakmak getir" dedi. Steven aynı hızla mutfağa gitti ve bir kibrit kutusuyla döndü. Elindeki sigarayı dudaklarına yerleştirmiş olan Derdâ, heyecandan elleri titrediği için ilk iki kibriti kıran, ancak üçüncüsünde sigarayı yakmayı başaran Steven'ı izledi. Kimse Derdâ gibi sigaraya başlamamıştı!

Çektiği ilk nefesten sonra iki kez öksürdü. İkinci nefesten sonra da bir kez. Bir daha da öksürmedi. Vitrinin iç kısmı aynayla kaplıydı ve Derdâ'nın gözleri, yosuna takılmış olta iğnesi gibi saçlarına takıldı. Bir türlü çekemedi... Baktı... Baktı... Baktı... Elindeki sigarayı, üzerinde yel değirmenleri olan ve Amsterdam yazan tabakta söndürüp hızlı adımlarla mutfağa yürüdü.

Banyonun aynasında Steven'ı izliyordu. Steven'ın ellerini. Ellerindeki makası. Önce örgüsü düştü. Sonra daha yukarıdakiler. Steven'ın gözleri aynada Derdâ'nınkileri arayıp buldu. Yeter mi, demek istiyordu. Hâlâ rahatsız ediyordu saçı Derdâ'yı. O saçlar orada durdukça kendini çıplak gibi hissedecekti her sokağa çıkışında. "Hepsini!" dedi. "Hepsini kes. Kazı!"

Makasla başladığı işe jiletle devam eden Steven, elindeki havluyla Derdâ'nın çıplak başındaki tıraş köpüğünü temizleyince genç kızın gözleri sulandı. Ama Steven'a belli etmedi. Ne de olsa sahibeydi. Ağlamamalıydı. Avuçlarını gezdirdi kafa derisinde. Başka birine baktığını düşündü aynada. Annesi görse ne derdi, diye düşünecekti ki vazgeçti ve oturduğu tabureden kalkıp bir sigara daha yaktı. Aynaya bakmamaya dayanabildi ama başına giden ellerini durduramadı.

O gece bütün paketi içti ve her nefeste kendini biraz daha iyi hissetti. Yeniden doğmuş gibi. Omuzlarının üstünde saçsız bir bebek başı taşıyormuş gibi. Artık başını örtme zorunluluğunu hissettiren saçları yoktu ve "Keşke yıllar önce kazıtsaymışım" dedi.

Steven'ın Rahime, Derdâ'nın da sadece konuşarak vuran bir Bezir gibi davrandığı birkaç hafta boyunca evden nadiren çıktılar. Çünkü ikisi de utanıyordu. Ama bunu hiç konuşmasalar da birbirlerinden güç alıp sokağa adım atabildiler. Önce yakınlardaki bir markete gittiler. Steven sandığından daha kolay alıştı yeni kimliğine. Ne de olsa sadece mavi gözleri görünüyordu. Bir erkek olduğu, sadece konuşursa anlaşılıyordu. Markette fazladan bir torba istediğinde ya da elindeki ürünün son kullanma tarihini göremeyip de bir görevliye sorduğunda. Gözlerin Steven'ın üzerinde olmasının nedeni başkaydı. Tam olarak birkaç uçak yüzündendi. Bir iki binaya çarpmışlardı. Birkaç bin kişi ölmüştü. New York adında bir kentte. 11 Eylül denilen bir tarihte. Bu yüzden dikkatler üzerindeydi. Özellikle de komşuları. Taşındığından beri görüşmediği komşuları. Steven'dan nefret ediyorlardı. Ama prensip olarak bunu belli edememişlerdi. Ne de olsa Crouch End'de kimse eşcinsel ya da travestilere karşı değildi. O konudaki hoşgörülerinin insanlığa örnek olacak genişliğiyle övünürlerdi. Küçük bir kız gibi giyinse bile Steven'a böyle ters ters bakmazlardı. Ama her insan kadar onların da birilerine ters ters bakma ihtiyacı vardı. Ve bu ihtiyacın giderilmesi açısından, o uçaklar tam zamanında yetişmişti. Tam da çevrelerinde ters ters bakacak bir şey kalmadığı anda. Tam da toplumsal ilişkilerdeki fazla saygı ve hoşgörüden bunaldıkları bir anda. Tam da, bir insanı, görünüşünden ötürü ayıplamanın ayıp sayıldığı bir anda... Dolayısıyla, Rahime'yi gördükleri anda ondan nefret ettiler. Ve bu kez, yüzlerini gere gere de belli ettiler. Çünkü daha o uçakların ve çarptıkları binaların enkazları kaldırılmamıştı ki, Müslüman aşağılamak, İngiltere'de, kriketten daha popüler bir spor haline gelmişti. Herkes oynamak istiyordu. Üstelik kazananın boynuna, ilkellikle mücadelede öncülük, bonus olarak da yurtseverlik madalyası takılıyordu. Hem ırkçı hem ilerici! Kim böyle olmak istemezdi?

Sonuçta, Steven yanlış bir zamanda girmişti çarşafa ama umursamamayı da öğrenmişti. Derdâ da alışmıştı. Dazlaklığına da, sigaraya da. Gündüzleri İngilizce çalışıyor, geceleri

Derdâ'nın filmlerini ya da benzerlerini izliyorlardı. Bunun dışında aralarında herhangi bir temas yoktu. Steven, çelik bilyelerden uzun zaman önce vazgeçmişti. Yıllardır, cinselliğin bedensel halini, kendi odasında tek başına, baktığı tavanda gördükleriyle yaşıyordu. Dolayısıyla Derdâ o aralar, değil Londra, bütün Büyük Britanya İmparatorluğu'nda bulabileceği en rahat evdeydi. Yemek yiyor, uyuyor, İngilizce öğreniyor ve bir köleyi idare ediyordu. Üstelik artık, bir zamanların ticaret ataşesinden o kadar nefret de etmiyordu. İntikam isteği buharlaşmaya yakındı. Yani her şey yolunda sayılırdı. Sonra bir gün kapı çalındı.

Derdâ açtı. Karşısında Stanley duruyordu. Kızın gözleri büyüdü ve dondu. Stanley sordu:

"Sen de kimsin? Babam nerede?"

"Burada" diyebildi Derdâ. Stanley'nin arkasında yine mavi tulumlu bir adam vardı ve kollarının altındaki kolileri içeri sokabilmek için girişi kapatan insanların çekilmesini bekliyordu.

"Üst kata gidecek hepsi" dedi Stanley. Sonra da Derdâ'ya bir daha baktı. Özellikle, üzerindeki The Cramps tişörtüne. Gözlerini kısıp bir şeyler düşündü ama sonra başını sallayıp kızın yanından geçti ve içeri girdi.

"Baba! Baba, neredesin?"

İkinci kattan inen Steven merdivende göründüğü anda Stanley başını çevirip Derdâ'ya baktı. Ne diyeceğini ya da ne düşüneceğini bilemiyordu. Hangisi, bir ay öncesine kadar karşı komşusu olan kadındı? Gözleri ve cüssesi tıpatıp aynı olan dazlak mı, yoksa onun gibi tamamen siyah kumaşlara bürünmüş olan mı? Steven'ın "Neden haber vermedin?" diye sormasıyla her şey belli bir loşlukta aydınlandı. Stanley, babasına doğru birkaç adım atıp "Baba? Sen misin?" dedi. Sonra Derdâ'ya döndü.

"Peki, ya sen? Sen de..."

Steven araya girdi. Bir karbon kâğıdı gibi.

"O, hepimizin gizemli sahibesi!"

Tam olarak *Mysterious Mistress* demişti. Mitch'in filmlerinde, Derdâ'nın göründüğü ilk anda, karenin donup da ekranda yazdığı gibi. Stanley'nin fikriydi. O bulmuştu bu adı.

Şimdi de başını eğmiş karşısındaki genç kıza bakıyor ve hayatın nasıl bir tesadüfler çukuru olduğunu düşünüyordu.

Derdâ'nın inkâr edecek hali yoktu. İki kez başını sallayarak adını kabul etti. Gülmeye başladı Stanley. Kahkahalarla.

Stanley eve dönmüştü. Yaşlı babasının evinin ikinci katındaki odasına yerleşmiş ve Crouch End'in somurtkan ancak yetişkin çocuklarının arasına katılmıştı. İlk şoku atlattıktan sonra -ki atlatması, uzun bir kahkaha kadar sürmüştü- Finsbury Park'taki cinayeti ve sonrasında olanları anlatmıştı. Tabii ki Stick'ten kovulduğundan ve bütün parasını eroine yatırdığı için evden çıkmak zorunda kaldığından söz etmemişti. "Korktum baba" demişti. "Orası artık tam bir cehennem oldu. Düşünsene, karşı komşumu vurdular!" Steven da başını sallamıştı. "O zaman burada kalacaksın, başka çare yok. Siz tanıştınız, değil mi?" diyerek oğluna Derdâ'yı göstermişti. "Evet" demişti Stanley, gülümseyerek. "Tanıştık." Bir zamanlar sahibesi olan kızın üzerindeki çarşafla birlikte Stanley'nin ona duyduğu hayranlık ve saygı da çekilip gitmişti. Üzerine üflenmiş bir avuç toz gibi. Sıradan bir kız gibi görünüyordu artık gözüne. Sokaktaki herhangi bir salak gibi, diye düşünmüştü hatta. Babasının, içinde bol bol kader kelimesinin geçtiği ve İstanbul'daki konsolosluktan başlayıp Crouch End'deki kaldırıma kadar gelen romantik konuşmasını da dinlemiş ve Derdâ'nın evdeki varlığının nedenini çözmüştü. Sonra da mutfağın bir köşesinde, Derdâ'ya polislerin onu aradığını anlatmıştı. Üstelik bunları babasının da duyabileceği yükseklikte söylemişti. Steven'ın Derdâ'yı kovması için. Ama o artık Rahime'ydi ve Scotland Yard kesinlikle umurunda değildi.

Babasının evde çarşafla dolaşması ve Derdâ'nın ona emirler yağdırması, Stanley'yi rahatsız etmiyor ancak seyrek de olsa, geçmişteki güzel günleri ve annesini düşünüyordu. Oysa geçmişte güzel gün diye bir şey yoktu. Annesi de öyle. Stanley daha sekiz yaşındayken evi terk edip gitmişti. Steven'ın, dokuzuncu evlilik yıldönümlerinde verdiği hediye paketini açtıktan hemen sonra. Paketten çıkan, birbirine kısa zincirlerle bağlı çelik bilyeleri kolye sanıp teşekkür ettikten yarım saat sonra. "Onlar senin için değil, benim için!" yanıtını aldıktan yirmi beş dakika sonra. "O bilyelerin hepsini teker teker içime sokmanı istiyorum" cümlesini duyduktan yirmi dört dakika sonra terk etmişti kadın evi. Sonrasında da, Stanley'nin velayetini almak için çok uğraşmıştı. Ama boşanmak için gittikleri mahkemedeki hâkim, Steven'ın haftasonları kendini kamçılattığı Londra zindanlarından hücre arkadaşıydı. Bu yüzden karar tek celsede verilmiş ve çelik bilyeleri Steven'ın içine sokma işi hâkime, anahtar deliklerinden izlemek de sekiz yaşındaki Stanley'ye kalmıştı.

O andan sonra da, evde, baskın elementi acı olan kimyasal bir tepkime gerçekleşmiş ve Stanley'nin büyümesi durmuştu. Büyüyemeyen bütün insanlar gibi kurduğu hayallerin içinde yürüyen Stanley'nin ayağı bir çukura girip de tabanı gerçeğe değince canı yanmaya başlamıştı. Yaşı ilerledikçe ve büyüyemedikçe o can yanmasını daha da çok hissediyordu. Bu yüzden o çukurları, Finsbury Park metro istasyonunun girişinde duran, Kara T. diye bilinen ve gerçek adı Timur olan on dört yaşındaki bir çocuktan aldığı eroinle kapatıyordu. Gerçeğe düşüp bir yerlerini kırmamak için. Özellikle de kalbini.

On dört yaş... Tek ayakları daima kırık olduğu için sallanmaktan kurtulamayan kürsülere sahip psikiyatri anabilim dalının, adını ergenlik koyduğu bir insanlık dönemi. Sonra da o kürsülerin ardından, düzensiz aralıklı öfke krizleri, çiğ tepkiler, aşırı davranışlar olarak belirtileri sıralanan bir insanlık hali. Kendini ve çevresini tanımaya başlama, topluma uyumda zorluk çekme benzeri başlıklarla dolu kitapların sözünü ettiği ergenlik. Ve o kitapları yazan bilimsel makale sahipleri... Ne Kara T.'yi tanıyorlardı ne de on dört yaşındayken ne halt ettiklerini hatırlıyorlardı. Oysa durum gayet basitti.

İnsan doğar. On-on beş yıl sonra dünyanın nasıl bir tezgâh olduğunu ve doğumla ölüm arasına nasıl hapsedildiğini fark eder. Bu aslında bir histir, bilgi değil. Ve ilk tepkisini verir. Avazı çıktığı kadar bağırarak. Bu çığlık, bir kalabalığın içinde cüzdanını çaldırdığını fark eden kişinin çaresiz haykırışına benzer. Önce, aşağılayan ve umursamaz bakışlar atan kalabalık, sonra da aşırı gürültüye dayanamayıp, içlerinden birini, bağırıp çağıranla konuşmaya gönderir. O da gidip "Biz de çaldırdık cüzdanı, ne var? Senin gibi kıçımızı yırtıyor muyuz?" der. Böylesi bilimsel bir müdahale için, genelde diplomalı olanlar tercih edilir. Kalabalığın kayıtsızlığı karşısında yavaş yavaş sesi kesilen yaygaracı, gerçeği kabullenir ve çevresindeki boşluğu insanlarla doldurur. Buna, büyüme denir. Yetişkin olma. Tam olarak, yetişkin uysallığı. Yapay bir haldir. Tasarlanmıştır. İşlevselliği üzerinde hesaplar yapılıp öyle biçimlendirilmiştir. Yetişkin uysallığının temeli, toplumun varlığının sürdürebilmesi için toplumdaki her bireyin bir boka yaraması gerektiği inancında yatar. Ve en önemlisi, yetişkin uysallığı, tamamen ölçüsüz bir dünyada, milimetrik biçimde ölçülüdür. Yaş ağacın eğilip kendi köküne oral seks yapmasından ibarettir. Oysa on dört yaşındaki bir çocuğun, ergen öfkesi olarak nitelenerek küçük görülen aşırı davranışları, doğal olandır. Gözlerindeki doğum çapakları dökülmüş ve dünya üzerinde dönen bütün dolapların sırtına yüklenmiş olduğunu anlamıştır. Kendini odasına kilitleyip dışarıyı dışarıya hapsetmeye çalışır. Ya da bütün kapıları ve duvarları avazı çıktığı kadar bağırarak yıkmaya. Tepkileri, insanın ateş saçan bir ejderhayla karşılaşınca vereceği türdendir. Dolayısıyla bu tepkinin, hayatta kalındığı sürece, yani ejderha yok olup gitmediği sürece devam etmesi gerekir. Ancak tabii ki, böylesi bir hayat boyu ergenler güruhu toplum yapısını sikip atacağından, yetişkin uysallığına geçiş, insanlığın bir gereği olarak algılanır. Toplumsal bir farz. Ama bazılarının kafası kalındır ve onlar son nefeslerine kadar bağırmaya devam eder. Çünkü hayat aşırı bir süreçtir, çünkü dünya aşırı bir yerdir ve ikisinin de hak ettiği, suratlarının ortasına inen aşırı şiddetli yumruklardır. Bu yüzden, ergen isyanı, bir insanı öldürmek için onu altmış kez bıçaklamaktır. Çünkü gözlerini dünyaya ancak on dört yaşlarında açabilen biri, her insanın, ağzı tüten en az altmış ejderha tarafından kuşatılmış olduğunu anlayandır. Sonuç olarak, insanlığın ergenlik hali, bütün aptallığına rağmen, hayatı boyunca, özgür bir yaratığa en çok benzediği dönemdir...

Ne zaman ki hayat ve dünya uysallaşır, o zaman ergenlerden sakin olmaları beklenebilir. Ama daha önce değil. Dolayısıyla on dört yaşına saplanıp kalmış kalın kafalılardan biri olan Stanley de, geri döndüğü odasının duvarlarına The Cramps posterleri asarken belki bir aptal gibi görünüyordu ama en azından hayat ve dünya ona ne verdiyse misliyle iade etmek için elinden geleni yapıyordu. Bir şey bildiğinden ya da dünya üzerindeki hayatı tanıdığından değil. Haberleri izlediğinden ya da vicdanının emrinde politik bir eylemci olduğundan değil. Stanley, hiçbir şey bilmeden yapıyordu bunu. Bütün on dört yaşındakiler gibi. Çünkü eğer bu dünyada bir yerlerde, insanlar çocukları bombalıyorsa, bunu bilmeye gerek yoktu. O dünya zaten yanmış çocuk eti kokardı. Eğer bir yerlerde, başka çocuklar açlıktan geberip gidiyorsa, bunu da bilmeye gerek yoktu. O dünyanın zaten açlıktan nefesi kokardı. Ve çocukların burunları bu kokuları alır, ergen öfkesi olarak da geri verirdi. Ta ki burunları yetişkin uysallığıyla tıkanana kadar. Stanley için o gün gelecek miydi, bilinmez ama şimdilik kendini kamçılatıyor ve eroin kullanıyordu.

Adını koyamadığı ve nereden kaynaklandığını bilmediği bir çaresizlikten. En az on dört yaşındakiler kadar anlatamıyordu derdini. Bir şeyler hissediyor ama hiçbir halt bilmediği için, sürekli kokusunu aldığı boku bir türlü göremiyordu. Bu yüzden ergenlerin çoğu gibi kendini deli sanıyor ve deliliğini bulaştırmak için birini arıyordu.

Derdâ'dan daha iyi bir suç ortağı bulamazdı. Bir zamanlar, sinir uçlarında gezdikçe, siyah eldivenli parmağı kirlenip dışkı kokan kıza ilk eroin iğnesini Stanley batırdı. Böylece ödeşmiş oldular. Böylece Derdâ, zevk ve acıyı, insanların birbirlerine sırayla verdiklerini öğrendi. Önce Derdâ Stanley'ye sonra Stanley Derdâ'ya, önce çocuklar ebeveynlerine sonra ebeveynler onlara, önce geçmiş geleceğe sonra gelecek geçmişe, önce doğa insana sonra insan... Önce ölüler hayattakilere sonra hayattakiler... Sırayla... Birbirlerine... Acı ve zevk verip... Sonsuza kadar... Mutlu... *Dolce vita,* amına koyayım!

Bezir'in öldürüldüğünü duyduğunda Derdâ hiçbir şey hissetmedi. Bir buçuk saat sonra, üst kattaki banyoya girip aynada kendini gördüğü anda ağlamaya başladı. Durdurulamayan bir ağlama. İçerilerden bir yerden gelen gözyaşları. Kusar gibi. "Neden?" diyordu buruşuk ağzı. "Neden, neden, neden..." Sonra yavaşça duruldu her şey. Yüzü duruldu, yaşlar yanaklarında kurudu. Fısıldayarak bitirdi sorusunu:

"Neden onu ben öldüremedim?"

Sonra güldü. Aynaya bakarak. Bezir onu bu halde görseydi ne yapardı, diye düşündü. Ne derdi? Döver miydi? Öldürür müydü? Camdan aşağı mı atardı? Bağırdı Derdâ:

"Hiçbir bok yapamazdın! Hiçbir şey! Buradayım işte! Gelsene, amına koyduğumun herifi! Buradayım! Geberdin işte, geberdin! Siktir olup gittin!"

Hâlâ Nazenin'den kalma küfürleri ediyordu. Arada yenilerini öğrenmeye fırsatı olmamıştı... Aynadaki Bezir buharlaşıp yerini Derdâ'ya bırakınca, banyo yeniden sustu ve kulağını endişeyle kapıya yaklaştırmış olan Steven, koridorda yürümeye devam etti.

Beş yıl boyunca söyleyemediklerini beş yıl daha o banyoda kalarak aynaya anlatabilirdi. Onun yerine son bir kez bakıp "Siktir!" dedi ve çıktı. Bezir'le son konuşması böyle geçti: Bezir'siz.

Bütün bağımlılar gibi, birim para olduğu zaman toplama işlemlerini hesap makinesinden daha hızlı yapan Stanley, Derdâ'nın yaklaşık üç bin poundu olduğuna emindi. Hala aynı tişörtü giydiğine göre de harcamaya zamanı olmamış gibi duruyordu. Ama Derdâ'ya nasıl yaklaşacağını bilememişti. Bu yüzden elindeki son gramları da azar azar damarlarına gönderirken beklemeye başlamıştı.

Bir gece, beklediği oldu ve odasının kapısı açıldı. Derdâ sigara istemeye gelmişti. "Yok, kalmadı" demişti Stanley. "Ama bu var" deyip başucundaki metal kutudan çıkardığı eroin poşetini küçük bir çan gibi sallamıştı. Çan sesine doğru giden Derdâ, "O ne?" diye sormuş ve on dakika içinde yanıtını almıştı. Ve o yanıtı defalarca yeniden alabilmek için parasını eksiltmekte sakınca görmeyen Derdâ, Stanley'nin odasına günde bir kez girip çıkmaya başlamıştı. Üzerine doğru gelen şırıngadan kaçmamasının nedeni, Stanley'nin yaklaşık iki saat boyunca, elektrikli süpürge tanıtan bir satıcı gibi yaptığı konuşmadan etkilenmiş olması değildi. Beş yıl kapalı kalmıştı Derdâ. 60 ay ederdi. İki bin güne yakın. Neredeyse kırk beş bin saat. Kırk beş bin neden ederdi! O şırınganın ucundaki iğne derisine girerken meraklı gözlerle izlemesi için kırk beş bin neden. Hatta her şeyi yapabilecek olması için tam kırk beş bin neden. İntihar hariç. Asla! Ölmeyecekti Derdâ. O kaçırdığı beş yılın yerine, elli değil, beş yüz yıl yaşayacaktı. Ama Stanley'nin odasına girip çıkmayı sürdürürse, o beş yüz yıl yerine geçecek birkaç yılda kapanacaktı gözleri.

Bu arada İngilizce dersleri devam ediyor ve Steven, Derdâ'nın emri üzerine artık Türkçe konuşmuyordu. Derdâ, eroinin deneme sürüşü dönemini yaşıyor ve önündeki kitaplardan okuduğu bütün dilbilgisi kurallarını aklında tutabiliyordu. Ancak eroinin deneme sürüşü biraz farklıydı. Bütün markalarda arabayı deneyip sonra da satın almadan kenara çekip inebilmek mümkündü. Ama eroin marka bir arabanın deneme sürüşü, ancak bir kazayla sonlanabiliyor ve içindeki hâlâ hayattaysa bir de o hurdayı satın alması gerekiyordu. Yani hayatta kalmanın bedelini ödemesi. Hayat boyu o hurdaya bir daha binmemek için çırpınmaktan ibaret bir bedel. Ama Derdâ, şimdilik camlardan dışarı bakıp manzaranın keyfine vardığı ilk günlerdeydi. Ufukta herhangi bir duvar yoktu, dolayısıyla hiçbir şeye çarpamazdı. Sadece parası biraz azalabilirdi ama o da sorun değildi çünkü Finsbury Park metro istasyonunda Kara T. vardı. Stanley'le yanına gittiklerinde, "Size indirim yapacağım, ne de olsa komşu sayılırız" diyen çocuk.

Sonra birden her şey hızlandı. Aralar koptu. Günlerin, hatta bazen haftaların hatırlanmadığı oldu ve ufuk, duvar doldu.

Akşam yemeği için sofranın etrafında bir araya gelmişlerdi. Steven gülümseyerek, oğluna ve artık neyi olduğunu bilmediği Derdâ'ya bakıyordu. İkisinin de yüzü tamamen solmuştu. Şimdi gerçekten de, yüzyıllar önce birtakım yerlilerin, gördükleri ilk Avrupalıya koydukları hastalık teşhisinde söyledikleri gibi, soluk benizliydiler. Bir zamanlar genç kızın sırtındaki mor gözler şimdi burnunun iki yanına taşınmış ve açılmakta güçlük çekiyorlardı. Steven, makarna servisini bitirdi ve sandalyesine oturduğu anda bağırarak konuştu.

"Aklıma bir şey geldi!"

Sesten rahatsız olan diğerleri göz ucuyla Steven'a baktılar.

"Markalı çarşaflar üretilse! Tabii böyle simsiyah olacak yine. Bu üzerimdeki gibi olacak ama göğsünde markası yazacak. Mesela Steven's... Ya da..."

Steven tavana bakarak düşünmeye devam ederken Stanley ve Derdâ konunun kendileriyle hiçbir ilgisini olmadığını anlayıp tabaklarına dönmüşlerdi. Ama ikisinin de iştahı yoktu. Ellerindeki çatalı makarnayla oynamak için kullanıyorlardı.

"Bir logo da olabilir, değil mi? Keşke Lacoste'un çarşafları olsaymış, değil mi? Ne güzel olurdu, burada timsah dururdu. Ya da Fred Perry'nin!"

Bir süre daha sustu ve Steven yeniden konuştu:

"Size önemli bir şey söyleyeceğim. Bana bakar mısınız lütfen?"

Zorlukla kaldırdılar başlarını.

"Ameliyat olacağım."

"Hasta mısın?" diye sordu Derdâ.

"Hayır!" deyip kahkaha attı Steven. "Tabii ki değilim. Aslında evet, öyleyim. Hasta sayılırım. Erkeğim. Ve bundan kurtulmak istiyorum. Bir kadın olacağım!"

Bu kez Stanley konuştu. Derhal. Hiç sektirmeden.

"O kadar paran var mı?"

"Tabii ki" dedi Steven. "Sen beni ne sandın? Hayatım boyunca çalıştım ben. Senin gibi oturup ölmeyi beklemedim! Biraz daha makarna?"

Oysa herkesin tabağı doluydu. Ama önemli olan bu değildi. Önemli olan, Steven'ın doğruyu söyleyip söylemediğiydi. Gerçekten de parası var mıydı?

"O parayı bana vereceksin!" dedi Stanley. Birden. Hatta ayağa kalkıp bağırarak.

Steven bir kahkaha daha attı.

"Hayır beyefendi, size hiçbir şey vermeyeceğim!"

Stanley, babasının çarşaflı boynunu yakalayıp bedeninin kalanını da oturduğu sandalyeyle birlikte yere devirdi. Steven'ın düşüşü çok şiddetli olmuştu. Havaya kalkan ayakları masanın altına vurmuş ve tabaklardan ikisi yere düşmüştü. Uyuklamakta olan Derdâ, ancak gürültüyü ve titreşimi hissettiğinde anlamıştı ne olduğunu. Normalde kalp krizinden ya da başını vurduğu için beyin kanamasından ölmesi gerekiyordu Steven'ın, ama o kahkaha atmaya devam ediyordu. Bir de öksürmeye. Oğluysa, babasının yanında diz çökmüş, eli boğazında, bağırıyordu:

"Gebertirim seni! O parayı bana vereceksin! Öldürürüm seni! Baba, yalvarıyorum sana! Baba, lütfen o parayı bana ver!"

Derdâ yeşil, ahşap kapının önünde Steven'a bakıp son emrini verdi:

"Ağlamayacaksın Rahime!"

Çünkü yaşlı adamın gözleri sulanmıştı. Ne de olsa sahibesi onu terk ediyordu. Tabii ki ne tehditler ne de yalvarmalar işe yaramıştı. Ne sandalyeyi ne de Steven'ı devirmek para etmişti. Bir anlık sinir krizi, Stanley'nin evden kovulmasına neden olmuştu. Kendi tehditlerinden çok daha gerçek olan bir tehditle. "Polisi çağırıp seni içeri attırmamı ister misin?" diye sormuştu Steven. Bir gece bile gözaltında kalacak hali yoktu Stanley'nin. Birkaç parça eşyasını toplayıp çıkarken Derdâ'ya bakmış ve "Geliyor musun?" diye sormuştu. O da, geriye kalan son eşyası olan sözlüğünü alıp peşinden yürümüştü.

Kapıya geldiğinde, Steven, bankta otururken yaptığı gibi Derdâ'nın kolunu tutup durdurmaya çalışmıştı. Ama kız kolunu hızla çekmiş ve birkaç adım attıktan sonra dönüp ağlamama emrini vermişti.

Bahçe kapısına vardığındaysa dönüp bir daha baktı Derdâ. Steven'a. "Geri gelecek misin?" diye sordu çarşaflı adam. Derdâ, nedendir bilinmez ama Nazenin'i hatırladı ve bu kez el sallamaktan korkmadı.

Stick'e gidiyorlardı. Camdenhead adındaki *pub*'ın önünden geçerken, kapısında duran *skinhead*'ler, kendilerinden sandıkları, haftada bir kafa derisini tıraşlayan, Dr. Martens'li Derdâ'ya laf attılar.

"Ne yapıyorsun o gotik ibneyle? Gelsene buraya!"

Bir an için duraksayan Derdâ'yı kolundan çekip yürüten Stanley burnundan soluyordu. Bir de seksenler kalıntısı faşistlerle uğraşamayacaktı. Bu yüzden başını kaldırıp bakmadı bile. Birkaç sokak daha geçip kapısında yeşil saçlı, dev bir Rus'un durduğu Stick'e girdiler. Derdâ'nın üzerindeki son paranın yarısıyla Kara T.'den aldıkları eroini damarlarına yutturmak için tuvaletlere dağıldılar. Stanley daha hızlı davranıp çıkmış ve Mitch'le konuşmaya başlamıştı.

"Ne bok yiyeceğimi bilmiyorum" diye bitirdi, evden kovuluşunu anlatan üç cümlelik konuşmasını.

Sonra Derdâ geldi yanlarına. Mitch, kızı tanımadı. Ama Stanley tanıttı.

"İşte, film yıldızın da burada! Ona sor istersen, nasıl bir cehennemin içinde olduğumuzu."

Mitch, *pub*'ın loş ışığında eğilip Derdâ'nın yüzüne baktı ve gözlerine inanamadı.

"Hayır!" dedi. "Olamaz!"

Stanley'ye baktı. Stanley de "Olur" dedi. Sakince başını sallayarak.

Mitch, Derdâ'yı göstererek, "Hâlâ bizi anlamıyor, değil mi?" diye sordu.

Bu kez Derdâ konuştu. Bir ticaret ataşesi aksanıyla.

"Ben, ne yazık ki sizi hep anladım!"

Mitch elindeki birayı kıza uzatıp kahkahalar attı. Derdâ bardağı itip çevresine baktı. Stick, o gece, tam bir deliler yuvasıydı. Travestiler, gotikler, hangi yılda olduklarını umursamayan *punk*'lar, elli yıldır deri ceketlerini tek omuzlarında taşıyan yetmiş yaşındaki *Rockabilly*'ler, her beş dakikada bir saçlarını iki tarakla birden düzelten *Teddyboy*'lar, parkalı *Mod*'lar ve barın üstünde dans eden sarhoş bir Japon turist kız. Dresden Dolls çalıyordu. "Girl Anachronism." Amanda Palmer'ın sesi bütün kulaklardan girip bütün kulaklardan çıkarken, mola verdiği beyinlerde geçici körlüğe neden oluyordu. Belki de bu yüzden insanların çoğu gözlerini kapatıyor ve durdukları yerde sallanıyordu. Ya da Stick'te ağır bir uyuşturucu trafiği vardı ve herkes o trafikte sıkışıp kalmıştı.

Gündüz ne yaptıkları belli olmayan insanların, içine değil ama birbirine sığındığı bir yerdi aslında Stick. Bir zamanlar sokakta birbirlerini bıçakla kovalamış olan farklı tarzlardaki hayalperestlerin, nesilleri tükendiği ve gidecek başka yerleri kalmadığı için bir araya geldikleri bir yerdi. Her şeyin değiştiği bir dünyada sabit katsayılar gibi çakılıp kaldıkları için oradaydılar. Bir zamanlar evleri olan sokaklarda, kendilerini birer yabancı gibi hissettikleri için oradaydılar. Artık tek evleri Stick'ti. Onun da genişliği, bir sokâğın ancak onda biri ederdi.

Mitch, Derdâ'ya bakarak, "İnanılmaz!" dedi. "Demek, böyle bir yüzün varmış. Film işine dönmek ister misin?"

"Bir daha asla!" dedi Derdâ.

Ama Stanley ilgilenmişti.

"Sence olur mu? Yani yine öyle birkaç film çeksen biraz para kazanabilir miyiz?"

Mitch birasından bir yudum alıp ciddileşti.

"O iş bitti aslında. Satabileceğimiz herkese sattık. Ama eğer ilgileniyorsa şurada bir herifler var. Bir internet sitesi için iş yapıyorlarmış. Onların filminde oynayabilir. İyi para vereceklermiş, öyle dediler."

Bir yandan da barda oturan iki genç adamı gösteriyordu. Japon turist kızı izleyerek gülen. Üniversiteli gibi görünen, Stick için fazla temiz iki beyaz.

"Nasıl bir şey yapıyorlarmış?" diye sordu Stanley.

"Bilmiyorum" dedi Mitch.

Derdâ söze girdi. Çekiç gibi.

"Hayır! Bir daha yok! Böyle bir şey olmayacak!"

Ama Stanley duymuyordu. Üç adımda bara yanaşıp iki adamın arasına girdi ve konuşmaya başladı. Birkaç dakika sonra da döndü.

"Üç bin veriyorlar" dedi. "Düşünebiliyor musunuz, üç bin!"

Mitch sordu:

"Ne çekiyorlarmış?"

Stanley, Derdâ'ya bakarak yanıtladı.

"Bildiğin porno. Tek adam, tek kadın. Klasik yani. Yarım saatlik bir şey."

Yoksunluk yaşamanın ne demek olduğunu sabaha karşı çok iyi anlamış olan Derdâ, birkaç saat önce "Kesinlikle hayır!" dediğine "Tamam" demiş ve film çekmek isteyen iki adamın bıraktığı numara aranmıştı. Stanley'nin, Cambridge'de öğrenci olduklarını öğrendiği gençlerden biri telefonu açmış ve "Öğleden sonra gelin" deyip Covent Garden'da bir adres vermişti.

Sabaha kadar Mitch'in odasında titreyip kaşındılar. Evdeki birkaç Valium'la idare edip ilk metroyla Finsbury Park'a gittiler. Derdâ'nın cebindeki son parayı Kara T.'ye ödeyerek alışverişi başlattılar. İstasyona birkaç adım mesafede olan,

Arsenal adındaki futbol takımının ürünlerini satan mağazanın kahve içilen bölümüne geçip tuvalete girdiler ve alışverişi tamamlamış oldular.

Çıkışta, metroya verecekleri para kalmadığı için Kara T.'ye yanaşıp "Biraz bozukluk versene" dediler. Ve biraz önce eline saydıkları madenî paraları Kara T.'den geri alıp Covent Garden'a gittiler.

Söylenen adresin önünde durdular ve çevrede oturacak bir yer aradılar. Bir bank bulup çöktüler ve üç saat boyunca konuşmadan oturdular. Sadece bir ara Derdâ, Stanley'ye bakıp "Seni öldüreceğim" dedi. Stanley de "Sıraya girmen lazım" diye yanıtladı.

Stanley'nin Derdâ'ya bakarak kulağını dayadığı diyafondan beklediği ses geldi:

"Üçüncü kat, sağdaki kapı. Asansör bozuk."

Sonra da önünde durdukları kapı açıldı. İtip girdiler. Merdivene yönelip üç kat çıktılar ve sağlarındaki kapıdan sarkmış, gözlüklü ve kısa saçlı bir baş gördüler. Başın sahibi kapının ardına saklanıyordu çünkü çıplaktı. Stanley, birkaç adımda kapıdan geçti. Derdâ ise kata çıkan son basamakta bekliyordu. "Haydi" dedi Stanley. "Gel buraya."

Derdâ bir adım attı. Sonra bir tane daha. Sonra sesler duydu. Sonra kapıdan geçti ve seslerin sahiplerini gördü. Çırılçıplak elli bir erkek. Derdâ'ya binlerceymiş gibi geldi. Susmuş ve dazlak kıza bakıyorlardı. Derdâ, bir adım geri attı ve ardındaki kapının kapandığını duydu. Bir de Stanley'yi.

"Yapma! Buna mecbursun, biliyorsun. Hiçbir şey düşünme. Hiçbir şey. Bırak kendini. Bunların hiçbirinin önemi yok. Anlıyor musun beni? Hiçbirinin anlamı yok. Git oraya, aç bacaklarını ve paramızı alıp gidelim."

Sessiz kalan Derdâ'nın ikna olduğunu düşünen, kapının ardındaki gözlüklü, kızı yavaşça iterek yürütüp erkeklerin arasından geçirdi ve salonun zeminine yayılmış, şeffaf muşambanın üzerine çıkardı. Kapıyı açanla birlikte elli iki çıplak erkeğin, görebildiği kadarıyla yüzlerine baktı Derdâ. Olduğu yerde dönerek. Sonra ceketini çıkardı. Çıkarmasıyla da elli iki çığlık birbirine karıştı. O ana kadar gergin olan erkekler, birden gülüp alkışlamaya ve anlamsız sesler çıkarmaya başladılar.

Hepsi de Cambridge öğrencisiydi. Ekonomi bölümü. Birinci sınıf. Hukuk bölümündekilerle girdikleri bir bahis için oradaydılar. Bir hafta önce izledikleri videoda, otuz yedi hukuk öğrencisi sırayla zenci bir kızın üzerine yatıp kalkmıştı. Sayıdan emin olmak için iki kez izlemişler ve bu rekoru kırmanın bir yolunu düşünmeye başlamışlardı. Sokakta çevirdikleri fahişeler kesinlikle işe yanaşmamış, son çare olarak Stick denilen batakhaneye gelip bir deli bulmayı ummuşlardı. Ya da para için her şeyi yapabilecek biri. Örneğin, bir eroin bağımlısı. Ne de olsa *Requiem for a Dream* adlı filmi sinemada izleyeli henüz bir yıl bile olmamıştı. Ve yurtlarındaki tuvaletlerde mastürbasyon yaparken gözlerinin önüne gelen bazı sahneleri hâlâ canlılığını koruyordu.

Derdâ tamamen soyunmuştu. Gözlüklü olan omuzlarından tutup bastırdı ve genç kız muşambanın üzerine oturdu. Sonra omuzlarında yine bir baskı hissetti ve bu kez sırtını muşambaya yasladı. Ayakucunda sarışın bir oğlan durdu. İntihar etmek için atlayacağı köprüden suya bakar gibi baktı yerdeki Derdâ'ya. Korkarak. Sonra biri itti ve diz çöktü. Bir alkış duyuldu. Tek çift elden çıkan. Sonra iki oldu. Sonra yirmi çift. Nabzını alkışa ayarlayan sarışın, Derdâ'nın birbirine kenetlenmiş dizlerini, kapan açan bir avcı gibi zorlukla da olsa araladı. O an bütün alkışlar bilekten kesildi. Kilolarca sessizlik ve tonlarca çıplaklığın altında ezilip küçülmemek için gözlerini Derdâ'nın göğüslerinden ayırmayan sarışın, avuçlarını kızın iki omzunun yakınına dayadı. Salonda nefes alan kalmışsa onlar da tuttu. Ve oğlan kendini Derdâ'nın üzerine bıraktı. Ama hiçbir işe yaramadı çünkü etten bir duvara çarpmıştı. Açmaktansa ölmeyi tercih edecek narin çiçeğe bakmak için Derdâ'nın ve yüzü sararmış oğlanın çevresini sardılar. Önce bir tartışma yaşandı sonra gerilerden bir kutu uzatıldı.

İçinden alınan iki parmak vazelin, Derdâ'ya rağmen Derdâ'yı kandırıp yumuşattı. Sarışın denen oğlan, yeniden avuçlarını kızın iki yanına koyup nefesini tuttu ve Derdâ'nın hayatına girip kayboldu. Oğlanın yüz çizgilerinin kırılıp dökülmesi dört dakika sürdü. Derdâ'ya göre dört yıldan biraz kısa. Dolu prezervatifi çekip bir kupa gibi kaldırdı ve herkesin gördüğünden emin oldu. Yirmi el alkış ve otuz ağız çığlık duyuldu.

İlk sekizden sonra yüzleri karıştırmaya başlayan ve hiçbir şey gerçek değilmiş gibi hisseden Derdâ, indirdiği gözkapaklarının karanlığında ne yaptığının bilincine varıyor ve ölmek istiyordu. Dolayısıyla gözlerini kapatamadığına göre de, alnına terleri damlayan yüzlerin dışında bir yerlere bakması gerekiyordu. O da, çevresinde dönüp duran gözlüklünün elindeki kamerayı seçti. Sadece ona baktı. Ne de olsa, ağzı köpürmemiş tek şey o kameraydı. Onunla olan göz temasını kırmamak için bir profesyonel gibi başını kaldırıyor ve küçük, siyah yuvarlağı takip ediyordu. Çünkü o kadar canlının içinde, tek zarar vermeyen şey, o cansız objektifti. Hatta içindeki porno yönetmenini keşfetmiş olan gözlüklü daha yakın planlar almak için gözden kaybolduğunda Derdâ, "Gel buraya! Gel!" diye bağırıyordu. Biri içinde, elli biri de sahiplerinin elinde olan elli iki et tarafından kuşatılmışken, bakabileceği bir Bezir olmadığı için seçmişti belki de kamerayı...

İlk yirmiden sonra üzerindeki erkeklere vurmaya başladı. Yüzlerine, omuzlarına, nereye denk gelirse. Çünkü vurduğu yere bakmıyordu. Gözleri hâlâ kameradaydı. Bu defa küfrederek. Hayaletlere. Türkçe.

"Hepinizin amına koyayım! Hepinizin! Orospu çocukları! Ne duruyorsunuz orada? Gelip bir şeyler yapsanıza! Ben buradayım, siz neredesiniz? Ha? Neredesiniz?"

Kırktan sonra ağlamaya başlamıştı ve kameraya bakarak yalvarıyordu.

"Ne olur beni kurtarın! Biri beni buradan kurtarsın! Biri bana yardım etsin..."

Elli ikiden sonra da kan ter içindeki muşambanın üzerinde baygındı. Stanley'nin sarsmasıyla kendine geldiğinde kirpikleri birbirine yapışmış, verdiği her nefeste burun deliklerinde baloncuklar şişip patlıyordu. Tutkalla yıkanmış gibiydi. İçlerini Derdâ'ya döken onlarca erkeğin beyaz ve saydam kalıntıları kim bilir kaç kilo ediyordu? Belki de bu yüzden doğrulamadı. Yüzünü ve her yerini kaplamış olan ağırlıktan. Stanley kucaklayana kadar da hareket edemedi.

Banyoya giren Stanley bir mezara koyar gibi küvete yerleştirdi Derdâ'yı. Önce suyun ısısını ayarladı, sonra da kızı yıkadı. Yıkandıkça Rahime'yi hatırladı Derdâ. Bir zamanlar kendisini Stanley gibi yıkamış olan Rahime'yi. Bir de Rahime'nin evindeki Vezir'in sohbetlerini hatırladı. O sohbetlerde, sarı koltukla duvarın arasına saklanıp elini şalvarının içine kaydırırken kurduğu hayali. Çıplak erkekler tarafından kuşatıldığı ve Bezir'in izlemek zorunda kaldığı anları zihnine resmeden hayali hatırladı. Sonra da, hayatı boyunca kurmuş olduğu bütün hayalleri düşündü. İçlerinden sadece biri gerçek olmuştu. O da, gerçekleşmemesi gerektiği için hayal olarak kurulmuştu. Sadece hayalde kalacağı için kurmaya cesaret ettiği tek hayali gerçek olmuştu. Sonra başka bir şey düşündü: Kim seçiyor acaba, dedi içinden. Hangi hayalin gerçek olacağını? O hayali kuran mı, yoksa o hayali kurduran mı?

Geniş, beyaz bir havluyla yüzünü kurulayan Stanley'ye bakıp sordu:

"Haberin var mıydı?"

Stanley sessiz kaldı ve kızın omuzlarını kurulamaya devam etti. Derdâ bu kez bağırdı:

"Bin kişi olacaklarından haberin var mıydı?"

"Evet" dedi Stanley.

"Peki, neden söylemedin?"
"Fark eder miydi?"

Muşambayı toplayan ve çoktan giyinmiş olan dört öğrenciden başka kimse kalmamıştı salonda. Diğerleri çoktan gitmişti. Kalanların da yüzlerinde bir gariplik vardı. Bir tutukluk. Pişmanlığa benzeyen bir ağırlık. Başlarını kaldırmalarını engelleyen birkaç ton. Biraz önce Derdâ'nın üzerindeki beyaz ve saydam ağırlığın birkaç bin kat fazlası ve çok daha koyu renkte olanı.

Derdâ giyinirken her birinin gözlerine bakmaya çalıştı ama onları bulamadı. Çünkü kaçırdılar ve rulo yaptıkları muşambayı çöpe atma bahanesiyle kendileri de kaçtılar.

Stanley, cebinden çıkardığı desteyi gösterip, "Hayat şimdi başlıyor" dedi gülerek. Derdâ, antreyi geçip kapıyı açtı ve evden çıkarken dönüp Stanley'ye baktı.

"Hayatı sikeyim!"

Üç bin poundu, Mitch'in evinde kaldıkları otuz iki gün içinde eritip bir simyacı gibi eroine dönüştürdüler. Otuz iki gün boyunca evde aynı albüm dinlendi: *Off The Bone*. Tabii ki The Cramps'e aitti. Özellikle de "The Crusher" adlı şarkı. Sonra bir sabah, Derdâ CD'yi alıp kırmaya çalıştı. Yapamayınca da camı açıp sokağa fırlattı. Üzerinden bir araba geçmesini bekledi. Bir Volvo geçti ve Derdâ sakinleşip yerine oturdu. Oturur oturmaz da kapı çalındı ve kalkıp açmaya gitti.

Gelen Kara T.'ydi. Türkiye'den Londra'ya mancınıkla fırlatılmış iki çocuk İngilizce konuştu. İkisinin de birbirinin Türkçe bildiğinden haberi yoktu. Çünkü konu oraya kadar hiç gelemiyordu. Çünkü konu, eroinin dışına hiç çıkamıyordu. Eroin kalitesi, eroin fiyatları, eroin dağıtımı, eroin hayatı, eroin modası, eroin ölümü ve bir de Kara T.'nin okul hayatı. Yani çevre okullardaki eroin satışı. Ama sanki artık Kara T. başka şeyler de konuşmak istiyordu.

"Neden saçlarını kazıtıyorsun?"

"Öyle gerekiyor. Peki, sen neden sürekli eşofman giyiyorsun?"

"Gerektiğinde koşabilmek için."

Kara T., cebinden çıkardığı esrarı parçalayıp sigara kâğıdındaki tütüne bir baharat gibi döküyordu. Durdu ve güldü.

"Aslında biliyor musun? Bir gün bir lokanta açacağım. Şık bir yer. Masalarda beyaz örtüler olacak. Şu garsonların hep yaşlı olduğu lokantalardan biri olacak. Kraliyet ailesinden müşterilerim olacak. Ama bu sadece bir paravan olacak. Çünkü o masalardaki tuzluk ve biberliklerde eroin olacak. Ya da tuzlukta eroin olur, diğerinde de kokain. Öyle bir şey işte... Bazı müşteriler bunu biliyor olacak ve masada tuz olmasına rağmen 'Tuz var mı?' diyecekler. Garson da esas tuzluğu getirecek. Sonra da hesabı istediklerinde faturada yazacak: Portakallı ördek 40 pound, şarap 100, tuzluk 1000! Böylece her şey şeffaf olacak, kimse kimseyi kazıklamayacak, anlıyor musun? Hem işi büyütmüş olurum hem de yemek yaparım. Aşçılık okuluna gideceğim, biliyor musun? Bence müthiş bir iş! Yemek yapmak çok güzel!"

Hazırladığı sigarayı yakıp ilk nefesini çekti.

"Benim için çalışır mısın?"

Derdâ, Kara T.'nin uzattığı sigarayı alıp dudaklarının arasına götürürken konuştu.

"Yemek yapmaktan nefret ederim."

Kara T. güldü.

"Onu demiyorum aptal! Mal satacaksın. Benim için. Daha doğrusu taşıyacaksın. Zaten bu gidişle ya orospu olacaksın ya da geberip gideceksin. En azından düzgün bir işin olur, karşılığında da dozunu alırsın. Ne dersin?"

"Stanley..."

"Siktir et şu gotik ibneyi. Herif bu dünyaya ölmeye gelmiş gibi. Hiçbir şey umurunda değil... Bu arada, nerelisin sen?"

"Bilmiyorum" dedi Derdâ.

"Ne demek, bilmiyorum? İnsan nereli olduğunu bilmez mi? Nerede doğdun peki?"

"Bir apartmanda."

"Nerede?"

"Finsbury Park'ta. On ikinci katta."

"Ben nereliyim, biliyor musun? Türk'üm. Bunun ne demek olduğunu biliyor musun? Önüme kim çıkarsa çıksın, amına koyarım, demek!"

"Çok güzel" dedi Derdâ. "Eminim öyledir."

"İnanmadın mı?"

Çok pahalı bir cep telefonu çıkardı eşofmanının cebinden ve Derdâ'nın burnuna doğru sallamaya başladı.

"Bununla bir numara çeviririm ve yarım saat sonra burası kül olur! Anlıyor musun? Kimse Türklerle uğraşamaz! Hepsini siker atarız! Neyse, evet, ne diyorsun? Mal taşıyacak mısın?"

"Ön ödeme yapacak mısın?"

"İşten önce salaklaşmanı istemiyorum. Onun için bugün senin deneme günün olsun. Bakalım, ayın elemanı olabilecek misin? Akşama bakarız."

"Türkiye'yi biraz biliyorum" dedi Derdâ. "Neresindensin?"

Güldü Kara T.

"Söylesem de bilmene imkân yok. O senin tatilde gittiğin yerlere benzemez. Yatırca! Bir şey çağrıştırdı mı? Yok!"

Derdâ gülemedi bile.

"Buraya ne zaman geldiniz?"

"Bir kardeşim vardı. Bir kız. Öldü. Ben daha dokuz yaşındaydım. Sonra da buraya geldik. Zaten bütün Yatırca burada. Bir sürü akrabam var burada. Fighting Wolves'u duydun mu? Hani geçen hafta haberlere çıktılar. Kürt bir çocuğu metroda dövdükleri için. Ama o başlatmış! Yani bizden nefret ediyorlar, anlıyor musun? Yatırcalı'yım, Türk'üm, diyorsun, hemen saldırıyorlar. Kürt'sün sen, diyorlar! Neyse işte, o çetenin hepsi benim akrabam. Aslında annem Kürt galiba. Ya da öyle bir şey. Ne bileyim işte, karışık bir hikâye! Aslında ben Jamaikalı olmak isterdim! Ama bunu sakın kimseye söyleme! Sence de çok havalı değiller mi? Notting Hill'de festivalleri var şimdi. Müthiş herifler bence. Hep sakinler. Ama gerektiğinde de acayip iyi dövüşüyorlar... Evet, ben bir Jamaikalı olmalıydım, amına koyayım! Keşke Yatırca Jamaika'da olsaydı! Keşke!"

Kara T.'nin anlattıklarının sadece bir bölümüyle ilgilenmiş olan Derdâ sordu:

"Hasta mıydı kız kardeşin?"

"Yok, boktan bir kaza olmuş. Okula başladığı gün yataktan düşmüş. Ranzadan... Yani en azından bana öyle söylediler. Öyle çok net hatırlamıyorum. Ama o siktiğimin okulunda düşüp kafasını patlatmış, onu biliyorum! Orospu çocukları! Küçücük bir kıza sahip olamamışlar! Kaç yaşındaydı, biliyor musun?"

Kelime, Derdâ'nın karıncalanan dudaklarının arasından bir karınca cesedi gibi çıktı.

"Altı..."

"Nereden bildin?"

"Tahmin..."

"Orospu çocukları!" diye sözünü kesti Kara T.

O küçük kızın ölümünden hâlâ kendisini sorumlu tutan Derdâ, karşısındaki oğlanın intikam için gönderildiğine emin oldu. Hangi hayalinin gerçek olacağına karar veren her kimse, şimdi de, öldürdüğü kızın ağabeyini çıkarmıştı karşısına. Her şeye boyun eğip itiraf edebilirdi. Ayağa kalkıp, "Ben yatırdım o yatakta kardeşini! Benim yüzümden öldü kardeşin!" diye bağırabilirdi. Ama yapmadı. Çünkü Kara T.'yi karşısına her kim çıkarmışsa biraz geç kalmıştı. Otuz iki gün kadar. Hayatı boyunca işlediği ve işleyeceği bütün suçların intikamı alınmıştı Derdâ'dan. Elli iki çıplak adam tarafından. İntikam alınacak yeri kalmamıştı kızın. Bu yüzden, cezasını çekmiş bir kürek mahkûmu gibi sessiz kaldı. Jean Valjean kadar sessiz bir Cosette...

Kara T.'nin eve girmek için üzerinden atlamak zorunda kaldığı kapının önünde, yerde sızmış olan Stanley gözlerini açtı ve bir şeyler geveledi.

"Ben gotik değilim. Sadece ibneyim!"

Öğleden sonra, elinde bir spor çantasıyla eve dönen Kara T. "Bunu götüreceksin" dedi. Sonra da bir kâğıt uzattı.

"Adres de bu. Sana bir zarf verecekler. Açmayacaksın. Çevir o kâğıdı."

Derdâ'nın çevirmesini bekledi.

"O zarfı da bu adrese götüreceksin, anladın mı?"

Anlamıştı. Kara T., cebinden biraz para çıkarıp Derdâ'ya uzattı.

"Taksiyle git."

Sonra da Derdâ'nın kulağına uzanıp Stanley'yi göstererek fısıldadı:

"Söyle şu herife, o Jamaika konusunu unutsun. Tabii sen de! Tamam mı?"

İlk adres Notting Hill'deydi. Kara T.'nin sözünü ettiği, Trinidad ve Tobagolularla Jamaikalılar tarafından düzenlenen karnaval yüzünden, taksi belli bir noktaya kadar gidip durmak zorunda kalmıştı. Yollar, kortej yüzünden kapalıydı. Derdâ, arabadan inmiş, elindeki adrese bakıyordu. Çevresinde yüzlerce insan, ellerinde bira kutularıyla, kortejin geçeceği caddeye doğru yürüyordu. Hiçbirinde adres tarif edecek hal yoktu. Derdâ kalabalığın akış yönüne uydu ve yürüdü. Yürüdükçe de davul sesleri yaklaştı. Derdâ, aynı anda çalınan onlarca davul ve onları taşıyan kırmızı tişörtlü insanlar gördü. Kaldırımın bittiği yerde başlayan güvenlik şeridine kadar gelip davulcuların geçmesini bekledi. Gülümsedi. Çünkü arkalarından, üzerindeki dev hoparlörlerle bütün caddeye tropik bir müzik yayan, üstü açık otobüsün peşine takılmış, dans eden kızlar geliyordu.

Çok yavaş ilerleyen otobüsün üzerindekiler, ellerindeki konfetileri caddenin iki yanındaki izleyenlere atarken, otobüsün peşindeki kızlar da iki adımda bir durup kalçalarını sallıyorlardı. Başlarının çevresinde tavus kuşlarının açılmış kuyruklarına benzeyen dev tüyler vardı. Renkli sutyenler ve mayolar giymişlerdi. Kimse kızların danslarıyla ilgilenmiyordu. Herkesin gözü, titreyen kalçalar, göğüsler ve üzerlerindeki ter damlalarındaydı. Çünkü izleyenlerin çoğu erkek, azı da lezbiyendi. Bir tür göz ziyafeti için oradaydılar. Ve fazlasıyla doyuyorlardı.

Derdâ, yapması gereken bir iş olduğunu hatırlatan kaşınmaları başlayınca kalabalığı yara yara yürümeye başladı. Karşısına çıkan ilk sokaktan girdi. Bu sokakta da müzik vardı. Bir platformun üzerinde *reggae* söyleyen bir grup ve çevresinde dans eden insanlar. İçtikleri esrarın dumanı üzerlerinden bir bulut gibi yükseliyordu. Birkaç adım sonra, etrafı umursamazlıkla izleyen iki polis gördü. Biri kadın. Adres tarif etmekten başka bir işe yarayabilecek gibi durmuyorlardı. Derdâ korkmamayı öğrenmişti. Son kez elindeki kâğıda bakıp kadın polisin kulağına uzandı. Yüksek müzikte sesini duyurabilmek için bağırarak, aradığı sokâğı sordu. Kadın, kelimelerle tarif etmektense beden dilini kullandı. Eliyle karşıyı işaret etti. Sonra zafer işareti yapıp aynı eliyle solunu gösterdi. Gösterdiği yönde yürüyen Derdâ, soldaki ikinci sokağa saptı.

Sokağın iki yanındaki evler bitişik ve iki katlıydı. Kapılarına birkaç basamak çıkarak ulaşılabiliyordu. Numaraları da kapıların üstünde yazıyordu. Numaralara bakarak ilerleyen Derdâ, sokağın, diğerlerine göre daha tenha olduğunu fark etti. Birden boşalmıştı çevresi. Ama ileride, bir evin kapısından çıkmış ve uzanan bir kuyruk vardı. Onlarca insan arka arkaya dizilmiş, sabırsızlıkla sıranın ilerlemesini bekliyorlardı. Yaklaşınca, aradığı numaranın, kuyruğun önünde başladığı kapının üzerinde yazdığını fark eden Derdâ "Bu şekilde uyuşturucu satıyor olamazlar herhalde, değil mi?" diye sordu kendine. Haklıydı. Kuyruk, ne eroin ne de esrar içindi. Sıradakilerin ikazlarını umursamadan girdiği kapının arkasında duran ve elindeki çantayı görünce "Gel" diyen Jamaikalı konuya açıklık getirdi.

"Tuvalet için bekliyorlar! Bir kişi bir pound! Hiç fena değil, değil mi? Hayvan gibi bira içip sonra da ne yapacaklarını şaşırıyorlar! Her yıl burada, bütün o kızarmış tavuk satanlardan daha çok para kazanıyoruz. Hem de neyle? Bir delikle! Delik kiralayarak!"

Bu arada da dar merdivenden ikinci kata çıkmış ve bir kapıdan geçip üç Jamaikalı ve bir *pitbull*'un uyukladığı geniş bir salona girmişlerdi. Aslında Jamaikalılar tam olarak uyuklamıyorlardı. Bazen birbirlerine, bazen tavana, bazen köpeğe, bazen de aralarındaki havaya bakarak müzik dinliyor ve oturdukları yerden sallayabilecekleri tek şey olan başlarını indirip kaldırıyorlardı. Çalan şarkının ritminde. Ne daha hızlı ne daha yavaş. *Ska*'nın gerçek patronlarından Desmond Dekker'ın bir plağı dönüyordu ortada. Sesi de dörde katlanmış, salonun dört köşesindeki dört hoparlörden çıkıyordu: "Rude Boy Train."

Derdâ'nın kılavuzu çoktan gitmiş ve her şeyden kazançlı olduğuna inandığı tuvalet işinin başına dönmüştü. Salondakilerinse Derdâ'yla ilgilendikleri söylenemezdi. Sadece siyah köpek, başını birkaç saniyeliğine kaldırıp kıza bakmış, sonra o da kendi dünyasına gömülmüştü. Üç deri koltuğun ortasındaki geniş ve alçak sehpaya elindeki çantayı bırakan Derdâ, "Beni Kara T. gönderdi. Bana bir zarf verecekmişsiniz" dedi. Jamaikalılar yavaşça başlarını çevirip dazlak kıza baktılar. Başlarını sallamayı bırakmadan. Sonra içlerinden biri şöyle dedi:

"Bir *skinhead* görmeyeli uzun zaman olmuştu."

Bir diğeri şöyle dedi:

"Bir *skinhead* dövmeyeli de uzun zaman olmuştu."

Üçüncüsü de şöyle dedi:

"Saldır Bob."

Tam Derdâ kapıya doğru bir adım atacaktı ki, üçü birden kahkaha atmaya, siyah köpek de, adı geçtiği için yattığı yerden havlamaya başladı. İlk konuşan, "Merak etme, biz sizin gibi kuduz değiliz" diyerek ayağa kalktı ve sehpanın üzerindeki çantayı çekip fermuarını açtı. O an Derdâ, sürekli karıştırıldığı şu *skinhead* denilen insanların ne bok olduklarını tam olarak öğrenmeye yemin etti. Jamaikalının çantaya giren eli, yarım kiloluk üç paketle çıktı. Diğerlerine bakıp "Denemek isteyen var mı?" diye sordu. Tek yanıt veren Bob oldu. Havlayarak. Örülmüş saçları beline gelen, uzun boylu zenci adam Derdâ'ya baktı ve "Beni burada bekle" dedi. Sonra da elindeki paketlerle salondan çıkıp gitti. Diğer ikisi sessizce başlarını sallamaya devam ediyordu. Derdâ, endişelenecek herhangi bir şey olmadığını düşündü. Eroinle giden adam elbet dönecekti. En azından öyle olması gerekiyordu. O sırada, başını sallayanlardan biri:

"Kimdi o herif?" dedi.

Karşısındaki de "Hangisi?" diye sordu.

"Demin burada oturan. Şimdi çıkan. Senin arkadaşın mıydı?"

"Hayır."

"Ne yapıyordu o zaman burada?"

"Ne bileyim, sen tanıyorsundur diye bir şey demedim."

"Ben tanımıyorum ki!"

"Neyse, iyi bir herife benziyor."

Sonra ikisi de Derdâ'ya baktı ve içlerinden biri, "Seni Kara T. gönderdi, öyle mi? Ver o zaman malımızı da bir bakalım, nasılmış?" dedi.

Derdâ'nın aklı düğüm olmuştu.

"Verdim ya demin. Arkadaşınız aldı..."

"Onu tanımıyoruz ki. Ama sen tanıyor olmalısın. Yoksa çantayı ona verir misin? Demek ki tanıyorsun. Neyse, haydi, bizim malı ver de işimize bakalım."

Derdâ'nın kalbi düğüm oldu.

"Ne diyorsunuz siz? Ben ona verdim her şeyi. Hatta, denemek isteyen var mı, diye sordu... Gerçekten, onu tanımıyor musunuz?"

İkisi birden "Hayır" dedi.

Derdâ'nın bedeni düğüm oldu ve kafa derisinde ter damlaları belirdi. İki avucunu alnına götürüp "Peki, ne yapacağım ben şimdi?" diye bağırdı. İki Jamaikalı birbirine baktı ve daha fazla dayanamayıp kahkaha atmaya başladılar.

"Sen gerçek bir *skinhead* olmalısın!" dedi biri.

Diğeri devamını getirdi:

"Yoksa bir insan bu kadar aptal olamaz!"

Derdâ, o an ikisini de boğmak istedi ama onun yerine boş koltuğa gidip oturdu ve derin bir nefes verip "Sigaranız var mı?" diye sordu. Hâlâ gülen adamlar, "Tabii ki" deyip esrarlı bir tane uzattılar. Derdâ'nın ciddi yüzü sigarayı yakarken yumuşadı ve gülmeye başladı. Jamaikalılar da gülüyordu. Bir yandan Desmond Dekker plağı dönmeye devam ediyor, diğer yandan da salondaki üç kişi, bir an için de olsa, mutluymuş gibi görünüyordu. Yakılan sigara, üçlünün arasında soldan sağa gezerken, Derdâ'nın taklidi yapılarak, "Ne yapacağım şimdi?" deniyor, sonra yeniden gülünüyordu. Paketleri alan adam dönene kadar, hatırlayıp hatırlayıp güldüler.

"Tamamdır" deyip bir zarf uzattı, uzun örgülü adam. Derdâ, koltuktan kalkıp zarfı aldı. Hepsiyle selamlaşıp adını aldığı Bob Marley kadar sakin olan Bob'un kafasını okşadı ve salondan çıktı. Giriş katına indiğinde, ilk gördüğü Jamaikalıyla karşılaştı. Adam o sırada bir kızın çıktığı tuvaleti gösterip "Girmek ister misin? Sana taksit yaparım!" dedi gülümseyerek. Teşekkür edip yürümeye devam etti Derdâ. Tuvalet kuyruğunun yanından geçerken, alt sokaklardan gelen müzik kapladı kulaklarını ve karnaval alanından çıkana kadar yürüdü. Gördüğü ilk boş taksiye binip "Chelsea" dedi. Birkaç kırmızı ışıktan sonra, kâğıdın diğer yüzündeki adresi okudu şoföre. Bu kez birkaç yeşil ışıktan sonra taksi durdu ve Derdâ indi.

En az on katlı bir apartmanın önündeydi. Kapının yanındaki zilleri taradı ve aradığı numarayı buldu. Düğmeye basıp bekledi. "Ne var?" diyen boğuk sese yanıt verdi:

"Kara T.'nin gönderdiği..."

Sözünü metalik bir ses kesti. Açılan kapıdan girip asansörle sekizinci kata çıktı. Aklına Jamaikalılar geldi ve güldü. 33 numaralı dairenin kapısını çalarken gülmeye devam ediyordu.

Kapıyı Regaip açtı. Derdâ'nın gözleri büyüyüp ağzı küçüldü.

Regaip, tek eliyle kızı yakasından tutup içeri çekti ve kapıyı kapadı.

"Seni takip eden oldu mu?"

İngilizce sormuştu. Garip bir aksanla.

Elindeki tabancayı fark eden Derdâ, "Hayır, hayır" dedi.

Babasıydı karşısındaki adam. Ya da bu dünyada babası olmaya en yakın kişi. Sakin kalırsam ve zarfı verip çeker gidersem hiçbir şey olmayacak, diye sakinleştirmeye çalıştı kendini. Belli ki Regaip tanımamıştı kızını. On altı yıl içinde sadece beş gün gördüğü kızını. Beş yıl önce. Araya, o beş yıl ve kazıtılan saçları girmiş olmalıydı. Bu yüzden tanıyamadı, diye düşündü Derdâ. Ama bilmediği bir şey vardı. O da, aralarında hepsinden kalın bir duvar olduğuydu: Kokain.

Bezir'i öldürdükten bir hafta sonra Gido aramış ve "Kendine bir ev tut, bir yıllık da erzak al. Ben sana söyleyene kadar da o evden çıkma" deyip kapamıştı. Paraya boğdukları bir polis, olayı MI5'ın devraldığını Dulluhan kardeşlere, onların en küçüğü de Gido'ya haber vermiş ve o telefon öyle açılmıştı. "Kendini göm!" telefonu.

Ve gömmüştü Regaip. Ama birkaç yeri açıkta kalmıştı. Özellikle de eski mahkûm tarafı. Dayanamamıştı dört duvara. Londra'ya adım attığı ilk aylarda Ubeydullah'ın mobilya fabrikasının girişindeki güvenlik kulübesinin darlığına dayanamadığı gibi. Oraya da sığamamıştı. Onun için bir sabah, diğer güvenlikçilerle birlikte kaldığı evden fabrikaya gider gibi çıkmış ve özgürlüğe koşar gibi suç dünyasına karışmıştı. İngilizce dilbilgisi kurallarını hâlâ öğrenememiş olsa da, o dünyaya ait kuralları çok iyi bildiğinden, kısa sürede kendine bir çete kurmuştu. Yatırcalı akrabalarının Londralı çocuklarından oluşan küçük sürüsünün adı Fighting Wolves'du. İlk birkaç hafta Ubeydullah ve Bezir, Regaip'in peşinden koşmuş ancak birden durmuşlardı. Çünkü Regaip'in bir korucu olduğunu hatırlamışlardı. Ve saklandığı yer bir dağ değil, Londra da olsa, bulunmak istemeyen bir korucuyu aramak boşunaydı. Bulunamazdı. Dolayısıyla geriye, alabilecekleri tek bir önlem kalmıştı. Onu da Ubeydullah halletti. Çok, ama çok büyük bir içtenlikle beddua etti!

O kadar yıl cezaevinden sonra, Chelsea'deki evin üstüne üstüne gelen duvarlarına baka baka küfreden Regaip, Fighting Wolves'u çalıştırmaya devam etmiş, kazandığı parayı da kokaine yatırmakta bir sakınca görmemişti. "Ben dünyaya gidemiyorsam, dünyayı ayağıma getiririm" deyip çektiği kokaine. Bir zamanlar "Allah düşürmesin, yazdıysa bozsun!" dediği kokaine. Çünkü o bok yüzünden öz kardeşini vuranları, karısını boğanları, kendi çocuğunu tanımayanları görmüştü. Çünkü o bok, bütün dünyayı düşman ederdi insana. Oysa kokainmanlar, genelde dünyanın zerre kadar umursamadığı insanlar olurdu ama onlar yine de evrenin merkezi olduklarına inanmak için gezegen sayısı kadar neden bulurlardı. "Allah korusun!" derdi Regaip. Ama artık demiyordu. Hem de beş aydır. Dört duvar arasında, beş yıl sayılırdı. Vuracak bir kardeşi ya da boğacak bir karısı olmadığı için de çocuğunu tanımamakla yetiniyordu. Kızını son görüşünden beri emekli bir ticaret ataşesi gibi yaşamamıştı ki, Derdâ'yı hatırlasın...

Yumruğunun içindeki deri ceket yakasını bıraktı. Arkasını dönüp salona açılan kapıya doğru yürürken kendi kendine konuştu. Türkçe.

"Senin gibi şerefsiz bir dazlak takip edildiğini nasıl anlar ki zaten?"

Evde ayak bastığı ilk noktada kalmış olan kız, cebinden zarfı çıkarmış, bekliyordu. Salona geçmiş olan Regaip'in sesini duydu. Bu kez İngilizce konuşuyordu.

"Gel buraya!"

Zarfı verip gitmekten başka hiçbir şey düşünemeyen Derdâ, küçük adımlarla yürüdü ve salona girdi. Bir kanepeyle bir televizyondan başka hiçbir eşya yoktu. Geniş salon bomboştu ve Regaip, elindeki tabancanın namlusuyla alnını kaşıyordu. Sonra o namlu kanepeyi gösterdi.

"Otur."

Derdâ zarfı uzatmakla yetindi.

"Zarfı getirdim..."

Regaip bu kez namluyu Derdâ'ya doğrulttu.

"Sana, otur dedim."

Derdâ'nın midesi bulanmaya başlamıştı. Sürekli mücadele ettiği yoksunluk, Jamaikalıların esrarı, yıllar sonra babasını görmesi ve yıllar sonra gördüğü babasının elindeki tabanca kızın içini altüst etmişti. "Ben" dedi, birbirine çarpan ses telleri yüzünden titreyen bir sesle, "zarfı vermeye gelmiştim. Lütfen..."

Regaip, iki adımda kulağını yakaladı kızın. Yakalayacak saçı yoktu çünkü. Derdâ'nın kaçması mümkün olmamıştı. Kulağındaki acı yüzünden beli büküldü ve Regaip'in peşinden iki adım atıp kanepeye savruldu. Doğrulduğu anda iki elini kulağına götürdü Derdâ. Yerinde durup durmadığını anlamak için. Koptu sanmıştı. Ama babalar kulakları böyle çekerdi. Bir de böyle azarlarlardı:

"Sana bir şey diyorsam, yapacaksın onu! Otur diyorsam, oturacaksın! Kalk diyorsam, kalkacaksın! Şimdi bak, sana ne diyeceğim? Beni duyuyor musun? O zaman iyi dinle! Soyun!"

Gözlerini su basmış Derdâ öyle bir Türkçeyle bağırdı ki,

Regaip gibi kırmızı gözlü bir adam bile bir an için sustu.

"Ben Derdâ'yım! Derdâ! Senin kızınım! Kızın!"

Donmuştu Regaip. Anında. Sonra çözüldü. Yine anında. Türkçe düşündü. Çok yüksek bir sesle.

"Sen benim anamın adını nereden biliyorsun?" diye bağırıp Derdâ'nın yüzüne öyle bir vurdu ki kız, bir anlığına kanepeden havalanıp yine kanepeye oturdu. Devrilip yan yatmış Derdâ, kısık kısık ve hızlı hızlı nefes alıp veriyordu. Yaralı bir hayvan gibi. Ölmesine an kalmış yavru bir köpek gibi. Hiçbir şey düşünemiyordu. Yine hayata dürbünün tersinden bakıyordu.

"Boşuna ağlama" dedi Regaip. "Nasıl olsa sikeceğim seni! Hem sen bunun için gelmedin mi? O çocuk bahsetmedi mi sana? Timur?"

Kendini hatırlatması için söylemesi gereken onca şey varken, "Timur kim?" diye bağırdı Derdâ. Salyaları kanepenin kumaşına dökülüyordu.

"Kara T. denilen piç!" deyip güldü Regaip. "Bir kız istedim, o da bana seni gönderdi. Önce şu zarfı ver."

Anlamış, diye düşündü. Kız kardeşini öldürdüğümü anlamış! İntikam için göndermiş beni buraya...

O ana kadar zarfı yırtacak kadar sıkmış ve her şeye rağmen elinden bırakmamayı başarmıştı. Birden doğrulup Regaip'in yüzüne doğru fırlattı. Zarf, bir yüz yerine, bir omza çarpıp düştü. Regaip gülümseyip eğildi ve yerdeki zarfı aldı. Yırtığı iki parmağıyla genişletip içindeki desteyi çıkardı. Para sayma makinesi olan bir çift göz, miktardan emin oldu. O gözlerin biraz altındaki bir ağız da açılıp konuştu.

"Haydi, çıkar şu üstündekileri, uğraştırma beni."

Eğilip kızın göğüslerini tokatlıyor ve kana boğulmuş gözleri, kadına susamış iki ağız gibi gülüyordu:

"Yoksa önce küçük bir iğne mi istersin? Şöyle küçük bir tetanos aşısı?"

"Baba!" diye yalvarıyordu Derdâ, "Baba, beni hatırlamadın mı? Allah aşkına..."

Yeniden yakalanmıştı kulağından.

"Ulan sen Allah'ın adını ağzına nasıl alırsın? Bir kere şu haline bak! Anan baban görse kahrından ölür!"

Hem bağırıyor hem de Derdâ'yı salondan çıkarmış koridorda sürüklüyordu. Bir kapıdan geçtiler ve Regaip, girdikleri odadaki yatağa kızı kaldırıp attı.

"Orada bir şeyler var, işte! Ne bok yiyeceksen ye, karşıma adam gibi çık!" deyip kapıyı çekti. Sonra da kilitteki anahtarı çevirip cebine soktu. Koridoru geçti ve salona girdi. Tabancayı pantolonunun beline geçirip televizyonun üzerindeki cep telefonunu aldı. Bir düğmeye basıp bekledi. Karşıdaki daha nefes bile vermemişti ki bağırmaya başladı.

"Senin amına koyarım, hayvan! Sokaktan keş toplayıp bana mı gönderiyorsun, it? Kendin yaltaklandın karı göndereyim diye! Bula bula bu psikopat orospuyu mu buldun? Haydi, onu geçtim, karı Türk, amına koyayım!"

Yorulmuştu. Yutkunmak için durdu. O sırada Kara T. bir şeyler sorup duruyordu.

"Ne bileyim! Tutturdu, ben senin kızın..."

Regaip telefonu elinden düşürmedi, karşısındaki duvara fırlatıp parçaladı. Koşarak salondan çıktı. Antrede kayıp düştü. Kalktı ve koşmaya devam ederek koridoru geçti.

"Derdâ! Derdâ!" diye bağırarak tek eliyle kapıya vururken, diğeriyle de cebindeki anahtarı çıkarmaya çalıştı. Sonunda parmakları anahtarı tutup çekti ve titreyen eliyle kilidi tutturup kapıyı açtı.

Derdâ, kolundaki mor gözün bebeğine saplanmış bir şırıngayla, yatıyordu yatakta. Regaip yanına gidip omuzlarından sarsmaya başladı.

"Derdâ! Kızım!"

Derdâ gözkapaklarını araladı ve bir şeyler fısıldadı. Regaip duyamadığı için kulağını kızının ağzına yasladı. Öyle bir şey söyledi ki Derdâ, Regaip yaşadığı sürece unutamadı.

"Baba, istediğin kadar sik beni" cümlesi bir yılan gibi kulağından girip çöreklendi beynine. Kızından geriye kalan ne varsa kaldırıp sarılan Regaip bağırarak ağlamaya başladı. Derdâ'nın başını göğsüne yaslamış, tavana bakarak ağlıyordu. Nefesi yettiği kadar da bağırıyordu. Çıkardığı sesler, dünya yok olurken duyulacak gürültüyle aynı oktavdaydı. Regaip o kadar yüksek sesle bağırıyordu ki, o sırada ev kapısının kilidinin kırıldığını, içeri altı SAS komandosu ve iki MI5 memurunun girdiğini duyamadı.

Regaip'i Derdâ'dan ayırıp yere yatırırlar ve belinden tabancayı çekip bileklerine plastik kelepçe geçirirlerken, bağırmaktan sesi kısılmış adam hiç susmadı.

"Affet beni! Affet beni! Affet!"

MI5'ın, yerini tespit edebilmesi için cep telefonuyla son bir konuşma daha yapması gerekiyordu ve Regaip o aramayı Kara T.'ye küfretmek için gerçekleştirmişti.

Memurlardan biri kızın nabzını kontrol ederken, diğeri ambulans çağırmak için telsizini kullanıyordu.

Koltuk altlarından sürüklenen Regaip'in sesi bütün Londra'yı inletti:

"Derdâ!"

Saniye'nin rahmine düşüşünden dört gün sonra terk ettiği öz kızını, sikecek kadar inkâr edememiş olan Regaip, kulaklarını tıkasa da Derdâ'nın fısıltısını duydu. Baktığı her duvarda kızının dazlaklığını, mor gözlü kolunu ve kısık sesinin sızdığı çatlak dudaklarını gördü. Attığı her voltada Derdâ'nın hayaletiyle yürüdü. Dili döndüğünce hayatını anlattı kızına. Dili döne döne, onu neden bırakıp gittiğini anlattı. İçinde bol bol "Mecburdum!" geçen cümleler kurdu. En az o kadar da af diledi. Ama Derdâ'nın hayaleti babasını affetmedi. Çünkü aynı fısıltıyı tekrarlamaktan vazgeçmedi:

"Baba, istediğin kadar..."

Daha fazla duymamak için kulaklarını kesmeyi denedi. Yatak demiriyle. Ama beceremedi. Regaip ilk fırsatta intihar etti. Geride sadece, kendini astığı hücrenin duvarına kazınmış bir cümle bıraktı:

Allah bizi beterinden korudu.

Hayatında şükredebileceği tek şey oydu: Kızını sikmemiş olmak. O da Regaip'e yetti. Bu yüzden gözleri kapalı gitti. Huzur içinde... Buna da şükür...

Kendine geldiğinde, Saint Mary Hastanesi'nin yoğun bakım ünitesindeydi. Girdiği komadan çıkması üç gün sürmüştü. Yanında yükselen metal askıdaki seruma baktı ve şişeden hortuma düşen damlaları izlemeye başladı. Bir kum saati izler gibi.

Sesini duyana kadar hemşirenin yanına geldiğini anlamadı. Şişman ve kızıl saçlı bir kadındı. Gülümsüyordu.

"Demek uyandınız küçük hanım. O zaman günaydın!" dedi. Sonra da bir kablonun ucundaki düğmeyi gösterdi. Hareketsiz duran sol elinin yakınlarında.

"Bir şeye ihtiyacın olursa buna basarsın. Şimdi doktoru çağırmaya gidiyorum. Sakın bir yere kaybolma."

Yeniden kum saatine dikti gözlerini. Hiçbir şey düşünmeden damlalara baktı. Bu kez şişman kadınla birlikte, elinde bir dosya olan genç bir adam da belirdi. O da gülümsüyordu.

"Nasıl hissediyorsun kendini?" diye sordu.

"İyiyim galiba" dedi Derdâ.

Kızın dosyasını hemşireye verip göğüs cebinden bir kalem çıkardı ve ucundaki feneri yakıp sırayla iki gözüne de tuttu.

"Galiba değil, kesinlikle iyisin! Sana ne olduğunu hatırlıyor musun?"

"Evet" dedi Derdâ. "Bir şeyi yanlış yaptım galiba..."

"Öyle de denebilir tabii" diyerek güldü genç doktor.

"Peki, ne aldığını hatırlıyor musun?"

"Eroin olması lazım..."

"Ama değilmiş. Kritik miktarda kokain enjekte etmişsin damarına ve üç gündür komadasın. Çok büyük bir tehlike atlattın. Kalbin iki kez durdu. Ne dediğimi anlıyorsun, değil mi?" deyip yeniden aldığı dosyaya baktı ve "Derdâ? Ne güzel bir adın var. Nerelisin?" diye sordu.

"Türkiye."

"Çok güzel... Şimdi bak, birazdan bir polis gelecek buraya. Sana birkaç soru soracak, tamam mı?"

Derdâ hafifçe başını salladı.

"Tamam. O zaman, sonra görüşürüz" deyip uzaklaşırken dönüp güldü:

"Evet, hatırladım, Fethiye! Geçen yaz oradaydım. Müthiş bir ülkeniz var, çok şanslısınız!"

MI5'ın iki memuru, Derdâ'nın iki yanında, ayakta duruyorlardı. Biri, diğerine baktı. O da konuştu.

"Bak, bizim tek istediğimiz, senin mahkemede tanıklık yapman, o kadar. Başka bir şey istemiyoruz. Ayrıca hakkında herhangi bir soruşturma da açılmayacak. Hatta İngiltere'de kalabilmen için elimizden geleni de yaparız. Çünkü bilmem farkında mısın, ama şu an burada kaçak durumundasın. Yeter ki, hâkime bildiklerini anlat."

"Ama ben bir şey bilmiyorum" dedi Derdâ.

"Ama Bezir'i tanıyorsun, değil mi?" diye sordu diğeri. "Hani seni Türkiye'den getirip o eve kapatan adamı?"

"Evet" diye bir fısıltı duyuldu.

"Tamam işte, o evde neler yaşadığını anlatsan, bize yeter. Bir de tabii, baban var. Onunla ilgili de konuşman lazım."

"Ama onu sadece bir kere gördüm" dedi Derdâ. Farkında olmadan yükseltmişti sesini.

"Bak Derdâ, biz, sen Londra'ya geldiğinden beri canını yakmış olan her insanı yakalamak için buradayız."

Yalan söylüyordu. Yaklaşık beş yıldır peşinde oldukları Dulluhan kardeşlerden Gido Ağa'ya, Hikmetçilerin lideri Hıdır Arif'ten Bezir'in *kick box*'çılarına kadar herkesin peşindeydiler. Ellerinden gelse, hâlâ hayatta olan Şıh Gazi'yi bile, misafir olduğu evden kaçırıp Londra'ya getirir ve konuşturmaya çalışırlardı. Ama şimdilik, merkezinde Dulluhan kardeşlerin yargılanacağı bir davanın dramatik fonuyla ilgileniyorlardı. On bir yaşında köyünden alınıp Londra'ya getirilmiş ve beş yıl boyunca bir sadistin karısı olmaya mecbur bırakılmış masum bir kızdan daha dramatik ne olabilirdi? Üstelik babası bir tetikçiydi. Derdâ, Londra'daki yeraltı Türklerinin ortak noktası sayılırdı. Mahkemede sunulacak iddia, uyuşturucu mafyasıyla radikal İslami görüşlere sahip örgütlerin işbirliği üzerineydi. Böylece bir taşla iki kuş indirecek, iddianamede adı geçen herkesin banka hesaplarına el koyacak, en azından birkaçını da ömür boyu hapse göndereceklerdi. Bütün bunları becerebilmek için de James Bond'un asla yapmayacağı bir şey yapıyor ve on altı yaşında bir kıza yalan söylüyorlardı. Ama Derdâ inanmıştı.

Brighton'da, bağımlılara özel bir rehabilitasyon merkezine gönderildi ve orada geçirdiği beşinci haftanın sonunda, MI5 tarafından alınıp Londra'ya getirildi. Başka yerlerde adalet sarayı denilen ama saray kelimesi entrikayı çağrıştırdığı için olsa gerek, İngilizlerin adını Kraliyet Mahkemeleri koyduğu binaya, başında kar maskesiyle sokuldu. Ama sırf adı farklı kondu diye, bir binada dönen entrikaların yok olmadığını öğrenecekti Derdâ.

Tarihi binanın tarihi bir odasında hâkimle görüştürüldü. Gizli tanık olarak ifade verdiği için, Hıdır Arif iddianamedeki şu sözleri kimin söylediğini hiçbir zaman bilemedi:

"Fotoğrafımı çektiler. Türkiye'de, köyde. Sonra da o fotoğrafı buraya, Hıdır Arif'e göndermişler. Bütün kızları o seçiyormuş. Beni de o seçmiş. Sonra da beni evlendireceği adamı seçmiş. Rahime anlatmıştı bana bunları. O da öyle gelmiş Londra'ya. Hani şu Tower Bridge'den atlayıp intihar eden kadın..."

Derdâ, anlatmaktan yorulmuyordu. Kara T.'den bile söz etti.

"Eroini ondan alırdım. Fighting Wolves diye bir çeteye üye. Kürt çeteleriyle savaşıyorlarmış. Babam Regaip için çalışıyordu... Bir de, Jamaikalı olmak istiyormuş!"

Son söylediği ciddiye alınmamıştı. Ama Derdâ anlatmaktan usanmıyordu. On birinci kattaki sohbetler sırasında yaşlı Vezir'in ağzından saçılan tükürükleri bile anlatıyordu. Sadece Steven, Stanley ve Mitch'den söz etmiyordu. Garip bir biçimde de olsa hayatını kurtarmasına yardım etmiş sayılırlardı. Aslında Stanley'den hâlâ nefret ediyordu. Ama hapse girmesine gerek yok çünkü zaten eroinden örülmüş duvarları olan bir hapishanede yaşıyor, diye düşünüyordu. Haklıydı Derdâ. Çünkü Stanley, sonraki altı yıl boyunca o duvarların arasında ama sokaklarda yaşayacaktı. Babasının cenazesinden dönüp, sonunda kendisine kalan eve girdiği gün de o duvarlar üzerine yıkılacak ve aşırı dozda aldığı eroin tuğlalarının altında kalarak ölecekti. Steven ise vasiyetnamesine uygun olarak üzerindeki çarşafla gömülecekti. Sadece Mitch, hayatının yönünü değiştirip ülkesine dönecek ve California'da bir erkekle evlenip boşanacak sonra da bir kadınla evlenip belgesel filmler çekecekti. Belgesellerinin çoğu, yaşadığı ülkedeki Müslüman karşıtlığını ifşa eden filmler olacaktı. Hatta aldığı bir ödülün üzerine yapacağı konuşmada şöyle diyecekti:

"Şu an nerede olduğunu bilmiyorum ama bana daima ilham kaynağı olan o Müslüman kıza teşekkür ediyorum!"

Bütün bunların gerçekleşeceğinden habersiz olan Derdâ, tarihi odaya girişlerinden birinde, Mitch'in çektiği filmleri kaçırmıştı ağzından. Ama hâkime o kadar saçma gelmişti ki, neden söz ettiğini anlamamış, aldığı ilaçlar yüzünden saçmaladığını sanmış ve Derdâ da lafı değiştirmişti. Sıra, Cambridge'li elli iki öğrenciden söz etmeye geldiğinde, hâkimin öğle yemeğinden dönmesini beklerken, MI5 memurlarından biri, "Gerek yok, gerek yok" demiş ve Derdâ, canını yakmış her insanı yakalamak konusunda adamların kendisine yalan söylediklerini anlamıştı.

"Bize söylemek istediğin başka bir şey var mı?" diye soruldu en sonunda.

"Babam nerede?" dedi Derdâ.

"Ne yazık ki öldü. İntihar etmiş."

"İnşallah gebermiştir, derdi hep annem. Söyleyin de artık boşuna yormasın kendini" deyip güldü.

Brighton'daki rehabilitasyon merkezi, kentin on durak dışına, Derdâ'nın bir zamanlar yatılı kaldığı okulun arazisi genişliğinde, yemyeşil bir ovanın göbeğine inşa edilmişti. Bir de adı vardı tabii: *Hope*.

Bahçe kapısının üzerindeki büyük tabelayı görünce, adı umut olan ne çok şey var, diye düşündü Derdâ. Demek ki insanların sokakta yürürken, günde bir kez de olsa umut kelimesini bir tabelada okumaya ihtiyaçları var, deyip gülümsedi. Bir daha da gülümsemedi. En azından, temel program süresi olan on iki hafta boyunca.

Eroin bağımlılarına özel, 85 günlük bir yolculuk. Sadece yerlerinde durarak varabilecekleri, arınma adında bir yere giden uzun bir yol. Üç kişinin eşliğinde ilerlenen bir yol. Bağımlının bedensel dengesizliğiyle savaşmak için dolabındaki ilaçları mermi gibi kullanan bir psikiyatr, ruhsal dünyasını sıfırdan dekore etmeye çalışan bir terapist ve kendini ya da bir başkasını öldürmesini engellemek için sürekli yanında olan, refakatçi denilen bir tür hastabakıcı.

Merkezde kalan on iki bağımlı için psikiyatr ve terapist ortakken, refakatçi sayısı mevsime göre değişiyordu. Çünkü mevsime göre değişen, tedavi olmaya gelen bağımlıların sayısıydı. Genelde sonbaharda geliyorlardı. Yazın, İngiltere sokaklarında yatarken, içinde yaşadıkları cehennemden değil de, tepelerinden bakan güneş yüzünden dudaklarının kuruduğunu düşünüyor, ancak havanın serinlemesiyle *Hope*'a doğru sürünmeye başlıyor, ilk yağmurlarda da varmış oluyorlardı.

Dolayısıyla merkezdeki bağımlı sayısı kadar refakatçi vardı. Hepsi de gönüllüydü. Böylesi bir işi, karşılığında para almadan yapmak için, ya zamanında büyük bir günah işlemiş olmak ya da işlediği günahların küçüklüğünden kişinin kendini günahsız sanması gerekiyordu. Çünkü on iki hafta boyunca bir eroin bağımlısına bağımlı olarak yaşamak ve sadece o uyurken gözkapaklarını indirmek, insanüstü bir çaba gerektiriyordu. İnsanüstü demek, insanın üstündeki demekti. Yani hava. Dolayısıyla refakatçilerin de en az hava kadar, kollarına girdikleri bağımlıları yargılamamaları ve o hava kadar yanlarında olmaları şarttı. Nefes aldıklarından emin olmak, düştüklerinde kaldırmak, ağladıklarında gözyaşlarını silmek, küfrettiklerinde duymazdan gelmek, vurduklarında yakalayabilirlerse bileklerinden tutmak, tükürürlerse bu kez kendi yüzlerini silip gülümsemeye devam etmek, ölümle tehdit ederlerse, merkezin iki devinden biri yardıma gelene kadar oyalamak için orada olmaları gerekiyordu. Orada, burada, şurada, her yerde. Hava gibi. Ama *Hope*'un yöneticileri, onlara azize demeyi tercih ediyordu. Öylesi daha kolaydı. Hepsi de emekli hemşire olan bu kadınların yüzlerine bakıp "Sen havasın!" diyerek iltifat etmek, her bağımlıdan sonra zar zor bir araya getirdikleri kalplerini kırabilirdi.

Derdâ'nın refakatçisinin adı Anne'di. Bir yıl önce son bağımlısına eşlik etmiş ve bir daha dönmemek üzere *Hope*'la vedalaşıp evine gitmişti. Ancak birden ortaya Derdâ çıkmış ve refakatçi yetersizliğinden dolayı yaşanan kısa bir panikten sonra Anne'in telefonu çaldırılmıştı. Durumu öğrenir öğrenmez gelemeyeceğini söyleyen Anne, 53 yaşında olmasına rağmen yaşlı olduğunu iddia ettiği kalbinin artık bu işe dayanamadığını anlatıp telefonu kapamıştı. Fazla değil, dört dakika sonra, yani kapattığı telefona bakarak geçirdiği dört vicdan yılından sonra da *Hope*'u kendisi aramış ve bağımlının kaçıncı haftada olduğunu sormuştu. Eğer ilk derlerse kesinlikle gitmeyeceğim, diye söz vermişti kendine. Çünkü tanık olunması en zor olanı başlangıçtı. Bağımlının bir hafta süresince hapsedildiği odada, doktor kontrolünde geçirdiği sayısız krizi izlemek, kıyamet günü turizminden farksızdı. Ama telefondan gelen ses "İki" demişti. Anne de çaresiz, bir gün sonra orada olacağını söylemişti. Dediğini de yapmış ve geçirdiği krizlerden ötürü, dünyaya deprem yerine benzeyen iki gözle bakan Derdâ'nın karşısına o ünlü gülümsemesiyle çıkmıştı. Anne, gönüllülükten emekli olunamadığının yaşayan kanıtıydı.

"Merhaba, benim adım Anne. On iki hafta boyunca sana eşlik edeceğim. Senin adın ne?"

Derdâ, kadının yüzüne bile bakmadı.

"Siktir git."

En azından bir yanıt verdi diye düşünüp sevinen Anne, "Tamam ama çok uzağa gidemem. Ne de olsa ben senin refakatçinim. Onun için şurada duracağım. Bir şeye ihtiyacın olursa bana bakman yeter" deyip iki adım çekildi ve ayakta beklemeye başladı. Yıllara dayalı deneyimiyle geliştirdiği bir taktikti. Her bağımlının içinde bir yerde olduğuna inandığı iki insanlık kırıntısını birbirine sürtüp bir kıvılcım çıkartmak içindi.

Bahçedeki bankta oturan ve el tırnaklarının çevresindeki etleri dişleriyle yolan Derdâ'nın iki metre uzağında ayakta duruyordu. Topuklarını ve karnının altındaki ellerini birleştirmiş bir tür nöbet tutuyordu. Geçmişte dört saate yakın bu şekilde durduğu olmuştu. Anne, bu duruşa, tanışma pozisyonu derdi. Pozisyon süresince, gittikçe yorulan bacaklarını hissetmemek için hemşirelik yaptığı günleri düşünür, bedeninden çıkıp çok uzaklara gitmeye çalışırdı. Giderdi de. Ama Derdâ'nın içindeki insanlık iki kırıntıdan fazlaydı ve on dakikanın sonunda, kadının rahatsız duruşuna dayanamayıp konuştu:

"Derdâ. Benim adım Derdâ. Gel de şuraya otur! Durma öyle başımda."

Anne gülümseyerek "Teşekkür ederim" dedi ve kızın yanına oturdu. İlk soru, dediği soruyu sordu. İlk soruyu tanıdığı bütün bağımlılara sormuştu. Yanıtlarını küçük bir deftere not ederek biriktirmiş ve düşmanını daha iyi tanımaya çalışmıştı.

"Bana eroini anlatır mısın?"

Derdâ başını çevirip Anne'in yüzüne baktı.

"Niye, başlayacak mısın?"

Güldü Anne.

"Hayır, hayır, sadece nasıl bir his olduğunu merak ediyorum, o kadar."

Derdâ birden ayağa kalktı ve yürümeye başladı. Anne de peşinden. Yüz küsur sessiz adımdan sonra genç kızın kısık sesi duyuldu.

"Havai fişekleri biliyorsun, değil mi?"

Daha iyi duymak için başını eğerek konuşan Anne yanıt verdi.

"Evet, tabii."

"Böyle patlarlar" deyip, ellerini göğsünden omuzlarının üstüne doğru kaldırdı.

"Evet, biliyorum. Rengârenk olurlar. İzlemesini çok severim" dedi Anne.

"İşte, eroin aldığında..."

Anne acele edip sözünü kesti.

"Havai fişekler mi görüyorsun?"

"Hayır" dedi Derdâ. "O havai fişek sen oluyorsun!"

Uzun zamandır ilk kez böylesi bir tanım duyan Anne, daha sonra defterine kaydetmek üzere cümleyi belleğine kazıdı. Etkilenmişti.

"Ne güzel anlattın! Bence edebiyatla ilgilenmesin."

Derdâ, alaycı bir "Tabii!" çıkardı, yarısıyla gülümsediği ağzından.

"Neden olmasın? Edebiyat, anlatmak değil midir? Okula gidiyor musun?"

"Hayır."

"Gitmek istiyor musun?"

Nedendir bilinmez, Derdâ Fehime'yi hatırlamıştı.

"Belki, bilmiyorum."

"On altı yaşındaymışsın."

Derdâ, Anne'in yüzüne baktı.

"Dosyanı okudum da... Demek istediğim, daha çok gençsin ve inan bana, istediğin her şeyi yapabilirsin. Önünde çok uzun bir hayat var."

Derdâ durdu. Anne de durdu. Derdâ konuştu. Anne duydu.

"Ben ölüyüm! Bunu anlayabiliyor musun? Ölü! Sadece daha gömülmedim, o kadar."

Anne güldü.

"Bir ölüye göre fazla nefes alıyorsun."

Derdâ, kısacık hayatında yaşadıklarını karşısındaki kadına anlatmanın mümkün olmadığını düşündüğünden sessiz kaldı ve yürümeye devam etti. Yeni başladığı Naltrekson tedavisi yüzünden zihni bulamaç gibi olan genç kız, "Senin adın nasıl yazılıyor?" diye sordu. Anne, bağımlılarla konuşurken, konuların gölgelerinden hızlı değiştiğini bildiğinden tereddütsüz yanıt verip adındaki harfleri sıraladı.

"Benim dilimde anne de böyle yazılır. Türkçede."

"Biliyorum" dedi Anne.

"Nereden biliyorsun?" diye soracaktı ki, midesindeki bulantının kokusu burnuna kadar geldi ve kahvaltıda yiyebildiği tek şey olan çilekli yoğurdu ağzından çime döktü. Aldığı ilacın adı Revia'ydı. Görme bozukluğu, çarpıntı ve sanrı dışında, yan etkilerinden biri de bulantıydı. Ve Derdâ ilacı kullandığı süre içerisinde kusabileceği her şeyi kustu. Yediği her şeyi. Yediği bütün dayaklar ve yediği bütün küfürler dahil.

Hâkime son kez ifade verip *Hope*'a döndüğünde, programın onuncu haftasına girmişti. Kesinlikle konuşmadığı diğer bağımlılarla sadece grup terapilerinde bir araya geliyordu. Toplantı konularına, gizlenebildiği kadar az katılıp sabırsızlıkla seansın sona ermesini bekliyordu. Çünkü anlatacak hiçbir şeyi yoktu. Çünkü kimsenin anlamasına imkân yoktu. En azından Derdâ öyle düşünüyordu. Sadece Anne. Sadece o, biraz da olsa bir şeyleri anlıyor gibiydi. Acı çekmeyi, pişman olmayı, hayattan nefret etmeyi, ölüm isteğini, sanki bir zamanlar kendisi de hissetmiş gibi anlayabiliyor ve başladığı cümlelerin, tam da Derdâ'nın seçeceği kelimelerle devamını getirebiliyordu. Yıllardır, gerçek bir insana gerçek bir sevgi hissetmediği için Anne'e olan duygularını tanımlayamayan Derdâ, onu seviyor ama bunu bilmiyordu.

Anne ise genç kızın yaşadıklarının ağırlığını hayal bile edemeyeceğini çoktan kabullenmişti. Derdâ'da gördüğü, sessizce akan bir çağlayandı. Anne, yılların buruşturduğu ellerini o çağlayanda yıkamak istiyor ve buna sevgi diyordu.

"Şu ağaçları görüyor musun?" diye sordu Anne. Kökleri topraktan taşmış yüzyıllık çınarları gösteriyordu. Sonra durup, "İspanyol paça pantolonlara benziyor" deyip güldü. Derdâ da tam gülümseyecekti ki tuttu kendini. Işığın bile olmadığı bir derinlikten gelen endişeyle, eğer iyi hissettiğini belli ederse terk edilmekle cezalandırılacağını düşünüyordu. Eğer iyileşirse Anne'in yok olup gideceğinden korkuyordu. Bu yüzden başını sallamakla yetindi. Derdâ'nın sessiz kaldığını gören Anne, genç kızın koluna girip kulağına fısıldadı:

"Saçlarını merak ediyorum, biliyor musun?"

Derdâ'nın eli, çıplak başında gezip geldi.

"Sen de özlemiyor musun onları?" diye devam etti Anne.

"Bilmiyorum" dedi Derdâ. "Galiba saçlarımdan korkuyorum."

Anne, çok uzun süren bir sessizlikten sonra Derdâ'ya şu teklifi yapacak kadar onu sevdiğine emin oldu.

"Ne yapacağız biliyor musun? Hemen şimdi, odana gideceğiz ve sen benim saçlarımı keseceksin. Sonra da kendininki gibi kazıyacaksın."

"Delirdin mi?" diye sordu Derdâ.

"Tabii ki hayır" dedi Anne. Gülüyordu. "Nasıl olsa uzayacaklar. Ama bu kez seninkiler de uzayacak. Beraber uzatacağız saçlarımızı. Ne dersin?"

"Ben bu numarayı bir yerlerden hatırlıyorum!" dedi Derdâ. "Şu hani ilk karşılaşmamızdaki kendini acındırma duruşuna benziyor sanki."

"Hayır, küçük hanım, hiçbir ilgisi yok! Üstelik o bir acındırma duruşu falan da değildi! Her neyse, evet, ne diyorsun? *Skinhead*'likten hippiliğe terfi etmek ister misin?"

O an Derdâ yeniden on bir yaşında bir çocuğa dönüştü ve sadece kendini düşündü. Kendi mutluluğunu. Eğer, dedi içinden, Anne saçlarını kestirirse, uzayana kadar buradan gidemez, beni bırakamaz...

"Tamam! Gidiyoruz o zaman! Hazır mısın?"

Korkuyormuş gibi yaptı Anne. Ellerini ağzına götürüp "Hayır, hayır!" dedi.

"Artık çok geç!" dedi Derdâ. Sonra da Anne'in omuzlarına

gelen sarı saçlarından bir tutamı avucuna alıp "Kesilecek bunlar!" diye bağırdı.

Terapist, psikiyatr, güvenlikten sorumlu iki dev, mutfaktan sorumlu üç kadın, temizlikten sorumlu dört kadın ve her ay denetime gelen yönetim kurulunun altı üyesi, azize Anne'i saçsız başıyla görünce, uzun hizmet yıllarından ötürü tamamen delirmiş olduğunu düşündüler. Oysa birbirlerine baktıkça gözleri gülen Derdâ ve Anne kol kola yürüdükleri bahçede garip bir gururla taşıyorlardı o saçsız başlarını. Kemoterapi gören ve ölümü zerre kadar önemsemeyen iki lösemili çocuk gibi birbirlerinin başlarını okşuyorlardı. İki gün sonra, Brighton'a giden terapiste ısmarladığı siyah güneş gözlükleri de gelince, kendininkini takıp diğerini Derdâ'ya uzatmış ve "İşte şimdi fotoğraf çektirip dergilere gönderebiliriz" demişti Anne. "Çünkü çok seksi olduk!"

On ikinci haftanın beşinci gününde, İspanyol paçalı ağaçlardan birine sırtlarını yaslamış sessizce oturuyorlardı.

"Farkında mısın?" diye sordu Anne.

"Neyin?" dedi Derdâ.

"Ne kadar cesur olduğunun... Senin bu yaptığını asla yapamayan o kadar çok insan gördüm ki... Sen, tanıdığım en cesur insansın. Ve en güçlü. Gerçek hayatta bunlar çok işe yarar, biliyor musun?"

"Bilmem" dedi Derdâ. Sağ eli, başındaki köklerden yükselen siyah dikenlerin üzerinde gidip geliyordu.

"Ben biliyorum. Peki, söyle bakalım, ne yapacaksın buradan çıkınca?"

MI5 memurları Derdâ'nın hâkim üzerindeki dramatik etkisinin umduklarının üzerinde olduğunu görünce sözlerini tutmaktan fazlasını yapmış ve oturma izni vermek yerine, üç gün önce yeni kimliğini teslim etmişlerdi. Türk olarak başladığı hayata, İngiliz olarak devam edecekti. Ama belki de erken davranmıştı MI5. Çünkü yedi ay süren mahkemenin sonucunda Fighting Wolves'un, Kara T. dahil, reşit olmayan dokuz üyesi ve *kick box*'çılardan başka kimse mahkûmiyet almadı. Türkiye'den iadesi istenen Gido Ağa da çoktan İran'da yaşamaya başlamıştı. Hıdır Arif ise kendisine yapılan bu hakareti dünyaya duyurmayı bir görev saydı ve çıktığı televizyon programlarında defalarca aynı cümleyi söyledi:

"Bu haksız mahkeme, bana değil, İslamiyet'e açılmıştı ve kaybetmek kaderleriydi."

Westminster'daki karargâhlarını Dublin'e taşımanın planlarını yapan Dulluhan kardeşler, önce birbirlerinden sonra da Hıdır Arif'in İngiliz hükümetiyle anlaşıp kendilerini çökertmek istediğinden kuşkulandı. Bunun üzerine Hıdır Arif'in ofisi basıldı ve iki tabanca şarjörü boşaltıldı. Cam kürenin arkasına saklanan Hıdır Arif, aldığı sekiz kurşun yarasına rağmen hayatta kaldı ve parçalanan küreden düşen siyah taşın Hacerü'l-Esved'in parçası olduğuna tamamen inandı. Ancak üç yıl sonra, Mesihliğini ilan etmesine üç gün kala fotoğrafından beğenip kendine ayırdığı on üç yaşındaki bir kızın üzerinde kalp krizi geçirip öldü.

Dulluhan kardeşler, İrlanda'nın politik ayarlarıyla oynamaya çalıştı. Başaramayınca da geriye en küçükleri kalana kadar birbirleriyle savaştılar. O da, yeniden hortlayan IRA'ya sattığı ilk bin Glock'tan biriyle, yine IRA tarafından vuruldu. Ölmedi ama kafatasında bir mermiyle yaşadı. Adını bile söylettirmeyip ayağa bile kaldırmayan, parmağını bile oynattırmayıp gözlerini bile kırptırmayan bir mermiyle...

Sonuçta Derdâ'nın verdiği ifade, kendisine bir İngiliz kimliği kazandırmaktan başka bir işe yaramamıştı. Ancak, her ne kadar ABD denilen garip bir ülke vatandaşlığını loto ikramiyesi olarak görüp internet üzerinden çekilişle dağıtsa da herhangi bir vatandaşlığın tek başına mutluluk getirmediği de bir gerçekti. Bunun kanıtı, İngiltere'nin nüfusu kadardı. Ya da yaşadığı hayatın çekilişle dağıtıldığını öğrense inanamayacak olan Amerikalı sayısı kadar...

Derdâ'nın sessiz kaldığını gören Anne bir daha sordu:

"Ne yapacaksın buradan çıkınca?"

Derdâ, bir aşk itiraf eder gibi utanarak söyledi:

"Seni özleyeceğim."

"Başka?"

"Senin adresini bulacağım."

"Başka?"

"Gelip bahçende yatacağım."

"Ve?"

"Hayır, ayakta duracağım! Böyle, ellerimi birleştirip zavallı bir çocuk gibi boynumu büküp kapının önünde duracağım."

"Tamam, sonra?"

"Sonra da sen daha fazla dayanamayıp beni içeri alacaksın."

"Peki, doğru söyle, ne kadar dururdun ayakta seni içeri almam için?"

"Sen ne kadar dayanabilirdin beni ayakta bekletmeye?"

Başını salladı Anne. Gözleri sulanmıştı. Elini Derdâ'nın omzuna attı.

"Buradan beraber çıkacağız" deyip kıza sarıldı.

Çiseleyen gözyaşları birbirine karıştı ve Anne'in bir kızı, Derdâ'nın da bir annesi oldu. O anda Saniye, kalbini delip geçen bir ağrı hissetti ve nedenini anlayamadı. Hayvanlarla uğraşmaktandır, diye düşündü. Bir ev ve birkaç hayvanla uğraşmaktan...

Anne'in avuçlarının arasındaki Derdâ'nın yüzü, on iki hafta sonra ilk kez güldü.

Eroinden kurtulmanın bedelini hayat boyu ondan kaçmakla ödeyecek olan Derdâ, giyinip odasından çıktı ve *Hope*'un giriş katına inen merdivenine ayak bastı. Kıvrılan geniş basamaklardan indikçe insanlar gördü. Masallardaki balolara bütün davetlilerden sonra gelen gizemli güzel kızlar gibi hissetti kendini. Çünkü insanlar Derdâ'ya öyle bakıyordu. Hayranlıkla. Bunun yanında, konuşmadığı diğer bağımlıların bakışlarında biraz kıskançlık, doktor ve terapistin gözlerindeyse biraz umutsuzluk vardı. Çünkü benzer kutlamalarla gönderdikleri sayısız bağımlının bir hafta geçmeden yalpalayarak döndüğüne defalarca tanıklık etmişlerdi. Ama umut her zamanki gibi ağır bastı ve avuçları birbirine çarptırdı. Yüzlerinde bir gülümsemeyle alkışladılar Derdâ'yı. Omzuna dokundu bazıları, diğerleri sarıldı. Tabii hiçbiri orada olmazdı, eğer 1874 yılında C.R. Alder Wright adlı kimyager, ağrı kesici bir ilacın peşinde koşarken morfine karıştırdığı çeşitli asitlerle eroini icat etmeseydi. Hatta o zaman, *Hope* diye bir yer de olmazdı. Ama doğmuştu eroin. Dönüşü yoktu. Belki bir zaman makinesi. Belki de sadece o bir işe yarayabilirdi. O laboratuvara gidip Wright'ın ellerini durdurmak için. Üstelik bulması da zor değildi: Yıl 1874, yer Londra. Tam olarak Saint Mary Hastanesi. Derdâ'nın iki kez ölüp iki kez dirildiği bina. İkinci katında yılda yedi bin eroin bağımlısının gelip ölümün döşeğine yattığı, üçüncü katındaysa eroinin icat edilmiş olduğu bina...

Elinde derisi çatlamış bir bavul, gözlerinde siyah gözlükleri ve üzerinde bembeyaz bir elbiseyle, Anne, Derdâ'yı bahçede bekliyordu. Binanın kapısından çıktığını gördüğü anda gülümsedi ve vedalaşmak değil, buluşmak için el salladı. Derdâ on adım attı, Anne ise bir. Karşı karşıya gelip durdular. Genç kız ceketinin cebinden siyah gözlüğünü çıkarıp taktı ve bahçe kapısındaki *Hope* tabelasının altından bir çift Blues Sisters geçti.

Karşı kaldırımın elli metre aşağısına park edilmiş olan gri Seat'ın içindeki iki MI5 memuru, Derdâ ve Anne'in bir taksiye binip uzaklaşmasını izlediler.

"Şimdi ne olacak?" dedi biri.

"Bakacağız" dedi diğeri.

Arka koltukta oturan sarışın bir genç başını uzatıp aralarına girdi.

"Ya bizi şikâyet ederse baba? Hani mahkemede de söylemiş... Ya bir daha denerse?"

Şoför koltuğunda oturan adam gözlerini *Hope*'un tabelasından ayırmadan konuştu:

"Merak etme. O konu kapandı."

Ne de olsa baktığı yerde *Umut* yazıyordu. Belki de bu yüzden fazla iyimserdi. Zaten her şey bir umutla başlamamış mıydı? Derdâ'nın anlattıkları üzerine, bir çocuk pornosu çetesini ortaya çıkarma umuduyla gitmişti o eve. Elli iki erkekli ve tek kadınlı filmin çekilmiş olduğu, Covent Garden'daki adrese gitmiş ve kameranın sahibi gözlüklüyü bulmuştu. Filmi izlemeye başladığı anda da kalbi, bir kapıya sıkışmış gibi atmakta zorlanmıştı. Ne de olsa, fazla mesailer yaparak Cambridge'deki eğitim masraflarını ödemeye çalıştığı oğlu, on altı yaşındaki bir kızın üzerine yatmış olan elli iki erkeğin ilkiydi. Her ne kadar "Bilmiyorduk ki yaşının küçük olduğunu!" demişse de oğlunu affetmemiş, ancak hakkında herhangi bir hukuki işlem yapılmasına da göz yumamamıştı.

O gün, ortağıyla birlikte, kamerayı ve bellek kartını parçalamış, sonra da Derdâ'nın konuyu hâkime açmasına engel olmuşlardı. Ancak engelleyemedikleri bir şey vardı: O da gözlüklünün on beş yaşındaki meraklı kardeşinin bir gün önce filmi bellek kartından çekip internet yoluyla arkadaşlarına dağıtmış olduğuydu. MI5 memurunun bundan haberi olmasa da, birkaç yıl içinde öğrenecekti. Tam olarak, oğlunun ve diğer elli bir öğrencinin mezuniyetine bir hafta kala. Hepsinin de üniversiteden ayrılmasıyla sonuçlanan bir skandalla. Gözlüklünün kardeşinin Cambridge'e adım atmasıyla başlayan ve birinci sınıftaki arkadaşlarına filmi izlettirirken bir öğretim görevlisine yakalanmasıyla devam eden skandalla. Kadın öğretim görevlisinin radikal bir feminist olması sonucunda da derhal hak ettiği çarpıcılığa ulaşmış olan skandalla. Okul duvarlarının dışına taşmaması için olağanüstü çaba gösterilmiş bir skandal. "Biz kovmayacağız, siz kendiniz ayrılacaksınız bu üniversiteden!" cümlesiyle mühürlenen bir skandal. O yıl, ekonomi bölümünün, normalin çok altında mezun vermesiyle sonuçlanan bir skandal...

Ama şimdilik, gri Seat'ın içinden, üzerinde *Hope* yazan tabelaya bakarken, her şey yolundaymış gibi görünüyordu. Ve herkes görünene aldanmaya hazırdı. Çünkü görünene aldanmak, hayatı dayanılır kılmanın ilk şartıydı...

Sonuçta, MI5, Derdâ'nın hayatından yürüyerek değil, koşarak çıktı. Kaçarak...

Londra'nın kuzeydoğusundaki Newbury Park'ta, tek katlı bir evin önüne geldiler.

"İşte!" dedi Anne. "Burası da benim sarayım!"

Yaşlı evin ilk dikkat çeken tarafı, ön cephesindeki camların genişliğiydi. Nadir güneş ışığından en yüksek payı alabilmek için diz boyuna kadar iniyorlardı. Camlardaki perdeler ve evin kapısı bembeyazdı. Komşu evle ortak olan duvardan çıkmış kısa boylu bir çit kaldırıma kadar gidip bahçenin sınırını çiziyordu. Ev, altı yaşında bir çocuğun çizebileceği bir mimariye sahipti. Oyuncak bir evin gizemli bir büyüyle yüzlerce kez büyütülmüş hali gibiydi. Derdâ da büyülenmişti. Bir saraya baktığından değil, ilk kez bir yuvaya adım attığından.

Önce camları açtılar. Böylece üç oda, bir salon ve iki kadın yeniden nefes aldı. Sonra Anne, Derdâ'nın elini tutup "Gel" dedi. Ve kendisininki kadar küçük olan bir odanın kapısında durup içeriyi gösterdi.

"Burası senin."

Odada tek kişilik bir yatak, tek kişilik bir dolap ve herkese yetecek kadar rutubet vardı. Derdâ dönüp Anne'e sarıldı. Sonra da dudaklarının ucuyla fısıldadı.

"Teşekkür ederim."

Arka bahçedeki iki şezlongda yan yana oturup bacaklarını uzatmış, öğleden sonra güneşinin eşliğinde çay içiyorlardı.

"Evet, küçük hanım" dedi Anne. "Söyle bakalım, okula ne zaman başlıyorsun?"

Derdâ, elindeki çay bardağını yanındaki sehpaya bıraktı ve alnındaki siyah gözlükleri gözlerine indirdi. Ellerini başının altına koyup "Şöyle bir on yıl kadar dinleneyim, sonra bakarız" dedi ve on yıl geçti.

Edinburgh Üniversitesi'nin ana bahçesindeki kalabalık, İngiliz edebiyatı bölümünün diploma törenini izlemek için oradaydı. Bölüm, 200 yıl önce kurulmuştu. Dünya üzerinde, üniversite düzeyinde, İngiliz edebiyatı öğretmek için temeli atılmış ilk kürsüydü. Derslerin verildiği asırlık sınıflara giden koridorda, üzerinde bin küsur adın yazdığı, dev bir pirinç levha vardı. Her akademik yılın sonunda, bölümden en yüksek dereceyle mezun olmuş ilk beş kişinin adları o levhaya kazınırdı. Ve artık o listenin sonunda bir de Derdâ vardı. Anne'in soyadıyla birlikte.

On sekizinci yaş günü armağanı, önüne konan birtakım hukuki belgeler olmuştu. Ne olduklarını anlayınca ağlamaya başlayan Derdâ, üzerlerine, biraz gözyaşı biraz da mürekkeple imzasını atmıştı. Bu imzayla, Saniye'yi gıyabında boşamış ve yeni bir anneyle hayatını birleştirmişti. Mahkeme kararlarının çıkması üç ay sürmüş, zarflar açılıp da istenilen sonuca ulaşıldığı görülünce Derdâ'nın on sekizinci yaş günü bir kez daha kutlanmıştı. Ancak bu kez, pastanın üzerine sadece iki mum konmuştu. Çünkü Anne, Derdâ'yı rehabilitasyon merkezinde doğurmuştu. Yani o sıralar, Saniye'ninki on sekiz olsa da, Anne'in kızı iki yaşındaydı.

Şimdiyse o günlerin üzerinden uzun yıllar geçmiş ve Derdâ, en başarılı ilk beş öğrenci arasındaki tek kız olarak, konuşma yapacağı kürsüye çıkmaya hazırlanıyordu. Anne ise kızının uzun siyah saçlarını parmak uçlarıyla düzeltiyor ve "Seninle gurur duyuyorum" diyordu.

"Bakalım, yüksek lisans tezimin konusunu duyunca da gurur duyabilecek misin?" diye güldü Derdâ.

"Ne olabilir ki?" diye sordu Anne.

"Donatien Alphonse François'nın İngiliz edebiyatına etkisi."

"O da kim?"

"Marquis de Sade!"

Derda

"Derda mı?" dedi İsa.

"Babamın bir arkadaşı varmış. Onun adıymış."

"Ne demekmiş peki?"

"Ne bileyim ben!"

"Sorsana babana."

"Cezaevinde" deyip ayağa kalktı Derda. Sonra da üzerindeki tozu tokatlamaya başladı.

Heyecanlanmıştı İsa. "Ne yapmış ki?" diye sordu.

"O arkadaşını öldürmüş!"

Hiçbir şey anlamayan İsa, Derda'nın yüzüne bakarken bir araba sesi yakaladı kulaklarını. Önce gürültünün geldiği yöne baktılar, sonra da birbirlerine. İsa birden ayağa kalkıp koşmaya başladı. Derda da peşinden. Patikaları tanımayan İsa, yolu uzattığının farkında değildi. Hızlı koşuyor ama bir işe yaramıyordu. Meydandaki çeşmede biten yarışı Derda kazandı ve İsa, biraz da yeni olmanın çekingenliğiyle fazla üstelemedi. Derda'nın bidonlarını dolduruşunu ve park etmiş olan arabaya doğru yürüyüşünü izlemekle yetindi.

Derda, gelenleri ilk kez görüyor ama başında durdukları mezarı çok iyi biliyordu. Çünkü mezarlığın en çok bahşiş bırakanı oydu. Hemen hemen her gün birileri gelir, başında Kuran okur, sonra da mutlaka para verirlerdi. Yine biri Kuran okuyordu. Yaşlı bir adam. Diğer gelenler gibi cübbeli. Bir de kız vardı. Kendi yaşlarında. Mezarın başında. Benden önce gelen mi olmuş, diye düşünürken kızı tanımadığını fark edince rahatladı. Yaşlı adamın yanına gidip, elindeki bidonları göstererek konuştu:

"Dökeyim mi amca?"

Fazlasıyla alışık olduğu o ses yükselmesine bininci kez tanık oldu. Kuran okuyan, derdini, sesini yükseltip alçaltarak anlatabilir ve Derda o dili çok iyi bilirdi. Israrı da bilirdi. Hatta ısrar şarttı. Para alabilmenin ilk şartı. Kımıldamadan bekledi ve Kuran sesi dilinde, beklediği yanıtı aldı yaşlı adamdan. Koşarak mezarın başına gitti ve yabani otları yolan kızın peşinden su dökmeye başladı. Mezarın etrafında döndüler ve tam kuşluğu dolduracakken kız çamurlu ellerini uzattı. Derda, elindeki bidondan akan suyla kızın ellerini yıkamasını izledi. Sonra, "Sağol" dedi kız. Fısıldar gibi. Derda da bir şey diyecekti ama ağzı açık kaldı, çünkü ayakları yerden kesildi ve kendini mezarın yanındaki patikada buldu.

Tozlar inip de önü açıldığı zaman dev gibi bir adam gördü. Ne yaptım ki ben, diye bağıracaktı, vazgeçti. Cebindeki çakıyı çekip herifin dizine saplayacaktı, ondan da vazgeçti. Yaşlı olanın bağırması üzerine dev adamın cebinden bozukluk çıkardığını gördü. Umursamadı. Oysa o paraya çok ihtiyacı vardı. Uyandığından beri bir şey yememişti. Ama o sakallı adamın elinden hiçbir şey almayacaktı. Özellikle de o kızın önünde. Dönüp arkasını giderken, gözünün önünde kızın yüzü vardı. Sanki bir şeyler söylemek istiyordu. Sanki kurtarılmayı bekliyordu. Belki de Derda açlıktan hayal görüyordu.

Olup biten her şeyi uzaktan izlemiş olan İsa, Derda'nın yanına koştu. Biraz önceki müşteri kapma yarışını kaybetmiş olmanın da verdiği kızgınlıkla, yarayı kanırtmak için, "Yanlış yaptın" dedi.

"Neyi?"

"Yaklaşmayacaktın o kadar kıza. Bu adamlar sevmez öyle şeyi."

"Siktirsinler!" dedi Derda.

Sonra da hızla yürümeye devam etti. Mezarlığın içlerine doğru. Ağaçların çoğalıp gölgelerin bollaştığı bir loşluğa doğru. İsa da peşindeydi. Bağırdı:

"Nereye gidiyorsun?"

Derda durdu ve omzunun üstünden bakıp "Eve" dedi. "Sen de git. Bu saatten sonra kimse gelmez. Boşuna bekleme buralarda."

Birkaç saniye Derda'nın arkasından baktı İsa. Sonra da tek elini cebine sokup diğer elindeki boş bidonu dizlerine vura vura yürüdü, mezarlığın kapısına doğru. Derda ise gölgeleri geçmiş, önünde yükselen bir duvarın dibine gelmişti. Evi, o duvarın ardındaydı. Bir yanı ev, bir yanı mezarlıktı. Babası öyle istemişti. "Yapması daha kolay" demişti. "Ne güzel duvar işte. Çevresine üç tane daha çıkalım, bir de üstüne çatı! Al sana ev!" Annesinin bütün itirazlarına rağmen, sahip oldukları parayı en doğru biçimde kullanmaya kararlı olan babası, toplam maliyetten bir duvar bedeli düşeceği için, evi mezarlığa yapıştırmıştı. Yanındakiler gibi. Bazıları bu evlere gecekondu diyordu. Ama annesi, "Tabut gibi!" demekten vazgeçmedi. İçinde ölene kadar. Bir gün önce. Kanserden. İki yüz bin kişiden birinde rastlanan göz kanserinden. Belki de duvara fazla bakmaktan. Önce görmeyi, sonra adını, en son da nefes almayı unutmuştu kadın. Sadece "Tabut gibi!" demeyi bırakmamıştı. Artık göremese de, duvarı eliyle yokladıkça.

Derda'nın yanında ölmüştü. Yer yatağında. "Gel" deyip Derda'yı yanına çağırdıktan sonra. Derda yanına geldikten sonra ölmüştü. "Gel de nasıl ölünür bir gör!" demişti sanki. Görmüştü Derda da. Biraz da ağlamıştı. Sonra birden ayaklanmıştı. Bütün mezar duvarlı komşu evlerin kapılarını kırana kadar çalmak için. Ayaklandığı gibi de kalmıştı ilk adımında. Fevzi'yi hatırlamıştı çünkü. Yurttan kaçan Fevzi'yi. Yurttan kaçıp mezarlıkta yaşamaya başlayan Fevzi'yi. "Kimseye söyleme" diye başlayan hikâyesini hatırlamıştı. "On kişi geliyorlar adamın üstüne, anladın mı? Sonra yine yaparlar diye korkumdan bir daha helaya gidemedim. Gece, dolapların arkasına saklanıp torbalara sıçıyordum" diye biten, arası ıslak bir hikâye. Eğer, demişti Derda kendine, annemin öldüğü duyulursa beni de yurda gönderirler. Zaten babam cezaevinde! Peki ne yapacağım, diye sormak yerine, derhal bir yanıt vermişti Derda. Kimse bilmeyecek annemin öldüğünü. Peki, nasıl'a da gerek kalmamıştı. Götüreceğim mezarlığa, sonra da gömeceğim! Evin zemini beton olmasa bu kadar düşünmesine gerek kalmazdı. Ama kürek işlemiyordu tabuta!

Duvarın el kadar aşınmış çukurlarına tutuna tutuna tırmanıp ardına atladı ve incir ağacının dallarından sıyrılıp evin yan duvarının dibinden yürüdü. Köşeyi dönüp kapının önüne geldi. Cebinden anahtarı çıkarıp kilide sokacaktı ki, burnu delikten sızan bir kokuyla sızladı. Kapıyı açınca anladı, nereden geldiğini. Annesi çürüyordu. Bir an önce bir yolunu bulup cesedini duvarın öbür yakasına geçirmeli ve bulduğu ilk ıslak toprağa gömmeliydi. Ama annesinin ağırlığı Derda'nın iki katıydı. Ne kadar çürüse de kilosu hâlâ 80'di. Yer yatağından yuvarlayıp zemine düşürmeyi bile zar zor becermişti. Bir önceki geceyi, annesi yerde, kendisi yatakta geçirmişti. Fazla ağlamadan. Çünkü kadın sekiz aydır hastaydı ve sekiz ay içinde ne doktora ne de hastaneye gittiği için göz göre göre ölmüştü. Göre göre de alışmıştı Derda. Hazırlamıştı kadın çocuğunu. "Bana bir şey olursa, komşulara haber ver" demişti. "Hiçbir halta yaramazlar ama sen yine de haber ver. Babana da söylesinler, o da bilsin. Gömsünler burada bir yerde. Köye gitmeye gerek yok. Bir de söyle, hepsinin Allah belasını versin!"

Çünkü kocası cezaevine girdiğinden beri hiçbiri çalmamıştı kapısını. Hasta olduğunu bildikleri halde yirmi adım atıp gelememişlerdi. Derda ve annesi, Derda'nın mezarlıktan kazandığıyla yaşamamış, hayatta kalmışlardı. Bir bakıma, terk edilmişlerdi. Kendilerine ve kendi hallerine. "Baban yüzünden" diyordu kadın. "Onun yüzünden bakmıyorlar yüzümüze!" Hastalanmadan önce, pazarda dereotu satıyordu. Dereotunu da mezarlık bekçisi Yasin'in bir akrabasından alıyordu. Ama o akraba da, para yerine kadını istemeye başlayınca dereotunu da bırakmıştı, pazarı da. Derda'nın babası altı yıldır cezaevindeydi. İsa'ya da dediği gibi kan kardeşini öldürmüştü. Arap Derda'yı. Horoz dövüşünde tanışmışlardı. İkisi de aynı horoza para yatırmıştı. İkisi de yanlış horoza oynamıştı. İkisi de ceplerindeki son kuruşu kaybetmeyi sindirememiş ve kazanan horozla birlikte sahibini de bıçaklamak için, dövüşlerin yapıldığı deponun arkasında birbirlerinden habersiz beklemeye başlamışlardı. Biri deponun sol köşesinde, diğeri de sağ. Horozcu kamyonetine gitmek için deponun arka kapısından çıktığında, ikisi de saldırmıştı. Aynı anda. Ama horozcu çevik çıkıp da aradan sıyrılınca, ellerindeki bıçaklar birbirlerinin bacaklarına saplanmıştı. İkisi de sarhoş olduğu için bıçakları tam da batıramamış ama yine de oracıkta yığılıp kalmışlardı. Horozcu horozuyla kaçmış, yerdekiler de ayaklanıp birbirinden hesap sormuştu. Ama sorulacak bir hesap olmadığını anlayınca, önce gülmüş sonra da birbirlerine tutunup içmeye gitmişlerdi. Çünkü hastane veresiye çalışmıyor ama Arap Derda'nın tanıdığı bir meyhaneci deftere yazıp rakı veriyordu.

O deponun arkasında yaşadıklarını hatırladıkça, "Biz kan kardeşiyiz" demeye başlamışlardı. Sonra da yoksulluğa açtıkları savaşta aynı sipere girip orada saklanmış ve gasp denilen çok eski bir suç geleneğinin temsilcileri olarak, önlerinden geçen ağır cüzdanlıların önlerine atlamışlardı. Gasp, çok az para için çok fazla şiddet demekti. Gasp, içinden ne çıkacağını bilmediğin cüzdanlar için, belinde silah olma ihtimalli heriflerin önüne gözü kapalı çıkmak demekti. Dolayısıyla eski usul gasp, o günlerde sadece çocukların ve aptalların işleyebileceği suçlardandı. Derda'nın babası ve Arap Derda, aptallar kontenjanından girdikleri gasp dünyasında geçirdikleri birkaç yılın sonunda, sarhoş oldukları bir gece, mezarlık evlerine giden yolda yine yol kesmişti. Derda'nın babası, çok geçmeden, karşılarındaki yaşlı adamın elini bir hafta önce bayramlaşırken öptüğünü hatırlamış, sonra da "Tamamdır, bırakalım" demişti. Ama Arap Derda umursamamıştı. Yaşlı komşunun bedduaları eşliğinde birbirlerine saldırmış, daha ayık olan, diğerini kalbinden bıçaklamıştı. Derda'nın ayakta kalan babası kanlı bıçağını çekip çevresine baktığında yaşlı adamın yerde debelendiğini görmüş, yanına koştuğunda da şahadet getirdiğini duymuştu. Biri bıçaktan, diğeri kalp krizinden ölmüş iki cesedin ortasında, sokâğın hangi tarafına kaçacağını hesaplarken, halı saha maçından çıkmış altı terli genç tarafından kuşatıldığını fark edememişti. Maç 8-1 bitmişti. Acısını Derda'nın babasından çıkardılar. Polis gelene kadar... Sonuçta, Derda'nın babası, gasp ortağını, yaşlı komşusunu kurtarmak için öldürdüğüne kimseyi inandıramamış, böylece, kanunlar ve mezarlık evleri nezdinde lanetlenmişti. Sonradan lanetin, adını sarhoşken koyduğu Derda'ya ve karısına bulaşması ise sadece bir zaman meselesi olmuştu. Birkaç gün...

Derda, evin mezarlık duvarına baka baka düşündü. En çok da karanlık bir koğuşta dolapların arkasına saklanıp bir torbaya nasıl sıçılabileceğini. Bir de Fevzi'nin "Yirmi yerinden tutup bir yerinden sikerler" derken tam olarak neyi kastetmiş olabileceğini...

Bir bıçağa ihtiyacı vardı. Büyük bir tane. Sonra vazgeçti. Bıçakla olacak iş değil, diye düşündü. Testere lazım. Sonra ondan da vazgeçti. Bir balta! Evet, dedi. Ancak bir baltayla kesebilirim annemi! Sonra da parça parça gömerim...

Ama Derda için, bir balta bulmak hiç de kolay olmadı. Önce komşulara sordu. Yalan da söylemedi: "Annem için lazım!" Kimsede yoktu. Üstelik bir türlü de kapıyı kapatıp evlerine gömülmüyorlardı: "Ne yapacakmış baltayı? Annen iyileşti mi? O baban olacak herif yaşıyor mu hâlâ? Söyle o anana da önce borcunu ödesin!" Hepsine de aynı yanıtı verdi: Başını salladı. Sorabileceği son biri daha vardı: Mezarlık bekçisi Yasin. Koştu Derda. Mezarlık girişindeki tahta kulübenin kapısına gelip terini sildi. Kapı vurmayı bilmediği için "Yasin abi!" diye bağırdı. Kapıdan beklerken, camdan çıktı Yasin'in başı. Öğleden sonra uykusundan yeni kalkmış ve kalkar kalkmaz pişman olmuştu. Çünkü Yasin'in hayatında uyanmaya değer hiçbir şey yoktu.

"Ne var?"

"Abi, sende balta var mı?"

Evet ya da hayır sanki Türkçeden buharlaşmıştı.

"Ne yapacaksın lan baltayı?"

Derda, konuşabildiği zamanlarda annesinin defalarca verdiği bir emirden kopya çekti:

"Bizim evin yanındaki ağacın dalları kesilecek. Bahçede yürüyecek yer kalmadı..."

Önce Derda'nın neden söz ettiğini anlamaya çalıştı Yasin. Sonra da, çocuğun verdiği yanıtı aslında hiç duymadığını fark edip "Yok balta!" deyip soktu başını kulübesine. Birkaç saniye boyunca boş pencereye bakan Derda mezarlığın kapısından çıkıp koşmaya başladı. Caddenin sonuna kadar gidip nalburun kapısından girdi. Girer girmez de çıktı. Vitrinin önüne, kaldırıma dizilmiş metal kovalardaki baltalara baktı. Tekrar girdi.

"Baltalar kaç para?"

Çivi çekmecelerinin arasında kaybolmuş yaşlı bir adam, "Üstünde yazıyor" dedi. Derda yeniden çıkıp baltalardan birini kaptı ve sapındaki etiketi buldu. Baktı... Baktı... Baktı...

Ve koşmaya başladı. Elinde baltayla. Aynı caddenin karşı kaldırımından. Mezarlığın kapısına kadar gitmesine gerek yoktu. Çevresindeki duvar, her on metrede bir çökmüş olduğu için yeterince dalgalıydı. Beton dalgaların sığlaştığı bir yerden atlayıp mezarlara basa basa koştu.

Eve vardığında nefes nefeseydi. Annesinin açık ağzından çıkan böcekler burun deliklerine dağılıyorlardı. Midesi bulandı ama kusmadı. Tuttu kendini. Tam olarak boğazını. Oraya kadar gelenler daha ileriye gidemesinler diye. Başardı. Bir iki öğürtüden başka hiçbir şey çıkmadı ağzından. Annesinin bembeyaz gözlerini daha fazla görmemek için, yer yatağındaki çarşafı alıp kadının üzerine örttü. Omuz hizasında durup, baltayı iki eliyle başının üstüne kaldırdı. Gözlerini kapadı ve "Ben o yurda gitmeyeceğim anne!" deyip ilk darbeyi indirdi. Gözlerini açtı. Boynuna denk getirmek istemiş ama balta kadının göğsüne düşmüştü. Hatta biraz da saplanmıştı. Kir beyazı çarşafın rengi derhal döndü. Kırmızıya. Annesinin göğsüne ayağını koyup, iki eliyle söktü etinden baltayı. Sonra bir daha kaldırıp indirdi. Sonra bir daha... Her defasında da "Gitmeyeceğim!" dedi ve saatler geçti.

Kangren olmuş çarşafın örttüklerinin sayısı ona çıkmıştı. On yükseltinin arasında, beton zemine doğru bel vermiş köprüler oluşmuştu. Ve yükseltileri birbirinden tamamen ayırmak için, o köprülerin üzerlerine defalarca vurdu. Ama yine de bir şeyler, parçaları bir arada tutuyordu. Önce bir nefes aldı sonra tek hamlede çarşafı çekti. Gözlerini yavaş yavaş açıp annesinin parçalarına baktı. Kendini artık tutamadı ve boğazına kadar gelenler ağzından da çıktı. Yerde ne varsa üstüne kustu.

Üç bidon su döktü başından aşağı. Hem uyanmak, hem de yıkanmak için. Kanını soğutup öyle yaklaştı, on parça olup evin zeminine yayılmış annesine. Ya da annelerine...

Etleri hâlâ bir arada tutan, annesinin iki aydır üzerinden

çıkarmadığı şalvarla gömlekti. Bir bıçak bulup kesmeye başladı kumaşları. Hediye paketleri gibi açtı hepsini. Her birinin içinden, annesinin kana ve kemiğe batmış çıplaklığı çıktı. Böylece Derda, hayatında ilk kez çıplak bir kadın görmüş oldu. Önce parçalayıp sonra soyduğu annesine bakarken...

Her bir annesini, çarşaftan yırttığı parçalara ayrı ayrı sardı. Sonra da kapının iki adım uzağına taşıyıp üst üste yığdı. Üç boş bidonu alıp evden çıktı. Hava karanlığa boyanmış, güneş başka yerlerde doğmaya gitmişti. Bidonlardan birini mezarlıktaki çeşmenin altına koydu ve dolmasını bekledi. Sonra bir ses duydu:

"Derda!"

Çevresine baktı ama kimseyi göremedi. Korkudan ölecekti ki çaprazındaki çalının içinden çıkan bir ağacın ince dalları esnedi ve İsa göründü. Önündeki bidon dolmuş da taşıyordu. Derda, içine saplandığı dehşetin öylesine derinlerindeydi ki, aslında dünyaya bir dürbünün tersinden bakıyor gibiydi. Her şey ve herkes Derda'ya uzaktı. En yakındakiler bile. Bir adım ötesindeki İsa bile.

"Taşıyor" dedi çocuk. Bidonu göstererek. Daha dikkatli baksaydı Derda'ya, taşanın bidon değil, gözleri olduğunu fark edebilirdi. İki gözünden iki yaş taşmış ama İsa görememişti. Ne de olsa aralarında karanlık vardı. Derda, terini siler gibi gözyaşlarını çekip aldı yanaklarından, elinin tersiyle. Sonra hayata döndü ve dolu olanı ayağıyla itip boş bidonu çekti çeşmenin altına. Birden aklına İsa geldi. Birkaç saniyedir sessizce baktığı ama görmediği çocuk.

"Ne yapıyorsun burada bu saatte?"

"Babam evden kovdu" dedi İsa.

"Nereye?"

"Ne demek nereye?"

"Nereye kovdu baban seni?" diye sordu Derda.

"Bir şey demedi. Siktir git, dedi. Ben de dolanıyorum öyle..."

"Ne yaptın ki?"

"Okulu bırakacağım, dedim."

Derda ayaklarında bir ıslaklık hissetti. Başını eğince ikinci bidonun da taşmış olduğunu gördü. Üçüncüsüyle yer değiştirirken konuştu.

"Niye?"

"Sen de gitmiyormuşsun okula, öyle dedin!" dedi İsa.

"O başka" dedi Derda. "Ben hiç gitmedim... Sen kaçtaydın?"

"Dört."

"Tamam işte, bir yılın daha var. Sonra bitmiyor mu zaten?"

İsa güldü.

"Ne bitmesi ya? Daha ortaokul var, lise var, üniversite var!"

Sonra dindi gülmesi ve sordu:

"Sen neden gitmiyordun? Annenler mi göndermiyor?"

"Yok" dedi Derda. "Ben bekliyorum."

"Neyi?"

"Üniversiteyi! Ben oradan başlayacağım."

Önce Derda'nın ciddi olup olmadığını anlamaya çalıştı İsa. Karanlığın içinde seçebildiği kadarıyla. Sonra ikisi birden güldü. Bidonların taşması gibi. Sonra ikisi birden yavaşladı ve ikisi birden sustu. Çeşmenin kapanması gibi.

"Gel, bana yardım et" dedi Derda. İki bidonun kulaklarından yakalayıp yürümeye başladı. Üçüncüsünü de İsa aldı ve peşinden gitti. Ellerinde bidonlarla duvarı geçmek için çok uğraştılar. Bir ara Derda, "Buraya bir delik açacağım" dedi. "Oradan girip çıkacağım. Bıktım üstünden atlamaktan!"

"Bizde bir balta var" dedi İsa. "Babamın. Belki onunla açabiliriz."

Duvarın diğer yakasında duruyorlardı artık. Elleri dizlerinde, nefes nefese. İki nefes arasına sıkıştırıp sordu Derda:
"Sizde balta mı vardı?"

İsa'yı mezarlık evlerinin arasında terk ettikten sonra eve girmiş, beton zemindeki kanları, bir yatak süngerinden söktüğü parçalarla temizlemeye çalışıyordu. Elindeki süngerin daha fazla kan çekemeyeceğini anladığında, yanındaki torbaya atıp yeni bir tane alıyordu. Yatak süngerinin yarısını bu şekilde, diğer yarısını da ıslatıp kandan eser bırakmamak için kullandı. Her ne kadar kokusu, çarşaflara sarılmış çürüyen etlerinkine bulaşmış ve evin hiçbir deliğinden sığıp çıkamayacak kadar ağırlaşmış olsa da, kanın kendisi görünmüyordu artık. Derda çok yorulmuştu. Hem on hem bir yaşındaki bir çocuk olarak, bedenindeki tüm gücü ve içindeki tüm masumiyeti harcamıştı. Üzerindeki tişörtü çıkarıp ellerinin arasında topladı ve başının altına koyup betona uzandı. Yan dönüp dizlerini karnına çekti. Bir süre sonra da, döneceği bir ana rahmi olmadığı için uzattı bacaklarını ve son kez gerinip uyudu.

Eline aldığı ilk parçanın annesinin sol ayağı olduğunu biliyordu. Çünkü en son onu sarmış ve et yığınının en üstüne onu koymuştu. Evin iki okul çantası büyüklüğündeki iki camından gördüğü kadarıyla dünya açık maviydi. Güneşin geceye karışıp rengini açtığı saatler. Elindeki et parçası ve tencere kapağıyla evden çıkıp duvara tırmandı ve mezarlığa ayak bastı. Yirmi metre ilerisinde, yan yana sıralanmış on iki tane mezar vardı. Mezarlığın duvara en yakın mezarlar sırası. Elbet bir gün o aralarındaki yirmi metre de dolacaktı ama şimdilik ölüler Derda'nın evine ancak bu kadar yaklaşabilmişti. Durduğu yerden, Derda, sadece mermer taşları görebiliyordu. Üzerinde ölü adlarının yazdığı mermer levhaları.

Sahiplerinin diğer taraflarında yattığı mermer tabelalar...

Mezarlık camisinden okunup ağaç dallarına asılmış hoparlörlerle dört bir yana savrulan sabah ezanı duyuldu. Derda korktu. Derhal bir karar vermesi gerektiğini anladı. Parçaları nereye gömdüğünü hatırlayabilmek için üzerlerine bir işaret koyması gerektiğini düşündü. Ama zamanı kalmamış, açık mavi dünya sararmaya başlamıştı. Birden aklına, işaret olarak mezar taşlarını kullanabileceği geldi. Mermer levhaları. Bir taraflarında o adların sahipleri yatıyorsa, diğer taraflarında da annesinin parçaları toprağa karışabilirdi. On iki mezarın, duvarın oradan bakınca en solundakinin dibine gidip dizlerinin üstüne çöktü ve kan ter içinde kazmaya başladı. İki eliyle tuttuğu tencere kapağıyla toprağı kürekleyip kol derinliğinde bir çukur açtı. Annesinin sol ayağını içine bırakıp tencere kapağıyla çektiği toprakla üzerini örttü. Ayağa kalkıp iki adım geri attı. Toprakla oynandığının belli olup olmadığına baktı. Sonra da bakışlarını yükseltip mezar taşındaki yazılara dikti gözlerini. Harflere ve sayılara. Birkaç saniye. Daha fazla bakmadı. Ne de olsa Derda, ne okumayı biliyordu ne de yazmayı. Arkasını dönüp koştu ve tek sıçrayışta yakaladı duvarı. Bir gece hayvanı gibi üzerinden hızla atlayıp ardında yok oldu ve bir böcek gibi girdi kendi evine.

O sabah, sekiz kez daha geçti duvarın üstünden. Dört gidiş, dört dönüş. Mezarlık çocuklarının ortaya çıkacağı saatin yaklaştığını bildiğinden, çukur açıp kapamaya o günlük son verdi. Annesinin bir yarısı soldan beş mezar taşının dibinde, diğer yarısı da evine girmek için açtığı kapının ardındaydı. İki adım atıp çöktü Derda. Toprağa bulanmış tencere kapağını yavaşça yere bırakıp kolunu yastık yaptı. Uyumadı, sızdı. İki gündür açtı.

Rüyasında yurttaydı. Hiç görmediği, nerede olduğunu ve neye benzediğini bilmediği o yurt denilen yerde. Fevzi ne anlatmışsa o kadarı vardı. Yataklar, dolaplar, helalar ve kendisini kovalayan büyük çocuklar. Bir de, neredeyse boynundan ya da paçasından yakalayacak olan eller. Bir an için bile durmadı rüyası boyunca. Sonsuz yatak ve dolapların arasında durmadan koştu ve durmadan kovalandı. Bir ara, sırtına değen parmak uçlarından ne kadar uzaklaştığını görebilmek için omzunun üstünden arkasına baktı. İşte o an bir şeye çarptı. Bütün bedeniyle. Düştü ve neye çarptığını anlamak için başını kaldırınca annesini gördü. Gözlerinin çevresi, ölmeden önceki haftalarda olduğu gibi şişmiş ve kızarmıştı. Ayakta duruyor ve ayaklarının dibindeki oğluna bakıyordu. Kadın ağzını açtı ve iki dudağının arasından siyah bir böcek çıktı. Derda kalkmaya çalıştı ama sanki avuçları yere yapışmıştı. Göz göre göre böcek yüzüne düştü ve Derda bir sustalı gibi doğrularak uyandı.

Kalkmaya çalıştı. Başı döndü, yapamadı. Açlıktan gözleri kararmış bir halde yavaşça dikildi ayaklarının üzerinde ve ağır ağır yürüdü kapıya doğru. Kilidindeki anahtarı çekip dışarı çıktı. Üç metre uzağındaki bir taşın üstünde sekiz yaşındaki Süreyya oturuyordu. Elinde bir çikolata parçasıyla. Tuttuğu gibi çekti Derda. Yaşına göre çelimsiz olan Süreyya ağlamaya başladı ama Derda umursamadı. İki parmak kalınlığındaki çikolatanın tamamını ağzına attı ve küçük kıza baka baka çiğnedi. Çiğnedikçe de duymaya başladı. Önce Süreyya'nın ağlamasını sonra da Süreyya'nın annesinin bağırışını:

"Babana mı özendin, köpeğin soyu!"

Dört adımda yetişmişti kadın. Beşinciyi de Derda'yı daha iyi tokatlamak için atmıştı. Aslında tam olarak o tokatla uyandı Derda.

"Nerde anan?" diye bağırdı kadın. Sonra da başını kaldırıp eve doğru baktı ve açtı ağzını:

"Havva! Gel de piçinin yediği boku gör!"

Bir yandan da Süreyya'nın dirseğini yakalamış, yerdeki Derda'yı tekmeliyordu. Ama ayağında terlik olduğu için fazla da hızlı vuramıyordu.

"Yok" diyebildi Derda. "Annem yok!"

"Nasıl yok?"

Kadın onu tekmelemeyi kesip Süreyya'yı kucağına almıştı.

"Hastaneye gitti" dedi Derda. Oysa daha önce hiç düşünmemişti annesi sorulduğunda ne söyleyeceğini. "Hastaneye yatırdılar."

Kadın birden acıdı Derda'ya. Ağlamaktan gülmeye geçiş hızında rekortmen bir coğrafyanın tohumu olarak, nefretten acımaya da bir saniyenin altında yolculuk etmişti.

"Sen ne yapacaksın?"

Derda ayağa kalkmış, mezarlık evlerinin civarında düşüp de kalkan bütün çocuklar gibi üzerindeki tozu tokatlıyordu. Ne de olsa toprakta ölü vardı. Havada da ölü tozu. Kimse, bulaşsın istemiyordu.

"Ben de gidip geliyorum. İyi şimdi. Yakında çıkar, dediler."

"Yemeğin falan var mı?" diye sordu kadın. Bir yandan da ağlamaya devam eden Süreyya'yı sallıyordu. Hatta dayanamayıp yanağına hafifçe vurdu ve "Sus be sen de!" deyip azarladı kızı.

"Var aslında ama bitti sayılır" dedi Derda.

"Akşama gel de, sana bir şeyler vereyim."

Dışından "Olur", içinden de "Akşama mı?" dedi Derda. Güneşin batmasına daha saatler vardı. Süreyya'yla annesinin uzaklaşıp evlerinin kapısından girmelerini izlerken çalışması gerektiğini düşündü. Çalışıp para kazanmalıydı. Parayla da ekmek almalıydı. Belki biraz da peynir. Ne olursa... İş aletleri olan bidonlarıyla fırçasını evde unuttuğunu fark edip eve döndü. Yalpalayarak. Çikolata yetmemişti. Hâlâ başı dönüyordu.

Mezarlık çocukları, meydandaki çeşmenin çevresindeki ağaç gölgelerinin altında birikmiş gülüşüyorlardı. Oğlanlar mezarların mermer çerçevelerine oturmuş şakalaşırken, kızlar da ölü yakınlarının bıraktığı çiçeklerin kafalarını koparıp birbirlerinin saçlarını süslüyordu. Bazıları okula gidecek yaşa gelmemiş, bazıları okula hiç gitmemiş, bazıları da okuldan çıkıp gelmişti. Ödev yapacak zaman yoktu. Hepsinin de çalışması gerekiyordu. Ama ne bir sanayi sitesi ne de mendil satabilecekleri kalabalık çarşı caddeleri vardı yakınlarda. Onların çevresi mezarlıktı. Binlerce metrekareye yayılmış bir mezarlık tarafından kuşatılmışlardı.

Eğer, insanların ölülerini yakıp sadece gökyüzüne bakarak andıkları bir ülkede yaşıyor olsalardı beş kuruş kazanamazlardı. Ama doğdukları kentte, hayatta kalanlar, ölülerini anmak için, en son görüldükleri yer olan mezarlarına geliyor ve başlarında durup birkaç kez burun çektikten sonra, zamanında az para vermedikleri mermerleri yıkatıyorlardı. Çocuklar da bu noktada devreye giriyordu. Ellerindeki plastik fırçalar ve su dolu bidonlarla. Ölüsünü hatırlamaya gelmiş olanın duygusal açıdan gevşemesini fırsat bilip karşısına dikiliyor ve merhamet ağacından para toplamak için küçük ellerini uzatıyorlardı.

Hayatın yan sanayisi denebilecek bir ticaretti bu aslında. Hayattan sonrasına ilişkindi. Yaşayanın ölü olanla iletişimine bir katkıydı. Anlamlı biçimde gözlerini kırpıştıran, boyları bir buçuk metrenin altında olan çocuklardan, aldıkları bahşiş karşılığında ölülerin rahat uyuması için dua etmeleri bekleniyordu. Oysa insan ölünce uyumuyor, hatta çoğu durumda, ölmeden önce uyanıp gözlerini can simidi gibi açıyordu. Dolayısıyla rahat uyumak gibi bir şey söz konusu değildi. Özellikle de uyuyacak bir şey kalmamışsa. Ama ne de olsa, toprağın iki metre altıyla üstündeki durum hayli farklıydı. Aşağısı gerçekti: Kurtlar, böcekler ve bol bol et. Toprağın üstüyse hayal: "Rahat uyu babacığım", "Nur içinde yat sevgilim" ve bol bol dua...

Ne halt olduğu hakkında, gerçekte, hiçbir fikre sahip olmadığı ölüm karşısında, "Dök bakalım şu suyu, şu otları da bir temizle" gibi cümlelerden başka tepki veremeyen insanoğlunun hayal dünyasıydı mezarlık. Ve o çocuklar da o hayal dünyasındaki *Peter Pan*'lar. Birbirlerine o kadar benziyorlardı ki, kardeşler büyüklerin yerine geçince aradaki fark anlaşılamıyor, bu yüzden de hiç büyümüyormuş gibi duruyorlardı.

Çocuk dediğin, ölümü öğrenince büyür, gibi bir cümlenin de bu mezarlıkta bir anlamı yoktu. Çünkü eğer ölümü öğrenince büyüyorsa, mezar temizleyerek para kazanınca ne oluyordu? Altı yaşındakiler ya da duvardan atlamak için Süreyya gibi boyunun uzamasını bekleyenler? Onlar ne kadar büyümüş olacaklardı? Belki de büyüyemeden ölmüş sayılmalılardı. Böylece toprağın altıyla eşitlenmiş olurdu üstü. Herkes ölür ve konu kapanırdı. Ama olmuyordu. Çocuklar, temizledikleri mezarların üzerinde uyuyakalınca hiçbir şey olmuyordu. Güneş batınca, mezarların arasında saklambaç oynamaya başlayınca da bir şey olmuyordu. Hiçbir şey hissetmiyorlardı. Hiçbir şey eksilmiyor ya da bozulmuyordu. Bunun farkına en çabuk varan da yine onlar oluyordu. Belki de eksilme ya da bozulma buydu: Hiçbir şey hissetmemeleri...

Sonuçta, ne olursa olsun, mezarlığa ve mezarlara ait hiçbir şey umurlarında değildi. Ne ölülerin dirilmesinden ne de hayaletlerden korkuyorlardı. Tek korktukları şey, bayramlarda havanın bozmasıydı. Her bayram, mezarlığın kapısından nehir gibi akan insanların, yağmur yüzünden "Çamurdur şimdi oralar" deyip adını kabristan koydukları hayal dünyasına gelmekten vazgeçmelerinden korkuyorlardı sadece. Bunun dışında ölüleri ve ölü yakınlarını o kadar umursamıyorlardı ki, topraklara gözyaşları eşliğinde bırakılan çiçeklerin saplarını kulaklarının arkasına geçirip bir mezardan diğerine tek adımda sıçrama rekorları kırmaya çalışıyorlardı.

En büyüğü on iki yaşındaydı. En küçükleri de altı. Mezarlıklarda geçen korku filmlerini annelerine sarılarak izleyen çocuklarsa bin karanlık yılı uzaktaydı. Yani mezarlık duvarının hemen ardında. Ama belki de ileride bir araya geleceklerdi. Duvarların içindekiler ve dışarıdakiler. Biri öğretmen, biri hademe olacaktı. Biri hâkim, biri mübaşir. Biri doktor, biri kan tüccarı. Biri savcı, biri yalancı tanık. Biri mimar, biri amele. Biri piyanist, biri piyano hamalı. Biri milletvekili, biri miting simitçisi. Biri metres, biri orospu çocuğu olacaktı. Ama hangisi, hangisi olacaktı? Böyle bir araştırma var mıydı? Bilimsel herhangi bir makale? Çocukluğunu mezar temizleyerek geçirmiş insanların ilerleyen yaşlarındaki meslek seçimlerinin ne doğrultuda olduğuna ilişkin istatistiki herhangi bir çalışma yapılmış mıydı? Ya da seçmekte zorlanacak kadar meslek adı biliyorlar mıydı acaba? Kısacası, insan altı yaşından itibaren ölümden para kazanmaya başlamışsa, sonra ne yapardı? Derda'nın bu konuda bir fikri vardı.

"Defineci olacağım ben! Buralarda da var define. Ama kimse nerede olduğunu bilmiyor."

Diğerleri susmuş, dinliyorlardı. Konu yeterince ilginçti.

"Ne definesi varmış?"

Derda, dünyanın bütün sırlarına hâkimmiş gibi sırıttı.

"Büyüyünce öğrenirsin."

Bunu söylediği çocuk kendisinden iki yaş küçüktü. Adı Remzi'ydi ve zekâ seviyesine ilişkin herhangi bir teste girseydi, ailesi özel bir toplantıya çağrılır ve kendilerine, "Oğlunuz bir dâhi" denirdi. Ama Remzi de okula hiç gitmemişti. Okuyup yazmayı, sayıları sayıp toplamayı kendi kendine öğrenmiş ve mezarlıktaki bütün mezar taşlarında yazan adlarla doğum ve ölüm tarihlerini ezberlemişti. Farkına bile varmadan. Şimdi de Derda'nın söylediğini düşünüyor, bir yandan da duyduğu cümledeki harf sayısıyla, birazdan ağzından çıkacak olanların sayısını toplamaya çalışıyordu.

"İyi de..."

"Gelen var, gelen var!"

Hesabı havada kalmıştı Remzi'nin. Dört araba girmişti kapıdan. İlk gören bağırmıştı. Çocuklar, oturdukları yerden fırlamış, çoktan koşmaya başlamışlardı. Remzi cümlenin sonunu içinden getirebilirdi ama onun da paraya ihtiyacı vardı. En az diğerleri kadar. Kalkıp koştu peşlerinden. Bir yandan da başını sallayarak aklındaki sayılardan kurtulmaya çalıştı. Becerdi de. Zaten, fazla değil, birkaç yıl daha sıksa dişini, yetenekleri birer birer buharlaşacak ve sıradan bir salağa dönüşecekti. Sonuçta korkulacak bir şey yoktu. Ama o bunu bilmiyor ve istese de zihnini durduramıyordu. Şimdi de, mezarlıktaki yedi bin iki yüz yirmi altı mezarın hangisinin altında define olabileceğini düşünüyordu. Hem de her birini teker teker gözünün önüne getirerek. Belki de bu yüzden önündekini göremedi. Bir aile mezarının mermerine çarpıp düştü. Kanayan dirseğine bakarken, başını kaldırıp diğerlerine bağırdı:

"Bekleyin lan beni!"

Hepsi duydu. Kimse beklemedi.

"Elden ne gelir, Hasibe?" diyordu kadın. Başka bir şey gelmediği için dilinden. Hasibe'nin omzundan tutmuş, kendisi de ağlıyordu halbuki. Tutamıyordu kendini. Sanki bütün acıları birbirine yapışıp üzerine çığ gibi çökmüştü. Asla güneş açmayacakmış gibi kalmıştı karın altında. Oysa ölen, ne onun kızıydı ne de ölen kızı bir kez olsun görmüştü. Ama omzundan tuttuğu kadın ne hissediyorsa, bir o kadarı kalbinde çarpıyordu. Ne de olsa, onun da bir sevdiği vardı. Belki çocuğu değildi, ama kocasıydı. Üstelik daha yirmi altı yaşında canına kıymış şu kız gibi, o da çok, ama çok uzaklarda, vatanı için hizmet veriyordu. Vatanının çocukları için. Ölen kızın annesiyle öğretmen evinde tanışmışlardı. Çok, ama çok uzaklardaki öğretmenlerin yakınları için düzenlenen bir gecede. Tanıştıkları gibi de ısınmışlardı birbirlerine. Nasıl ısınmasınlar? İkisinin de canı aynı okuldaydı. Birinin kızı, diğerinin kocası. Biri Yeşim, diğeri Nezih. Biri yeni öğretmen, diğeri müdür muavini. Biri çalıkuşu, diğeri çalının kendisi...

Yeşim, hayatta aradığı şeyin ölüm olduğunu anlamış birçok insan gibi kendini gömdürmeyi başarmıştı sonunda. Bir mektup açacağıyla beceremediğini bir tabancayla halletmişti. Albaylıktan emekli babasının beylik tabancasıyla. İki büklüm olmuş, iki eliyle tutunduğu mermer levhayı öpen yaşlı adamın silahıyla. İntihar teşebbüsünden sonra rapor alıp İstanbul'a gelen Yeşim, ilk birkaç gün hiç konuşmamış, sonraki günler haddinden fazla gülmüş, en sonunda da kendini vurmuştu.

Şimdiyse yepyeni mezarında yatıyor ve iki metre yukarıda olanları zerre kadar umursamıyordu. Aslında belki de yapabilseydi, dirilebilirdi. Çünkü Nezih'in karısının uzattığı telefonu alıp kulağına dayayan annesi, "Dostlar sağ olsun" diyordu. Dostlardan kastettiği, telefonun diğer yakasında baş sağlığı dileyen Nezih'ti.

Yeşim, yapabilseydi, o an, gözkapaklarından geriye ne kalmışsa açar, kefenini tırnaklarıyla yırtar, üzerindeki toprağı bir kunduz gibi kazar ve yeryüzüne çıkıp telefonu annesinden koparırdı. Yapabilseydi, o telefonu ağzından geriye ne kalmışsa ona dayar, sonra da, "Senin ağzını yüzünü sikeyim, orospu çocuğu!" diye bağırırdı.

Ama Yeşim bunların hiçbirini yapamıyordu. Hatta tek bir kirpiğini bile oynatamıyordu. Yirmi altı gün önce gömülmüştü. Tek bir kirpiği bile kalmamıştı. Hasibe, nasıl kapatacağını bilemediği telefonu, "Sağ olun" dedikten sonra uzattı Nezih'in karısına. Kadın telefonu kapatıp sarıldı Hasibe'ye. Birlikte ağladılar.

Derda da susmalarını bekliyordu. Bir an için kendilerine gelmelerini. Hangisine uzatacaktı elini? Yaşlı adama mı, kadınlardan birine mi? Para değil de şeker verirlerse suratlarına atarım, diye düşünüyordu. Çünkü mezar ziyaretçilerinin en büyük silahı oydu: Şeker. Ya da çikolata. Birden elleri ceplerine gidiyor, önceden hazırladıkları üç beş şekeri yakalayıp çıkarıyor, sonra da burunlarına uzatıp "Al bakalım evladım" diyorlardı.

Hıçkırıkları ilk dinen Nezih'in karısı oldu. Her ne kadar kocası, Yeşim'in birinci dereceden yakını olmak için elinden geleni yapmış olsa da, kadın için bir yabancıydı. Bu yüzden önce onun gözyaşları dindi. Derda fırsatı kaçırmadı ve avucunu uzattı. Nezih'in karısı, çocuğun darmadağın yüzüne bakarak çantasını açtı ve içinden cüzdanını çekti. Bozukluğu yoktu. Mecburen kâğıt paralara gitti eli. Tabii ki en değersizlerine. Tek almak isterken çift banknot çıkardı. Pişman oldu ama artık çok geçti.

"Durup dururken çocuğun tekine bir sürü para verdik. Neyse, başımızın gözümüzün sadakası olsun" dedi sonra. Eve gidince, Yeşim'den beş yaş küçük, üniversite öğrencisi oğluna.

Derda, parayı kaptığı gibi koşup mezarlıktan çıktı ve en yakındaki bakkala girdi. Yarım ekmek içine kavurma koydurup hemen orada ısırdı. Üç kez, üst üste. Nerdeyse boğuluyordu. Buzdolabından çektiği kolayı tek eliyle açıp içti. Boğazı yana yana. Sonunda kendine gelmişti. Geriye, annesinden kalanı gömmek kalmıştı. Karnı doyduğu anda aklına onlar gelmişti. Kapının ardında duran beş anne parçası. Hava kararınca, dedi sessizce. Bakkalın parasını verip çıkarken... Sonra dönüp içeri girdi.

"Bir paket de sigara."

Bakkal sordu:

"Hangisinden?"

"En ucuzu" dedi Derda. "Bir de kibrit."

Böyle başladı sigaraya. Cebindeki son parayla. On bir yaşında.

İsa, Derda'yı mezarlığın kapısında yakaladı ve daha fazla kendini tutamadı.

"Benim geldiğim mezarlıkta da vardı define."

Dünyanın en şanssız çocuklarından biriydi. Çünkü ailesi, kentin en büyük mezarlığının yanından, ikinci en büyük mezarlığının yanına taşınmıştı. İsa yine mezar temizleyecekti. Temizledikçe de, bir önceki mezarlıkta yaşananları hatırlayacaktı. Oysa unutmak istiyordu. Unutmanın en kolay yolunu da anlatmak sanıyordu.

"Hatta bu define davasından biri öldü..."

Yürümeye başlamış olan Derda'nın sessiz kaldığını görünce devam etti.

"Bizim mezarlık çok büyüktür. Buradan daha büyük. Neyse, iki kardeş vardı. Nefret ederlerdi birbirlerinden. İkisinin de çetesi vardı. Ben küçük olanın yanındaydım. Ama küçük dediğime bakma, ne zaman kapışsalar abisini döverdi. Neyse, iki çetenin de kendi bölgesi vardı. Karışmazdık birbirimize. Herkes kendi tarafında kalırdı. Öyle buradaki gibi, her mezarın başında duramazdın. Sonra bir gün, bir define lafı çıktı. Ama bizim tarafta değilmiş. Karşıdaymış. Biz de gizli gizli o tarafa geçerdik. Sağı solu kazardık. Bir türlü bulamadık bir şey. Sonra bir gün, bizimkilerden biri garip bir mezar buldu. Böyle, türbe gibi. Ama ne olduğu da belli değil. Sonra da dediler ki, tamam işte, orası. Ama nasıl kazacaksın? Karşı tarafta çünkü. Ama sonra dedik ki, gideriz, gerekirse kavga ederiz, sonra da kazıp defineyi çıkartırız. Bir gittik, üstünde karşı çeteden bir çocuk. Küçüklerden. Yatmış o mezarın üstüne, uyuyor. Kaldırdık bunu. Çok korktu bu. Yapmayın, dedi. Dinlemedik tabii. Kaz ulan, dedik. Sen kazacaksın! Kazmaya başladı bu. Sonra..."

"Siktir et" dedi Derda. İsa'nın ağzından ses hızında çıkmış onlarca cümle, Derda'nın iki kelimesine çarpıp paramparça olmuştu.

"Neyse ne! Sonunda bulabildiniz mi defineyi? Yok! O zaman siktir et!"

İsa'nın yüzü mermer gibi oldu. Mezarlık mermeri gibi. Damarlarıysa derisine yeşil yeşil yapışıp kaldı. Bu hayatta kimseye hiçbir şeyi tam olarak anlatamayacağını anlamıştı. Biri için ölüm kalım meselesi olan, diğerinin gözünde toz kadardı. İsa çevresindeki mezarlara baktı ve iyi ki ölüyorlar, dedi içinden. İnsanoğlunun, hak ettiği için öldüğüne o gün inandı. Ölene kadar da başka bir şeye inanmadı. Belki de bu yüzden mermer tıraşçısı oldu. Mezarlığa giden caddedeki atölyelerden birine çırak diye girip usta olarak çıktı. O gün Derda sözünü kestiği için. Hayatının miladı olan hikâyeyi kendisine anlattırmadığı için. Belki de bu yüzden İsa sadece mermerle konuştu. Hayatı boyunca. Oysa bir anlatabilseydi! Okuldaki diğer çocukların dikkatle dinlediği öğretmeni neden bir türlü duyamadığını birileri anlayabilirdi belki. Ama olmadı. Çıraklığının son günlerinde kendi mezarının mermerini kesti. Sonra da bir köşeye koyup sakladı. Arada bir de karşısına geçip konuştu. Derda'nın kestiği hikâyeyi yapıştırıp anlatmak için. Defalarca. Sonra da öldü. Soluduğu mermer tozundan. Bir defada. Hikâyesi mi? Kimin umurunda! Hele de İsa gömüldükten sonra...

Meydana doğru sessizce yürüdüler. Yan yana. İkisi de birbirinin aklından geçeni, bin hakları olsa tahmin edemezdi. Keyfinden kesmemişti Derda İsa'nın sözünü. Annesini kestiğinden tıkamıştı lafı ağzına. Nereden bilsin, dedi içinden. Sonra da affettirmek için kendini, cebinden paketi çıkarıp bir sigara çekti.

"Yak bir tane!"

Reddetmedi İsa. Hayatı boyunca beklemiş gibi aldı sigarayı. Ateşi bulmuş gibi yaktı. Yüz yıldır içiyormuş gibi çekti ciğerine dumanı. Oysa onun da ilk seferiydi. Kim bilir o gün, daha kaç çocuk başlamıştı sigaraya? Dünyanın dört bir yanında...

Derda iki adım atıp ayağının ucuyla bir çakıl taşına vurdu. Taş, İsa'nın yoluna savruldu ve ondan da bir tekme yedi. Bir Dünya Kupası topu gibi sürdüler çakıl taşını. Bazen yoldan çıkıp patikalara girdi ama bırakmadılar peşini. Kim bilir o gün, daha kaç çocuk taş tekmelemiş ve kendini tekmelenmiş bir taş gibi hissetmişti?

Sabah ezanı, evin çatlaklarından sızıp Derda'nın kulaklarına kadar geldi. İki siyah göz açılıp tavana baktı. Bir burun, aldığı kokudan kıvrıldı ve Derda iki ayağının üzerinde doğruldu. Geç kalmış, uyanamamıştı. Karnı tok olduğundan. Süreyya'nın annesinden aldığı bir kap pilav yüzünden. Acele etmezse, parçaların beşini birden gömemeyecekti.

İlk dört parçayı, son kaldığı mezardan itibaren sırayla dört mermer levhanın dibine gömdüğünde, kendini ağaç dallarıyla bileyen güneş, ensesine batacak kadar yükselmişti.

Derin bir nefes alıp verdi ve "Son bir tane daha!" deyip duvara doğru koştu. Kolunun altında annesinin sağ eli vardı. Çarşafa sardığı ilk parça oydu. Önündeki mezarın dibine çöktü. Başını kaldırıp çevresine baktı. Uzaklarda birini gördü. Heyecandan unutmuştu küreğini. Yani tencere kapağını. Elleriyle kazdı. Ama toprak sertti. Bir türlü çukuru derinleştiremiyordu. Sonra annesinin eline baktı. Üzerinde yedi kat kumaş olan ele. Her kata ayrı ayrı saldırdı ve küçük mezarına sığsın diye, elin kanlı kefenini çıkarıp attı. Sonra da elindeki eli attı. Daha fazla tutamadığı için. Başını kaldırıp tekrar baktı. Önündeki levhanın yanından. Biraz önceki karaltının nerelerde olduğunu görmek için. Ama kimse yoktu. Gitmiş demek ki, diye düşündü. Kim bilir kim?

Sürüklediği toprakla itti çukura annesinin elini. Sonra da ayağa kalkıp yürümeye başladı. Hızlı adımlarla. Yan yana dizilmiş ve her birinin dibinde annesinden bir parça yatan mezarların önünden geçti. Daha doğrusu arkalarından. Çünkü mezarların sahipleri de diğer tarafta yatıyorlardı. Levhaların diğer tarafında. Çıraklığa başlayınca İsa'nın, "Şahide onların adı" diyeceği mezar taşlarının diğer tarafında.

Bir ara, annesinin elini yeterince derine gömmemiş olabileceğinden endişelenip başını çevirdi ve omzunun üstünden arkasına baktı. Elin açıkta kalmadığından emin olmak için. Ve birden bir şeye çarpıp yere düştü. Hızla yürürken çarptığı şeyin ne olduğunu anlamak için başını kaldırdığında bir adam gördü. Sakallı bir adam. Üzerinde bir cübbe vardı. Derda, mezarlık camisinin imamını tanıyor ama Tayyar'ı ilk kez görüyordu.

Tayyar, sessizce, Derda'nın ayağa kalkıp dünyanın sonu da gelse vazgeçemeyeceği hareketi yapmasını izledi. Üzerindeki tozu tokatlamasını. Ancak bu kez sadece ölü tozunu kovmuyordu, bir yandan da ağzına gelmiş kalbini çiğniyor ve "Gördü mü bu herif benim ne yaptığımı?" diye soruyordu içinden. Korkusundan başını kaldırıp bakamıyordu. Göz göze gelmemek için. Savuracak toz arıyormuş gibi eğilip sağına soluna bakıyordu. Ve Tayyar konuştu. Derda gözlerini kısarak dinledi. Yine korkudan.

"Bir dahaki sefere daha dikkatli ol!"

Sonra da yanından geçip yürüdü. Derda dönüp Tayyar'ın nereye gittiğine bile bakamadı. Ne demek istemişti? Neden daha dikkatli olacaktı? Ne zaman? Olur da bir şey daha gömmesi gerekirse mi dikkatli olacaktı? Onu mu demek istemişti? Donmuştu Derda. Sanki bastığı toprak sulanmış ve bir bataklığa dönüşmüştü. Kımıldayamıyordu. Ama sonra bataklık kurudu ve ilk adımını attı. Yok, dedi içinden. Olur mu öyle şey? Gittin, koca mezarlıkta herife çarptın! Ne diyecek? Tabii ki, dikkatli ol, diyecek. Güldü. Boşuna korktuğundan emin oldu. Başını iki yana sallayıp "Ne salaksın!" dedi kendine. O eli oraya gömerken görmüş olsa, koşup gelmez miydi yanına? Ensesinden yakalayıp polise vermez miydi? Kim böyle bir şeyi görür de sadece, daha dikkatli ol, demekle yetinirdi? Yine güldü. Bir yandan da yürüdü. Sonra durdu ve olduğu yerde döndü.

O an ölmek istedi. Çünkü Tayyar, gömdüğü elin üzerinde duruyor ve kendisine bakıyordu. Başını ve kendisini çevirmekten başka çaresi yoktu. Öyle de yaptı ve yürümeye başladı. Adımları sıklaştı ve Derda koştu. Eğer o an ardından bir ses duysaydı daha da hızlanırdı ama geride sadece sessizlik bıraktı.

Mezarlığın kapısına kadar geldi ve nefes nefese durdu. Başını salladı. "Boşuna" dedi. "Boşuna korkuyorsun!" Sonra da güldü.

"Ne gülüyorsun deli gibi sabah sabah? Git bana şuradan bir ekmek al, gel!"

Kulübenin penceresinden uzanmış olan Yasin'in elindeki parayı alırken, "Üstü kalsın mı?" diye sordu. Hâlâ gülüyordu.

"Kalsın ulan, kalsın!" dedi Yasin.

Yine pişmandı uyandığına. Karnının acıktığına da. Derda'ya para uzattığına da. Yataktan kalkalı iki dakika olmuştu ama günün ilk kazığını yemişti. Daha kendisi bir lokma bile yemeden, ekmek parasının üstü, Derda'yla birlikte siktir olup gitmişti!

"Piç kurusu!" dedi. Sonra da gidip yattı. Gelene kadar biraz daha uyuyayım, diye düşünemedi bile. Uyudu.

"Başka?" diye soran bakkala bir şey diyemedi. Çünkü aklına, annesinin elinden çıkarıp attığı kanlı kumaş gelmişti. Onu mu görmüştü adam? Onun için mi durmuştu orada?

Güdümlü bir mermi gibi fırladı bakkaldan. Füze olamayacak kadar küçüktü. Hedefine varana kadar en az on köşe döndü. Bütün mezarlığı geçip duvara yakın son mezarlara yaklaştı ve o an ne yapacağını şaşırdı. Çünkü cübbeli adam, eli dibine gömdüğü mezarın başındaydı.

Durdu ve önündeki ilk ağacın arkasına saklandı. Adamın ne yaptığını görmek için başını ağaç gövdesinden sarkıttı ama bir işe yaramadı. Çünkü aralarında en az on beş sıra mezar vardı. Kırk metreden fazla. Adamın üzerine doğru değil, sağına doğru gitmeliydi. Arada yirmi mezar bırakıp öyle yaklaşmalıydı. Ve oralardaki ağaçlara baktı. Birbirine dolanmış dallarına. Oraya gitmeliydi. O dalların ardına. Oradan her şeyi görebilirdi.

Bir sincap gibi koştu. Sekerek. Her beş ağaçta bir, saklanıp gözetleyerek. Dallarının sıklığından ve birbirlerine yakınlıklarından, üç köklü tek ağaçmış gibi duran yeşilliğin arkasına doğru son sıçrayışını yapıp nefesini tuttu.

Dibine çöktüğü ağaca sırtını sürte sürte doğruldu ve dönüp dalların arasından sol gözünü çıkardı. Daha fazlasına cesaret edemedi. Ama o kadarı da yetmişti. Tayyar'ın ne yaptığını görebilmesi için...

Mezarın ayakucuna yaslanmış, elindeki beyaz, büyük bir zarfı mermer çerçevenin içindeki toprağa gömüyordu. Mezarın baş tarafında, aynı kökten çıkan ve uçlarında iki kırmızı gül olan dallar vardı. Zarfı, onların beş karış uzağına gömmüştü. Kuşların su içtiği, ayakucundaki hazneye yakın bir yere. Eliyle toprağı düzeltti ve çevresine baktı. Derda'nın tek gözü ağaç gövdesinin ardına kaçtı. Kalbi kulaklarındaydı. Hatta kulaklarından çıkmak ister gibi atıyordu. Yeniden çöktü ağacın dibine. Ve bir daha dönüp bakamadı.

Neredeyse yarım saat orada kaldı. Kımıldamadan. Ağaçtan bir parçaymış gibi. Sadece saçları dalgalandı küçük bir rüzgârda. O da, üzerindeki yapraklar kadar, daha fazla değil. Dizleri çenesinde. Kolları, katlanmış bacaklarının çevresinde, durdu...

Yeterince beklediğine karar verdiği bir anda ayağa kalktı

ve bir an için sarkıtıp çektiği başıyla adamın gitmiş olduğunu gördü. Ağaçlardan uzaklaştı ve biraz önce gözetlediği mezara otuz adım mesafeden bakarken ensesine inen tokadın acısıyla eğildi.

"Ulan ben sana ekmek al, gel, demedim mi, hayvan!"

Hayatında ilk kez, kendisine vuranın bekçi Yasin olduğuna sevinmişti. O da sabah voltasına kahvaltı etmeden çıkmış ve çıktığına da pişman olduğu için vurmaya devam etmişti.

Üç tokattan sonra yine koşup çıktı mezarlıktan ve biraz önce bakkalın tezgâhında unuttuğu ekmekle birlikte dayandı bekçinin penceresine. "Cam açık, sok kolunu, bırak masaya" demişti Yasin. Derda da öyle yaptı. Perdenin altından geçirdiği ekmeği cam kenarındaki masaya bırakıp koşmaya devam etti. Kanlı kumaşı bulup yok etmeye doğru...

Aynı sahneyi aynı gün bir kez daha yaşadı ve mezarın başında bir adamın durduğunu gördü. Başka biri. Kısa kollu gömlek giymiş bir adam. Gözlüklü. Arada bir çevresine bakarken boynundan bir kravat sallanan, ellilerinin sonundaymış gibi duran bir adam.

Yine aynı yere saklandı Derda. Yine tek gözüyle gördü beyaz zarfı. Adam topraktan çıkardığı zarfı alıyor, yerine de sarı bir tane bırakıyordu.

Üstünü toprakla örtünce de son bir kez çevresine baktı ve mezarlık kapısına giden yola çıkıp yürüdü. Cübbeli kadar yavaş değildi. Çok hızlı davranmış ve bir dakika içinde işini bitirmişti. Şimdi de uzaklaşıyordu. Derda yüzünü görebilmiş ancak tanıdığı kimseye benzetememişti. Zayıftı, saçları ve teni açık renkteydi. Bakışları donuk, kırışık yüzü gergindi.

Adamın gözden kaybolmasını bekleyen Derda, ağacın arkasından çıkıp mezara doğru koştu. Sonra da arka tarafına geçti. Dizlerinin üstüne çöküp yerde kumaşı aramaya başladı. Buldu. Çok, ama çok uzun bir nefes verdi. Yakalanmamıştı!

Güldü. Kibritini çıkarıp bir tane yaktı. İncecik kibritte ilerleyen alevden hızlı davranıp kumaşı tek ucundan tuttu ve havaya kaldırdı. Esnek bir sopa gibi duran kumaşın sallanan ucunu ateşe verdi. O da kumaşı alıp cayır cayır yedi. Önce biraz tüttü, sonra da Derda'nın ayakları tarafından çiğnendi. Simsiyah küller uçuştu ve kanlı çarşaf parçası yok olup gitti.

Sıra mezara gelmişti. Mezardaki zarfa. Ayakucuna gelip çevresine baktı. Kimseyi göremedi. Elini atmasıyla toprağa daldı ve zarfı buldu. Bantlanmıştı kapağı. Aynı banttan bakkalda olduğunu bilmenin rahatlığıyla, yavaşça çekti. Zarfa bir zarar vermeden kapağı açabilmişti.

O an, bütün bunların gerçek olamayacağını düşündü, çünkü zarfta bir deste para vardı. Derda'nın titreyen eli, desteden beş banknot çekip cebine gitti. Sonra beş tane daha aldı. O zarf açık durduğu sürece kendini tutamayacaktı. İçini daha fazla boşaltmamak için kapağını kapatıp bandın üzerinden tırnağıyla geçti. Aldığı çukura bıraktı ve toprakla üzerini örttü. Koşmalıydı. Koştu. Çok hızlı koşmalıydı. Daha da hızlı koştu.

Mezarlık kapısından çıktı ve soluğu caddedeki otobüs durağında aldı. Korka korka bekledi. Zarfı koyanı ya da cübbeliyi göreceğini düşünerek bir an için bile gözlerini çevresinden ayıramadı. Kuyruğunun peşindeki bir köpek gibiydi. Hatta duraktaki bankta oturan yaşlı kadın:

"Ne var oğlum, otursana şöyle adam gibi!" deyip yanındaki boşluğu gösterdi ama Derda dinlemedi ve otobüs gelene kadar yerinde duramadı.

Bindiği üçüncü otobüsten de inmiş, yürüyordu. İndiği durağın adı, kapısına geldiği büyük binanın tabelasında da yazıyordu. Başkaları o durağa sadece "Cezaevi" diyordu. "Cezaevinde inecek var."

Kapıdaki jandarma erine, "Babama bir şey bırakacağım,

annem gönderdi" dedi. Er, önünde durduğu büyük demir kapıya yumruğuyla vurdu ve birkaç saniye sonra kapının ardından bir gardiyan başı uzandı.

"Ne var?"

"Babama" dedi Derda. "Bir şey verecektim de, annem gönderdi."

"Neymiş?"

Cebinden çıkardığı beş banknotu gösterdi. Diğerleri başka cebindeydi. Gardiyan, çocuğun elindeki parayı gözleriyle sayıp sordu:

"Kim senin baban?"

Derda, beş yaşından beri görmediği ve yüzünü artık hatırlamadığı adamın adını ve soyadını söyledi.

"İyi" dedi gardiyan. Kapı aralığından sadece başı görünüyordu. Bir de ona eli eklendi. Parayı alıp kapıyı kapatırken çocuğu duyup durdu.

"Nasıl babam, iyi mi?"

"Cezaevi oğlum burası, insan burada iyi olur mu?" deyip kapının ardında yok oldu.

Çocuğun gözlerini kulaklarından girenler doldurmuştu. Pınarlarındaki yaş torbalarının delinmesine ramak kala, "Sen ona bakma, iyidir baban, merak etme" dedi asker. Derda yutkunup başını kaldırdı ve ere baktı.

"İyidir, değil mi? Bir de ona söyler misin, annem öldü" deyip yürüdü.

Cezaevindeki babasının, kendisini yurda göndermeyecek kadar sevdiğine inanıyordu. Sırrını kimseye söylemezdi. Çünkü Derda'nın en büyük sırrı, hayatta yapayalnız kalmış olduğuydu. Bu öyle bir sırdı ki, uğruna annesini doğramış ve gömmüştü. Oysa yürüyüşünden bile belli oluyordu. Ellerini cebine sokuşundan. Boynunu bükmesinden. Her adımında yere sürten ayaklarından. Yetişecek hiçbir yeri yokmuş gibi yavaşlamasından. Bazen de, her şeye geç kalmış gibi hızlanmasından. Bir de kokusundan. Ter ve yalnızlık. Belki karşı kaldırımdakiler ya da yanından geçen arabaların içindekiler anlayamıyordu ama bir kere yüzüne bakanlar, çok geçmeden farkına varıyordu. Ardından bakan jandarma eri de fark etmişti. Belki de bu yüzden hem başını sallıyor hem de fısıldıyordu: "Ne biçim hayat, amına koyayım!"

Verdiği haber askerin kulağına, para da gardiyanın cebine girince kaybolup gitmişti. İkisi de yerine ulaşmadı. Ama Derda, dönüş yolunda, "Dur baba, ben sana daha ne paralar getireceğim!" dedi sessiz dudaklarıyla. Dediğini yapmak için de, iki adamın posta kutusu olarak kullandıkları mezarın çevresinden üç gün boyunca ayrılmadı. Ancak ne gelen vardı, ne de bırakılan bir zarf.

Dördüncü gün, beklediği oldu ve cübbeli adam göründü. Ama bu defa, bir önceki mezarın sağına doğru yaklaştı. Yan mezarın önündeydi artık. Ağaçların ardındaki Derda yanlış hatırlamıyorsa, o mezarın dibinde de annesinin sağ dizinden bileğine kadar olan parça vardı.

Beyaz zarf gömüldü ve cübbeli uzaklara baka baka yürüdü. Derda tereddüt etmedi. Koşup mezarın başına gitti. Paradan daha değerli ne olabileceğini hayal etmeye çalışarak büyük beyaz zarfı açtı. İçinde bir deste kâğıt vardı. Üzerlerinde el yazıları olan kâğıtlar ve fotoğraflar. Sakallı ve cübbeli adamların, bir kalabalığın içinde çekilmiş fotoğrafları. Bazılarının sarıklı başları kırmızı bir kalemle yuvarlak içine alınmıştı. Yakınlarında da bir şeyler yazıyordu. Yine kırmızı kalemle. Ama Derda'nın okuması hâlâ yoktu. Olsaydı, "Şıh Gazi", "Hıdır Arif" gibi adları okuyabilirdi. Ama okusa da bir şey anlamazdı. Çünkü ne İngiliz dış istihbarat servisi MI6'ten haberi vardı ne de Hikmetçilerin İngiltere'deki varlığından. Hatta bütün kâğıtları okusa bile, yine de anlayamazdı. Elinde tuttuğu kâğıt destesinin, para karşılığı satın alınmış istihbarat bilgileri olduğunu. O sırada mezarlığın kapısından giren gözlüklü adamın konsolosluktaki görevini bilseydi bile çözemezdi neler döndüğünü. Çünkü Steven'ın kartvizitinde tabii ki MI6'in İstanbul sorumlusu değil, ticaret ataşesi yazıyordu. Tayyar'la aralarındaki alışveriş tekniğine de, MI6 dilinde *dead drop* deniyordu. Alanla verenin asla yan yana gelmediği bir takas biçimi. Önceden belirlenmiş herhangi bir noktayı emanet dolabı gibi kullanmaktan ibaretti. Bir de dolabın boş mu yoksa dolu mu olduğunu belli edecek bir işaret gerekiyordu. Bunun için de Steven, mezarlığa giden caddenin üzerindeki bir sokak lambasını seçmişti. Daha doğrusu, sokak lambası direğini. Her bırakılan zarftan sonra, etrafına bir bisiklet kilidi geçirilen direği. Biri mavi, diğeri kırmızı, iki bisiklet kilidi. Tayyar'la Steven'ın arasında sırayla el değiştiriyorlardı. Sonuçta böylesi bir takasta öncelik güvenliğe aitti. En güvenli yerin, insanların nadiren uğradığı bir mezarlık olduğu da gerçekti. Mezarlıkta meraklı bakışlar olmazdı. Çünkü çevredeki gözlerin çoğu toprağın altındaydı. Ama belki de Steven, kişiliğine özgü karanlık bir romantizmden dolayı seçmişti mezarlığı. Deyimin içindeki bir kelime yüzünden: *Dead*!

Tayyar'ın ihanet nedeniyse çok daha basitti. Şıh Gazi'nin yıllar önce ağzından çıkmış bir cümle: "Benim tek halefim Hıdır Arif'tir, böyle biline." Oysa Tayyar, Şıh Gazi'ye hayatını vermişti. Oysa Tayyar, daha on sekiz yaşındayken, Tahranlı Selahattin diye bilinen bir şeyhin tetikçisinin savurduğu merminin önüne atlamış ve Şıh Gazi'nin hayatını kurtarmıştı. Yedi gün komada yatmış, sonra da, bölge paylaşımı yüzünden birbirine girmiş olan Tahranlıyla Şıh Gazi'nin öpüşüp barışmalarına tanıklık etmişti. Sonuçta Tayyar'ın, manevi babasının da bir zamanlar dediği gibi, bir daha ağlamaya niyeti yoktu. On binlerce dişlik bir ağızda çürük olanı bulup kendine çekmeyi bilecek kadar deneyimli olan Steven'ın teklifini derhal kabul etmişti. Ne de olsa Tayyar böyle bir teklifi, halefin ilan edildiği o günden beri, yani yıllardır bekliyordu. Yaptığı, ihanet değil, verilmeyen hakkını almaktı. Nakit olarak... Derda'nın bütün bunlardan haberdar olmasıysa olanaksızdı...

Bir an önce, kâğıtları beyaz zarfa yerleştirip aldığı yere gömmeliydi. Yoksa Tayyar'a yakalanabilirdi. Ama Derda, gaspçı babasından miras garip bir güdüyle, kâğıtların yarısını alıp tişörtünün altına geçirdi ve uçlarını pantolonunun beline sıkıştırdı. Kalanını da hızlıca gömüp kaçtı. Kaçarken de, eğer bu kâğıtlar gerçekten para ediyorsa bir daha mezar temizlememe gerek kalmaz, diye düşündü. Bir de, sadece o gün için, sarı zarftan para çalmayacağını söyledi kendine. Aynı sabah içinde iki hırsızlık heyecanı fazla gelmişti çocuğa...

Cebindeki beş banknotla beş gün boyunca yemek yiyip sigara içti. Süreyya'nın annesi de akşamları kapısı çalınmayınca Derda'yı yavaş yavaş unuttu. Derda beyaz zarftan aldığı kâğıtları yer yatağındaki yastığın kılıfına saklamış, her gece üzerlerine başını koyup zenginlik hayalleri kuruyordu. Ama sonra birden, kâğıtları kime satacağını bilmediği geliyordu aklına. "Olsun" diyordu Derda. "Mutlaka bir yolunu bulurum!" Sonra da, ancak profesyonel bir suçlunun kuracağı hayallerden uyanıp bir çocuk gibi uykuya dalıyordu.

Derda uyurken, Steven da, konsolosluğun kasa odasında oturmuş, önündeki klavyede bir kripto yazıyordu. Bastığı her harf, klavyenin bağlı olduğu makinenin içindeki bir şeritte açılan deliklerle şifreleniyordu. Ve o sarı renkteki şerit de, makine tarafından kusuldukça bir yılan gibi yere uzanıyordu. Kıvrıla kıvrıla. Kriptoyu bitirince bir kasa fişi gibi çekip alacağı şeridi, başparmağı ve serçe parmağından yararlanarak sekiz biçiminde saracak, sonra bir zarfa koyup üzerini mühürleyecek ve MI6 kuryesinin gelmesini bekleyecekti. Ayda iki kez geliyorlardı. Londra'dan. Tabii ki ceplerinde diplomatik pasaportlarıyla. Bir istihbarat servisi için, kurye, posta güvercini kadar eski bir uygulamaydı. Ama Steven da öyleydi. Mektup yazacak kadar eski bir adam. Bilgisayarına kurdukları, kripto için tasarlanmış özel internet programının çöktüğüne en çok o sevinmişti. Metnini yazmak için seçeceği kelimeleri düşünürken, bir yandan da, önündeki makinenin yanından sarkan sarı şeridi okşuyordu... Tam olarak, şöyle bir başlık atmıştı:

HİKMETÇİLERDEN BEZİR'İN İZLENMESİ GEREKİYOR

Sonra da şöyle devam etti:

Her ne kadar, cinayetten sabıkalı bir işçi ve kızı için talep ettikleri vizeler, emirleriniz doğrultusunda hiçbir zorluk çıkarılmadan onaylanmış olsa da, Ubeydullah ve oğlu Bezir'in, tarafımızca yararlanılabilecek profillere sahip olmadığını düşünüyorum. Edindiğim son bilgilerin ışığında, Bezir'in şiddete eğilimli bir fanatik olduğu görüşüne vardım. Ubeydullah ise Hıdır Arif'e sarsılmaz bir sadakatle bağlı. Dolayısıyla, taleplerini yerine getirmek, kanaatimce, bir hataydı. Sonuç olarak, potansiyel bir mücahit olarak değerlendirdiğim Bezir'in yakından izlenmesi gerektiğini arz ederim.

Steven, Beyoğlu'ndaki evine ancak sabaha karşı dönebildi. Uyuyamayacağını anlayınca, Thomas Edward Lawrence'ın *Bilgeliğin Yedi Sütunu* adlı kitabını araladı. Belki de bininci kez. Okudukça, Arabistanlı Lawrence denilen bu adama neden böylesine hayran olduğu konusunda yine kararsız kaldı. Belki de on bininci kez. Kendisi gibi bir istihbaratçı olduğu için mi? Yoksa kendisi gibi bir mazoşist olduğu için mi? İki nedenin arasında gülümseyerek gidip gelirken, üzerindeki kumaşa dokundu. Steven, salonundaki kanepede,

Lawrence gibi Arap şeyhi kılığına girmiş oturuyordu. Şamlı bir terziye diktirdiği bembeyaz kumaşlar içinde...

Yirmi sayfa okumuştu ki telefon çaldı. Bir Arap şeyhi gibi açtı. Sabahın dördü olduğunu umursamadan.

"Baba!"

Bir Steven gibi kapattı telefonu oğlunun yüzüne. Sesini dört yıl sonra ilk kez duymuş olduğunu umursamadan. Sonra bir daha çaldı telefon. Üç kez. Kısa kısa. O sırada Steven elindeki kitaptan bir sayfa daha çevirdi ve ancak susunca baktı telefona. Uzaktan. Uzun uzun.

Mezarlığın kapısından girdiğinde güneş batmak üzereydi. Bekçi kulübesinin önünde durdu ve bağırdı:

"Yasin abi!"

"Ne bağırıyorsun lan?"

Olduğu yerde döndü. Yasin arkasındaydı. Derda, elindeki bağlamayı uzattı. Siyah bir kılıfın içindeydi.

"Adam halletti. Dediğin gibi yaptılar."

Yasin bağlamayı alırken sordu.

"Yetti mi para?"

"Yetti" dedi Derda.

"Üstü?"

"Dedin ya, üstü senin, diye! Sabahtan beri yollardayım. Zaten..."

"Tamam ulan, tamam" dedi Yasin.

Sonra da yürüyüp girdi kulübesine. Kapıyı kapatıp oturdu döşeğine. Fermuarını açıp kılıfı sıyırdı bağlamadan. İki gün önce, içip içip geçirmişti duvara. Tekneden tutup vurduğu için sapı kırılmıştı.

"Tekneye bir şey olsaymış, iflah olmazmış" demişti usta Derda'ya. Sonra da yeni bir sap takmıştı. Yasin'in avucundaki sapı. Tam tellerine dokunacaktı ki vazgeçti. "Kusura bakma" dedi kısık bir sesle. Bağlama da Yasin'i affedince konu kapandı ve kulübeden bir türkü duyuldu. Derda'nın bildiği bir türkü: "Kendim Ettim Kendim Buldum." Yasin'in, suçlayacak başka kimsesi olmamıştı. Hiçbir zaman. Ama Derda'nın kızgın olduğu biri vardı: Yasin. "Yolladı beni sabahın köründe!" diye söyleniyordu. Sonra da, acaba gelen oldu mu, diye düşünüyordu. Bir haftadır ağaçların dibine saklanıp göz hapsinde tuttuğu mezarlara herhangi biri gelip gitmiş miydi? Bunu öğrenmenin tek bir yolu vardı. O da gidip görmek.

Duvarın en yakınındaki mezar sırasının önüne gelince durdu ve düşündü. İlk zarfın gömüldüğü mezara baktı. Sonra da sağındakine. İkincisi de oraya gömülmüştü. En sonunda da, onun sağındakine bakıp başını eğdi. Soldan sağa doğru mu gidiyorlar, dedi içinden. Yani mezarları sırayla mı kullanıyorlar? Evet, dedi. Öyle olmalı. Zarfları kimse bulamasın diye, sakladıkları yeri sürekli değiştiriyor olmalılar, diye düşündü. Ama sırayla gidiyorlar. Soldan sağa...

Teorisinden emin olunca, gözlerini ayırmamış olduğu mezara doğru birkaç adım atıp önünde durdu ve parmaklarını ayakucuna soktu. Toprağı karıştırmaya başlamıştı ki, bir sertlik hissetti. Bu bir zarf değildi. Parmaklarını daha da derine gömdü ve bir kutu olduğunu tahmin ettiği şeyi tutabildi. Sonra da çekti. Toprağın içinden beyaz bir kutu çıkardı. O an, dünya üzerinde, Derda'dan daha mutlu bir çocuk zor bulunurdu. Kim bilir nasıl bir hazine vardı kutuda? Belki de bir zarfa sığmayacak kadar para!

Çevresine baktı ve kutunun kapağını açtı. Açar açmaz da kapatmak istedi ama yapamadı. Kapağı kutuya denk getiremedi ve kendisi dahil her şey dengesini yitirdi. Derda hariç, her şey yere düştü: Kutu, kapak ve annesinin sol eli. Her şey, düştüğü toprağa bulandı. Özellikle de annesinin elinden kalan ne varsa. Biraz et, bolca da kemik. Elin sol olduğunu, mezardan biliyordu Derda. Kendisi gömmüştü dibine. Kusmamak için defalarca yutkundu, kalbinin durmaması için defalarca derin nefesler alıp verdi ve tişörtünün eteğiyle tuttuğu eli kutuya koyup kapağını kapadı. Sonra da dört adımda, mezar taşı tarafına geçip diz çöktü ve daha önce kazmış olduğu çukuru aradı. Oysa aramasına gerek yoktu. Dizlerinin arasında ve açık olarak duruyordu.

Biri, annesinin sol elini bulmuş, beyaz bir kutuya koymuş ve mezarın ayakucuna gömmüştü. Kim mi? Derda, Tayyar'ın adını bilmiyordu. Sadece, "Görmüş!" diyordu. "Adam görmüş! O sabah ne yaptığımı görmüş! Onun için, daha dikkatli ol, demiş! Daha dikkatli ol ki, yakalanma!"

Haklıydı. Steven'ın ilk emri şöyleydi:

"Zarftaki belgelerin bir listesini yapıp onu da zarfa koy. Böylece zarfın içinde ne olması gerektiğini bilirim."

Bu basit önlemin işe yaradığını gören Steven, Tayyar'ı eksiklerden haberdar etmişti. O da, bu defa, zarfları gömerken kendisini görmüş olabilecek olanların listesini çıkarmıştı. Ve o listede tek bir kişi vardı: Mezarın dibine gizlice bir şeyler gömen çocuk... Derda'yı diz çökmüş halde gördüğü yeri kazınca, karşısına çıkmış olan et parçası, Tayyar gibi bir savaşçının bile midesini bulandırmıştı. Yine de kendini toplamış ve tek atımlık bir olta hazırlamıştı. Tek çengel, tek yem, tek balık. Böylece, nereden gelip nereye gittiğini bilmediği çocuğun peşinden koşmaktan kurtulacak ve tek seferde avını yakalayabilecekti. Sadece hangi mezarı kapan olarak kullanacağına karar verememişti. Çocuğun evrakları çaldığı mezar mı, yoksa her şey yolunda gitmiş olsaydı, bir sonraki takasın yapılacağı sağındaki mezar mı? İki ihtimalli bir kumardı. Tayyar, bu kumarda fiş yerine geçecek olan kutuyu, çocuğun zekâsı ve kendilerini uzun zamandır takip ediyor oluşuna yatırdı.

Olta doğru yere ve doğru biçimde atılmış olmalıydı ki, Derda, başka bir ihtimal yok, diye düşünüyordu. O cübbeli herif yapmış olmalı bunu! Başka biri olsa çoktan polis gelmiş olurdu! Daha mezarlığa girmeden enselenirdi! Ama bu beyaz kutu! Bu gömme işi! Ne yapacağım ben, diyordu Derda. Bu kez dışından. Hatta biraz da bağırarak.

"Ne bok yiyeceğim şimdi?"

Sonra elindeki kutuya baktı. Önce ondan kurtulmalıydı. Her şeyden önce!

Duvarın dibine koşup olabildiğince derin bir çukur kazdı ve içine kutuyu koyup üstünü örttü. Doğrulup birkaç adım attı ve dönüp bakmadı. Nereye gömdüğünü hatırlamak bile istemiyordu bu defa. Artık umurunda değildi annesinin on mezarının yerini bilmek. Bilmesi bir işe yaramış mıydı? Ya da gidip de her birinin başında Fatiha mı okumuştu? Neyse, dedi içinden. Neyse, peki şimdi ne yapacağım? Ne istiyor bu herifler benden? Düşündü ve "Para!" dedi.

"Paralarını istiyorlar! Amına koyayım, paralarını istiyorlar! Ama yok ki! Harcadım hepsini! Ya da dur, kâğıtlar var! Onları veririm! Belki de affederler. Kâğıtları verince peşimi bırakırlar! Ama ya bırakmazlarsa..."

O gece, kutuyu çektiği çukura, yastık kılıfına sardığı kâğıtları gömdü ve mezarın üzerindeki toprağı, elinden geldiğince düzeltti. Ve o gece hiç uyumadı. Elinde bir bıçakla bekledi. Gözlerini kırpmadan. Karanlık evin içinde. Sabah ezanı bir ninni gibi çocuğu uyutana kadar...

Kendine geldiğinde çıplak ayaklarıyla çıktı evden ve koşup duvarın üstünden atladı. Mezarın ayakucuna gelip kazdı. Sonra biraz daha kazdı. Sonra biraz daha. Mezarın üzerindeki toprağı hallaç pamuğu gibi savurdu. Savurdukça da gülümsedi. Ve sonunda emin oldu. Kâğıtlar alınmıştı! Gitmişlerdi! Cübbeli adam kâğıtlarını alıp gitmişti! Belki de bir daha hiç dönmeyecekti. Ama ya para, diye asıldı Derda'nın suratı. Ya para için dönerlerse? Oysa fazla bir şey de değildi ama ya o cübbeli parasını almaya gelirse? Mahvolurum o zaman, dedi Derda en derininden. Öldürür beni! Çünkü ben, o parayı hayatta geri veremem. Aylar geçse de biriktiremem. "Amına koyayım!" diye bağırıyordu Derda. "Amına koyayım!"

O günden sonra Derda, hücre hücre öldü ve gün gün yaşlandı. Çünkü derdi korku değil, korkuyu beklemekti. Ve korkuyu beklemek, korkudan beterdi. Bir zamanlar, birinin yazdığı gibi...

"Ne var?" diyordu İsa. "Birini mi bekliyorsun?"

"Yok" dedi Derda.

Ama hiç de inandırıcı değildi. Sürekli çevresine bakıyor, yakınlardaki ağaçların ötesini görmek için başını uzatıyor, gerekirse ayağa kalkıp oturuyordu. Ve neredeyse bir aydır böyle davranıyordu.

"Ne bakıyorsun o zaman oraya buraya?"

"Sana ne ya!" dedi Derda. Sonra da pişman oldu.

"Sana bir şey söyleyeceğim. Ama sır."

"Tamam" dedi İsa. "Söyle."

"Böyle cübbeli bir herif falan görürsen bana haber ver."

İsa, Derda'nın omzunun üstünden parmağını uzatıp, "Şurada bir tane var!" dedi.

Derda sıçrayarak kalktı ve arkasına baktı. Ubeydullah'ın kardeşi Yakup'un türbeyi andıran mezarının başında, ellerini açmış dua eden bir cübbeli vardı. Derda, İsa'ya döndü.

"O değil ya! Tamam bu da cübbeli de, neyse, bak: Nerede olabilir, biliyor musun? Şu hani, bizim duvar var ya? Bizim evin duvarı? İşte, ona en yakın olan mezarlar var hani... Hani son sıra? İşte oralarda bir tane görürsen, mutlaka bana haber ver! Evdeysem, eve gel! Neredeysem oraya gel yani! Allah aşkına, bak, çok önemli!"

İsa güldü.

"İyi de niye önemli? Bu mu şimdi, sır dediğin şey?"

"Bak, ben, geçenlerde, böyle cübbeli bir herif için iş yaptım. Bir mezar yıkadım. Sonra da bu para vermedi. Ben de küfrettim. Sonra da herif beni kovaladı. Anlıyor musun? Şimdi bu herif beni bulursa ağzıma sıçar! Çok ağır küfrettim herife!"

"Olur mu ya?" dedi İsa. "Adamın işi gücü yok da senin peşinden mi koşacak? Unutmuş gitmiştir."

"İnşallah öyledir" dedi Derda. Sonra da ayağa kalkıp elini güneşe siper etti ve çevresine baktı. Sırtlarını dayadıkları mezarın dibine yeniden oturduğunda İsa'nın uzattığı sigarayı görüp aldı.

"Sen yine de o mezarların oralarda birileri dolanırsa bana haber ver, tamam mı?"

Elindeki çakmakla Derda'nın sigarasını yakan İsa, "Tamam, merak etme" dedi. Sonra da kendi sigarasını ateşleyip ekledi:

"Ama bence boşuna korkuyorsun."

İlk beş nefesten sonra İsa, "Fevzi'yi biliyorsun, değil mi? Hani şu yurttan kaçan oğlanı?" diye sordu. Derda başını salladı.

"Dün, onu gördüm. Çok garip bir herif o. Hani bir torbası var ya, hep elinde? Ne varmış içinde, biliyor musun? Gösterdi bana. Oyuncak bir bebek. Ama kızlar için yani. Böyle kıyafetler var üstünde. Sonra soydu Fevzi bunu. Bayağı memeleri var, kıçı var. Kocaman kadın gibi, anladın mı? Neyse, dedi ki, yurttan da o bebek yüzünden kaçmış. Neydi adı ya? Barbo mu, barba mı, neyse öyle bir şey işte... Barbie, Barbie! Niye biliyor musun? Çünkü yurttakiler o bebeği elleyip duruyormuş, sonra da Fevzi'ye sarkıyorlarmış, anladın mı?"

Bir yandan çevresini gözetleyen Derda, diğer yandan sigarasını bir mezar taşında söndürüyordu. Sordu.

"İyi de ne bok yiyormuş ki o bebekle? Atsaymış ya! Atıp kurtulsaymış!"

"Dur bak" dedi İsa. "Kim vermiş o bebeği ona, biliyor musun?"

"Ne bileyim!" dedi Derda.

"Başbakan vermiş oğlum!"

"Siktir!" dedi Derda.

"Valla lan! Köydeymiş bunlar. Kasabaya mı ne, başbakan gelmiş. Bunlar da gitmişler. Bu daha küçük. Oyuncak dağıtıyorlarmış. Kapışmış çocuklar. Bu da yerde bunu bulmuş. Önce anlamamış ne olduğunu. Sonra da bir türlü kıyıp atamamış. Ne de olsa başbakan vermiş! Ama köydeki çocuklar, bakmışlar, kadın gibi bir şey. Başlamışlar ellemeye. Fevzi de bir şey yapamıyormuş tabii. Sonra da Fevzi'yi ellemeye başlamışlar. O da..."

Derda birden başını çevirip İsa'ya baktı.

"Oğlum, siz bir şey mi yaptınız?"

İsa derhal yanıt verdi. Hem de bir soruyla.

"Sen de ister misin?"

"Siktir lan" dedi Derda. "Nesini isteyeceğim!"

"Bir ekmek götürüp veriyorsun, sonra da Fevzi..."

"İstemez" dedi Derda.

"Herkes yapıyormuş. Fevzi öyle dedi. Halı sahanın oradaki çocuklar da geliyormuş. Ama bir görsen bebeği, gerçek karı gibi. Fevzi de eliyle..."

"Siktir git ya!" dedi Derda. Midesi bulanmıştı. Fevzi'nin bir somun ekmek karşılığında İsa'ya yaptığı şeyden değil. Fevzi'nin yurtlar hakkında anlattıklarına inandığı için. Belki hepsi doğruydu. Belki de gerçekten Fevzi'yi helalarda sıkıştırıyorlardı. Ama Derda'nın bir Barbie'si yoktu ki! Bir an için, her şeyi boşuna yaptığını düşündü. Yurttan boşuna korktuğunu. Annesini boşuna kesip gömdüğünü. O cübbelinin parasını boşuna çalıp boşuna boka saplandığını... Hepsi Fevzi'nin yüzündendi! Ya da ona o bebeği verenin yüzünden! Verip de delirten yüzünden!

"Sikeceğim *o* Fevzi'yi!" dedi Derda. Farkında olmadan, yüksek sesle. Sonra İsa'yla göz göze gelip düzeltti.

"Öyle değil lan!"

"Kalk, kalk!"

İki mezarın arasındaki, ölüsünü bekleyen boşluğa yatmış, servi ağaçlarının gölgesinde uyumuştu. Gözlerini açan Derda, üzerine eğilmiş İsa'yı gördü.

"Ne var?"

"Senin o mezarlara biri geldi! Ama bir kadın."

Derda derhal ayaklandı. Alışkanlıktan bidonunu ve fırçasını alıp İsa'yla birlikte yürümeye başladı. Bir yandan da kalbi ağzından düşmesin diye dudaklarını mühürledi. Ama mezarlardan birinin başındaki kadını uzaktan görünce konuşmak zorunda kaldı.

"Tamamdır, sen git."

"Emin misin?" diye sordu İsa.

"Evet, evet" dedi Derda. "Sen işine bak."

İsa uzaklaştı ve Derda, gözetleme ağaçlarının arasına karışıp yapraklarından biriymiş gibi titreyerek izlemeye başladı. Kadın, dibinde annesinin, büyük zorluklarla parçaladığı sol göğüs kafesi ve içindekilerin gömülü olduğu mezarın başında durmuş, hareketsiz biçimde mermer levhaya bakıyordu. Derda, kadının sıradan bir mezar ziyaretçisi olduğunu düşündü. Neredeyse ağlayacakmış gibi duruyor, önündeki mezarı çevreleyen mermere dokunuyor, sonra da eliyle ağzını kapatıyordu. Neredeyse emindi Derda. Endişelenecek bir şey yok, diye düşündü. Beklediği korku, o kadın değildi. Tam ağaçların arasından sıyrılacakken öyle bir şey gördü ki, gözleri karardı. Ovuşturarak dağıttı önlerindeki perdeyi ve gözleri, kadının, çantasından çıkardığı beyaz bir zarfı mezar toprağının üzerine koyduğuna tanıklık etti. "Siktir!" dedi içinden ama bağırarak.

Kadın iki eliyle bir çukur açıyordu. Zarfın sığabileceği kadar kazdı ve çevresine baktı. Derda, sarkıttığı başını ağacın gerisine çekti. Ne yapacağım, diyordu sürekli. Ne yapacağım? Ne yapacağım? Ne yapacağım? Gidip konuşsam mı, demeye başladı sonra. Gidip anlatsam mı her şeyi? O parayı ödeyemeyeceğimi söylesem mi? Özür dileyip ayaklarına mı kapansam? Yalvarsam? Belki ikna olur. Sonra da gider o cübbeliyle konuşur. Evet, evet, diyordu artık. Böyle olmalı! Korkmaktan bıktım. Ne olacaksa olsun!

Derda, ağaçların arasından, infazına giden bir mahkûm gibi çıktı ve masum olmasına rağmen idam edilecek biri gibi başını kaldırarak yürüdü. Her attığı adımda korkusu dağıldı ve kadının arkasına geldiğinde son bir nefes alıp konuştu.

"Affedersiniz."

Açtığı çukur ve içindeki zarfın üzerini kapatmış olan kadın, sanki bir rüyadan uyandırılmış gibi dönüp çocuğa baktı.

"Ben, o kâğıtları almıştım. Bir de biraz para. Ama kâğıtları geri verdim. Yalnız hiç param yok. Ne olur beni affetseniz! Ne isterseniz yaparım."

Kadın, konuşması süresince çocuğu incelemişti. Ayak-kabılarına, saçlarına, bidonuna, fırçasına, gözlerine ve dişlerine bakmıştı. Hem dalgın dalgın hem de çocuğun içine dala dala... Sessiz kaldığını görünce Derda devam etti.

"Allah aşkına! Lütfen!"

Kadın başını salladı ve eliyle mezarı gösterdi. Derda hiçbir şey anlamamıştı. Aklına gelen ilk şeyi sordu.

"Ne yapayım, temizleyeyim mi?"

Kadın, bir kez daha elini kaldırıp mezarı gösterdi ve başını salladı. Derda bir daha sormadı.

"Tamam" dedi. "Ama bir dakika, gidip su alayım!"

Olabildiğince hızlı koştu. Konunun böyle kapanacak olmasına o kadar mutlu olmuştu ki! Bir mezar yıkayacak, sonra da borcu silinecekti. Meydana koşup çeşmenin başında durdu ve nefes nefese bidonunu doldurdu. Mezarlık kapısına giden yoldan değil de, patikalardan koşup kestirmeden döndü. Mezarla arasındaki son ağaçlar da kaybolunca olduğu yerde durdu. Çünkü mezarın başında kadın yoktu. Çevresine baktı. Göremedi. Mezarlığın kapısına doğru koşmaya başladı. Eğer gitmişse, mutlaka yakalamalıydı. Yakalayıp konuşmalıydı. Anlaştıklarından emin olmalıydı. Korkacak hali kalmamıştı çünkü. Çeşmenin önünden geçerken, yavaşlattığı için, elindeki bidonu bırakıp devam etti. Bütün gücüyle koştu ve mezarlık kapısına geldi. Ama kimse yoktu. Ne kadın ne de başka biri. Birkaç adım atıp mezarlığın dışına çıktı ve yolun iki yakasına baktı. Sanki buharlaşmıştı kadın. Acaba, diye düşündü Derda. Arabayla mı çıktı? Sonra da ne düşüneceğini bilemedi. Bütün düşünceleri birbirine karıştı. Emin olduğu tek bir şey vardı: O da, mezardaki zarfa dokunmayacağı. Ama onun haricinde hiçbir şey bilmiyordu. Ne ne yapması gerektiğini, ne de kadınla anlaşıp anlaşmadıklarını.

"Mezarı gösterdi!" dedi Derda, yüksek sesle. Kadını gözünün önüne getirmeye çalışıyor ve hareketini taklit ediyordu.

"Böyle yaptı. Gösterdi işte! Sonra da yıkayım mı, dedim. O da başını salladı... Öyle oldu işte, tamam!"

Daha fazla uzatmadı tek kişilik tartışmasını. Anlaşma basitti. Ve gayet açık. Borcunu sileceklerdi. Ama tek bir şartla. Derda da mezarı temizleyecekti. Güldü çocuk. Koşmaya başladı. Sadece, çeşmenin önünden geçerken bidonu kapmak için yavaşladı. Mezarın başına gelene kadar da durmadı. Çevresine baktı. Birilerinin kendini gözetlediğinden emindi. Anlaşmadan kendi payına düşeni yapıp yapmadığını takip ediyor olmalıydılar. Bidondaki suyu azar azar mezar taşına dökmeye başladı. Bir yandan da başını kaldırıp uzaklara bakıyordu.

"Bakın, işte, istediğinizi yapıyorum!" demek istiyor ve bunu gayet iyi beceriyordu. Mezarın üstüne ağaçlardan savrulmuş yaprakları teker teker topluyor, elindeki fırçayla, su döktüğü mermerdeki tozları süpürüyor ve olabildiğince saygılı davranmaya çalışıyordu. Saygılı ve özenli. Önemli birinin mezarı olmalı, diye düşünüyordu. Yoksa, borcu silerler mi?

Mezarı temizledikçe özgürleşiyordu Derda. Korkularından kurtuluyordu. Boğazındaki düğümler birer birer çözülüyor, gerilmekten erimiş yüzü, güldükçe olgunlaşıyor ve uzun zamandır ilk kez, kendini iyi hissediyordu. Hatta mutlu.

Sabah güneşi gözlerini araladı ve gülümseyerek uyandı. Rüyasında babasını görmüştü. Yüzünü hatırlamasa da o olduğunu biliyordu. Cezaevinden çıkmış, birlikte kahvaltı ediyorlardı. Derda doğrulup giyindi. Bir gün önceden kalmış ekmek parçasıyla biraz da peynir attı ağzına. Bidonunu ve fırçasını alıp dışarı çıktı. Sola döndü ve evin duvarını takip ederek duvarın önüne geldi. Eğildi ve yıllar önce açtığı delikten geçip mezarlığa ayak bastı. Ölüler çoğalmış ve mezarlar, duvara daha da yaklaşmıştı. Aralarından geçip yeni yapılan çeşmeye gitti. Bidonunu doldurup yürüdü. Bir mezarın önüne geldi ve durdu. İbadet eder gibi yıkayıp temizledi mezarı. Ayakucundaki zarfın hâlâ orada olup olmadığını bilmiyordu. Aslında mezarda dokunmadığı tek yer orasıydı. Çünkü bilmek istemiyordu. O sadece kendisinden isteneni yapıyor ve bir mezarı temiz tutuyordu.

Üzerinde tek bir ölü tozu bile kalmadığını görünce mezar taşını okşayıp gülümsedi. Sonra da başını eğip üzerinde durduğu taş patikaya baktı. Altında annesinin sol göğüs kafesi ve kalbi duran taş yola. Mezarların arasından yol geçmiş ve gömdüğü bütün annelerinin üzerine parke taşları döşenmişti. Okşadığı mezar taşına eğilip fısıldadı:

"Yarın görüşürüz."

Derda on altı yaşındaydı.

"Nasılsın?" dedi Remzi.

"İyiyim, çok bekledin mi?" diye sordu Derda.

"Yok, yok, haydi gidelim."

Mezarlık kapısından çıkıp yürüdüler. Durağa gelince otobüsün yaklaştığını gördüler ve adımlarını hızlandırdılar. İki basamak tırmanıp otobüse bindiler ve deri kayışlara asılıp birbirlerine baktılar. İlk konuşan, bir zamanların dâhisi olan Remzi'ydi.

"Herifler iyi para veriyor da, iş biraz ağır."

"Olsun" dedi Derda.

"Bir de biraz sakatlar, biliyor musun? Onun için fazla diklenme."

"Yok ya, ne dikleneceğim! Bana paramı versinler, yeter. Başka da bir şey istemiyorum zaten."

"Hem" dedi Remzi, "gözlerine girersen sana da tezgâh açarlar. O zaman daha iyi kazanıyorsun."

"Sen ne yapıyorsun?"

"Ben makinelerle uğraşıyorum. Depoda."

Karmaşık düzeneklerle arasının iyi olduğunu gören işverenleri Remzi'nin yeteneklerini değerlendirmekte gecikmemişti.

"Ben şimdilik sadece taşıma işi yapacağım, değil mi?" diye sordu Derda.

"Evet. Malı depodan alıp minibüslere yükleyeceksin. Sonra

da tezgâhlara indireceksin... Haydi, iniyoruz. Burası!"

Otobüsten inip yürüdüler. Caddeden köhne bir sokağa girip üç katlı bir apartmanın önünde durdular. Apartman kapısına yönelen Derda'yı durduran Remzi, "Oradan değil, buradan" deyip bir merdiveni gösterdi. Apartmanın yanından çıkan ve bodrum katına inen bir merdiven.

Basamakları indiler. Remzi, karşılarına çıkan demir kapıyı yumrukladı. Çok geçmeden bir ses duyuldu. Boğuk bir ses.

"Kim o?"

"Remzi!"

Kapı açıldı ve ağır bir matbaa kokusu çıktı. O çıkarken Remzi'yle Derda girdi. Kapının ardında gözlüklü bir adam vardı. Erken yaşlanmış bir adam. Yaşlılık, yolda yürürken üzerine düşmüş gibi. Aniden.

"Arkadaş bu mu?" dedi. Eksik dişlerinin arasından. Onlar da bir gecede kaçmış gibiydi ağzından.

"Evet" dedi Remzi. Sonra da Derda'ya dönüp, "Süleyman abi" dedi. "Benim usta. Hepsine o bakar."

Hepsinden kastı, eliyle gösterdiği matbaa makineleriydi. Dışarıdan göründüğünden çok daha büyük duruyordu apartmanın bodrum katı. Sanki iki apartman genişliğindeydi. Belki de üst üste yığılmış kitaplar yüzünden öyle görünüyordu. Binlerce kitap ve dev matbaa makineleri.

"Daha kimse gelmedi mi?" diye sordu Remzi.

"Yok" dedi Süleyman. "Ben de yeni kalktım zaten. Bir çay koyun da içelim. Adın ne senin?"

"Derda."

"Bak, oğlum, sen bizim ne iş yaptığımızı biliyor musun?"

"Remzi biraz anlattı" dedi Derda.

Remzi, deponun, önünde kitap kuleleri olmayan tek duvarına yapıştırılmış, bel hizasındaki iki dolabın başındaydı. Birinin üzerinde ocak vardı. Diğerinin üzerindeyse, bir evye ve sürekli damlayan bir musluk. Onların yanında da bir buzdolabı duruyordu. Aynı zamanda Süleyman'ın evi de olan deponun ilkel mutfağında su kaynamaya başlamış, çaydanlıktan çıkan buhara, Remzi'nin sigarasından tüten duman karışmıştı. Süleyman, sabah öksürüğüyle boğazını temizleyip konuştu.

"Bir kere ne halt ettiğini kimse bilmeyecek, anladın mı?"

"Anladım" dedi Derda.

"Şimdi İsrafil de gelir. O sana daha iyi anlatır. Ama ben sana açık açık söyleyeyim: Olur da başına bir iş gelirse, sen de burayı polise okursan yakarlar seni. Bunu da anladın mı?"

"Merak etme" dedi Derda.

"Yanlış! Ben merak etmem! Sen düşüneceksin. Adam gibi işini yaparsın, çeneni tutarsın, sonra da paranı alırsın."

"Tamam" dedi Derda.

Ne depo umurundaydı ne de Süleyman'ın söyledikleri. Tek isteği, biraz para kazanmaktı. Çünkü mezarlık yaşı geçeli çok oluyordu. Artık kimse, acıklı bakışlarına kanmıyordu. Ne de olsa para için uzattığı eli, aşağıdan yukarı değil, çoğu zaman tepeden inerek açılıyordu. Çünkü Derda'nın boyu, tuttukları yastan kamburlaşmış mezar ziyaretçilerinin çoğundan uzundu. Üstelik mezarlık duvarları yıkılmıştı ve yeniden inşa ediliyordu. Yasin'in kovulacağından ve özel güvenlikçilerin geleceğinden söz ediliyordu. Artık çocuklar içeri alınmayacaktı.

Mezarlık çocuklarının tarihe karışmasına çok az kalmıştı. Toprak yollara taşlar döşenmiş, daha geniş olanlar da asfaltlanmıştı. Zaman değişiyor ve çocuklar, mezarlığın çevresinde yükselen duvarların ardında bırakılıyordu. Ölümden ekmek yoktu artık. En azından kalmayacaktı. En fazla bir ay içinde. Bu yüzden herkes iş peşine düşmüştü. İsa mermerciye çırak girmiş, Fevzi şehre kaçıp yok olup gitmiş, Remzi de akrabaları sayesinde, yasadışı biçimde kitap basılan depoda iş bulmuştu.

"Kitap işi" dediği anda, "Oğlum, alay mı ediyorsun, benim okumam yok ki!" diye bağırmıştı Derda. Remzi de, "Ulan okumayacaksın ki kitapları, taşıyacaksın!" demişti.

O dönemin en çok satın alınan romanlarından birinin, daha kesimden geçmemiş sayfalarını, önlerindeki kolinin üzerine sermiş, Remzi'nin alıp getirdiği simitler ve çayla kahvaltı ediyorlardı. Sessizce.

Sonra demir kapı açıldı ve çok iri bir adam girdi içeri. Susam dolu sayfaları köşelerinden toplayıp elinde buruşturan Süleyman başını kaldırıp "Bak, İsrafil de geldi" dedi.

İsrafil üzerindeki paltoyu çıkardı ve belindeki tabancanın kabzası göründü. Remzi ayağa kalkınca Derda da ayaklandı.

"İsrafil abi, bu Derda. Hani bahsetmiştim ya? Taşıma işi için..."

İsrafil, Derda'yı, suç bürümüş gözleriyle süzdü ve sordu:

"Baban ne iş yapar?"

"Cezaevinde" dedi Derda.

"İyi."

İlk kez verdiği yanıta şaşırmayan birini görmüştü Derda. Sanki cezaevi hayatın sıradan bir gerçeğiymiş gibi başını sallayan İsrafil'den birkaç soru daha bekledi. Babasıyla ilgili. Ama gelmedi. Çünkü cezaevi, İsrafil'in hayatında sıradan bir gerçekti. Remzi'nin getirdiği çaydan bir yudum alıp konuştu:

"Araba dokuz gibi gelir. Hangi malları yükleyeceğini söylerler. Sonra da arabayla gider, malı tezgâhlara boşaltırsın. Duruma göre üç-dört sefer yaparsın. Akşam da tezgâhlardan alır, buraya getirirsin. İş bu. Bir de işini hızlı yapacaksın. Tezgâh başında oyalanmak yok, anladın mı?"

"Tamam" dedi Derda.

Bir sigara yakmış olan İsrafil, elindeki boşalmış bardağı Remzi'ye uzatırken ekledi:

"Bak, bu çocuğun hatırına buradasın. Adam gibi çalış, ekmeğini kazan."

"Anladım abi" dedi Derda.

Sonra İsrafil, üç nefes boyunca sessizce ezdi Derda'yı bakışlarıyla. Konuşmasına gerek yoktu. Çünkü tehdit, İsrafil'in bedeninden bir bulut gibi çıkıyor ve depodaki her şeyin üzerine çöküyordu. Derda'nın tehdit bulutundan yeterince ıslandığını düşünen İsrafil arkasını dönüp yürüdü ve duvarları kitaplardan örülmüş labirentte kayboldu.

Yarım saat sonra, Derda, her birinde kırk kitap olan iki koli taşıyordu. Deponun demir kapısından geçip on iki basamak tırmanıyor ve merdivenin önüne çekilmiş, arka tarafı camsız minibüse kolileri yüklüyordu. Minibüsün on dört koli aldığını, yaptığı yedi seferden sonra anladı. Buzdolabının yanında duran bidonu elindeki bardağa devirip doldurdu ve kana kana su içti. Terini silip "Geliyorum!" diye bağırdı. Sonra da koşup merdiveni çıktı ve şoförün yanındaki koltuğa oturduğu anda burnunun ucunda bir sigara gördü.

"Yak!"

Sigarayı alıp konsoldaki çakmakla yaktı. Bir saat önce tanışmış olduğu Abdullah'la sokaktan çıkıp caddeye karıştılar. Karışır karışmaz da Abdullah'ın gizli bir geveze olduğunu anladı. Bütün gizli gevezeler gibi yanında sadece bir kişi varken konuşanlardandı. Kalabalık bir kahvehane masasının etrafında derin derin susarken, herkes kalktıktan sonra geriye kalan son adamın iki kulağını delecek kadar konuşurdu. Aklına ne gelirse anlatırdı. Ya da o ana kadar içinde tuttuğu ne varsa. Biraz önce kalkıp gidenlerin dedikodusunu da yapardı, soranlar artık orada olmasa bile masaya atılmış soruları da yanıtlardı. Bu yüzden, kimse Abdullah'la yalnız kalmak istemezdi. Ama Derda'nın seçme şansı yoktu. Her gün, saatlerce Abdullah'la bir minibüsün içinde yalnız kalacak ve "Yak!" diyerek başlattığı, bitmeyen konuşmalarını dinleyecekti.

İlk durakları, bir üniversitenin yakınlarındaki üst geçide kurulmuş tezgâhtı. O an, Derda, Remzi'nin "İş biraz ağır" demesinin nedenini daha iyi anladı ve o ilk tezgâhtan daima nefret etti. Çünkü tırmanması gereken basamak sayısı altmış dörttü. Üçle çarpınca ne çıktığını bilmese de, sonuç, son koliyi parmaklarının arasından yere bıraktığında bacaklarını sızlatacak kadardı. Tezgâhın başında, Saruhan adında, sakallı bir genç duruyordu. Bahçesi üstgeçitten görünebilen üniversitede öğrenciydi. Söylediğine göre matematik okuyordu. Derda'nın bütün bunları öğrenmesi için iki hafta boyunca o altmış dört basamağı defalarca çıkıp inmesi gerekmişti.

Sonraki duraklarsa, çeşitli semtlerin çeşitli çarşılarının çeşitli göbeklerindeydi. O tezgâhların başındakiler de Saruhan'ın yaşlarındaydı. Derda'yı görür görmez, yaslandıkları duvardan kendilerini çeker, önceden serdikleri muşambanın üzerine konan koliyi açar ve içinden kitapları hızla çekerlerdi. Derda'nın yüzüne nadiren bakar ama iş bitince de mutlaka "Eyvallah!" derlerdi. Aralarında sadece Saruhan, daha fazlasını söylerdi. Bazen, "Nasılsın?" diye sorar, bazen "Hava da buz gibi!" derdi. Derda da birkaç kelime eder, sonra da "Hayırlı işler" deyip uzaklaşırdı. Boş koliler, havanın durumuna göre, tezgâhın başında durana emanet edilir, yağmur yağıyorsa akşama kadar minibüste gezdirilirdi.

Gün sonunda, Derda, bazen Remzi'yle, bazen de yalnız dönerdi mezarlık evleri semtine. Sabahları daha erken kalkıyordu artık. Beş yıldır yıkayıp temizlediği mezarla yeterince ilgilenebilmek için. İlk yıl, cübbeli adamın döneceğinden gerçekten korkmuş, sonraki yıllarda ise adamın yüzünü yavaş yavaş unutmuş ve geriye sadece mezar kalmıştı. Uzun süredir, mezarı temiz tutmasının korkuyla olan ilgisi kopmuştu. Derda bunu, nefes almaktan farksız görüyordu. Bir tür alışkanlığa dönüşmüştü. Kimseye zararı olmayan bir bağımlılık. Belki bir diplomalılar heyetinin huzuruna çıksaydı, obsesifle başlayan, kompülsifle devam eden bir kelimeler serisini anlamaya çalışırken bulabilirdi kendini. Ama Derda, o mezardan başka kimsenin huzuruna çıkmıyordu. Hatta huzura en yakın duyguyu sadece o mezarı temizlerken hissediyordu. Belki de bir bedel olarak görüyordu. Annesini parçalayıp gömmesinin, başkasına ait bir parayı çalmış olmasının bedeli. "Yine ucuz kurtardım" derdi bazen, mezar taşına bakıp konuşurken. On üç yaşından beri konuşuyordu o taşla. Tam olarak kiminle konuştuğunu bilmeden. Tanrı'yla mı, babasıyla mı, annesiyle mi, yoksa kendisiyle mi? Belki de sadece bir taş olduğu için konuşuyordu. Mermer bir taş. Ve belki de Derda yapayalnız olduğu için bir mezar taşıyla konuşuyordu. Üç yıldır. Her sabah...

Mevsime göre çiçekler dikiyordu toprağına. Ama ayakucuna değil. Papatyalardaydı sıra. Kim bilir o mezarda yatanın yakınları ne düşünüyordu gelip de çiçekler içinde görünce? Derda onlarla hiç karşılaşmamıştı. Çünkü sabahın ilk saatlerinde işini bitirip başından ayrılır, sonra da yıllar içinde genişleyen mezarlığın uzak köşelerine giderdi. Ekmeğinin peşinde. Bir sonraki sabah yine gelir ve "Nasılsın?" diye sorardı. Sonra da, "Ben iyiyim" derdi. "Fena değil. Dün birkaç iş çıktı. Yine aç yatmadık anlayacağın... Sevdin mi papatyaları?"

Mezar taşı da bir yanıt veriyor olmalıydı ki Derda, ayrılırken "Yarın görüşürüz" diyordu her seferinde. Bir taşla kurmuş olduğu dostluktan kimsenin haberi yoktu. Aslında bundan haberi olacak kimsesi de yoktu. Babasını görmeye gidememişti. Ona da zarar verirler diye korkmuştu. Cübbelinin adamları. Sonra da sabretmek daha kolay gelmişti. Babasının cezaevinden çıkıp eve döneceği gün gelene kadar sabretmek. Aslında Derda, son beş yılını bir bekleme makinesi olarak geçirmişti. Önce korkuyla cübbeliyi, sonra da özlemle babasını. Beklerken de bir sabır taşı edinmişti kendine. Beyaz mermerden yapılmış bir sabır taşı...

"Bu hep böyle mi?"

"Ne?" diye sordu Saruhan.

Derda, on adım mesafedeki çalar saat tezgâhına bakıyordu. Daha doğrusu gözleriyle duyuyordu. En az yirmi çalar saatin, düzensiz biçimde kurulduğu için havada tek boşluk bırakmadan öten dijital alarmlarını. Başlarındaki adamsa kulakları yokmuş gibi elindeki gazeteyi okuyordu. Sanki o saatlerle aynı yer ve zamanda değilmiş gibi.

Derda'nın baktığı yeri gören Saruhan, "O mu? O deli o!" dedi. "Kaç kere boğaz boğaza geldik, bir bok olduğu yok! Herif hasta! Manyak gibi kuruyor o saatleri sonra da sabahtan akşama kadar duruyor öyle!"

"Sen nasıl dayanıyorsun?"

Güldü Saruhan. Montunun cebinden sarkan iki kulaklığı gösterdi.

"Bunlarla. Müzik dinliyorum... Pilleri de bitmiyor ki anasını satayım! Vallahi, alacağım olsa yaklaşıp da kaç para diye sormam! Zaten bir şey sattığı da yok."

Saat tezgâhının başındaki adam, elindeki gazetenin sayfasını çevirirken, üzerindeki bakışları hissetti ve Saruhan'a doğru başını salladı. Saruhan gülerek, "Yok bir şey, yok!" dedi. "Saatler de ne güzel çalıyor, diyorduk." Sonra Derda'ya döndü.

"Abdullah'ın ne işi varmış?"

"Tahsilata gidecekmiş. Sen bekle, dedi. Bakalım, ne zaman gelecek?"

"O da ayrı bir deli! Bir şey diyeyim mi Derda, aslında herkes deli! Bak, mesela, şu iş! Yapılacak iş mi lan bu? Ama ne yapacaksın? Mecbur, duruyoruz burada. Üç kuruş kazanacağız diye, yağmurda çamurda dona dona duruyoruz."

"Bir şey soracağım" dedi Derda. "Niye yasak bunları satmak?"

"Uzun hikâye" dedi Saruhan. "Siktir et! Var mı istediğin bir tane? Vereyim sana, oku."

"Yok, sağ ol." Okuyamadığını söylemeye utanmıştı.

"Al lan bir tane. Benden!"

Tezgâha eğilen Saruhan, kalın bir kitapla döndü.

"Al bunu. Zaten satmıyor. Sen de boşuna taşıyorsun sırtında. Ben seçsem kitapları! Hangilerini basacaklarına ben karar versem, çoktan köşe olmuştum ama! Gidip saçma sapan ne varsa onu basıyorlar. Tamam, bazıları iyi gidiyor. Ama bu mesela, ayda bir tane satarsan ne âlâ! Bir de külçe gibi, amına koyayım! Şuna bak!"

İstemeden de olsa, Derda, uzatılan kitabı aldı. Ama başını indirip de bakamadı. Çünkü Saruhan, üzerinde yazanlarla ilgili bir şey derse, okuyamadığı ortaya çıkabilirdi. Konuyu değiştirmek için, "Kaç para bu?" diye sordu. O sırada ceplerini karıştıran Saruhan, "Dur, şu deliden bir ateş isteyim" deyip saatçiye doğru yürüdü. Yalnız kalan Derda, elindeki kitabın kapağına baktı ve dondu.

Çünkü dünya üzerinde tanıyabildiği, nadir iki kelimeyle göz göze gelmişti. Çünkü o kelimelerin kazınmış olduğu mermer taşın önünde beş yıl boyunca diz çökmüştü. Çünkü o kelimeler, Derda'nın zihnine birer dövme gibi işlenmiş iki resimdi. Her kıvrımını ezbere bildiği iki resim. Harflerle değil, çentiklerle dövülmüştü belleğine. Bu yüzden sesleri yoktu. Nasıl okunduklarını bilmediğinden. Hiç de merak etmemişti. Aklına bile gelmemişti. İnsan, sadece çağırabileceklerinin adını öğrenirdi. Ve kimse bir mezar taşını çağırmazdı. Oysa artık, bir kitabın kapağındaydı o iki kelime. Derda'nın iki gözüyle göz göze...

"Ne oldu, alıyor musun?" sorusunu duyana kadar çözülemedi. Sonra başını kaldırıp Saruhan'a baktı ve konuştu.

"Bana okumayı öğret!"

Bir sonraki sabah, elinde kitapla geldi mezarın başına.

"Bak" dedi. "Seni buldum. Neymiş adın, biliyor musun?"

Güldü. Kitabın kapağındaki ilk kelimenin üzerinden işaret parmağıyla geçerek, "Oğuz..." dedi. Sonra da ikinci kelimeye dokundu.

"Atay... Oğuz Atay..."

İşten sonra, üst geçidin yakınındaki bir kahvehanede çalışıyorlardı. Son koliyi de depoya teslim edince, Abdullah'ın eve dönüş yolunda önünden geçtiği durakta iniyor ve bütün otobüslerin üst geçidin altından gittiğini bilmenin rahatlığıyla ilk gelene biniyordu. Tabii ki Saruhan dersleri bedavaya vermiyordu. Derda'nın maaşının beşte birine anlaşmışlardı. Bu da ayın beş günü aç yatmasına neden oluyordu ama Derda'nın umurunda değildi. Ne açlık ne de Saruhan'ın okumayı öğretme konusundaki yeteneksizliği.

"Önce" demişti Derda, Saruhan'a, "bana bu kitabın adını söyle."

"*Tutunamayanlar.*"

Sonra da hayaller kurmuştu, Derda. *Tutunamayanlar* üzerine. Kim bilir, diyordu içinden, neler yazıyor bu sayfalarda? Başparmağından kurtulup serbest kalan yüzlerce bükülmüş sayfanın bir film şeridi gibi önünden geçip gitmesini izliyordu. Bazen de yüzüne yakın tutup, sayfaların rüzgârını hissediyordu. O rüzgârda da gözlerini kapatıp, *Tutunamayanlar* rüyaları görüyordu.

Saruhan, "Oğlum, bu hayvan gibi kitapla ne yapacaksın? Daha adını yazamıyorsun" dedikçe gülüyordu Derda. "Boş ver sen" diyordu. Sonra da, kahvehanenin en dip masasına yerleşip o güne kadar anlamsız şekiller olarak algıladığı harfleri ezberlemeye çalışıyordu. Saruhan'la pazarlıklarında, içilecek çayların sayısı da belirlenmişti. Beş çaydan sonrasını Saruhan cebinden ödeyecekti. Ama o da altıncıyı asla içmiyordu.

Derda, sabahları, mezarlıktaki mermer levhaları okuyarak alıştırmalar yapıyordu. O güne kadar sadece taş ve toprak olarak gördüğü ölülerin adlarını öğrendikçe hayatları hakkında hayaller kurarken buluyordu kendini. Sayıları da öğreniyordu. Doğum ve ölüm tarihleri arasındaki tirelere bakıp elli yıllık hayatların tek bir çizgiyle özetlenmesine şaşırıyordu. Sanki her adını okuduğu ölü, bir an için de olsa canlanıyormuş gibi hissediyordu.

Akşamları eve dönünce de Saruhan'ın verdiği resimli kitapları okuyordu. Her ne kadar *Tutunamayanlar*'a başlamak için yanıp tutuşsa da, kendine ve Saruhan'a bir söz vermişti. Yanlışsız okuyabildiği güne kadar kitaba dokunmayacaktı. Aslında Saruhan'ın bu konuda ısrar etmiş olmasının tek nedeni, öğretmekteki yeteneksizliğinin ortaya çıkmasını engellemekti. Derda öğretmeninin yetersizliğini fark ederse derslerden vazgeçer diye korkuyordu.

Sonuçta öğretmenlikteki başarısızlığı Saruhan'a daha da çok para kazandırdı. İki ay içinde gelmesi gereken noktaya beş ay içinde ulaşabilen Derda, eksikliğin kendinde olduğuna inanmış ve yedi yaşında okumayı öğrenmiş bütün çocukları birer dâhi olarak görmeye başlamıştı.

Okumada katettiği bütün gelişmelerden Oğuz Atay'ı haberdar ediyor ve her sabah, başucunda, çocuklar için yazılmış hikâyelerden bölümler okuyordu. Papatya mevsimi çoktan sona ermiş, menekşeler açmıştı mezarda.

Caddelerdeki bütün tabelaları okuyarak yürüdüğü akşamlarda, kendini dünyanın sahibi gibi hisseden Derda, harflerden dokunmuş bir halının üzerinde uçarak geliyordu evine. Öğrenmeye susamış ağzı rüzgârdan kurumuş biçimde.

Sonra bir akşam, Saruhan, istemeye istemeye, "Tamam" dedi. Son satırını da eksiksiz okuduğu çocuk kitabını kapatan Derda'ya bakarak.

"Okuyorsun işte."

Evet, okuyordu Derda. Ama sadece okuyordu. Becerilmesi neredeyse imkânsız bir şeyi gerçekleştirmiş olan Saruhan, Derda'ya sadece okumayı öğretmişti. Harfleri ve heceleri gözleriyle ezberlemiş olan Derda, eline bir kez bile kalem almamıştı. Çünkü Saruhan'ın kendince bir hesabı vardı. Yazmayı öğretmek için de başka bir anlaşma yapmak gibi. Daha çok para kazanmak gibi. Aslında bu iştahı zaman içinde açılmıştı Saruhan'ın. Öğretmekteki başarısızlığını ve Derda'ya harfleri yazdırmayı unutmuş olduğunu fark ettikçe... Artık zamanı gelmişti. Sorabilirdi:

"Peki yazmayı? Yazmayı da öğrenmek ister misin?"

Derda güldü.

"Ne yapayım ben yazmayı? Ne yazacağım ki yazmayı öğreneyim?"

"Amına koyayım" demişti Saruhan içinden. Dışından da, "Baksana, bir çay ver buraya!"

İlk kez altıncıyı içiyordu. Ne de olsa biten, son dersti.

Derda bir felçli gibi yatıyordu. Beton zeminde, görünmez bir çarmıha gerilmiş gibi kollarını iki yana uzatmıştı. Her nefes alıp verişinde göğsünün üzerindeki *Tutunamayanlar* yükselip alçalıyordu. Yedi yüz küsur sayfalık kitabı bitirmiş, tavana bakıyordu. Hayatı boyunca okuduğu ilk romandı. Anladığıysa bir toz kadar. Zihninde tek bir toz tanesi, hızla inip kalkan göğsündeyse *Tutunamayanlar*'ın geriye kalanı vardı. Bu yüzden nefes almakta zorlanıyordu. Cümleleri anlayamamış olsa da, bir araya geldiklerinde hissettiklerinden. Derda, Oğuz Atay'ı anlayamamış, ancak daha da ileriye gidip hissetmişti. Belki de oraya giden yol, anlamamaktan geçiyordu. Anlamayı sağlayacak anahtarlara sahip olmamaktan. Romandaki adlar, olaylar, karşılaşmalar, söylenenler, her şey başının etrafında dönüyor, evin dört duvarını renkten renge sokuyorlardı. Derda, tavanı bir gökkuşağı gibi izliyor, yağmurun altındaki bir sarhoş gibi yatıyordu.

Bir adam geliyordu kapalı gözlerinin önüne. Her göz kırpışında. Yalnız bir adam. Romandaki bütün adlar tek bir adama aitmiş gibi geliyordu Derda'ya. Turgut'lar, Selim'ler, herkes tek bir adammış gibi. İyilikten inşa edilmiş bir adam. Belki de cam kırıklarından. Belki de havadan inşa edilmiş. Sonra karanlık bir taşla çarpışıyordu. Binbir parçaya bölünüyordu adam. Belki de buharlaşıyordu. Her ne yaşadıysa, karanlık bir taş olmuş ve adamı kum gibi ezmişti. Ya da buz gibi eritmiş, geriye de kitap kalmıştı. Kitap, Derda'nın anlamadığı her şeydi. Geriye kalanları iyi bilirdi. İnsanlardan geriye kalanlara mezar taşı denirdi. Göğsünün üstünde inip kalkan kitabın bir mezar taşı olduğuna inandı ve kırpmaktan vazgeçip gözlerini kapadı.

NAKİL

Mezarlık evinin kapısı tek omuz darbesiyle açıldı ve içeri, beyaz önlüklü üç adam girdi. Bir de sedye. Ölmüş de içi doldurulmuş gibi yatan Derda'nın iki yanına gelip durdular. İçlerinden biri eğilip, Derda'nın şah damarına iki parmağını yasladı ve yaşadığından emin oldu. Sonra da uzanıp, göğsünün üzerinde duran kitabı kaldırdı.

O an, Derda gözlerini açtı ve bağırmak istedi: "Ne oluyor? Siz de kimsiniz?" diye. Ama yapamadı. Ne bir ses telini oynatabildi ne de bir parmağını. Sadece gözbebekleri dinliyordu Derda'yı. Sadece görüyordu Derda. Bir de nefes alıp veriyordu. Kitabın bir kutuya konduğunu gördü ve üç nefes alıp üç nefes verdi. Titanyumdan yapılmış kutu ve onu taşıyan adam evin kapısına yönelirken, diğerleri de Derda'yı sedyeye yerleştirdiler. Tek hamlede.

Sedye, evin önünde bekleyen bir ambulansın içine kaydırıldı ve Derda'nın gözleri, kendilerine yaklaşan bir oksijen maskesi gördü. Gözkapakları ağırlaşmaya başladı. Sonra da ağırlıklarına dayanamayıp kapandılar.

Hafifleyip açıldıklarında, Derda, ambulanstan çekilip bir uçağın karnına girdiğini gördü. Ve yaklaşan bir oksijen maskesi daha.

Ambulans uçak, 9 saat 15 dakika havada kaldı ve Bangkok'a indi. Yakıt alınmasından sonra tekerleklerini yerin yüzünden ayırıp, göğün yüzüne atılmış bir jilet gibi, dört saatte Manila'ya vardı. Bütün bu süre içinde, Derda'nın bilinci ve gözleri sırayla açılıp kapandı.

İstanbul'dakine benzer bir ambulansın içine yüklenip sürüklendi Derda. Önce asfalta, sonra da toprak bir yola. Ambulans, kutubeti ve sinekleri yara yara ilerledi. Yolun sonunu ve iki yanını perdeleyen ağaçlar, bir rüya gibi bitti ve geriye yosun yeşili bir tepe kaldı.

Yosun yeşili tepenin zirvesinde bulut beyazı bir bina ve delik siyahı bir kapı. Önünde de, dev bir yılan gibi geniş yamaçta sıralanmış binlerce insan. Her birinin elinde ya da yanında bir şey vardı. Bir şey...

İnsanlar ve şeyler kuyruğunun yanından geçerken sirenini kesen ambulans, ağır ağır yamacı tırmandı ve beyaz binanın kapısına gelince durdu. Derda, bir tüy gibi indirildi ambulanstan ve bir mermi gibi geçirildi binanın kapısından. Sonra da, insan ve şeyler kuyruğunun kapladığı koridordan.

Koridorun bittiği ve kuyruğun başladığı kapıya gelince durdular. Çünkü önlerinde küçük bir kız vardı. Kucağında tekir bir kedi taşıyordu. Belli ki, açılacak olan kapıdan girme sırası ondaydı. Derda'yı sürükleyenlerden biri, kızın kulağına eğilip fısıldadı: "Acil!"

Küçük kız, yaşından beklenmeyecek bir olgunlukla kenara çekildi ve Derda'nın sedyesi, açılan kapıdan içeri girdi.

Adım atılan odada bir ameliyat masası ve iki yaşlı adam vardı. Biri Jivaro kızılderilisi, diğeri Filipinli. Ameliyat masasının üzerindeki beyaz örtüyü değiştiriyorlardı. Temiziyle. Serdiler ve avuçlarıyla ütüleyip başlarını kaldırdılar. Derda'yı getirenlerin beklediği de buydu. Daha fazla bekletmediler yaşlı adamları ve üzerinde sadece bir pantolon olan Derda'yı, bir pasta gibi geçirdiler ameliyat masasına.

Kızılderili, titanyum kutuyu taşıyan adama yaklaştı ve kapağını açmasını bekledi. Kitabı görünce sordu.

"Cep boyu yok muydu?"

Kutuyu taşıyan başını salladı. Hayır, demek için. Kızılderili yorgun bir nefes verip, sağ elini kutuya uzattı ve sayfaları çevirmeye başladı. Kitabın üzerinde tuttuğu sol elinin parmak uçlarını birbirine sürttükçe kutuya yaldızlı bir toz yağdı. Toz yağmurunun altında kalan kitap yaldıza boyandıkça küçülüp daraldı ve sonunda Tutunamayanlar bir yumruk kadar kaldı.

Kızılderili, küçülmüş kitabı alıp Filipinliye gösterdi. O da başını salladı ve gözlerini kapadı. Bir küreğe benzeyen sağ elinin neşter gibi tırnakları, Derda'nın sol göğüs kafesinin altına sapladı. Saplamasıyla da Derda bağırdı. Ama duyulmadı. Çünkü o bağırdığını sanmıştı. Oysa ne bağıracağı kadar bir acı hissetmiş ne de bağırabileceği kadar ağzını açabilmişti. Dehşet içinde Filipinlinin kırışık yüzüne bakıyordu. Diğerleriyse, yaşlı adamın, sağ eliyle açtığı ve genişlettiği yarığa sol elini dokunuşunu izliyorlardı. Ne bir damla kan akıyor ne de Derda'nın nefesi eksiliyordu. Oysa ikisinin de gerçekleşmesi için, hatta hemen orada ölmesi için onlarca neden vardı. Hatta bir tanesi burnunun ucunda duruyordu. Derda, kendi kalbine bir karış mesafeden bakıyordu.

Kızılderili, Filipinlinin elinden kalbi alıp, boşalan avucuna kitabı bıraktı. Filipinli başını kaldırıp gözlerini kapadı ve sadece parmak uçlarıyla baktı. Derda'nın derisindeki yarığı, tek eliyle bir perde gibi aralayıp, diğeriyle kitabı etine gömdü. Kalpten gelen ve kalbe giden ne varsa, bütün damarları sayfaların arasına sıkıştırıp kitabı kapadı. Ellerini yarıktan çektiği anda, Tutunamayanlar'ın pompaladığı kanla Derda hayat buldu. İlk aldığı nefesle şişen göğsüne bakan kızılderili, ameliyat masasının altındaki çöp kutusunun pedalına basıp kapağını açtı ve elindeki kalbi içine attı. Çünkü et, hiçbir işe YARAMAZdı...

BİNA

Manila'nın 90 km. kuzeyindeki beyaz bina, ne bir tapınak ne de bir mucizeler sarayıydı. Sadece beyaz bir binaydı. İçinde, dar bir oda ve çok uzun bir koridor olan, büyük bir bina. Camsız bir gökdelene benziyordu. Apartman kalınlığında duvarları olan, tek odalı bir anıt.

1985 yılında, Filipinlerin altını üstüne getirmiş olan bir depremle çıkmıştı ortaya. Dünyanın dört bir yanından gelen insanlar binayı görmek için birbirlerini ezmiş ve neye baktıklarını anlamaya çalışmışlardı. Ancak ne bilim adamları ne de herhangi biri, binanın varlığına bir açıklama getirebilmişti. Üstelik bir kapısı bile yoktu. Zaman içinde, bilinmezliğin de verdiği bir bıkkınlıkla ilgi azalmış ve binanın çevresi boşalmıştı.

Üç yıl sonra, bir yaz sabahı, o zamanlar da yaşlı olan Filipinli, binanın önüne gelmiş ve avucunu duvarına dayayıp beklemeye başlamıştı. Soranlara, "Birini bekliyorum. Ama kim, bilmiyorum," demişti. Çıplak elle, kansız ameliyatlar yaptığını iddia etse de, ülkesindeki binlerce sahtekardan biri olarak tanınan adam, iki yıl boyunca, elini duvardan çekmeden beklemiş ve daha da yaşlanmıştı.

Sonra, yine bir yaz sabahı, belindeki kemerde yumruk kadar kafataslar taşıyan ve en az Filipinli kadar yaşlı olan bir kızılderili gelmişti. "And dağlarından." Öldürdükleri düşmanlarının ruhlarının alabileceği intikamlardan korunmak için, kafalarını küçültüp üzerlerinde taşıyan ve Amazon ormanlarının yeşil deliklerinde yaşayan Jivaro kabilesinden bir kızılderili.
Ne yaptığını biliyor olmalıydı ki, avucunu, Filipinlinin elinin 4 metre sağına yaslarken tereddüt etmemişti. O an, duvar, iki elin yaslandığı yerlerden kırılıp binanın içine gömülmüş ve sağa doğru kaymıştı. Böylece binanın kapısı, dev bir mağaranın ağzı gibi açılmış ve bir daha kapanmamıştı. İki yaşlı adam, karşılarına çıkan koridoru geçip, sonundaki odaya varınca, bina, ne için orada olduklarını kulaklarına fısıldamıştı.
"Bekleyin!" demişti. "Burada bekleyin. Onlar size gelecek."
"Kimler?" diye sormuştu Filipinli.
"Hayatının anlamını bulmuş olanlar. Hayatlarını adayacakları şeyi bulmuş olanlar gelecek. Siz de kalplerini söküp, yerine, o şeyleri koyacaksınız. Sonra da kalpleri fırlatıp atacaksınız!"
"Ama..." demişti kızılderili. "Kalpleri olmadan

nasıl hayatta kalırlar?"

"Göreceksiniz!" demişti bina da.

"Peki ya kimse gelmezse?" diye sormuştu Filipinli.

"Kim kalbinden vazgeçecek kadar kendini bir şeye adayabilir ki?"

"Onu da göreceksiniz!" demişti bina.

"Ya hayatlarının anlamını bulamayanlar?" diye söze girmişti kızılderili. "Onlar ne olacak?"

"Onlar da, göğüslerinde bir et parçasıyla, canlı canlı çürüyecekler. Ve buna da, yaşamak demeye devam edecekler!"

Son soruyu Filipinli sormuştu: "Neden şimdi? Kim bilir bugüne kadar kaç kişi hayatını bir şeylere adadı! Neden şimdi çıktın ortaya?"

Son kez konuşmuştu bina: "Çünkü DERDA adında bir çocuk doğdu!"

"O da kim?" diye soracaklardı ki, kızılderili, görünmez bir kement tarafından yakalanmış gibi, binanın dışına doğru sürüklenmişti.

İLK

Yaşlı kızılderili, yamacı koşarak inmiş ve toprak yoldan ilerleyip ormana girmişti. Ağaç duvarlarını aşıp bir köye gelmiş ve insanların, yerde, hareketsiz yatan bir çocuğun başında toplanmış olduklarını görmüştü. Nefes almakta zorlanan çocuğun sol yumruğunun iki ucundan bir kağıdın iki ucu görünüyordu. Çevresindekilerden yardım isteyen kızılderili, çocuğu beyaz binadaki dar odaya kadar taşıtmıştı. Filipinli, çocuğun yumruğunu zorlukla açmış ve içindeki kâğıdı almıştı. Sonra da kalbini yerinden söküp, göğüs kafesindeki boşluğa o kâğıdı bırakmıştı. Beyaz binada sökülen ilk kalbin yerine konan şey, 1 Amerikan Doları'ydı. Çocuğun, bir kaç saat önce bir turistten aldığı, buruşuk bir bahşiş. Filipinli çocuk, banknotu avucunda gördüğü an, hayatının anlamını bulmuştu: PARA.

Çocuğun iyileşip kendine geldiğini gören köylüler, iki yaşlının önünde diz çöküp secde etmişlerdi. Sonra da, kızılderiliden, Dünya üzerinde hayatını bir şeye adamış olan kim varsa, hepsini, teker teker, hissetmeyi öğrenmişlerdi. Zaman içinde, onlar da başkalarına öğretmiş ve böylece BULUCULAR denilen, binlerce kişilik bir ordu kurulmuştu...

Dünyanın her yerinden, hayatının anlamını bulmuş olan milyonlarca insan, beyaz binaya taşındı ve kalpleri sökülüp çöpe atıldı.”

Bir süre sonra, Dünya Sağlık Örgütü, olası nakiller için kalpleri stoklamayı teklif etti ama binanın, bu konudaki emri açıktı: Kalpleri fırlatıp atın!

SON

Derda'nın gözleri ve bilinci mezarlık evine varınca açıldı. Tam olarak, kendisini aldıkları yere bırakan, beyaz önlüklü üç adam evden çıkıp kapıyı kapatınca. Eli, en son göğsünde duran kitabı aradı ama boşta kaldı. Hala doğrulup, gözleriyle parmaklarını evin her yerinde dolaştırdı. Ama Tutunamayanlar'ı bir türlü bulamadı. Sonra birden durdu ve hıçkırır gibi güldü. Ne gerek var, diye düşündü. Kaybetsem ne olur? Nasıl olsa okudum!

O günden sonra Derda, Tutunamayanlar'ı asla aramadı. Ve bir rüya gibi paramparça hatırladığı beyaz binayı bir daha düşünmedi. Oysa o bina, Derda'nın doğduğu gün, üstelik onun uğruna yükselmişti toprağın üstünde. Oysa o bina, Derda işinden çıkıp gidince yeniden gömülmüştü yosun yeşili tepeye. İki yaşlı adam ve koridordaki yüzlerce insan kaçabilsin diye ağır ağır girmişti, yıllar önce çıktığı yere. Koridordakiler, delik siyah kapıdan zamanında çıkabilmiş ve anlamlarıyla birlikte hayatlarını da kurtarmışlardı. Yaşlı adamlar ise, odada kalıp birbirine bakmış ve gülümsemekle yetinmişlerdi. Ne de olsa, görevleri sona ermiş ve ölüm adındaki dinlenme zamanı nihayet gelmişti. Ölüm adındaki paydos... İkisi de anlamıştı. Söktükleri son kalbin, adını yıllar önce duydukları Derda'ya ait olduğunu. Anlamadıkları tek bir şey vardı. Onu da Kıtıldepili sordu:

"Neydi o kitap?"

Gülümsemişti Filipinli. Sonra da konuşmuştu:

"Bilmiyorum ama öyle bir kitap olmalı ki,..."

Yutkunup devamını getirmişti.

"Öyle bir kitap ki, sayesinde, milyonlarca insan hayatının anlamına kavuştu!"

"Başka kitabı var mı?"

"Vardır herhalde. Ama bizde yok, kitapçıda bulursun" dedi Saruhan.

Sonra da üst geçidin yakınındaki bir kitapçıyı tarif etti.

Derda, Abdullah gelmeden önce dönebilmek için, koşa koşa gitti ve hayatında ilk kez bir kitapçıya girdi. Karşısına bir kadın çıktı.

"Buyurun?"

"Oğuz Atay'ın bütün kitapları..."

Cümlesini bitirmemişti ki, kadın dönüp yürümeye başladı. Derda da peşinden. Bir rafın önünde duran kadın, uzanıp *Tutunamayanlar*'ı çekti.

"O bende var" dedi Derda. Bilemezdi kadın. O benim içimde var, demek istediğini.

"Tamam o zaman" dedi kadın ve *Korkuyu Beklerken*'i uzattı. Bir de *Günlük*'ü.

"Diğerleri bizde yok."

Cebinden çıkardığı buruş buruş paraları kasaya fırlatıp kitapları aldı ve çıktı gitti Derda. Koşarak yetişti Abdullah'ın kaldırıma yanaşan minibüsüne. Depoya giden yoldaki her kırmızı ışıkta Derda'ya ters ters bakan Abdullah, yanında kitap okuyanlardan nefret ettiğini öğrenmiş oldu böylece. Çünkü okuyan biriyle konuşulamıyordu.

O akşam, Derda, evdeki tek ampulün ışığında *Korkuyu Beklerken*'i bitirdi. O akşam, Derda, üç yıldır konuştuğu taşın sesini duydu. Kitaptaki son öykü olan "Demiryolu Hikâyecileri – Bir Rüya"nın son cümlesi şuydu:

"*Ben buradayım sevgili okuyucum, sen neredesin acaba?*"

"Buradayım!" diye bağırdı Derda.

Sonra da evden çıkıp duvardaki delikten geçti ve karanlığın içinde Oğuz Atay'ın mezarına doğru koştu. Mezar taşının yanına çöküp "Buradayım" diye fısıldamaya başladı.

"Bak, buradayım işte. Buradayım. Senin yanında. Zaten hep yanındaydım. Her zaman. Bak, şimdi de buradayım..."

Derda ağlıyordu. Neden bilmiyor, ama ağlıyordu. Belki yıllardır yalnız olduğu için. Belki kendisi de insanlara bakıp ben buradayım, siz neredesiniz, dediği için. Belki de sadece yalnızken ağlayabildiği için. Belki bir de Oğuz Atay'ın yanında gözyaşı dökebildiği için. Ağlıyordu Derda. Bir yandan da Oğuz Atay'ın üzerindeki menekşeleri okşuyordu. Neden ağladığını bilmediği için de, daha çok ağlıyordu. Hıçkırıklarının arasından da fısıltıları geçiyordu.

"Buradayım, buradayım, buradayım..."

Korkuyu Beklerken'deki öyküleri anlatması istense, beceremezdi. Ne adlarını sayabilir ne de konularını sıralayabilirdi. Çünkü ne o kadar kelime vardı zihninde, ne de o kelimeleri taşıyacak düşünceleri. Ama dediği gibi, ölene kadar oradaydı. Hatta öldükten sonra bile... Orada... Daima... Gökyüzü ya da başka boyutların görünmez bir katmanında, yan yana, iç içe, iyilik ve adı konmamış bir huzurla harçlanmış biçimde... Bilmekten öte hissetmekle gidilen bir yerde. Enstrümanların adı bilinmese de, hayatta ilk kez duyulan klasik müzikten sulanan gözlerin yağmur damlası olup ışığı yedi renge böldüğü bir yerde... Cehalet ve bilgeliğin hiçbir anlam ifade etmediği bir yerde... Oğuz Atay nerede duruyorsa, orada... Tutunamayıp nereye düştüyse orada... Belki de düşmeyip yerçekiminden muaf olduğunu fark ettiği anda... Tutunarak değil, uçuşarak gittiği yerde...

O gece, iki mezar arasında uyudu Derda. Menekşeleri okşaya okşaya...

Derda, Oğuz Atay'ın *Günlük*'ünü okuyordu.

"Bugünlerde umutsuzluk var..."

Üzülüyordu.

"Ne olursa olsun bana saygı göstermelerini istiyorum..."

Sinirleniyordu. "Tabii ki!" diyordu Derda. "Tabii ki saygı göstermeleri gerek!"

"İlerici, gerici her türlü akımların tekelini ellerinde tutan bir küçük yarı-aydın çetesi, yıllardır kendini yenileme gerçeğini duymadığı için, bugün artık yerini kaybetmemek için ancak bezirgân oyunlarıyla ayakta durmaya çalışmaktadır..."

Derda, kimden söz edildiğini anlamıyor ama daha çok sinirleniyordu.

"Bunlar çürüyen et, dökülen diş gibidirler..."

"Evet!" diyordu kendi kendine.

"Dünya kurudu..."

Yine "Evet!" diye bağırıyordu Derda.

"Bu sokakta da bir iki küçük mezarlık olsaydı, her gün işimize giderken ölülerle selamlaşsaydık..."

Gülüyordu. Oğuz Atay'la arasında var olduğuna inandığı görünmez bağ görünmeye başlıyordu.

"Neden yazdıklarımı anlamıyorlar, neden çevrede kimse yok..."

Yine sinirleniyordu. "Ben de anlamıyorum ama bak yanındayım" diyordu.

"Ahmaklar her ülkede var – yani her ülkenin edebiyatını bilenler arasında var. Yabancı kitapları kapışıyorlar. Benden haberleri bile yok. Ben de sözüm ona bu adamlardan kurulu bir okuyucu kalabalığı bekliyorum. Çok aptallık..."

Yine üzülüyordu Derda.

"Sanıyorum burada ben kendimi dışarıda bırakılmış hissediyorum..."

Derda, "Ben de" diyordu içinden.

"Korkarım sonunda ben de teslim olacağım; bu daha acıklı olacak..."

Derda ağlıyordu... *Günlük*'ün son sayfalarındaki Oğuz Atay'ın farklı yaşlardaki fotoğraflarına bakarak döktüğü gözyaşlarını, yine o sayfalara yüzünü sürterek kurutuyordu. Derda, Oğuz Atay'a karıştığını hissediyor ve okumuş olduğu mutsuzluğu, hissedebileceği her yerinde hissediyordu.

En azından, Oğuz Atay'ın da kendisi kadar yalnız ve mutsuz olduğuna inanmıştı. 1977'den 1934'ü çıkarmak yarım saatini almış ve sonucun 43 olduğunu görünce, "Ne kadar gençmiş" diye düşünmüştü. Ve 43 yıldan fazla yaşamış bütün ölülerin mezar taşlarına garip bir kinle bakmıştı. Belki de, demişti kendi kendine. Belki de, bunların arasında, Oğuz Atay'ın sözünü ettiği o ahmaklar var. Gözüne kestirdiği birinin yaşını hesapladı ve "Yetmiş yıl yaşamış herif!" diye bağırdı. Sonra bir hesap daha yaptı ve "37 yıl daha fazla!" dedi. Başını kaldırıp gökyüzüne baktı. Orada her kimi görüyorsa, o da anladı. Derda'yı ne kadar hayal kırıklığına uğrattığını. Kim bilir kaçıncı kez?

Karanlık evin içinde üç kitabı üst üste koymuş ve başına yastık yapmıştı. Koyu gri tavana bakarken, "Daha fazla!" diyordu kendi kendine. "Daha çok şey öğrenmeliyim. Her şeyi! Onun hakkındaki her şeyi öğrenmeliyim!"

Neden 43 yaşında ölmüştü? *Günlük*'te bir hastalıktan söz

ediliyordu. Gidilen hastanelerden. Bir ameliyattan. Annesi gibi ölmüş olamazdı. Hayır! Oğuz Atay, başka türlü kapatmış olmalıydı gözlerini. İnsanlara baka baka ölmüş olmalıydı. İnsanların gözlerinin içine baka baka... Ama nasıl emin olabilirdi? Kime sorabilirdi? Tabii ki Saruhan'a...

"Şimdi, mesela, bir yazarın hayatını öğrenmek istiyorsan ne yapman lazım?"

"Biyografiler var" dedi Saruhan.

"Nerede?"

"Nerede olacak, kitapçılarda!"

"Bu biyografi dediğin de kitap mı?"

"Derda, git başımdan Allah aşkına, zaten şu manyağın saatlerinden kafam şişti!"

Yine kitapçıya girmişti Derda. Üst geçidin ayağına beş adım mesafedekine. Yine aynı kadın çıkmıştı karşısına. Bu kez gülümsemişti. Ne de olsa Derda, artık iyi bir müşteriydi.

"Nasıl yardımcı olabilirim?"

"Bir... Bir dakika!" deyip cebinden bir kâğıt çıkardı. Daha doğrusu, bir koli kapağının avuç kadar köşesini. Saruhan'a yazdırmıştı. Kadına gösterdi.

"Biyografi... Tamam, ama kimin?"

Derda, kendi adı gibi söyledi:

"Oğuz Atay."

"Bir bakayım" dedi kadın. Sonra da kasadaki bilgisayarın başına geçti. Birkaç tuşa bastıktan sonra başını kaldırıp Derda'ya baktı.

"Evet, bir tane var."

Derda'nın yanından geçip raflara bakarak yürüdü. Sağ elinin parmaklarını kitap sırtlarına sürte sürte giderken birini yakaladı ve çekti. Sonra da, peşinden gelmiş olan Derda'ya uzattı. Kalın bir kitaptı. Kalınların pahalı olduğunu öğrenmişti Derda. Cebindeki paranın yetmeyeceğini de biliyordu. Bir çocuk gibi sordu.

"Okuyup geri getirsem?"

Kadın güldü. "Olur mu öyle şey?" dedi. Sonra da bağırdı: "Nereye gidiyorsun? Dur!"

Derda, dört uzun adımda kitapçıdan çıkmış ve caddedeki kalabalığın deliklerinden geçerek koşmaya başlamıştı. Kadının kendisini yakalayamayacağını biliyordu ama yine de yavaşlamadı. Sadece Saruhan gördü, Derda'nın kaldırımda iri bir kedi gibi kaçtığını. O sırada üst geçidin tırabzanına dirseklerini dayamış sigara içiyordu. İnsanlara çarpmadan, çocuksu bir çeviklikle aralarından geçip kalabalıkta kaybolmasını izledi. Sonra da, kitapçının önüne çıkmış ve şaşkınlıkla çevresine bakan kadını gördü.

"Bu oğlan da deli!" diye fısıldadı kendi kendine. Başını çevirip saatçiye baktı. Yanındaki koliden çıkardığı saatlerin alarmlarını teker teker kuruyor, sonra da önündeki tezgâha diziyordu. "Hey Allahım!" deyip başını salladı Saruhan. Adamın gözünden kaçmadı.

"Ne var? Bir şey mi var?"

"Yok bir şey, yok! Hayırlı işler, dedim."

Saruhan, montunun cebinden sarkan kulaklıkları kulaklarına yerleştirdi ve hayatın sesini Slayer'la kesti. "Raining Blood" marka bir bıçakla.

Mezarlığın kapısından girecekti ki bir ses duydu.

"Nereye?"

Üzerinde lacivert üniformasıyla, genç bir güvenlikçi duruyordu Yasin'in kulübesinin kapısında.

"Ne demek nereye?" dedi Derda.

"Nereye gidiyorsun?"

"Eve!"

"Yok artık öyle, buradan geçip eve gitmek. Yasak!"

Derda, genç güvenlikçinin yüzüne birkaç saniye boyunca baktı. Sessizce. Sonra konuştu.

"Yasin abi nerede?"

"Bilmiyorum ben Yasin abi falan."

Birkaç haftadır mezarlık kapısından geçmediği için Derda'nın haberi olmamıştı. Oysa yirmi dört yıldır mezarlık bekçisi olan Yasin'in işine son verilmiş ve o da bağlamasını alıp gitmişti. Derda'nın bilmediği bir şey daha vardı. O da Yasin'in ilk kez bir şey yaparken pişman olmadığıydı. Her şey, ölülerin başını beklemekten iyidir, diye düşünmüştü. Sonra da köyüne dönmüş ve yaşlı annesiyle kucaklaşmıştı. "Ne yaptın oğlum bunca yıl?" diye sormuştu kadın. O da "Hiç" demişti. "Durdum öyle."

"Peki, şimdi ne yapacaksın?"

"Yoruldum durmaktan, bir şeyler yapacağım işte."

"İyi de ne?"

"Daha yeni geldim be ana, pişman etme adamı!"

Yasin, hiçbir şey yapmayacak ve durmaya devam edecekti. Ölene kadar. Sonra biraz da orada duracaktı. Toprağın altında. Sonra da yok olup gidecekti. Hiç gelmemiş gibi. Dünya üzerindeki bütün insanlardan farklı olarak. Çünkü bütün insanlar bir şeyler yapmış, yapıyor ve yapacaktı. Hatta öldükten sonra bile. Bazıları cennete gidecek, bazıları doğaya karışacak, bazıları da yeniden doğacaktı. Kimse Yasin kadar yok olup gitmeyi göze alamıyordu. Kimse, bir iz bırakmadan kaybolmaya cesaret edemiyordu. Dünyadan gelip geçtiklerine birilerinin tanıklık etmesi şarttı. Varlıklarını süslemek için. Yasin hariç, herkesin, içine gömüldüğü bir piramidi vardı. Öyle ya da böyle, herkesin bir ölümsüzlük planı vardı. Ama Yasin fazla ölü görmüştü. Hayatı boyunca bir savaş alanında yaşamış gibi. Dünya üzerinde hayatta kalan son insan kadar ölü görmüştü. Belki de bu yüzden yok olup gitmekten korkmuyordu. Var olmaktan yeterince korktuğu için...

Mezarlığın yeni yükselmiş duvarlarının etrafında koşup evinin önüne geldiğinde, kapıyı açıp girmektense yürümeye devam etti. Evin köşesini dönüp ağaç dallarından sıyrıla sıyrıla geçti ve tahmin ettiği gibi, duvardaki deliğin kapanmış olduğunu gördü. Oysa daha o sabah delikten iki kez geçmişti. Çıkmak ve girmek için. Ama artık, karşısındaki duvar eksiksizdi. Oğuz Atay'la arasına beton dökmüşlerdi. Olduğu yerde dönüp ağaçlara doğru adım attı. Yüzünü elindeki kitapla dallardan korurken bir sonraki sabah ne yapacağını düşündü. Duvarlar yükselmekle kalmamış, bir de üzerlerine dikenli teller çekilmişti. Atlayıp geçmek de mümkün değildi artık. "Bir daha delerim" dedi, cebinden anahtarı çıkarırken. "Gerekirse evin duvarını delerim!"

Kapıyı açtı ve yer yatağında beyaz fanilalı bir adam gördü. Beyaz faniladan başka, üzerinde hiçbir şey olmayan, beyaz saçlı, kırışık enseli, zayıf bir adam. Ayak parmakları ve şınav çeker gibi yeri avuçladığı iki elinin üzerinde yükselip alçalan bir adam. İki yanında da incecik bacaklar gördü. Küçücük ayaklar. Topukları yerden iki karış yukarıda. İkisi de bağırıyordu. Biri acıdan, diğeri zevkten. Bu yüzden duymamışlardı kapının açıldığını. Ne zaman ki Derda cam kıracak kadar bağırdı, o zaman ayrıldılar birbirlerinden. Savrulmuş iki tahta parçası gibi. Biri eliyle örttü kendini, diğeri çarşafla.

"Ne oluyor lan burada?" demişti Derda.

"Derda, ben baban!" demişti adam.

"Ne bağırıyorsun be!" demişti küçük kız.

"Süreyya?" demişti Derda.

Süreyya'nın avucuna para sayan babasını izledi sessizce. Evin tek sandalyesine oturmuş, tek masasına dayamıştı dirseğini. Dirseğinin biraz ötesindeki Oğuz Atay'ın kitaplarına çevirdi bakışlarını. Utandı. Oğuz Atay'dan. Bütün olanlar ve oradakiler adına. Daha fazla bakamadı. Anlaştığı miktarı avucunda görünce elini kapatan Süreyya'nın şımarıkça açılan ağzıyla göz göze geldi.

"İnsan öyle öküz gibi girer mi?"

Derda yanıt vermedi ve kız çıkıp gitti. Beyaz saçlı adam, fanilasının altına geçirdiği pantolonun fermuarını çekip düğmesini iliklemeden oğluna doğru yürüdü. Kollarını açarak. Üstelik gülüyordu.

"Oğlum benim! Aslanım!"

Üzerine gelen iki eli de itti Derda. Aynı anda. Babası bir adım geri attı. Yüzü ekşidi ve bağırdı.

"Ulan hayvan, bunca yıl sonra böyle mi karşılayacaksın babanı? Ne var yani eve karı attıysak? Hem belli ki sen de tanıyorsun kızı."

Birden sakinleşip güldü.

"Ulan yoksa manitan mı? Ha? Bak, doğruyu söyle! Onun için mi bozuldun? Tamam ulan, bir daha dokunmayız! Kalk ayağa, kalk! Gel de şöyle bir sarılayım sana."

Derda'yı dirseklerinden tutup çekti ve "Oğlum!" diyerek sarıldı. Ama oğlunun elleri, birer el cesedi gibi iki yanından sallandı. Sonra adam kendini geri çekip iki omzundan yakaladı çocuğunu.

"Dur, bir sana bakayım! Kocaman herif olmuşsun. Ulan, eşek kadar olmuşsun! Aferin lan sana!"

Bir yandan da tek eliyle yavaşça tokat atıyordu Derda'nın yanağına. Her tokatta yüzü hafifçe titreyen Derda'nın ağzı açıldı.

"Annem öldü."

Adamın tokat eli havada kaldı.

"Öldü mü? Hani köye gitmişti? Öyle dedi o kız bana."

"Ben öyle söyledim" dedi Derda. "Köye gitti, dedim. Ama öldü. Beş sene önce. Sonra da kestim."

Adam, tek elindeki omzu bırakıp bir adım geri attı.

"Neyi?"

"Annemi. Sonra da gömdüm."

"Ne diyorsun oğlum sen?"

"Beni yurda vermesinler diye annemi kestim, gömdüm. Öldüğünü kimse bilmesin diye."

"Ne diyorsun lan?"

"Hiç de düşündüğüm gibi değilmişsin, biliyor musun?"

"Oğlum, doğru söyle, nerede anan?"

"Daha on üç yaşında o kız."

"Bak Derda, alırım paçanı aşağı! Adam gibi konuş, anan nerede? Ne yaptın lan kadına?"

"Nasıl bari, iyi sikişiyor mu?"

"Senin amına koyarım!" dediği anda, Derda'nın yumruğu babasının daha kapanmamış ağzına gömüldü. Parmaklarına babasının dişlerinin saplandığını hisseden Derda, yumruğunu derhal çekip aynı hızla yeniden savurdu. Bu kez, yumruğun düştüğü yerde babasının burnu duruyordu. Kaç yerinden kırıldı, bilinmez ama beyaz saçlı adamın yüzü kan kustu. Geriye doğru adımlar atmaya çalışırken yer yatağına takılıp düştü. Derda, tek dizinin üstüne çöküp tek eliyle saçından yakaladığı babasının yüzüne son bir yumruk sapladı ve her şey durdu. Ne korunmak için kaldırılan eller kaldı, ne de dişleri kırıldıkça kararan ağızdan dökülen küfürler. Sessizlik.

Önce parmaklarını gevşetip aralarındaki saçları bıraktı Derda. Sonra sordu:

"Öldün mü? Ha? Öldün mü?"

Dinledi. Nefes alıp almadığını anlayamadığı babasının dudakları aralandı ve ne dediği anlaşılmasa da küfrettiği açıktı. Koltukaltlarından tutup babasını yatağa doğru çekti ve başının altına bir yastık koydu. Beyaz saçlı adam, biraz önce üzerinde binbir zevkle inip kalktığı yatakta, bir ceset gibi yatıyordu. Kesik de olsa nefesler alıp veren bir ceset gibi. Baba ve oğul göz göze geldiler. Bir şeyler hissetmeleri gerekirdi ama ikisinin de gözleri birbirini görmedi.

Beyaz saçlı adamın adı Celal'di. Gasp günlerinden kalma bir de lakabı vardı: Kene. Ama oğlunun mermi gibi savurduğu yumruklardan kaçmasına yetmemişti hiçbiri. Ne adı, ne lakabı, ne de cezaevindeki yılları. On bir yıldır içerideydi. On bir yıldır avucu kadın eti görmemişti. Bu yüzden, on bir yıllık anahtarını cebinden çıkarıp eve girerken gözü Süreyya'ya takılmıştı. İki ev uzakta, kapı önünde oturan Süreyya'ya. "Gelsene" demişti. Süreyya da gelmişti. Daha sormadan fiyatını söylemişti küçük kız. Annesinin öğrettiği ve bir yıldır yaptığı gibi. Mezarlık işi bittiğinden, Süreyya sektör değiştirmişti. Üstelik çok daha fazla kazanıyordu yeni işinde. Babasının da umurunda değildi. Çünkü günün hiçbir saatinde umurunda olabilecek kadar ayık değildi. Ayık olsa da fark eder miydi? Sonuçta, bir şalvar indirip çekmek şu kadar parayken, kim gidip de mendil satacaktı? Üstelik, semtin bütün erkekleri Süreyya'ya âşık değil miydi? Ellerinde çikolatalarla kapısına dikilmiyorlar mıydı? Celal'e de sormuştu Süreyya:

"Beni seviyor musun?"

"Tabii!" demişti Celal. "Senin gibi kız sevilmez mi?"

Süreyya da seviyordu erkekleri. Sadece Derda'dan nefret ediyordu. Çünkü sadece Derda, önünden geçerken başını çeviriyordu. Bir tek o, Süreyya'yı görmüyor ve en fazla bir "Merhaba!" deyip yürüyüp gidiyordu. "İbne mi bu?" diyordu arkasından yanındakilere. Yaşıtı iki stajyerine. Onlar gülerken Süreyya nefretle bakıyordu Derda'nın arkasından. Çünkü Derda'ya âşıktı ve o sokağın erkeklerinden Süreyya'yı çıplak görmeyen bir tek o kalmıştı. Onun için sevinmişti aslında, babasıyla kendisini bastığına. Hele bir de sonra, evden gelen küfürleri duyunca daha da keyiflenmişti. Kıskandı, diye düşünmüştü. Sonra da birkaç adım atıp kapılarını çalmıştı. Derda açtı.

"Ne var?"

Süreyya'nın sekiz yaşındaki haliyle, babasının altındaki hali, sırayla gözlerinin önünden geçiyordu.

"Bir sesler duydum da! Ne oluyor, bir bakayım, dedim."

"Sen ne zamandır yapıyorsun bu işi?"

"Hangi işi?" deyip güldü Süreyya. Derda'dan duymak istiyordu mesleğinin adını. Canı yansın diye. Belki de kendi canı yansın diye. Belki de dünya yansın diye. Ama söylemedi Derda. Konuşmadan bir daha sordu. Bakışlarıyla. Kızın gözlerinin içine sapladı soru işaretlerini.

"Sana ne?" dedi sonunda Süreyya. "Sana ne! Sevgilim misin sen?"

"Annen biliyor mu?"

Süreyya güldü.

"Sen çok aptalsın, biliyor musun?"

Derda ne diyeceğini bilemedi. Bildiği kelimelerin hiçbiri yetmedi. On üç yaşındaki kızın karşısında kendini öyle küçük hissetti ki, susmaktan başka bir şey yapamadı. Susup gülmesini izlemekten başka. Bütün insanların, herkesin, hatta o an yeni doğanların bile kötü olduklarını düşündü. Herkes, dedi içinden. Ama herkes! O kadar kötüler ki! O kadar kötüler ve o kadar iğrençler ki! Çocuklar, yaşlılar, sakatlar, hastalar, herkes!

"Nerede baban?" diye sordu küçük kız. Bir de başını uzatıp Derda'nın ardını görmeye çalıştı.

"Hepinizi geberteceğim!"

"Ha?"

Kapıyı öyle bir çarptı ki, kız iki adım geri gidip sendeledi. Bağırdı:

"Ne diyorsun lan sen manyak!"

Derda arkasını dönüp iki adım attı ve yerde yatan babasının yanında durdu. Tam olarak kanlı başının yanında. Sağ ayağını kaldırıp tabanını, Celal'in yüzüne bir karış mesafede tuttu. Eğer o an, Celal kendine gelip gözlerini açmış olsaydı, dünyasının, oğlunun tabanıyla kararmış olduğunu görebilirdi ama olmadı. Sadece inledi. Bir yıla denk düşen bir dakika boyunca, Derda babasının yüzünü çiğnemekle çiğnememek arasında gidip geldi. Son gidişinden merhametle döndü ve ayağını çekti. Masanın yanındaki sandalyeye oturdu ve çaldığı kitabı eline aldı. Kapağında, Oğuz Atay'ın bir karikatürü vardı. Dudaklarına yaklaştırıp fısıldadı:

"Onları affet."

Sonra da kitabı açıp okumaya başladı. "Dudaklarını oynatma" derdi Saruhan, eğer orada olsaydı. "İçinden okurken dudaklarını oynatmayacaksın!" Ama Derda kendine okumuyordu kitabı. Bütün dünyaya duyurmak için oynatıyordu dudaklarını ve fısıldıyordu okuduklarını. Okudukça da başını kaldırıp mezarlık duvarına bakıyor ve "Orospu çocukları!" diyordu.

"Hepinizi geberteceğim!"

Üç sayfa okudu ve kapıyı ardından çekmeden evi terk etti. Kitaplarıyla birlikte. Derda'nın çıktığını gören Süreyya ve annesi, kuduz köpek görmüş gibi yerden taş alıp uzaklaşmasını beklediler. Sonra da eve girip çığlıklar içinde Celal'in başına çöktüler. Ama adamın ölmemiş olduğunu görünce de seslerini derhal kestiler.

"Git, pamuk getir" dedi kadın. Süreyya da gitti. Ne de olsa artık Celal, bir zamanların gaspçısı değil, yeni bir müşteriydi. Üstelik cezaevinden çıkalı daha bir gün bile olmamıştı. Kim bilir kadına ne kadar susamıştı? Süreyya'nın annesi, önce Celal'in pantolon ceplerini yokladı, sonra da bir şey bulamayınca bağırdı. Açık kapıya doğru:

"Yetişin komşular!"

Tentürdiyotla oksijenli suyu da başkası getirsin diye düşünmüştü. Haklıydı. Pamuk yeterince pahalıydı.

"Nereye kayboldun oğlum? Akşam hep çocuklar taşıdı malları."

On bir yıldır, binlerce kez hayal ettiğim onu ilk görüşümde, babamın yüzünü kana batırıp evi terk ettim, diyemeyeceğine göre, "Kusura bakma Süleyman abi" demekle yetindi.

"Ne var, ne istiyorsun bu saatte?"

En azından, yatacak bir yeri kalmadığını söyleyebilirdi.

"Evden ayrıldım da. Burada..."

Kesti sözünü Süleyman. Kapı aralığından çekilip yol verirken "Geç" dedi. Ve Derda depoya girdi. Peşinden de bir soru geldi.

"Aç mısın?"

Derda sessiz kaldı. Yoksulluk dilinde anlamı evet'ti.

"Şurada biraz poğaça olacak. Otur da ye."

Süleyman, depoda kendine boş kolilerden bir dünya kurmuştu. Merkezine de geceyi sabaha düğümlemek için bir votka sofrası oturtmuştu. Başına geçip bıraktığı yerden kadehini ele aldı. Sonra da, iki eliyle sarıldığı poğaçanın kafasını dişleriyle koparan Derda'ya baktı. Bir nefes, bir de yudum çekti votkadan ve konuştu.

"Ne yapacaksın peki?"

Derda, taş çiğner gibi öğüttüğü bayat hamuru, yutkunup boğazından geçirdi ve "Biraz burada kalsam?" dedi.

"Ne kadar biraz?"

"Birkaç gün. Sonra da bulurum bir yer."

İnanmamıştı Süleyman. Önemsememişti de. Ne de olsa konuşacak biri çıkmıştı gecenin içinden. Derda'nın, kolunun altından çekip yanındaki kolinin üzerine koyduğu kitaplara baktı.

"Evladım, evden ayrılan adamın elinde bir çanta olur. Sen bu kitaplarla mı çıktın?"

"Evet" dedi Derda.

"Ne kitabı onlar?"

Oturduğu yerden görememişti. Görseydi tanırdı. Aralarında, yıllardır bastığı bir tane vardı. Adını Derda söyledi.

"*Korkuyu Beklerken* var, Oğuz Atay'ın..."

"Demek Oğuz Atay... Harcadılar o adamı da" dedi Süleyman.

Derda, kendi geçmişiyle ilgili bir sırrı öğrenecekmiş gibi sordu.

"Niye?"

"Ben o zamanlar örgüt işindeydim, anlıyor musun? Neyse, bir gün *Tutunamayanlar*'ı getirdi bizden bir çocuk. Bir baktık, böyle psikolojik falan. Siktir et, dedik. Biz, dedik, burada kelle koltukta memleket savaşı veriyoruz, herif gitmiş kafasına göre bir şey anlatmış, dedik. Bilemedik tabii... Meğer ne kafaymış o, biliyor musun? Gel de, iç şundan biraz. Isınırsın."

Derda, bir an için, Oğuz Atay'ın sözünü ettiği ahmakları hatırladı. Ama anlamadığı bir şey vardı. Sordu:

"Örgüt dedin de, ne örgütü o abi?"

"Sağ sol davası, oğlum. Dünyadan haberiniz yok ki, amına koyayım! Orada millet birbirini yiyor, kaldırımın hangisi senin, hangisi benim, diye adam bıçaklıyor, bu da gitmiş, kopuk kopuk mevzular anlatıyor, diyorduk, anlayacağın. Tersti bize yani. Sadece bize de değil, herkese tersti. Zamanına tersti, zamanına! Gel oğlum, durma orada. Al oradan kendine bir bardak."

Derda, musluğun yanından bir çay bardağı alıp Süleyman'ın

sofrasına yaklaştı. Adamın devirdiği şişenin ağzına denk getirip, votkanın dökülmesini izledi.

"Haydi bakalım" dedi Süleyman. Sonra da kadehini kaldırıp vurdu çay bardağına. Derda'nın yüzü ve boğazı ilk yudumda buruştu. Ama daha da buruşuk bir yeri vardı: Aklı.

"Sonra ne oldu?"

"Ne olacak? Yazdı bu yine öyle bir şeyler ama kimsenin umurunda olmadı. Sonra da öldü gitti zaten. Ne zamandı ya?" deyip tavana bakacaktı ki, Derda'nın yanıtıyla bakışları yükselemeden sabit kaldı.

"77! 1977!"

"Görüyor musun?" dedi Süleyman. "Nasıl da geçmiş zaman? Kaç yaşındaydım ben? 23 mü, 24 mü? Öyle bir şey, işte. Neyse, sonra girdik içeri tabii. Cezaevine. Orada yine çıktı karşıma. Ben de o zaman okudum, adam gibi. Okudum da anladım. Dedim, bu herifte bir iş var! Bak, hâlâ tam bilmem ama, bu herifte bir iş olduğunu bilirim, anlıyor musun? Bir defa adam dâhi gibi bir şey! Bir şey yazacaktı bu... Öyle derlerdi. Neydi ya?"

Derda biliyordu. Ölmeseydi Oğuz Atay'ın ne yazacağını. Hatta *Günlük*'ü okumuş olan herkes biliyordu.

"*Türkiye'nin Ruhu*!"

"Hah!" dedi Süleyman. "O işte! *Türkiye'nin Ruhu*! Adı bile güzel! Ama bak, sonra ne oldu? Türkiye'nin ruhu mu kaldı? Sattı Türkiye ruhunu! Hem de yıllar önce sattı. Hem de bir pezevenk gibi sattı! Anlayacağın, bir orospu parasına gitti memleketin ruhu! Oğlum, içsene!"

Yine her yeri buruştu Derda'nın. Votkadan yandı, uykudan söndü.

"Abi, ben yatsam?"

Süleyman, Derda'nın yatacağı yeri çenesiyle gösterdi.

"Çek onları şuraya, yat orada."

Çekilecek olanlar katlanmış boş kolilerdi, yatılacak yer de

üzerleriydi. Derda, denileni yaptı ve yattı. Gözlerini kapadığı anda Oğuz Atay'ın fotoğraflarını gördü. Harcadılar, kelimesi yankılandı iki kulağının arasında. Açtı gözlerini ve sordu.

"Süleyman abi, görsen tanır mısın?"

"Ne?"

"Hani harcadılar, dedin ya? Kimse onlar, görsen tanır mısın?"

"Yat lan aşağı!" dedi Süleyman. Sonra da güldü.

"Niye lan, ne yapacaksın?"

"Keseceğim abi hepsini" dedi Derda. Bir somun ekmekten söz eder gibi sakindi. Belki de bu yüzden, Süleyman ne diyeceğini bilemedi.

"Burada mı yatacak bu çocuk?" diye sordu İsrafil. Sonra da Derda'ya döndü.

"Burada mı yatacaksın?"

"İznin olursa, birkaç günlüğüne" dedi Derda.

"İyi" dedi İsrafil. "Kal. Birbirinize de mukayyet olursunuz." Sonra da Süleyman'ı gösterip ekledi. "Buna da fazla içirme." Süleyman'a baktı.

"Süleyman, aman ha! Bak, bir sen varsın bu işlerin başında. Yazık etme kendine, bak! Bir gün sızıp kalacaksın, yakacaksın buraları, o emzik gibi sigarayla."

"Tamam, tamam, sen işine bak" dedi Süleyman. Sonra da dönüp gitti. Makinelerin başına. İsrafil, elini Derda'nın omzuna atıp gülümsedi.

"Silahtan anlar mısın?"

"Yok abi" dedi Derda.

"Madem burada kalacaksın, o zaman geceleri, buralara sen bakacaksın. Bu Süleyman'ın kıçından donunu alsan haberi olmaz çünkü. Elinin altında da bir emanet olacak ki bir halta yara. Neyse, dur bakalım, ayarlarız bir şeyler. Abdullah gelmedi mi?"

"Gelmedi abi" diyecekti ki, deponun kapısına iki parmak indi ve Derda koşup sordu:

"Kimsin?"

"Remzi, Remzi!"

Derda, kilidi açıp demir kapıyı çekti. Gülüyordu Remzi.

"Ulan Derda, kırmışsın Celal amcanın kafasını! Oğlum, kaç yıldır görmüyorsun adamı! Ne atladın hemen üstüne?"

"Baban çıktı mı?" diye sordu İsrafil.

"Evet" demek zorunda kaldı Derda. Oysa ne babasından, ne de babasına attığı yumruklardan söz etmek istiyordu.

"Gözün aydın, diyeceğim ama pek yaramamış galiba!"

"Biraz kavga ettik de" dedi Derda. Neredeyse fısıldar gibi. Utanmıştı. Ama İsrafil'in tepkisi hiç de beklediği gibi gelmedi.

"Aferin!" dedi. "Erkek dediğin, önce babasıyla kavga edecek!" Ne düşündüyse düşündü ve ekledi:

"Delikanlı çocuksun lan Derda!" Sonra da Remzi'ye döndü:

"Haydi oyalanma sen de, git ustanın yanına."

Derda da Remzi'nin peşinden yürüyecekti ki, İsrafil kolundan tuttu.

"Paran var mı?"

Yoktu ama "Var" dedi. İsrafil cebinden çektiğini uzattı.

"Al bunu da, yanında bulunsun."

"Sağ ol abi" dedi Derda. Sonra da İsrafil'in çıkmak için yöneldiği kapıyı açtı. O sırada Abdullah, minibüsü merdivenin başına yaklaştırıyordu. Basamakları çıkarken Abdullah'ı gören İsrafil gülerek konuştu.

"Apo, dikkat et sen bu çocuğa! Baksana, herif babasını bile yıkmış!"

Abdullah, ağzından geldiğince sahte bir gülümsemeyle karşılık verdi. Sonra da İsrafil uzaklaşır uzaklaşmaz, "Derda, acele et, zaten geç kaldık!" diye söylenmeye başladı.

O gece, deponun kaçak matbaa dünyası yıkılıp da yerine kartondan bir kale inşa edilince, ilk iş votka sofrasını kurmak oldu. Bu kez tek kadeh vardı, şişenin yanında.

"İçmeyecek misin?" diye sordu Süleyman.

"Yok" dedi Derda. Elindeki kitabı gösterdi. "Okuyacağım biraz."

"Sen bilirsin."

Önceki geceden kursağında kalmıştı geçmişin masalları. Belki biraz daha anlatsa, o da uyuyabilirdi herkes gibi. Ama Derda'nın haberi yoktu ki Süleyman'ın hayaletlerinden. Nereden bilsin, diye düşündü, bir zamanların devrimcisi. Nereden bilsin çocuk? Hırsla devirdi kadehi ağzına. Her zamankinden daha hızlı sarhoş olmak için. Olacaktı da. Ama Derda girdi araya. Elindeki kitapta geçen birkaç adı sordu. Oğuz Atay hakkında dil bilemiş *Dünyayı Kurtaran Adamları* sordu. Bir zamanlar, kendilerine sosyalist diyen, başkalarının da toplumcu gerçekçi demesini isteyen birkaç ağzın sahibi hakkında sorular sordu. Öyle bir anlattı ki Süleyman, koca depo zamanda gidip geldi. Ne biliyorsa anlattı. Bilmediklerini de abarttı. Her adın peşinden gelen soru aynıydı:

"Hayatta mı?"

"Ne bileyim, ölmüştür herhalde" diyordu Süleyman. "Bak, yeni kitabı çıktı. Orada. Dün bastım" diyordu bazen de. Elinde bir kalem, işaretliyordu Derda. Önündeki kitabın sayfalarına çarpılar atıyordu. Oksijen alıp zehir vermeye devam eden adların yanlarına. Sonra birden Süleyman, Derda'nın çıkardığı hedef listesini fark etti.

"Ne yapıyorsun lan sen?"

Derda başını kaldırıp baktı ama sessiz kaldı. Ne kadar içerse içsin, Süleyman hatırlayanlardandı.

"Oğlum, manyak mısın sen? Sana ne elalemin adamından! Bir daha duymayayım öyle, keseceğim lafları falan!"

Derda başını eğdi ama bu kez konuştu.

"Sen demedin mi, harcadılar, diye?"

"İyi de" dedi Süleyman. Devam edecekti ki, Derda'nın ayaklandığını ve ağzını açtığını gördü.

"Burada ne yazıyor, biliyor musun? Bak, bütün bu kitapta

ne yazıyor? Bu adamı öldürmüşler! Oğuz Atay'ın beyninde tümör çıkmış ya? Sonra da gencecik yaşta ölüp gitmiş. İşte, o tümör denilen bok her neyse, bu söylediğin bütün herifler o tümör! Adam üzüntüden ölmüş! Anlamıyor musun hâlâ? Bak, yazıyor burada! Öyle kalkıp küfür falan da etmemişler. Ne yapmışlar, biliyor musun? Hiç! Hiçbir şey yapmamışlar! Böyle, sanki önlerinden köpek geçmiş gibi, dönüp de bakmamışlar bile! Onun için ölmüş bu adam. Kimse dönüp de bakmadı, diye. Yapılır mı lan bu? Sen söyle! Vicdanı olan bunu yapar mı, amına koyayım! Göz göre göre gitmiş adam!"

Ağlıyordu Derda. Bir çocuk gibi ağlıyordu. Çünkü hâlâ bir çocuktu. Hatta yeni doğmuştu. Bu yüzden, dünyası bir kundak kadardı. Bu yüzden, "Sakin ol oğlum, otur şuraya! Git bir yüzünü yıka! Ulan ben içtim, sen mi sarhoş oldun?" diyen Süleyman'ı duymuyordu. Çünkü Derda'nın, bir yeni doğan olarak gözleri açılmış, ama kulakları hâlâ tıkalıydı.

"Hepsini bulup teker teker sikeceğim!" dedi sonunda. Bunun üzerine Süleyman'ın sesi katılaştı.

"Adam gibi otur, kaldırma beni ayağa! Hap falan mı atıyorsun lan sen?"

Derda, dünyanın en ücra köşesindeki en el değmemiş ormanının en vahşi hayvanı gibi baktı Süleyman'a.

"Yok" dedi. "İyiyim ben! Hem de çok iyiyim!"

Sonra da bir daha konuşmadı. Kitabına gömdü kendini ve okuya okuya homurdandı. Başını sallaya sallaya. Elinin tersiyle gözyaşlarını sile sile. Yeminler ede ede. Bilene bilene...

Sabah olduğunda Süleyman öksürerek uyandı ve Derda'nın hâlâ okuduğunu gördü. Bir şeyler söylemek istedi, vazgeçti. Kendini hatırlamıştı. Hayatını. Devrimin dev günlerini. İşkenceleri, kavgaları, afişe çıkılan geceleri, yediği ve attığı bütün kazıkları... Ne öğrenmişti ki hayattan, ne öğretecekti Derda'ya? Siktir et, dedi içinden. Siktir et...

Süleyman ve Derda, bir haftanın bütün gecelerini, konuşmadan, yan yana oturarak geçirdi. Biri votka içti, diğeri okumaktan başka bir şey yapmadı. Sonra bir gün, Derda, sanayide bir dükkâna girdi ve çıktığında, elinde bir sprey boya vardı. "Siyah" demişti. Kalmadığını öğrenince de kırmızıya razı olmuştu. O gece Süleyman'a "Bir işim var" deyip çıktı. "Gelirken sigara al" dedi Süleyman.

Derda, yürüye yürüye, Saruhan'ın tezgâh kurduğu üstgeçidin altına vardı. Tam bir saatte. Remzi'den aldığı kaşkolu boynundan çıkarıp yüzüne sardı ve elindeki tüpü salladı. Satan adam öyle demişti. Beş adım atıp, kitap çaldığı kitapçının kapısının önünde durdu. Kaldırımın iki ucuna bakıp çevrede kimsenin olmadığından emin oldu ve bir O harfi çizdi. Kitapçının cam kapısının üzerine. Çünkü sadece orada kepenk yoktu.

Yazmayı bildiği sadece dört kelime vardı: Adı, soyadı ve Oğuz Atay. O harfini fazla büyük çizdiği için devamını getirecek yer kalmamıştı. Ne Oğuz ne de Atay yazacak yer vardı. Devamlarından vazgeçmiş, baş harflerine bile razıydı artık. Ama O harfinin yanında, bir A bile koyacak yer yoktu. Fazla heyecanlanmıştı Derda. Fazla acele etmişti.

Bir an önce karar vermesi gerekiyordu. O da karşısındaki tek boşluğu seçti, A harfi için. O'nun içine çizdi. Sonra iki adım geri atıp eserine baktı. O harfinin içinde bir A harfi.

Kıpkırmızı. Böylece başka insanlar için bambaşka bir anlamı olan işaret, Derda'nın Oğuz Atay imzası oldu.

O'nun içindeki A o kadar hoşuna gitmişti ki, bir süre gözlerini ayıramadı. Ama sonra caddenin sonunda mavi ve kırmızı ışıklar görünce ters yöne koşmaya başladı. Polise yakalanmamalıydı. En azından, henüz değil.

Oğuz Atay imzası için bir kitapçıyı seçmiş olmasının nedeni, Oğuz Atay'ın intikamını almak için saldıracağı bütün adların orada olduğuna inanmasıydı. Belki hiçbirinin adresini bilmiyordu ama hepsinin de kitapları orada olmalıydı. O kitapçının raflarında. Yan yana...

Yüzünde garip bir gülümsemeyle koştu. Caddeler geçti, kaldırımlar değiştirdi. Gülümsemesi kahkahalara dönüştü. Güldükçe hızlandı. Koştukça sokakları çınlattı. Sonunda Oğuz Atay için bir şey yapabilmişti! Belki artık mezarını temizleyemeyecekti ama en azından kitapçıların suratlarına imzasını atabilecekti. Önünden geçtiği dükkânlara bakmaya başladı. Tesadüfen iki kitapçı daha gördü ve elindeki tüpü yeniden salladı. Oysa koşarken yeterince sallanmıştı. İki O harfinin içine iki A daha çizdikten sonra karıştı geceye...

"Nerede kaldın lan?" diye sordu Süleyman.

Güldü Derda.

"Sigara bulacağım diye, iki saattir açık yer arıyorum."

Abdullah, Derda'nın elinde kitap olmadığını görünce rahatlayıp, "Yak!" dedi. Bir farklılık var çocukta, diye düşündü. Gülümseyerek bakıyordu çevresine. Hava soğuk olmasına rağmen camı açmış, sigaralı eli minibüsün kaportasına sürtüne sürtüne sallanıyordu. Üstgeçide geldiklerinde, kitapçının kapısında birikmiş üç kişi gördü. Biri, elinden Oğuz Atay'ın biyografisini çektiği kadındı. Minibüs üstgeçidin karşı ayağına yanaştığı için Derda'yı görmelerine imkân yoktu. Kapıdaki işarete bakıyor ve konuşuyorlardı. Elleri bellerinde. Kimin temizleyeceğine karar veriyor olmalılar, diye düşündü Derda. Belki de nasıl temizleneceğini konuşuyorlardı. Gülümseyerek çıktı üstgeçidin merdivenini. Elinde iki koliyle.

"Ne o?" dedi Saruhan. "Keyfin yerinde!"

"İyiyim, iyiyim" dedi Derda. Hatta, dönüşte, önünden geçerken saatçiye selam bile verdi. Alarmları yüzünden başını çevirip bakmazdı normalde. Ama o sabah, hiçbir şey normal değildi. Bir an önce gece olmasını istiyordu. Bir an önce yeniden kitapçı peşinde koşup Oğuz Atay imzası atmak istiyordu. Bütün kitapçılara, hepsine, belki de bütün sokakların bütün duvarlarına...

Bütün bunları düşünerek, basamakları ikişer ikişer inerken bir an için gördüğü şeye inanamadı. Bu yüzden, inanmak için durdu ve gözlerini saplaya saplaya baktı. Karşısındaki binanın duvarında simsiyah bir işaret vardı. O harfinin içinde bir A. Derda'nın işaretinden çok az farklı. A'nın sağı solu, içinde durduğu O'dan biraz taşmıştı. Ne düşüneceğini bilemedi. Kim, diyordu sadece. Kim yaptı bunu?

Abdullah'ın sesini duyana kadar hareketsiz kaldı. Gözleri işarette.

"Yahu gelsene, ne duruyorsun orada! Haydi in, daha bir sürü iş var!"

"Biliyordum" dedi Derda. Gülerek. Yumruklarını sıkarak ve basamakların üzerinden atlayarak.

"Biliyordum! Biliyordum!"

"Neyi lan?" dedi Abdullah, minibüsün önünden kendi kapısına doğru yürürken.

"Yok bir şey" dedi Derda. Sonra da minibüse binip kapıyı üzerine kapadı. Bu kez sigarayı o uzattı.

"Yak!"

"Eyvallah!" dedi Abdullah.

İlk nefesini aldıktan sonra başını koltuğa yaslayıp düşündü

Derda. Yalnız olmadığını. Hayatında ilk kez. Evet, diyordu içinden. Biri daha var! Belki de bir sürü! Benim gibi! Oğuz Atay'ın intikamını almak için sokaklardalar! Belki de her cadde köşesinde. Ah, diyordu. Keşke biriyle tanışabilsem! Bir yandan da inanamıyordu. Doğru imzayı atmış olduğuna. Doğru işareti bırakmış olduğuna. Demek ki böyle oluyor, diyordu. Demek ki insan hissedince eli doğruya gidiyor! Kırmızı ışıkta durduklarında önlerinden geçen yüzlere bakıyordu. Hangisi, diyordu. Hangisi olabilir? Belki de hepsi, deyip gülümsüyordu.

Birkaç gün önce, dünyadan gelmiş geçmiş bütün insanların kötü olduğunu düşünen Derda, bir anlığına da olsa, herkesin iyi olabileceği ihtimaline inanıyordu. Her insan ve oğlunun, Oğuz Atay'ı sevmiş olabileceğinin hayalini kuruyordu. Çünkü Derda'ya göre Oğuz Atay, iyi olan her şeydi. İyiliğe ilişkin her şey. Gözünün önüne, *Günlük*'ün sonundaki fotoğrafları geliyordu. Özellikle de sonuncusu. Oğuz Atay'ın, Derda'nın gözlerine baktığı fotoğraf. Kulaklarındaysa, kendi sesi vardı: Yalnız değilim...

Bu arada, Abdullah'ın anlattığı hiçbir şeyi de duymuyordu. Oysa trafiğin son yarım saatinde durmadan konuşmuştu. Sigarayı bırakmak zorunda olduğundan, geceleri kustuğu balgamlardan söz etmiş ve etmeye de devam ediyordu. Derda, Abdullah'ı o kadar duymuyordu ki, cebindeki paketten bir tane çıkarıp uzattı. Hem de büyük bir keyifle. Yalnız olmadığını kutlamak ister gibi. Bir doğum günü gibi. Söndüreceği mumlar olmadığı için sigara yakmak ister gibi.

"Yak bir tane daha!"

Abdullah, önce sigaraya, sonra da Derda'nın gülümseyen yüzüne baktı.

"Haklısın lan!" dedi, sigarayı alırken. "Öleceksek bundan ölelim!"

Belki de hayat, yanlış anlayınca güzeldi. Sadece yanlış anlayınca. Ama her şeyi...

Üç imza gecesi daha geçti. Gazete bayilerinin, kitapçıların, otobüs duraklarının camlarına ve nerede yalnız kalırsa, önüne çıkan ilk duvara çizdi Oğuz Atay'ın işaretini. Her işaret, bir mühürdü aslında. Derda, o üç gece boyunca, Oğuz Atay'ın mührünü bastı basabildiği her yere. Gündüzleri de, başkalarının bastığı mühürleri aramakla geçti. Abdullah'ın minibüsünün camlarından baka baka. Kendininkiler dışında dört işaret daha gördü. Dört hayal daha kurdu. Kim yapmıştır acaba, diye. Sanki gizli bir örgütün parçasıymış gibi hissediyordu kendini. O kadar gizli ki, örgüt üyeleri birbirini tanımıyordu. Örgütün adını düşünüyordu. Ne olabilir, diye. Sonra birden, Saruhan'ın okuttuğu çocuk kitaplarından biri geldi aklına. Adı, *Oğuz Türkleri*'ydi. Güldü Derda. Olabilir mi, diye düşündü. Birkaç saniye için. Sonra da umursamadı. Neyse ne, dedi. Önemli olan, yalnız olmamasıydı. Çünkü o güne kadar önemli olan tek şey, yalnız olmasıydı.

Dördüncü gün çalışmayacaktı. İsrafil, "Bugün işe çıkmak yok, ortalık biraz karışık" demişti. Sonradan Süleyman'a sorduğunda, "Oğlum, sadece biz mi yapıyoruz bu işi? Bir sürü iti kopuğu var!" yanıtını almıştı. Önünde, doldurulmayı bekleyen koca bir gün vardı ve Derda, eski arkadaşı İsa'yı uzun zamandır görmediğini hatırladı. Her ne kadar mezarlık semtine yaklaşmak istemese de... Babasından korktuğundan değil. Onu tamamen silmişti belleğinden. Ya da Derda öyle sanıyordu. İtebildiği kadar derinine itmişti, aklının. Belki de üstünde tepinmişti. Sonuçta unutmuştu. Mezarlık semtine yaklaşmak istememesinin nedeni başkaydı. Utanıyordu. Oğuz Atay'dan. Kim bilir kaç gündür mezarını temizleyememişti? Kim bilir ölü tozları nasıl da sarmıştı dört bir yanını? Ya menekşeler? Kim bilir onlara neler olmuştu? Hangileri ayakta kalmış, hangileri solmuştu?

Sonuçta, iki otobüs değiştirip, üç sokaktan geçip mermerciye girdi ve İsa'yı gördü. Mermer tozundan bir bulutun içinde. Fırıncılara benziyor, diye düşündü Derda. Bembeyaz yüzüyle.

"Derda! Neredesin lan? Ben de, diyorum, öldü mü kaldı mı bu herif?"

Sarıldılar. Mermer tozu Derda'ya bulaştı.

"Kusura bakma" dedi İsa. Sonra da tişörtünden sarkan çıplak kollarını tokatlamaya başladı. Tokatladıkça da, derisinin rengi koyulaştı. Özellikle de sol kolu. Beyazlık gittikçe, yerini dövmeler aldı. El yordamıyla yapılmış dövmeler. Dikiş iğneleriyle.

"Bu ne lan?" dedi Derda. Sonra da İsa'nın sol kolunu tutup baktı. Zorlukla da olsa okuyabildi:

"Ne doğan güne hükmüm geçer, ne halden anlayan bulunur... Bu ne oğlum?"

"Siktir et" dedi İsa, dövmelerine bakarken. "Kafam güzeldi, çizdim öyle."

Sonra birden başını kaldırıp sordu:

"Sen okumayı mı öğrendin?"

"Evet" dedi Derda.

"Aferin lan! Alırsın artık bir ilkokul diploması!"

"Yok lan" dedi Derda. "Ne yapacağım ilkokulu? Ben hâlâ üniversiteyi bekliyorum!"

Güldüler. Sonra Derda, yeniden İsa'nın kolunu tutup dövmelerine baktı.

"Acımadı mı?"

"Acımıştır herhalde ama diyorum ya, kafam iyiydi!"

Harflerin eğriliğinden belliydi. Hatta dirsekten bileğe indikçe küçülüyorlardı. Acemi bir tabelacı gibi, İsa da, Derda'nın Oğuz Atay imzasını icat ettiği gecedeki gibi, boş yer hesabını yanlış yapmıştı. Yazacaklarını sığdırabilmek için, yeri daraldıkça, küçültmüştü harfleri.

"Nasıl yaptın lan?" diye sordu Derda.

"İğneyle" dedi İsa. "Bildiğin iğneyle."

"Rengi nasıl verdin?"

"Bizim yağlı boyalar var ya? Hani şahideler için? Onlarla yaptım. Siyahla yapıyorsun, sonra da böyle mavi gibi oluyor. Neyse, anlat bakalım, sen ne yapıyorsun? Remzi anlattı biraz da. Geçen gün gördüm. Korsan kitap işinde mi ne çalışıyormuşsun?"

"Korsan mı?"

"Öyle diyorlar."

"Allah Allah!"

"Ulan Derda, hiç değişmemişsin! Hâlâ bir boktan haberin yok! Yaptığın işin adını bile bilmiyorsun! Neyse, dur."

İsa, atölyenin içlerine doğru bağırdı.

"Usta, ben bir gidip geliyorum."

Bağırdığı yönde sadece bir toz bulutu vardı. Gerisinde de iki maskeli adam. Ellerindeki hızarlarla mermer bir bloğu kesmeye çalışıyorlardı. İçlerinden biri durup boştaki elini kaldırdı. İsa, Derda'ya, "Haydi yürü" dedi. "Gidelim de iki kadeh bir şey içelim."

İsa, üzerine bir gömlek, bir de deri ceket geçirdi. Sonra da atölyeden çıkıp yürüdüler. Konuşmadan. Birbirlerine baktıkça güldüler. Yüz adım sonra, "Burası" dedi İsa. Derda, başını kaldırıp durdu.

"Burada" dedi, "bir nalbur yok muydu?"

"Öldü oğlum o herif" dedi İsa. "Oğlu birahane yaptı burayı. Gel!"

Böylece, yıllar sonra Derda, annesini parçalamak için vitrininin önünden balta çaldığı nalbura girmiş oldu. Ama ne çivi çekmeceleri ne de demir kovalar vardı çevrede. Her birinin ayağı sallanan dört masa ve tabureler karşıladı ikisini de. Bir de, nalburun sarhoş oğlu.

"Vay İsa, erkencisin!"

"Öyle be Mahmut. Bak, bu benim çok eski arkadaşım. Çocukluktan."

Oysa hâlâ çocuktu. İkisi de. Derda, Mahmut'un uzanan elini sıkıp başını salladı. Dördüncü masanın etrafındaki taburelere oturdular. Mahmut, girişteki daracık barın arkasından iki bira çıkarıp iki adımda getirdi ve koydu önlerine. Sonra da elini alnına vurup konuştu:

"Amına koyayım, sormadım ki ne içeceksiniz, diye!"

İsa güldü.

"Üzme sen canını. Bira tamamdır."

Sonra da Derda'ya baktı.

"İçeriz değil mi?"

"Olur" dedi Derda.

Mahmut uzaklaşıp barın arkasındaki tabureye oturdu ve elini tezgâhın altına uzatıp votkalı bardağını aldı. Üç kadeh kalktı, bir zamanlar nalbur olan ve tabelasında ÇİVİ yazan birahanede. Babasının anısına koymuştu bu adı Mahmut. Ve yine babasının anısına içiyordu. Her zamanki gibi. Kimseye söylemese de...

"Anlat bakalım" dedi İsa. "Ne bok yiyorsun oralarda? Gittin, bıraktın bizi."

"Yok lan!" dedi Derda. "Nereye bırakacağım? Babam çıktı. Girdik birbirimize, ben de çarptım kapıyı çıktım. Allahtan Remzi'nin orada iş bulmuştum da boşta kalmadım. Orada yatıyorum şimdi. Sen ne yapıyorsun?"

"Ne yapayım, amına koyayım! Eşek gibi çalışıyorum. Sonra da buraya gelip eşek gibi içiyorum!"

Önce biralarından bir yudum almak için sustular, sonra da konuşacak başka bir şeyleri olmadığı için. Kim, neyi anlatabilirdi ki? Derda mı söz edecekti Oğuz Atay'dan? Yoksa İsa mı anlatacaktı, Derda'nın, bir zamanlar "Siktir et!" deyip kestiği hikâyenin devamını. Anlatmaya on bir yaşında başladığı ve hâlâ bitiremediği define hikâyesini. Oysa o hikâye yüzünden konuşmaya başlamıştı mermerle. O hikâye yüzünden kazımıştı derisini. Açtığı her et çukurunu doldurmuştu mezar taşı boyasıyla. Hep o hikâye yüzünden. Ama ne önemi vardı artık? Herkesin öyle bir hikâyesi yok muydu? Başlayıp da bitiremediği. Çünkü kimsenin dinlemediği... İçine atmak, diye bir şey varken, anlatmaya ne gerek vardı? İçine atıp sifonu çekmek varken. Alkolle dolu bir sifonu...

Daha istemeden geldi ikinci biralar. Hatta birincileri bitirmeden. Üçüncüler de öyle geldi. İkinci kadehleri boşaltmadan. Bir ara İsa, atölyeye, ustasıyla konuşmaya gitti. "Bugünlük affet" demeye. "Yarın, geceye kadar kalırım" deyip pazarlık yapmaya. Döndüğünde gülüyordu yüzü.

"Tamamdır, usta bir şey demedi!"

Güldüler ve üç kadeh daha kalktı ÇİVİ'de. Saatlerin akşama döküldüğü dakikalarda, kapı yedi kez açılıp yedi kez kapandı. Yedi mermerci daha geldi. Aralarında da İsa'nın ustası. Çırağından uzakta oturdu. Yüzünü daha fazla görmemek için. O da bıkmıştı her şeyden. En çok da evden. Evdeki karısından. Görmekten bıktığı yüzlerden uzakta oturup, görmekten bıktığı bir yüzü görebilecek kadar sarhoş olmaya gelmişti.

Bir ara İsa, "Mermere!" diye bağırarak kadeh kaldırdı. O sırada, ÇİVİ'deki her erkek içmekten başka bir şey düşünmediği için, şerefine kadeh kaldırdıkları şeyin bir taş olduğunu umursamayıp güldüler ve içkilerinden bir yudum aldılar. Bazıları da yudumdan öteye gidip bardağını boşalttı ve "Mahmut!" diye bağırdı. O da, en az müşterileri kadar sarhoş olduğu için, "Geliyorum" deyip attığı ilk adımda, tek ayağını eksik basıp düştü ve herkes güldü. En yakınındaki iki mermerci tutup kaldırdı Mahmut'u. Derda ve İsa, dört kadehtir konuşmayı bırakmış, ÇİVİ'yi izleyip gülüyorlardı. Bir de konuşulanları dinliyorlardı. Mermerci anılarını. Bir de en yaslı günlerde çatlayan mezar taşı hikâyelerini.

Sonra teker teker boşaldı tabureler. Geriye Mahmut'la iki çocuk kaldı. Derda, ancak o zaman konuşmaya başladı.

"Oğlum, Oğuz Atay diye bir adam var..."

"Kim o lan?" dedi İsa. "Akraban mı?"

"Yok ya..."

İçtiği litrelerce biradan sonra Derda'nın boğazında nefes geçecek yer kalmadığı için nefes nefeseydi. Anlatmaya çalışıyordu ama olmuyordu.

"Öyle değil oğlum! Adam..."

"Ne?" diyordu İsa. "Ne? Adam ne? Patronun mu?"

Gülüyordu Derda. Katıla katıla.

"Ne patronu ya?" diyordu. "Bak, ne diyorum? Oğuz!"

Sonra da sağ elinin işaret parmağıyla sol elinin parmaklarına vura vura, "O, Ğ, U, Z!" derken birden durdu.

"Anladık, Oğuz!" dedi İsa.

Derda, ilk kez görmüş gibi parmaklarına bakıyordu. Sanki bir şeyler hesaplamaya çalışıyordu. Birden başını kaldırıp İsa'ya baktı.

"Oluyor lan!" dedi.

"Ne bağırıyorsun, amına koyayım!"

"Oğlum, oluyor!"

"Ne oluyor ya?"

"Bak şimdi" deyip sol elinin işaret parmağıyla, sağ elinin serçe parmağından başlayarak, diğerlerine dokunmaya başladı. Bir yandan da "Bak, bak! O, Ğ, U, Z!" diyordu. Sonra da sağ elinin işaret parmağıyla, sol elinin parmaklarında gezdi ve "A, T, A, Y!" diye bağırdı. İsa, hiçbir şey anlamamıştı.

"Ne diyorsun oğlum, sıyırdın mı, ne yaptın?"

"İğne var mı lan, iğne?" diye bağırdı Derda.

"Ne iğnesi?" dedi İsa.

"Dövme için lan!"

"Siktir lan, sarhoşsun sen!" dedi İsa.

O sırada, Mahmut, elinde iki kadehle gelmişti, sallana sallana. Bira dolu bardakları masaya koyarken, ÇİVİ'nin sahibi dili döne döne konuştu.

"Çivi çiviyi söker!"

Markası çoktan eriyip gitmiş, içindeki kaset kadar eski bir kasetçaların patlamamış tek hoparlöründen yükselen ud sesi, tavandaki üç çıplak ampulü giydirip atölyenin tozuna karışıyordu. Sonra Münir Nurettin Selçuk'un sesi bindi udun üstüne. Binip de uçuşmaya başladı, "*Ne doğan güne hükmüm geçer*" diye. İsa, şarkıyı ilk kez ustasının kasetinden dinlemiş, sonra da ilk iki dizesinin kendisi için yazıldığına inanıp koluna kazımıştı. Ne şiirin şairi Cahit Sıtkı Tarancı'yı tanırdı ne de şarkının bestekârı Münir Nurettin Selçuk'u bilirdi. "Kaset" derdi o hepsine. "Usta, bıraksana o kaseti, ben dinleyim bu akşam." Yine dinliyordu. Ama bu kez Derda'ya da dinletiyordu.

"Acıyor oğlum!"

"Acıyacak tabii!" dedi İsa.

Bir yandan da, parmaklarının ucuyla tuttuğu iki iğneyi sobanın ateşinde kızdırıyordu. Sonra iğnelerin uçlarını, plastik bir tabağa bulanmış siyah boyaya batırdı ve taburesinde dönüp Derda'nın uzanan sol elini tuttu. İşaret parmağının sırtına dikiş makinesi hızında saplamaya başladı birbirine lastikle bağlanmış iğneleri. İki boyalı iğne ucu, deldikçe deriyi, kanla siyah birbirine karışıyordu. Arada bir de siliyordu parmağı İsa. Leş gibi bir bezle. Gittiği yolu görmek için. Sildikçe de bir A harfi çıkıyordu meydana.

Alnından bira terleri boşanan İsa'ya bakmaktansa, Derda, yumruk yaptığı sağ elini inceliyordu. Yumruğunun her parmağında bir harf vardı. Ve yumruğunda OĞUZ yazıyordu.

"Bitti" dedi İsa. Sonra da elinin tersiyle alnını silip ekledi: "Ama böyle olmuyor. Yumruk yap elini, iyice gerilsin deri."

Derda, önce, kanayan A harfine baktı, sonra da sol elini yumruk yapıp İsa'yla aralarındaki masanın üzerine bıraktı. Sıra T harfindeydi. İki büklüm oturup sarhoş gözlerini odaklamaya çalışmaktan, İsa'nın boynuyla sırtı ağrımıştı. Şöyle bir gerinip yüklendi yine masanın üstüne. Eline aldığı yumruğun orta parmağına batırmaya başladı boyalı iğneleri. Defalarca ve defalarca.

"Şimdi, en az üç gün yıkamayacaksın ellerini" dedi İsa. Bir yandan da Derda'nın iki yumruğunu tutmuş, eserine bakıyordu. Hayranlıkla.

"Yavaş yavaş kabuk tutacak. Sakın kendin yolma. Silikleşir sonra. Bırak, dökülsün."

"Sağ ol İsa" dedi Derda. "Bu iyiliğini hiç unutmayacağım."

"Siktir lan, ne iyiliği? Arada bir yüzünü göster, bir de bira ısmarla, yeter!"

Depoya sabah ezanıyla birlikte girdi. Yan yana. Girer girmez de Süleyman'la göz göze geldi. Hâlâ içiyordu. Votka sofrasında.

"İsrafil geldi, seni sordu."

Derda, sarhoşluğunu suskunluğuna gizlemeye çalışsa da konuşmak zorunda kaldı.

"Ne diyor?"

"Gece çıkmasın, otursun oturduğu yerde, diyor."

"Niye?"

"Basacaklarmış burayı, öyle dedi."

"Kim?"

"Kim olacak, Çöpçü Hanif diye bir pezevenk!"

Derda, kendini tutamayıp güldü.

"Anlamadım, adam çöpçü mü, pezevenk mi?"

"Sen gül daha" dedi Süleyman. "Herifler kapıya dayanınca göreceğim ben seni!"

Derda ciddileşmeye çalıştı ama tam da beceremedi. Gülümseyerek de olsa, sordu:

"Ne istiyorlar ki?"

Süleyman elindeki kadehi ağzına yuvarlarken, Derda da kolileri katlayıp kendine yatak hazırlıyordu.

"Burayı" dedi Süleyman.

Derda, başını çevirip gözleri kan çanağının dibi gibi duran adama baktı.

"Burayı mı?"

"Bunları işte" deyip kitapları gösterdi Süleyman. Sonra da makineleri. "Hepsini! Çok para var oğlum bu işte! Çok para olunca da belası da çok oluyor, anladın mı?"

Sonra birden sustu Süleyman. Başını eğmiş, gözleriyle bir şeyi takip ediyordu. Daha doğrusu, dört şeyi. Dört parmağı. Dört harfi. Oturduğu yerden tam göremediği için sordu.

"O ne lan?"

Derda, sağ elini kaldırıp önce kendi baktı dövmelerine. Sanki ilk kez görüyormuş gibi. Sonra da Süleyman'a çevirdi gözlerini.

"Bunlar mı? Harf işte, bir şey değil."

"Görüyoruz!" dedi Süleyman. "Görüyoruz da ne yazıyor?"

"Oğuz yazıyor." Sonra da sol yumruğunu kaldırıp gösterdi. "Bunda da Atay yazıyor."

Güldü Süleyman. "Ulan!" dedi. "Sen ne çeşit bir adamsın? Bir de İsrafil sana silah verecekti! Sen önce bizi vurursun oğlum!"

Derda'nın asılan yüzü karşısında ciddileşip devam etti.

"Hadi yat da biraz uyu. Gelirler şimdi."

Derda, iki saatlik uykusu boyunca, OĞUZ ve ATAY'la, önüne çıkan herkesi yumrukladı. Şimdilik rüyasında...

"Ne o, üşüdün mü?" diye sordu İsrafil. Derda'nın ellerindeki, kesik parmaklı siyah eldivenlere bakıyordu.

"Yok" dedi Derda. "Ellerim terliyor da, kutular kayıyor, onun için takıyorum."

Oysa dövmelerinin çektiği dikkat ve peşinden gelen sorulardan bunaldığı için takıyordu eldivenleri. Deponun yakınında kurulan pazardan almıştı.

"İyi" dedi İsrafil. "Gel benimle."

"Ama şimdi Abdullah abi gelecek" dedi Derda.

"Boş ver, halleder onlar, sen benimle gel" deyip depodan çıktı İsrafil. Derda da iki basamak gerisinden takip etti. Yirmi yıllık bir Mercedes'e binip caddeye çıktılar. Oradan da saplandıkları trafiğe bata çıka ilerlediler. İsrafil konuşmuyordu. Dolayısıyla Derda da. Ne zaman ki çevreyoluna girdiler, İsrafil'in damarlı sesi Derda'nın kulaklarında çatladı.

"Kaç yaşındaydın sen?"

"On yedi sayılır."

"Anan nerede?"

"Öldü."

"Babanı gördün mü bir daha?"

"Yok" dedi Derda.

"Şimdi, bak, ben senin abin sayılırım. Onun için sıkılma. Var mı bir ihtiyacın, bir şikâyetin?"

"Yok abi" dedi Derda. Bir yandan da, İstanbul'un o güne

kadar hiç görmediği yüzlerine bakıyordu. Cam yüzlü gökdelenlerine.

"O zaman Derda efendi, madem sen benden bir şey istemiyorsun, ben senden bir şey isteyeceğim, olur mu?"

Deri koltukta doğrulmuş olan Derda'nın gözleri ön camdan taşmıştı. Çünkü ilk kez Boğaz'ı görmüştü. Hayatında ilk kez. Üstelik, hep duyduğu ama hiç üstünden geçmediği köprüye doğru gidiyorlardı.

"Derda!" dedi İsrafil. "Olur mu, diyorum."

"Olur, olur" dedi çocuk. Hiçbir şey düşünmeden. İstanbul'un içinden, dalgalı bir ayna gibi geçen Boğaz'a bakarken.

"Bir herif var" dedi İsrafil. "Çöpçü Hanif diye bir pezevenk!"

İki eli de konsoldaydı Derda'nın. Sırtı dikilmiş, dudakları dişlerinden çekilmişti. Gözbebekleri gördükleriyle köşe kapmaca oynuyordu. Sağa baksa, soldakileri kaçırdığına üzülüyor, sola baksa yine pişman oluyordu. Aniden trafik, bir akordeon körüğü gibi açıldı ve Mercedes'in ön lastikleri Boğaziçi Köprüsü'ne değdi. O an kalbi öyle bir atmaya başladı ki, gürültüsü duyulmasın diye Derda ağzını kapadı. Denizin üzerinde beyaz adalar gördü. Beyaz gemiler. Sonra ufku gördü. O kadar güzeldi ki her şey! O kadar güzel görünüyordu ki gökyüzü! Yanında oturan İsrafil'e baktı. O da görsün istedi. Bir an için, ne kadar mutlu olduğunu ve ne kadar gülümsediğini. Ve o an duydu İsrafil'i. Masmavi denizin 64 metre üzerinde, bembeyaz bulutların kilometrelerce altında.

"İşte, o herifi vuracaksın, benim için."

Anlamadı Derda.

"Ne?" dedi. Yüzünde kalmış gülümsemeyle.

"O Hanif denilen herifi vuracaksın."

Bu kez anladı. Anladığı anda da köprü bitti ve İstanbul yeniden çirkinleşti. Derda da öyle.

"Emrin olur, abi!"

Güldü İsrafil. Bir de tokat indirdi Derda'nın dizine.

"Aferin lan!"

"Silahı ne zaman vereceksin?"

Yine güldü İsrafil.

"Ulan, acelen ne? Hele bir dur, gidiyoruz işte."

Derda, parmaklarının ucuyla, dövmelerine denk gelen yerleri okşadı. Eldivenlerinin üzerinden. Az kaldı, dedi içinden. Oğuz Atay'a.

"Zaten az kaldı" dedi İsrafil. Güldü Derda.

Karşılarındaki yamaca yayılmış bağ evine giden toprak yola girdiler ve önlerine demir parmaklıklı bir kapı çıkınca durdular. İsrafil, cebinden çıkardığı kumandayla bahçe kapısını açtı ve Mercedes içinden geçti. Önce havlamalarını duydu Derda, sonra cama yapışan salyalarını gördü. Yavaşlayan arabanın yanından koşup üzerine atlayan iki siyah köpek Derda'ya öldürecekmiş gibi bakarken, İsrafil, "Bunlar da benim çocuklarım" dedi. Durdukları anda da, İsrafil'in kapısına koştu köpekler. Sahiplerinin emrine girmek için öylesine sabırsızlanıyorlardı ki, başlarıyla birbirlerini itip öne geçmeye çalışıyorlardı.

Derda arabadan indi ve önce iki katlı eve, sonra da evin çift kanatlı kapısından çıkan, siyah takım elbiseli adama baktı.

"Geldik Tayyar abi!" diye bağırdı İsrafil. Bir yandan da köpeklerin başlarını eziyordu avuçlarıyla. Derda tanıyamamıştı Tayyar'ı. Çünkü ne bir cübbe vardı üzerinde, ne de yüzünü bir peçe gibi kapatan sakalı. Gözlerini oğlandan ayırmamış olan Tayyar ise baktığı yüzü bir yerlerden hatırladığını düşündü. Ama nereden? Acelesi yoktu. Elbet gelirdi aklına. Ne de olsa önlerinde iki gün vardı. Bağ evinde baş başa geçirecekleri iki gün. En yakınındaki insanın ufuktaki çevreyolundan saatte yüz kilometreyle geçtiği bağ evinde Derda'ya silah tutmayı öğreteceği iki gün...

“Bak, bu Derda” dedi İsrafil, oğlanı omuzlarından itip evin kapısına çıkan basamaklara doğru sürüklerken. “Kardeşim sayılır” diyordu bir yandan da. Tayyar'a göz kırparken. Cüssesi önünde durduğu kapının yarısını örten Tayyar'ın uzanan elini sıktı Derda.

Yine İsrafil konuştu.

“Bu da Tayyar abimiz.”

Tayyar, elindeki eli bırakmadı ve sessizce Derda'nın gözlerine baktı. Oğlan ne yapacağını bilemedi ama elini de çekemedi. Ne de olsa eli, sert ve kalın bir etle kaplanmış gibiydi. İsrafil çözdü birbirine kenetlenmiş donuk bakışları. İkisinin de omuzlarına ellerini koydu ve “Haydi içeri girelim” dedi.

Girdiler. Evin geniş salonunda iki kanepe, iki büyük sehpa, en az altı koltuk, iki ya da üç televizyon, yuvarlak bir yemek masası ve çevresinde sandalyeler vardı. İlk adımlarında, Derda'nın görebildikleri bu kadardı. Ne sayılardan emin olabiliyordu ne de salonun genişliğinden. Her eşyadan çok fazla varmış gibi görünüyordu. Yedekleriyle beraber duruyorlarmış gibi.

“Derda, sen otur, ben geliyorum” dedi İsrafil. Sonra da, salonun derinlerine yürüyüp yükseldi ve gözden kayboldu. Derda, ancak o zaman anlayabildi, ikinci kata çıkan merdivenin nerede olduğunu. İki basamak yükselip sonra da kaybolan İsrafil'i görünce.

O ana kadar konuşmamış olan Tayyar, "Otur bakalım" dedi.

Derda, gözlerini, İsrafil'i bıraktığı noktadan alıp Tayyar'ın gösterdiği koltuğa çevirdi ve iki adım atıp oturdu. Tayyar, ellerini ceplerine sokunca ceketinin etekleri sıyrıldı ve belindeki çift tabancanın çift kabzası göründü. Sordu:

"Nereden tanıyorum ben seni?"

"Beni mi? Bilmem" dedi Derda.

"Çemendağ'ı bilir misin?"

"Yok."

"Neyse, buluruz" deyip karşısındaki kanepeye oturdu. İki kanat gibi açtığı iki koluyla kanepeyi ensesinden yakaladı ve bir bacağını diğerinin üstüne attı. Bakışları demirden bir ağ gibi Derda'nın üzerindeydi.

"Babanın adı ne?"

"Celal" dedi Derda.

"Celal mi? Doğru, İsrafil söylemişti. İçeriden yeni çıkmış, değil mi?"

"Evet."

"Ben seni hatırlayacağım ama dur bakalım."

"Kaç yaşındasın?"

"On yedi" dedi Derda. Ay hesabı yapıp küsuratlı konuşmak istememişti. İlk gördüğü andan beri Tayyar'ın simsiyah bakışları, çift tabancası ve betonarme gibi duran cüssesi altında ezildiğini hissetmişti. Hatta bu yüzden, yanıtını verir vermez başını ve bakışlarını eğmişti. Demirden ağın ağırlığına dayanamadığından. Bir yandan da, Tayyar'ın kendisini nereden tanıyabileceğini düşünüyordu. Böyle bir adamı daha önce görmüş olsam kesin hatırlardım, diyordu içinden. Onun için duyamamıştı Tayyar'ın sorusunu. O sırada kendiyle konuştuğu için.

"Var mı?" dedi Tayyar. Bu kez sesini yükseltip.

Derda aniden başını kaldırıp "Ne var mı?" diye sordu.

"Haberin! Yapacağın işten haberin var mı, diyorum."

"Evet abi" dedi Derda. "Bir herif varmış..."

"Ne herifi?"

"Çöpçü Hanif diye bir adam."

"Ne yapacakmışsın onu?"

"Vuracakmışım."

"Sen benim polis olmadığımı nereden biliyorsun?" diye sordu Tayyar. Soru ağzından bir nehir gibi çıkmıştı. O kadar hızlı dökülmüştü ki Derda'nın yüzüne sıçramış, alnını terletmişti. Polis kelimesini duyduğu anda sorunun bitmesini beklemeden, Derda'nın şakakları sızlamaya başlamıştı bile. Ne diyeceğini bilemedi. Önce bakışları eğildi, sonra da, ayaklarının altındaki halının kalın tüylerinin arasına girmek ister gibi çöktü omuzları. Başı da omuzlarının altında kaldı.

"Sen böyle her sorana söylüyor musun adam vuracağını?"

Biraz daha gömüldü Derda.

"Peki, kimmiş bu herif, ne iş yaparmış?"

Derda'nın sesi dudaklarına kadar geldi ama kapalı ağzını geçemedi. Oysa sadece "Bilmiyorum" diyecekti.

"İşte böyle" dedi Tayyar. "Konuşma! Sadece dinle. Bir şey öğreneceksen dinleyerek öğrenirsin."

Bacağını diğerinin üzerinden çekip kollarını indirdi. Bir yumruğunu beline, diğerini de bir dizine dayadı.

"Şimdi bu Hanif, öyle bir herif ki, biz onu vurmasak, o bizi vuracak. Öyle sadece, beni de vurmayacak. İsrafil abini de vuracak. Seni de vuracak. Sizin o depoda kim varsa herkese sıkacak, anladın mı?" dedi.

Derda yanıt verip vermemekte tereddüt etti. Doğru olanı yapıp sadece başını salladı.

"Güzel! Sahilde oturur bu. Maltepe'de. İsrafil sana evini gösterecek. Önce adam gibi öğreneceksin evini barkını. Sonra da İsrafil sana, yürü, dediğinde, sabahtan gidip önünde bekleyeceksin. Biliyor musun oraları?"

Yine başını salladı ama bu kez sağdan sola. Tayyar, önündeki sehpaya doğru eğilip görünmez bir mürekkeple çizmeye başladı üzerine. Namlu kalınlığındaki işaret parmağıyla.

"Böyle bir sahil yolu var. Bir tarafında evler, bir tarafında deniz. Deniz kenarında da yürüyüş yolu var. Anladın mı?"

Çenesini indirip kaldırdığına göre anlamıştı.

"Hanif evden öğlene doğru çıkar ama sen sabahtan bekleyeceksin. Kapıdan çıkar, karşıya geçer, sonra da deniz kenarında yürüyüş yapar..."

Tayyar konuştukça, Derda da, karşısındaki adamı daha önce tanımış olabileceğini düşünmeye başlamıştı. Bu bir histi aslında. Yüzünden ya da cüssesinden çok, sesiyle ilgili bir his. Dinlediği sesi bir zamanlar duyduğuna emindi. Ama nerede duyduğunu bir türlü hatırlayamıyordu. Bu yüzden de olanca dikkatiyle dinliyordu Tayyar'ı. Dinlerken de gözlerine bakıyordu.

"Yanına da kimseyi almaz. Neyse, bunun evinin önünde bir trafik lambası var. Yolun karşısına da oradan geçer. Sen deniz tarafında bekleyeceksin."

Tayyar, bir an için oğlanın bakışlarının donuklaştığını hissetti ve denemek için sordu:

"Ne yapacakmışsın?"

"Deniz tarafında bekleyecekmişim."

"Aferin" dedi Tayyar.

Bu arada, Derda'nın arkasında bir çift ayak sesi doğdu ve gittikçe büyüdü. Gelen İsrafil'di. Derda'nın yanından geçerken, omzuna dokunup "İyi dinle Tayyar abini" dedi. Sonra da gidip çaprazdaki bir koltuğa oturdu. Tayyar devam etti:

"Sonra bu çıkacak, karşıya geçip senin oralara gelecek, sonra da yürümeye başlayacak. Sen de arkasında kalıp peşinden yürüyeceksin."

Birden İsrafil'e döndü Tayyar.

"Çocuğa eşofman, spor ayakkabı falan al. Böyle gezmesin oralarda, Hanif uyanmasın."

"Tamam" dedi İsrafil. "Hallederiz."

Tayyar yeniden Derda'ya baktı. Birden aklına gelmiş gibi, oturduğu yerde hafifçe dikilip belindeki tabancalardan birini çekti.

"Bunun içinde altı tane mermi var. Arkasından yaklaşıp altısını da sıkacaksın. İkisini başına, dördünü de iki kürek kemiğinin arasına. Anladın mı?"

"Anladım" dedi Derda. Boş bulunup. Oysa sessiz kalmaya kararlıydı. Üstelik ne küreği anlamıştı ne de kemiğini. Çünkü çekildiği andan itibaren, gözleri tabancaya yapışmıştı. Dolayısıyla da kulakları...

Bakışlarını ayıramadığı silah, Smith&Wesson marka, 38 kalibrelik, kısa namlulu bir tabanca değil, Derda'nın intikam makinesiydi. Onunla tamir edecekti geçmişi. Tayyar da fark etti Derda'nın hayale daldığını.

"Buraya bak" dedi. Sonra da tabancanın topunu açıp yuvalarındaki altı mermiyi döktü avucuna. Tek bilek hareketiyle yeniden soktu topu tabancanın iskeletine. Boş silahı uzattı Derda'ya.

"Al bunu."

Derda tabancayı aldı.

"Kalk şimdi."

Kalktı.

"İsrafil, sen de kalk."

İsrafil de kalktı.

"İsrafil, şöyle yürüyormuş gibi yap. Sen de kapının oradan takip et. Sonra da dediğim gibi iki kafasına, dördü de sırtına. Haydi bakayım!"

İsrafil ağır adımlarla yürümeye başladı geniş salonda. Derda da peşinden. Üç adım sonra tabancayı kaldırıp tetiği çekmeye başladı. Art arda.

"Olmaz öyle" dedi Tayyar. Sonra da ayağa kalktı. İsrafil'e "Sen dur" dedi. Ve eliyle, İsrafil'in sırtındaki bir bölgeyi gösterdi.

"Bak, iki kürek kemiği arası, burası. Daha aşağısı değil. Haydi, geçin şimdi, ikiniz de kapıya. Önce İsrafil yürüsün, sonra da sen. Bir daha yapın, bakayım."

İkisi de Tayyar'ın dediğini yaptı ve Derda üç adım atıp tabancayı kaldırdı. Parmağının ucundaki tetiği altı kez boşa düşürüp Tayyar'a baktı.

"Bu daha iyi oldu ama bir dahaki sefere daha dikkatli ol" dediği anda Derda, önce o mezarlık sabahını, sonra koşarken çarptığı adamı ve o adamın söylediği sözü hatırladı. "Bir dahaki sefere daha dikkatli ol" demişti o da. Sonra da simsiyah gözleriyle bakmıştı. Ve yine bakıyordu. Derda, inanmak istemedi ama inanmak zorunda kaldı. Çünkü her şey gerçekti. Tayyar denilen adam, yıllar boyunca korkusunu nefesinde hissettiği cübbeliydi. Yüzlerce damla belirdi bedeninde. Gözeneklerinden korkunun suyu olan ter boşandı. Midesinde patlayan bir kramp bütün bedenine yayıldı ve elindeki tabanca titredi.

Tayyar ayağa kalktı. O an, Derda, adamın her şeyi anladığını düşündü. Onu tanıdığını anladığını. Tayyar üzerine doğru gelirken, Derda kaçacak bir yer aradı ama bulamadı. Ne yürüdü, ne koştu ne de bağırdı. Sadece titredi ve korkuyu bekledi.

Tayyar, Derda'nın elindeki tabancayı namlusundan çekip "Gel" dedi. "Çıkalım. Birkaç atış yap da elin alışsın."

İsrafil, köpekleri ön bahçedeki kafese kapatmıştı. Silah sesi duyunca deliye döndüklerini iyi biliyordu. Üstelik Derda bir yabancıydı ve bir yabancının elinde tabanca görünce o eli koparmak için eğitilmişlerdi. Aslında bir eli bilekten koparana kadar ısırmayı öğrenmenin sadece eğitimle de ilgisi yoktu. Sahiplerinin sürdürdüğü hayata ayak uydurmuşlardı, hepsi bu. Benzerleri körlere kılavuzluk ederken, onlar göz çıkarmak için yanıp tutuşuyordu. Dünya üzerindeki yüz binlerce çocuk askerden farksız olarak, ön bahçedeki köpekler de seçmemişti hayatlarını. Sadece, içine doğdukları vahşetten daha vahşi olmak zorunda kalmışlardı. Boyları tüfekleri kadar olan çocuk askerlerle, dünyanın bütün bahçelerindeki bütün saldırı köpeklerinin arasındaki tek fark, aldıkları ödüllerdi. Aslında ödülleri de aynıydı. Ancak birine pişmiş, diğerine çiğ veriliyordu. Çocuklar çiğ et yiyemiyordu. Yiyebilselerdi, düşman çocuk askerlerin cesetlerini yerlerdi. Ve çok daha ucuza gelirlerdi!

Köpeklerin havlamalarını duymazdan gele gele, arka bahçeye geçtiler. İki yaşlı çınarın arasındaki, elli küreklik kum tepesine doğru yürüyüp beş adım mesafesinde durdular. Tayyar, cebinden çıkardığı mermileri tabancanın topundaki yuvalara yerleştirdi ve namlusundan tutup Derda'ya uzattı. İsrafil de iki adım uzakta, ağzındaki sigarayı rüzgâra rağmen yakmaya çalışıyordu. Kabzasından kavradığı tabancaya bakan Derda, Tayyar'ın sesini duydu.

"Şimdi, at bakalım şu kum tepesine. Elinin ayarını bir görelim."

Sonra da Tayyar'ın, İsrafil'in yanına doğru iki adım attığını gördü. Böylece ikisi de arkasında kalmış oldu. Kum tepesine dönüp baktı. Aralarında kimse kalmamıştı.

"Rahat ol" dedi Tayyar. "Bükme kolunu. Tetiği çekmeden önce de nefesini tut, anladın mı?"

Derda sessiz kalınca, bir daha sordu:

"Duydun mu?"

"Duydum" dedi Derda ve yavaşça kaldırdı kolunu. Kum tepesine doğru uzattı tabancayı.

"Bir adım öne git" dedi Tayyar. "Hanifle de aranda bu kadar mesafe olacak."

Derda, söyleneni yaptı ve derin mi derin bir nefes alıp içinde tuttu. Korkuyordu. Tereddüt ettiğini gören Tayyar bağırdı:

"Korkma, ateş et!"

Derda olduğu yerde dönüp tetiği çekti. Ne indirdi kolunu, ne de büktü. Üç mermi Tayyar'ın göğsünde toplandı, iki mermi de, kaçmaya çalışan İsrafil'in iki kürek kemiğinin arasında. Sonuncusu da bağ evinin arka duvarına saplandı.

Kıstığı gözlerini olabildiğince açtığında iki adamın da toprakta iki tümsek gibi yattığını gördü. Görür görmez de indirdi gözkapaklarını. Tayyar'dan ya da İsrafil'den bir ses bekledi. Ama bağ evinin bahçesi bir bağ kadar sessizdi. Köpekler bile susmuştu.

Derda, başını kaldırıp tuttuğu nefesi verdi. Gökyüzüne doğru. Bir yağmur damlası düştü sol yanağına. Biri de alnına geldi. "Rahat ol" demişti Tayyar. Dediği oldu. Yıllar sonra Derda, ilk kez rahat bir nefes alıp verdi. Korku boğazını yakmadan. İki cesedin iki adım uzağında ve toy bir yağmurun altında.

Önce tabancayı soktu beline. Sonra eldivenlerini çıkarıp attı yere. OĞUZ ve ATAY'ı gökyüzüne doğru kaldırdı. Görmeyen kalmasın diye!

Köpekler, sahipsiz kaldıklarını hissetmiş olacaklar ki, havlayarak ağlamaya başladılar. Ve gözlerini kan bürüdü. Çünkü çocuk askerler gibi, onların da gözyaşı yoktu.

Steven'ın, konsolosluktaki görevi bitip de İstanbul'u terk ettiği gün, Tayyar, Hıdır Arifi arayıp Gido Ağa'dan şüphelendiğini söylemişti. Tam olarak şöyle geçmişti konuşmaları:

"Gido arkamızdan bir işler çeviriyor. Geçenlerde bana geldi. İstanbul'daki işlerin başına adam arıyormuş. Buraları bilen biri. Baktım, ağzımı arıyor, ben de bakarız, dedim. Sonra da bizim ihaleleri sordu. Anladım ki, beni yanına çekecek, sonra da muhbirlik yaptıracak."

"Allahsız!"

"Allahsız ki ne Allahsız!"

"Ne yapacaksın peki?"

"Müsaade ver, gireyim emrine. Bakayım, neymiş dümeni?"

"İyi düşünmüşsün" demişti Hıdır Arif. "Ama babam bilmesin. Hele senin o herifin peşine gittiğini hiç duymasın."

"Sen içini ferah tut. Bulurum bir bahane. Allah affetsin, yurtdışındaki işlere bakmaya gidiyorum, derim."

Sonra da kapattığı telefonu yeniden açmıştı Tayyar. Bu kez Gido'yu aramak için.

"Buyur kardeşim Tayyar!"

"Estağfurullah abi. Abi, benim sana bir diyeceğim var."

"Söyle."

"Bu Hıdır Arif bana öyle bir kazık attı ki, arada babam olmasa sıkacağım gırtlağını! Ben de diyorum, bir mesele çıkmasın diye, bana İstanbul'da bir şeyler ayarlasan... Ben de bıraksam buraları."

"Ne demek Tayyar'ım, tabii! İyi düşünmüşsün!" demişti Gido Ağa.

En sonunda da Steven'ı aramıştı Tayyar. MI6'e verdiği hizmetlerin karşılığında sözünü aldığı, İngiltere'deki oturma izni hakkında konuşmak için. Steven da, "Merak etme. En kısa zamanda halledeceğiz" demişti. Ama o kısa zaman uzadıkça uzamıştı. O uzayan zaman içinde de Hikmetçilerden ayrılıp cübbe ve sakalından sıyrılan Tayyar, iki taraflı çalışan bir muhbir olarak Hıdır Arifi de, Gido Ağa'yı da idare etmişti. Ancak sonraları bocalamaya başlamıştı. Çünkü Hıdır Arifin de, Gido Ağa'nın da gözleri yüksekteydi ve o irtifada Tayyar'ın judoculuğu bir işe yaramıyordu. Nasıl Şıh Gazi kendine halef olarak iki oğlundan öz olanı seçmişse, diğerleri de Tayyar'dan yavaş yavaş vazgeçmişti. Yaşlı şıhın bir bildiği vardı demek ki. Belki de Tayyar'a "Bir daha ağlamayacaksın" dediğinde, "Ağlamayacaksın, çünkü sadece ağlatacaksın!" demek istemişti. Ağlatacak bir adamı da kimse istemiyordu çevresinde...

Aşiret ve tarikat tarafından dışlandıkça yasaların dışına kayan Tayyar, MI6'ten aldığı parayı, gözüne kestirdiği bütün suçlara yatırmıştı. Bunlardan biri de Derda'nın yükünü taşıdığı, korsan kitap basan matbaaydı. Uğruna, Çöpçü Hanifi öldürteceği yatırımı...

Nereden bilebilirdi Tayyar? Yıllar önce, en fazla yarım saat gördüğü bir çocuğun, binlerce gün sonra, yine bir yarım saat içinde kendini öldüreceğini.

Nereden bilebilirdi Derda? Tayyar'ı öldürerek, kendininki hariç, herkesin intikamını aldığını.

Nereden bilebilirdi İsrafil? Derda'yla Tayyar'ı asla yan yana getirmemesi gerektiğini.

Nereden bilebilirdi Çöpçü Hanif? Derda sayesinde hayatta kaldığını.

Nereden bilebilirdi insanoğlu? Varlığının sonuçlarını.

Hepsinin de yanıtı aynıydı: Hiçbir yerden...

Belki de bu sayede hayat devam ediyordu. Kimse, neye neden olduğunu önceden bilemediği için... Çünkü her davranışının zaman içindeki bütün sonuçlarına önceden tanıklık eden kişinin ilk tepkisi, büyük ihtimalle, durmak olurdu. Durmak ve durdurmak. Dehşet içinde. Hareket etme korkusundan kalbi durana kadar. Çünkü her hareketin nihai sonucu acıydı ve belki de, insanoğlu bunu bilse, hiç doğmazdı. Belki de daha kötüsü, bütün bunları bilse de doğmaya devam ederdi. Ne de olsa, insandı ve doğası gereği arsızdı. Doğmak için her şeyi yapardı. Gerekirse karnından çıktığı annesinin leşini doğumhanede bırakır, hatta dünyaya ikizine yapışık bile gelir, ama yine de doğardı...

Derda, artık on bir yaşında değildi. Bu yüzden, cesetleri taşımak için kesmek zorunda kalmadı. Hayli zorlansa da, önce Tayyar'ı, sonra da İsrafil'i kum tepesinin dibine kadar sürükleyebildi. İkisinin de karıştırılabilecek bütün ceplerine soktu parmaklarını. Bir deste para, bir tabanca, bir mermi kutusu ve evin anahtarıyla döndü parmakları. Kullanmayı bilseydi, Mercedes'inkini de sökerdi İsrafil'den, ama yapmadı.

Evin çevresinde attığı ikinci turda bulduğu kürekle başlarına dönüp, hızlanan yağmurun çamurlaştırdığı kumu üzerlerine yıktı. Birkaç dakika içinde, geride tek bir ölü kalmamıştı. Belki toprağın altına değil, ama yine de gömülmüşlerdi...

Eve girip kapıyı ardından kapadı. Yağmur durana kadar dışarı çıkmayacaktı. Önce geniş salonu geçti. Dip duvarın yanından çıkan dar merdivene ayak bastı. İkinci kata vardığında karşısına çıkan koridordan geçti ve eline gelen ilk kapı tokmağını çevirdi. Girdiği odada çift kişilik bir yatak ve başucunda büyük bir fotoğraf vardı. Siyah beyaz ve yaldız çerçeveli. Ayakta duran İsrafil, kucağında bir bebekle önündeki koltukta oturan kadının omuzlarından tutuyordu. Üçü de gülümsüyordu. Bebek bile. Derda, kaldırıma çıkar gibi yatağa çıktı ve bata çıka, fotoğrafa doğru yürüdü. Bebekle arasında burnu kadar mesafe kaldı ve ağlamaya başladı. Sağ elinin parmaklarını bebeğin üzerinde gezdirip "Özür dilerim" dedi. Ne de olsa İsrafil'i öldürmek için bir nedeni yoktu. Onu, savaş alanına yanlışlıkla girmiş birine benzetiyordu. Oysa İsrafil, Derda'ya adam vurdurup hapiste çürütmek için elinden geleni yapmıştı. Ama Derda'nın aklı Tayyar'la o kadar meşguldü ki, bunların hiçbirini düşünmüyordu... Parmaklarındaki OĞUZ'a bakıp "Sen de affet beni" dedi ve dizlerinin üstüne çöktü. Hıçkıra hıçkıra sarstı yatağı. Avuçlarını fotoğrafa dayaya dayaya ağladı. Dökecek gözyaşı kalmadığında da, öldürdüğü adamın yatağında bir çocuk gibi uyudu... Bir ateş gibi yükselmiş olan pişmanlığından, uyandığında eser yoktu.

Mutfaktaki buzluktan aldığı bütün donmuş etleri salona taşıyıp yere attı. Evin altını üstüne getirip ancak bulabildiği ip yumağıyla bahçeye çıktı. Açık bıraktığı kapı kapanmasın diye önüne bir sandalye çekti. Derda'yı görür görmez köpekler havlamaya başladı. Derda kafese yaklaşınca da sesleri iyice yükseldi ve sıçrayarak başlarını vurmaya başladılar çevrelerindeki tel örgülere.

Elindeki ipin ucunu, kafesin kapısındaki sürgünün demir çubuğuna bağlayan Derda, çok yavaş adımlarla geri geri yürüyerek, bahçeyi çevreleyen demir parmaklığın dibine geldi. İki eliyle tuttuğu ve zayıflamış olan yumağı yere bırakıp parmaklığa tırmandı. Üzerinden atlayıp bahçenin dışına ayak bastı. Eğilip, parmaklıkların arasından geçirdiği eliyle yumağı tutup çekti. İlkinde olmadı ama ikinci çekişinde sürgü açıldı ve köpekler tek hamlede kapıyı itip çıktılar. Çıkmalarıyla da Derda'ya doğru koşmaları bir oldu. Öldüreceklerdi yabancıyı. Parmaklıkların arasından burunlarını soktular, önünde zıpladılar ama Derda'ya ulaşamadılar. Yabancı, yarım metre uzaklarında duruyor ve gülümsüyordu. "Gidin" diyordu. "Eve gidin, yemek var orada." Sonra da arkasını dönüp yürüdü. Ufuktaki çevreyoluna doğru.

Karşılıklı üç şerit taşıyan yola ulaştığında hangi yöne

doğru gideceğini bilemedi. Mercedes'in ne taraftan geldiğini hatırlayınca sakinleşti ve yolun karşısına geçti. İstanbul'a dönecekti. Son bir işi kalmıştı. Bu hayatta yapacağı son bir iş. Sonrası umurunda değildi. Ama önce bir araba bulmalıydı. Bir kamyon da olurdu. Kırmızı bir tane durdu.

"Nereye?"

"İstanbul."

"Atla!"

Yaşlı bir şofördü.

"Ne yapıyorsun oğlum buralarda?" dedi. "İti var, uğursuzu var!"

Belli olmuyordu ki Derda'nın iki leşi olduğu. On yedinci yaşına ramak kalmış bir çocuktu sadece. Bir de biraz kokuyordu. Yıkanmaya fırsat bulamadığından. Önce yanıt vermedi, sonra birden sordu:

"Beyoğlu diye bir yer biliyor musun?"

Güldü yaşlı adam.

"Ben ne diyorum, sen ne diyorsun? Ne yapacaksın Beyoğlu'nda?"

"Babam bekliyor beni orada."

"Ne iş yapar, baban?"

"Yazar" dedi Derda.

"Adı ne, tanır mıyız?"

"Oğuz Atay."

"Bilemedim" dedi yaşlı adam.

Bir an için Derda, gömleğinin altındaki silahı çekip adamı vurmayı düşündü. Oğuz Atay'ı tanımadığı için. Sonra vazgeçti. Onun hatası değil ki, dedi içinden. Ona Oğuz Atay'ı anlatmayanların işi bu. Yaşlı adamı affetti ve "Öğrenirsin" dedi. "Yakında babamı tanırsın..."

Yine güldü yaşlı şoför.

"Öyle olsun bakalım."

Bir daha da konuşmadılar.

Kamyondan indiğinde, güneş İstanbul'dan çekilmek üzereydi. Yaşlı adam, Beyoğlu'na nasıl gideceğini tarif etmiş ancak bir işe yaramamıştı. Çünkü sözünü ettiği caddelerin ya da meydanların hiçbirini bilmiyordu Derda. Sadece Beyoğlu'nu biliyordu. Onun da sadece adını. Saruhan söylemişti. "Bu yazarların, çizerlerin hepsi orada! Hele bir meyhane var, meşhur! Neydi adı ya? Çolak mıydı, Çorak mıydı, öyle bir şey işte..."

Önünden geçen ilk taksiyi durdurdu ve "Beyoğlu" dedi.

Taksim Meydanı'na geldiklerinde "Burası" dedi şoför. Arabanın bütün camlarından dışarı bakan Derda, "Neresi?" diye sordu. Şoför derin bir nefes verip sakinleştirdi kendini, sonra da İstiklal Caddesi'ni gösterip "Buradan aşağı git, oralar komple Beyoğlu" dedi.

Derda, taksiden inip kalabalığa doğru yürüdü ve o an, İstanbul'da kaç kişinin yaşadığını düşündü. Yıllarını bayramdan bayrama dolan bir mezarlıkta geçirdiği için gürültü ve kalabalık dengesini sarsmıştı. Aslında Derda'nın dengesi sarsılacak yer arıyordu, Beyoğlu üstüne gelmişti. İnsanlar oluk oluk iki yanından geçiyor, İstiklal Caddesi'nin bütün ışıkları bir gözünden girip diğerinden çıkıyordu. Ne yürüdüğü yönün farkındaydı, ne de kaç kişinin ayağına bastığının. Sadece ilerliyordu. Eğer nereye gittiğini bilmeden yürümek, ilerlemekse...

Bir sokağın ağzında durup, caddeye saçılan salyalardan en yakınındakine sordu:

"Çolak diye bir yer arıyorum, biliyor musun? Meyhane."

Derda'nın yaşlarında bir oğlandı. Kendisini durdurmak için göğsüne yaslanmış olan ele, sonra da karşısındaki yüze baktı. Derda'nın yüzü, Beyoğlu'nda korkulması gereken yüzlere benziyordu. Korkmuştu oğlan da.

"Meyhane mi?" dedi.

"Çolak mı, Çorak mı ne, öyle bir şey."

"Valla bilmiyorum" dedi oğlan.

"Peki, Oğuz Atay'ı tanıyor musun?"

Şaşırmıştı çocuk. O kadar şaşırmıştı ki kekeledi.

"Ev... evet de..."

Neden sordun, diyecekti ki Derda çekip gitti. Biraz önce hayatını tek bir evet'le kurtardığını bilseydi, yine böyle gülümseyip başını sallayabilir miydi? Derda'nın arkasından en fazla on metre bakabildi. Sonrasında görünmez olmuştu çünkü. Karışmıştı insanlara. İnsanlar da Derda'ya...

Yedi kişiye daha sorup "Valla bilmiyorum" yanıtını aldıktan sonra başka bir sokağın lağım kokan ağzında, bir kestaneciye yaklaşıp aradığı meyhanenin olası adlarını söyledi ve "Çorak oranın adı. İn buradan aşağı, sağdan üçüncü sokağa gir" yanıtını aldı. Sonra da biraz kestane. Kabuklarını söke söke yürüdü. İnilecek sokaktan indi, girilecek sokağa saptı. Beş adım atmıştı ki, başının hizasında, kaldırıma taşmış bir tabela gördü. Işıklı bir tabela. Üzerinde ÇORAK yazıyordu. Elindeki kesekâğıdını buruşturup attı ve kapısından girdi.

Girer girmez, mavi kazağının yakasından kırmızı kravatının düğümü görünen bir garson yaklaştı.

"Buyur?"

Derda, sol eliyle garsonu göğsünden itip sağ eliyle belinden tabancayı çekti ve tavandaki antika avizenin yakınlarına iki el ateş etti. Tayyar'ın öğrettiği gibi. Kolunu bükmeden.

Namlu sesi tarihi meyhanede öyle bir yankılandı ki, insanlar bir an için, kendi attıkları çığlığı bile duyamadı. Masaların altına girmeye çalışırken birbirleriyle çarpışınca açıldı kulakları. Açılır açılmaz da Derda'yı duydular. Donup kalmış olan garsona bağırıyordu.

"Çek şu masaları, hepsi çıksın ortaya! Çabuk, amına koyayım!"

Garson, biraz önce ateşlenmiş namlunun sıcaklığını alnında hissedince geri geri yürüdü ve "Tamam abi, tamam!" dedi. Sonra da arkasını dönüp insanların altlarına ve arkalarına saklandığı masaları sağa sola çekmeye başladı.

"Kalkın ulan ayağa! Kalk!" diye bağırdı Derda.

"Suratınızı göreceğim! Hepinizin suratını göreceğim!"

Ve durduğu yerden seçebildiği kadarıyla genç bir adamla göz göze geldi. Masanın altından çıkmış olmasına rağmen hâlâ iki büklüm duruyordu. Ellerini kaldırmıştı. Başını sallıyordu. İki yana doğru. Yedi kadeh rakının sarhoş ettiği zihni iki mermiyle kendine gelmişti.

"Siktir git!" dedi Derda. "Yürü, çık, siktir git!"

Adam önce inanamadı. Sonra kendine doğrultulmuş tabancanın eşliğinde, ellerini indirmeden ve başını kaldırmadan Derda'nın yanından geçip kapıdan çıktı. Çıkar çıkmaz da, Derda, başka bir gençle göz göze geldi.

"Yürü, sen de git! Ne bakıyorsun lan suratıma? Siktir git!"

O da koşarak çıktı meyhaneden. Derda, masaların etrafında yürümeye başlamıştı ve her genç gördüğünü kovuyordu. "Siktirin lan!" diye diye. On iki erkek ve dokuz kadın, ağlamanın eşiğinde terk ettiler Çorak'ı. Geriye, tek bir masanın etrafındaki, yaşları altmışla yetmiş beş arasında değişen üç adam kalmıştı.

Derda üzerlerine yürüdü ve aralarındaki tek sakallıya sordu:

"Ne iş yapıyorsun sen?"

Sakallı "Bak oğlum" diyecekti ki, Derda bağırdı.

"Ne iş yapıyorsun, dedim!"

Sakallının yanındaki gözlüklü, "Neyse derdin, çözeriz, bak. Gazeteci o, anlat ona, ama yapma böyle!" dediği anda Derda güldü.

"Öyle mi?"

Elindeki tabancanın namlusunu yüzüne saplayacakmış gibi bakan Derda'nın gülümsediğini görünce, bir an için rahatlayan sakallı, "Tabii evladım, ben hallederim senin işini. Yeter ki anlat bana!" dedi.

"Onun da mı böyle silah çekmesi gerekiyordu, derdini dinlemeniz için?" diye bağırdı Derda.

Sakallıyla gözlüklü aynı anda "Kimin?" dediler.

"Adını söylesem, hatırlayacak mısınız, amına koyayım!"

O ana kadar hiç konuşmamış ve içlerindeki tek şişman olan, "Sen söyle, sen söyle, kimmiş o?" diye bağırdı.

Derda nefesini tuttu ve tabancanın namlusunu sakallıya çevirip tetiği çekti. Gazeteciyi ağzından vurmuştu. Adamın tam olarak, "Bir delilik yapma!" demek için açılmış olan ağzına girdi kurşun. Girmesiyle de ensesinden çıkıp ardındaki duvara saplanması bir oldu. Adam, dizleri kırılmış gibi olduğu yerde çökerken, gözlüklü masanın altına girmeye çalıştı. Ayakta sadece şişman olan kalmıştı. Derda'yla göz göze geldi ve sol gözünden vuruldu. İki eli kararmış gözüne gitti ve o yere yığılırken Derda eğilip masanın altındaki gözlüklüye ateş etti. Tabancadan çıkan kurşun, adamın kendini korumak için kaldırdığı avucunu delip katlanmış dizine saplandı.

Derda doğrulup bağırdı:

"Bugün Oğuz Atay için geberdiniz, orospu çocukları! Oğuz Atay için!"

Sonra da olduğu yerde dönüp sandalyeleri devire devire kapıya koştu. Çorak'ın önünde birikmiş olan insanları görünce tabancasını üzerlerine doğrultarak "Açılın! Açılın, amına koyayım!" diye bağırdı. İnsanlar kaçıştılar ve Derda, nereye gittiğini bilmeden koşmaya başladı. Polis sirenini duyduğunda, gördüğü ilk karanlık sokağa sapmıştı bile...

O gece, sabaha kadar koştu Derda. Yakalanmamış olması bir mucizeydi, çünkü İstanbul'daki her polis onun peşindeydi.

Tesadüfen girip çıktığı sokaklar, Saruhan'ın tezgâh kurduğu üst geçide kadar getirmişti Derda'yı. Sabahın ilk güneşinde, Empire State binasına tırmanan King Kong gibi çıktı basamakları ve saatçiyi gördü. Nedense erken gelmişti o gün. Göz göze geldikleri anda, saatçi başını sallayıp selam verdi. Sonra da bakışlarını eğip elindeki saatin alarmını kurdu.

Derda, Saruhan'ın tezgâh kurduğu noktaya gelip yere çöktü ve sırtını tırabzana dayayıp ayaklarını uzattı. Saatlerdir ilk kez duruyordu. Elini cebine götürdü. Sonra bir diğerine. Sigara arıyordu. Başını kaldırıp saatçiye bağırdı.

"Sigaran var mı?"

Saatçi, başını kaldırıp "Dur" dedi. Sonra da elindeki saati tezgâha koyup Derda'ya doğru yürüdü. Bir yandan da pardösüsünün cebine atmıştı elini. Bir sigara paketi çıkardı. Hâlâ yerde oturan Derda'ya iki adım kala da, diğer cebinden bir tabanca çekip oğlanın başına dayadı.

"Yat" dedi. Sakince. "Yat da biraz uyu" dermiş gibi.

Derda söz dinledi ve durduğu yerde yıkıldı.

Eşkâli kendinden önce İstanbul'un dört bir yanına gitmiş olan Derda, görev bölgesi üniversite çevresi olan sivil polis tarafından tutuklanırken bir daha sordu:

"Sigara verecektin hani?"

Polise verdiği ifadenin tamamına yakını, Derda daha savcının karşısına çıkmadan gazete ve televizyonlarda yayımlanmıştı. Çünkü öldürülen sakallı, ülkenin en ünlü gazetecilerinden biriydi. Diğerleriyse, yaralı olarak kaldırıldıkları hastanelerde hayatta kalmaya çalışan iki yazardı. İki roman yazarı. Şişman olanın ilgi çekici bir yanı yoktu ama gözlüklü bir ödül canavarıydı. Bu yüzden, herkes her ayrıntıyı öğrenmek istiyordu. Öncelikle ilk soru şuydu: Bu saldırının terörle bir ilgisi var mı?

Başlarda, Derda'nın ifadesi polislere o kadar saçma geldi ki, kesinlikle terörist olduğuna inandılar. Ancak verdiği ayrıntılar, parmaklarındaki dövmeler ve itiraflarındaki duruluk, yeni bir gelişme olana kadar söylediklerinin doğru kabul edilmesine neden oldu.

"Ben" demişti Derda, "Oğuz Atay için vurdum onları. Kim olduklarını bilmiyorum. Umurumda da değil. Ben vuracak yazar arıyordum. Ya da gazeteci. Onlar çıktı karşıma. Çektim, vurdum."

"Oğuz Atay da kim?" demişti, emekliliğine az kalmış bir polis. Derda, bileklerindeki kelepçelere rağmen ayaklanıp "Lan!" diye bağırmış, ancak arkasındaki iki polis omuzlarından tutup oturtunca susmuştu. Sonra da içlerinden biri, "Ne alakası var Oğuz Atay'la?" diye sormuştu.

"Oğuz Atay niye öldü, biliyor musunuz? Kahrından! Peki,

onu kim o hale getirdi? Kim üzdü? Onun zamanında onu umursamamış olan herkes. Bana inanmıyorsanız, gidin bütün kitaplarını okuyun. Sonra da gidin hayatını okuyun! Ben onun intikamını almak için vurdum o herifleri."

"Peki, pişman mısın?" diye sormuşlardı.

"Eğer, Oğuz Atay'la bir ilgileri yoksa pişman olabilirim." Sonra durup düşünmüştü Derda.

"Aslında, değilim, amına koyayım! Çünkü Oğuz Atay'ı bilip de, o zamanda yaşayıp da başına gelenleri görmezden gelen kim olmuşsa, hepsi suçlu! Onun için pişman falan değilim! Neye pişmanım, biliyor musunuz? O iki herifi öldü zannedip de oradan çıktığıma!"

"Senin ne ilgin var Oğuz Atay'la?" diye sorulunca da gülmüştü Derda.

"Ne demek, ne ilgin var? Biz Oğuz Türkleriyiz!"

Soruşturmanın bu noktadan sonrası aniden ilginçleşmişti. Yeni bir terör örgütü keşfetmiş olmanın heyecanıyla soruldu.

"Kim bu Oğuz Türkleri? Örgüt müsünüz siz? Kaç kişisiniz?"

"Bak, onu ben de bilmiyorum. Yani orada bir yerde olduklarını biliyorum ama kimler, kaç kişiler, haberim yok. Ama her yerde işaretlerini görüyorum."

"Ne işaretiymiş bu?" dendiğinde de, O'nun içindeki A'yı çizmişti bir kâğıda. Polislerden biri, "Ama bu..." diyecekti ki, diğeri kolunu tutup onu susturmuş ve sormuştu:

"Genç olanları çıkarmışsın meyhaneden. Niye?"

"Oğuz Atay 1977'de öldü. O çıkardıklarım daha doğmamıştı bile o zamanlar. Belki de daha çocuktu hepsi. Onun için çıkardım onları."

"Silahları nereden buldun?"

"Tayyar diye bir adamdan."

"O nerede?"

"Gömdüm bir yere ama neresi dersen, inan bilmiyorum.

Yani neresi biliyorum ama tarif edemem."

"Başka söyleyeceğin bir şey var mı?"

"Bir de İsrafil diye bir adamı vurdum. Aslında vurmayacaktım ama oradaydı işte. Sağ olsun, Boğaz Köprüsü'nden geçirmişti beni."

"Başka ne yaptın?"

"Ne yapayım, bir de babamı dövdüm. Ağzını burnunu kırdım!"

Savcı özel olarak ilgilenmişti Derda'yla. Polisteki ifadesini yineleyince, akıl sağlığının yerinde olup olmadığını anlamaya çalışmış ancak bunu tek başına yapamayacağını bildiğinden psikiyatri polikliniğine sevk etmişti. Oradaki diplomalılar heyeti ikiye bölünmüştü. Birileri, Derda'nın kendi yarattığı dünyada yaşayan tek canlı olduğunu düşünürken, diğerleri onun sıradan bir katil olduğuna karar vermişlerdi. Ancak bir süre sonra, Derda'nın annesini kaç parçaya böldüğünü ve bunu yaptığında kaç yaşında olduğunu öğrenince, heyetteki eğilim ikiden teke inmişti. Net bir tanı koymak için henüz erkendi, ancak Derda'nın da sağlıklı bir akla sahip olmadığı açıktı. Ne de olsa, sağlıklı akıl sahibi olanlar, kötülükler karşısında sessiz kalır ya da dava açarlardı. Gidip de insanlara ateş etmezlerdi!

Dava Çocuk Mahkemesi'nde görüldü ve her celsesi muhabirler tarafından kuşatıldı. Televizyon kanallarında Oğuz Atay'la ilgili belgeseller yayımlanırken, açık oturumlarda *Tutunamayanlar* tartışıldı. Psikiyatri polikliniğindeki bölünme, o tartışmalarda da yaşandı. Bazıları Oğuz Atay'a yaşarken büyük haksızlık yapıldığını, bazıları da kesinlikle böyle bir şey olmadığını ve ölümünün edebiyatıyla hiçbir ilgisi bulunmadığını anlattı. Kısa bir süre için de olsa, Oğuz Atay'dan o kadar söz edildi ki, kırmızı kamyonun yaşlı şoförü bile radyodan adını duyup, zamanında yoldan aldığı çocuğun

"Babam" dediği adamın kim olduğunu öğrendi.

Zaman içinde benzer tartışmaların yeterince ilgi görmediğini fark eden programcılar, konuyu Derda'nın geçmişine getirip, eğitimsizlik, mezarlıklarda çalışan çocuklar ve çocuk şiddeti üzerine konuşturdular konuklarını. Bir de, hiç ilgisi olmasa da madde bağımlılığı hakkında. Çünkü tiner ve tinerciler, kanal değiştirilmesini engelleyen sihirli kelimelerdi.

"Oğuz Atay gibi bir isimle böyle bir şiddet olayı nasıl yan yana gelebilir? İnanılacak gibi değil! Düşünün sokakların halini!" benzeri cümleler, kurulup kurulup yıkıldı. Ve Derda'nın korkunç bir yaratık olduğu üzerinde herkes hemfikir oldu. Özellikle de Süreyya ve Celal'in kameralar karşısındaki konuşmalarını dinledikten sonra. Ağlayarak anlattı Celal.

"Vurdu bana! Yıllar sonra gördüğüm tek oğlum beni neredeyse öldürecekti! Olmaz olsun öyle evlat! Buradan yetkililere sesleniyorum, karımın cenazesini bulsunlar, her gece rüyama giriyor!"

Sadece İsa, konuşmayı reddetti. Ne bir gazete ne de bir televizyon muhabirinin sorularını yanıtladı. O kadar ısrar etmelerine rağmen ağzından tek bir kelime bile alamadılar. Oysa belki de, ağzına mikrofon dayadıklarının arasında, anlatacağı bir hikâyesi olan tek kişiydi.

Taburcu olduklarında, şişman yazar tek gözünü, gözlüklü olan da dengesini kaybetmişti. Ölene kadar topallayacaktı. İkisi de acele etti. İki roman yazmak için. Birinin adı *Tek Kurşun*'du. Diğerininki *Çorak Hayat*. İkisinin de ilk sayfalarında şu yazıyordu: *Oğuz Atay'ın anısına*... Çünkü şişman da, gözlüklü de, konuşabildikleri andan itibaren Oğuz Atay'a ne kadar saygı duyduklarını anlatmış, ancak karşılarındakilerin yeterince ikna olmadığını düşünüp romanlarını ona ithaf etmişlerdi. Tabii ki *Çorak Hayat* ödül aldı. Zaten, romanın tanıtım kokteyli de Çorak'ta verilmişti... Şişman olan, yine aradığı ilgiyi bulamamıştı.

Ancak bütün bunların yanında, en dikkat çeken olay, sakallının cenazesi oldu. Hayatını, yazarak ve yazdıklarını okutarak kazanan kim varsa, bir araya gelmiş ve muhabirlerin mikrofonlarına ağlamaklı demeçler vermişlerdi. İçlerinden biri "O bir edebiyat şehidi" demiş, bunun üzerine de sakallının gazetesinin manşeti belli olmuştu:

"Binlerce insan edebiyat şehidi için yürüdü."

Hemen altında da Derda'nın fotoğrafı vardı. Mahkeme binasından çıkarken çekilmişti. İki polisin arasında. Kelepçeli yumruklarını yan yana getirip öne doğru uzatmıştı. OĞUZ ve ATAY'ın üzerinden bakmıştı objektife. Fotoğrafın yanında "Hukuk Skandalı" yazıyordu. Altında da "Caniye sadece yirmi dört yıl!"

Mahkeme süresince, akıl sağlığına ilişkin bilirkişi raporları hiçbir işe yaramamış ve ayağa kalkmış kamuoyunu yerine oturtmak için Derda'nın herhangi bir tedavi görmek yerine ıslahevine gitmesine karar verilmişti. On sekiz yaşına kadar. Sonra da gerçek bir cezaevine sevk edilecekti. Ancak yirmi dört yıllık ceza, kimseyi tatmin etmemişti. Üç kez ağırlaştırılmış müebbet alması beklenirken sadece müebbet almış, bu da 24 yıl sonra koşullu olarak salıverilebileceği anlamına gelmişti. Böyle bir ceza, derhal toplumsal bir histeriye neden olmuştu. Çünkü histerikler, tanesi 36 yıldan, üç ağırlaştırılmış müebbetle Derda'nın cezaevinde öleceğine emin olarak, huzur içinde evlerine dönmeyi hayal etmişlerdi. Ancak histeriklerin unuttuğu bir şey vardı: O da Derda'nın, cinayetleri on yedinci yaş gününden bir hafta önce işlemiş olduğu, dolayısıyla bir çocuk olarak yargılandığıydı. Belki bir hafta daha sabretmiş olsaydı, on yediyi zorlayıp işlenen suçların ağırlığından ötürü yetişkin gibi yargılanabilirdi ama hukuki takvim başka türlü işlemişti. Kimsenin işine gelmeyen bir türde.

Bir zamanlar çalıştığı gazete binasının önüne dikilmiş olan, sakallının heykelinin açılışında okunan bildiride şöyle deniyordu:

"Bu saldırı, ifade özgürlüğüne karşı yapılmıştır. Verilen cezanın sadece yirmi dört yıl olması, bu saldırıyı resmen onaylamaktır!"

Olayın üzerinden iki yıl geçmiş olduğu için, insanlar nasıl hatırlamak istiyorsa öyle anıyorlardı edebiyat şehitlerini. Kendini kaybetmiş bir çocuk tarafından değil de, çok, ama çok gizli bir örgüt tarafından öldürüldüğüne inanmak artık daha kolaydı. Ne de olsa itiraz edecek kimse yoktu. Sakallı, düşünceleri yüzünden öldürülmüştü, o kadar! Hatta belki de bu yüzden, heykeli kendisinden daha yakışıklıydı. İnsanlar öyle hatırlamak istediği için. Zaten her insanın, yaşadıkça uzmanlaştığı bir yan mesleği yok muydu? Geçmiş Tasarımı ve Yönetimi adında müthiş bir meslek!

Derda, Çöpçü Hanifi öldürmesi için Tayyar ve İsrafil'in kendisine silah verdiğini söyleyip konuya ilişkin ayrıntıları anlatınca, mahkeme, hafifletici nedenleri olabildiğince ağırlaştırmış ve kararını verirken iki adamın ölümünü neredeyse yok saymıştı. Ne de olsa, kimse, televizyona çıkıp onların ne kadar iyi insanlar olduğunu ağlayarak anlatmamıştı. Sadece, İsrafil'in oğlu, bir mahkeme çıkışında Derda'ya saldırmıştı. Ancak, zamanında fotoğrafından özür dilediği oğlan, amacına ulaşamamış ve polis tarafından uzaklaştırılmıştı. Hikmetçilerse, Tayyar'ın başına gelenleri tarikat dışına çıkmasına yormuş ve çocuklarına ibret olsun diye yıllarca sohbetlerinde anlatmışlardı.

Son olarak, Derda'nın annesi, gömüldüğü yerlerden parça parça çıkarılıp otopsiye gönderildi. Ölümünün Derda'yla ilgisi olmadığı anlaşılınca, bütün parçalar, bir karton kutu içinde Celal'e teslim edildi. Yaslı koca, muhabirlerin arasından geçip bir taksiye bindi ve iki cadde sonra indi. Elindeki kutuyu, gördüğü ilk çöp konteynırına attı ve yoluna devam etti.

Cezaevinde geçirdiği süre içinde, Derda'ya, her yıl bir paket verildi. Gardiyanlar tarafından ve el altından. Bazen içinden para çıkıyordu, bazen de esrar. Çöpçü Hanif gönderiyordu. Bütün davayı yakından izlemiş ve Derda sayesinde hayatta kaldığını anlamıştı. Elinden geldiğince ödüyordu can borcunu. Lakabını hak edecek kadar sokaklarda yaşamıştı. Peşinden sürüklediği boyundan büyük çuvalıyla yıllarca kâğıt toplamış ve kuru bir çatının altına girebilmek için ilk cinayetini Derda'nın yaşında işlemişti. Cezaevinin ne demek olduğunu iyi bilirdi. Henüz bir çocukken, ayıklaya ayıklaya çöplerden çıkardığı hayatının değerini de...

Derda paketleri kimin gönderdiğini hiçbir zaman öğrenemedi. İlk birkaç yıl, Oğuz Atay'ın gönderdiğini düşündü. Ruhunun... Sonra zaman içinde onu da düşünmedi. Aslında hiçbir şey düşünmedi. Ta ki açtığı paketten bir cep telefonu çıkana kadar. Cezaevindeki on dokuzuncu yılında.

Arayacağı kimse yoktu. Bu yüzden, ilk birkaç hafta telefona dokunmadı bile. Sonra bir gün, eline alıp sağını solunu karıştırmaya başladı. Kesinlikle tanımadığı bir teknolojiydi ve ne yaptığının farkında değildi. Bu yüzden, telefonun ekranında, aniden başlayan filmin sesini duyunca irkildi. Nasıl susturacağını bulana kadar çok uğraştı. Neredeyse parçalayıp tuvalet deliğine atacaktı. Yanlışlıkla da olsa, dokunması gereken noktayı buldu ve sesini kıstı. Ancak o zaman, ekrandaki görüntüye daha dikkatle bakabildi. Bir filmdi izlediği. Sıradan bir film. Gülümsedi. Kapalı geçirdiği yirmi iki yıldan sonra, elinde dışarıya ait bir dünya vardı. O kadar heyecanlandı ki kahkaha atmaya başladı. Sonra da eliyle ağzını kapatıp kendini susturdu.

Üç yıldır, Derda'nın paketlerini gönderen artık Çöpçü Hanif değildi. Çünkü öldürülmüştü. Hem de hiç beklemediği bir anda. Trafikte çıkan bir kavgada vurulmuştu. Oğlu hazırlıyordu artık paketleri. Derda'yı, babasından, başka zamanlara ait bir masalın kahramanı gibi dinlemişti. Defalarca. Şimdi de vasiyetini yerine getiriyordu. Aslında hiçbir zaman, Hanif, tam olarak, "Benden sonra sen göndereceksin paketleri" dememişti. Çünkü ölmek gibi bir planı yoktu. Ama yine de oğlu, bir masal kahramanına hediye vermeyi sürdürmeyi kendine görev saymıştı.

19 yıldır cezaevinde yaşayan 35 yaşında bir adamı neyin

mutlu edebileceği konusunda hiçbir fikri olmadığı için, kendini onun yerine koymaya çalışmıştı. Sonunda, dört duvar arasında sıkıntıdan infilak etmesini engelleyebilecek tek şeyin, belleğine çeşitli film ve şarkılar yüklenmiş bir telefon olabileceğine karar vermişti. Film ve şarkıları kendi seçmişti. Her ne kadar cezaevindeki elektronik düzenek, telefonun telefon olarak kullanılmasını engellese de, Derda hediyesinden memnundu. Dolayısıyla karar doğruydu.

Makineyi çözdükçe telefonun belleğinde yüzlerce film olduğunu anlayan Derda, avuç büyüklüğündeki ekrandan girip tamamen hayali bir dünyaya dalıyor ve saatlerce orada kalıyordu. Tek kişilik hücresinden havalandırma denilen avluya çıkması için çağrıldığında, geri dönüp filmlerine gömülmek için can atıyordu.

Dışarıdaki hayatın ve insanların ne kadar değişmiş olduğunu gördükçe, gözlerine inanamıyor ve on dokuz yıldır ilk kez, çıkacağı günü düşünüp korkuyordu. Her ne kadar kesinleşmemişse de koşullu salıverilme programına dahil edileceğine emindi. Ne de olsa cezaevine girdiğinden beri sicili temizdi. Ne birini öldürmüş, ne birini dövmüş ne de gardiyanlardan birine küfretmişti. Diğer mahkûmlar, Derda'yı bir deli olarak kabul etmiş ve hakkında anlatılanlardan ötürü, arkasında, çok, ama çok gizli bir örgüt olduğuna karar verip peşini bırakmışlardı. Kimse ona dokunmamıştı. O da ne OĞUZ'la ne de ATAY'la kimseyi yumruklamaya kalkışmamıştı. Bu gidişle, yirmi dördüncü yılında çıkacaktı cezaevinden. Ama hücresinden ayrılıp da gireceği dünya filmlerdeki gibiyse, alışması da bir yirmi dört yılını alacak gibi görünüyordu.

Bir sabah, kahvaltıdan döndükten sonra, izlemiş olduğu yüzlerce filmden sonra sıradakini başlattı ve ekranda genç bir kız gördü. Yanında da bir erkek. Derda, nasıl bir filmin başlayacağını anladı çünkü ikisi de çıplaktı. Oysa Derda, o güne kadar, ne bir porno izlemiş ne de bir kadına dokunmuştu. Gördüğü son çıplak kadın hâlâ annesinin parçalanmış cesediydi. Süreyya sayılmazdı, çünkü mezarlık evindeki yer yatağından kalkıp giyinirken, Derda başını çevirmiş, hatta arkasını dönüp kapıya bakmıştı. Her nedense, tam olarak kapıdaki anahtar deliğine...

Görüntüyü durdurup film listesine döndü. Sıradakini izlemek için dokunulacak yere dokundu. Ve o filmden de, birbirini okşayıp öpen üç kadın çıktı. Onu da geçti Derda ve sıradakini başlattı.

Önce dazlak bir kız, sonra bir erkek gördü. Sarışın bir erkek. Sonra başka erkekler gördü. Derda başını çevirdi. Bakmak istemedi. Kör parmaklarıyla bir sonraki filme geçmek isterken, gözlerinin ucu daha fazla dayanamadı ve kayıp düştü ekrandaki görüntüye. Ve dazlak kızla göz göze geldi.

Makinenin sesi, fısıltıya ayarlanmıştı. Bir ara, kız kayboldu ve üzerindeki erkeğin sırtı göründü. O an Derda, bir ses duydu. Kameraman da duymuş olmalıydı ki sert bir hareketle objektifi sesin geldiği yöne çevirdi. Böylece, bağıranın, gözlerini yaş bürümüş kız olduğu ortaya çıktı. Derda, emin olmak için görüntüyü geri alıp bir daha izledi ve yeniden duydu:

"Gel buraya! Gel!"

Kız Türkçe konuşmuş ve sanki Derda'yı çağırmıştı. Sonrasında, bacaklarının arasından kalkan onlarca erkeğin yerini onlarca başka erkek aldı ama kız, Derda'ya bakmaktan vazgeçmedi. Ve bağırdı. Önce küfretti sonra da şöyle dedi:

"Ne duruyorsunuz orada? Gelip bir şeyler yapsanıza! Ben buradayım, siz neredesiniz? Ha? Neredesiniz?"

Çok ama çok eski bir alışkanlıktan dolayı, Derda, boş bulunup "Buradayım!" dedi. Sonra da kendi sesinden korkup görüntüyü dondurdu. İzleyenin tahrik olmaktan başka hiçbir şey hissetmemesi için çekilmiş gibi duran filmin o karesine, gözünde yaşlarla baktı Derda. Çünkü dazlak kızın haykırışı, bir zamanlar peşinden gittiği Oğuz Atay'ın çağrısıyla aynıydı. O ana kadar attığını unutmuş olduğu kalbi hızlanarak varlığını hatırlattı ve kendini göğüs kafesinin duvarlarına çarpmaya başladı. Nabzı parmaklarının ucundaydı artık. Ve o parmaklardan biriyle, gözlerini kızın gözlerinden ayırmadan, görüntüyü akıttı.

Sayamadığı kadar erkekten sonra, kızla birlikte ağladı ve yalvarmasını dinledi. Daha fazla dayanamadı. Çünkü onlarca erkek kızın üzerine bir pislik yağmuru gibi yağıyor ve o çaresizce Derda'ya bakıyordu. Görüntüyü durdurup geri aldı.

Defalarca kızın "Ben buradayım, siz neredesiniz?" diye bağırmasını izledi ve her defasında "Buradayım!" diye yanıt verdi.

"Buradayım!"

Bir daha, başka hiçbir filmi izlemedi.
Sadece o kızı dinledi.
O ağlayan kızı.
O üzerindeki erkeklere gevşek yumruklarıyla vuran kızı.
O bağırdıkça sesi kısılan kızın sesini dinledi.
İstemedi ama saydı.
Bacaklarının arasına girip çıkan elli iki erkeği.
Gözlerini kapatıp, bir deniz kabuğu gibi kulağına dayadı çağrısını.
Sesindeki her kırılmayı ezberledi.
Kızın dudaklarının her harf için aldığı biçimi zihninin duvarlarına kazıdı.
Bazen gözlerinde gözbebeği kadar yaşlarla izledi, bazen de konuşarak.
Oğuz Atay'ın mezar taşıyla konuşur gibi konuştu kızla.
Ne biliyorsa anlattı.
Neden korkuyorsa teker teker saydı.
Neyi hayal ediyorsa fısıldadı.
Neyi unuttuysa hatırladı.
Ne rüya gördüyse ondan söz etti.
Sonra gardiyanlardan bir şey istedi.
Yazmayı öğretmelerini.
Çünkü artık vardı yazacağı bir şeyi.
Aylarca çalıştı yazabilmek için.

Aylarca da güzel bir el yazısı için.
Sonunda, kaleminden dökülen harfler, birer resme benzedi.
Ve o resimlerle Derda, yemin edecekti.
Bu yüzden yazmayı öğrenmek istemişti.
Yeminini yazarsa silinmez diye düşündüğünden.
Ne hayattan ne de gelecekten.
Cezaevinden çıkmasına kırk gün kala ve kırk yaşında,
Oğuz Atay'ın mezarını temizlediği yıl kadar yıl sonra,
Tam beş yıl boyunca, gözlerine bakıp "Buradayım!" dediği saçsız kıza
Bir mektup yazdı Derda.
Sahip olduğu bütün aşkla.

Derda'nın mektubu

Neredesin, diye soruyordun. İşte, buradayım!

Benim adım Derda. On altı yaşımda, üç cinayet işleyip iki kişiyi sakat bıraktım. Bazılarını kendim, bazılarını da Oğuz Atay için yaptım. Ya da belki bir deli olduğum için. Sonra, fark etmediğini anladım. Sonuçta, kırk yaşındayım ve yirmi dört yıldır bir hücrede yaşıyorum.

Beni tanımıyorsun. Yaşadığımdan bile haberin yok. Ama ben seni gördüm. Nasıl dövüştüğünü gördüm. Nasıl yalvardığını da gördüm. Ben sana beş yıldır bakıyorum. Beş yıldır, her gün.

Buradan çıkmama kırk gün kaldı. Nerede olduğunu bilmiyorum. Hayatta olup olmadığını da bilmiyorum. Ama kırk gün sonra, bu mektup ve ben, bir yolculuğa çıkacağız. Bu mektup ve ben, kendimizi sana teslim etmek için dünyayı dolaşacağız. Bu yolculuk, sensiz başlayıp bizimle bitecek. Gerekirse, bu yolculuk ölüme dek sürecek.

Adını çok düşündüm. Bildiklerimden hiçbirini yakıştıramadım. Seni bulduğum gün, senden duyacağım. Bu yüzden tahmin etmeyi bıraktım. Şimdilik sana, sevgilim, diyorum. Umarım kızmazsın.

Sana yemin ediyorum. Her neredeysen gelip seni bulacağım. Eğer öldüysen, peşinden koşacağım. Ölümden sonra hayat yoksa da, sana kavuşmak için, onu yaratacağım.

Çünkü sana âşığım.

Derda

Yolculuk

Cezasının son gecesinden uyanmış, gözlerini hücresinin tavanına açmıştı. Yıllar boyunca hayal ettiği güne başlamak için, yatağında doğrulup ayaklarını soğuk betona basması yeterliydi. Ama yapmadı. Bekledi. Gözlerini, yaşarana kadar kırpmadı. Ne zaman ki elmacık kemikleri sulandı, Derda sevgilisinin puslu yüzünü tavanda gördü. OĞUZ elini uzattı ona doğru. O yüze dokunmak ister gibi. Bir okyanus mercanı gibi dalgalanan parmakları bir hayaleti okşadı. Ne zaman ki gözyaşları çenesinin iki yanına ulaştı, Derda "Geliyorum" diye fısıldadı ve dirilen bir ölü gibi ağır ağır doğruldu yatağında.

Ayağa kalktı ve somyasındaki yarığa elini sokup telefonu çekti.

"Çıkarken üstün aranmayacak" demişti kurye gardiyanlar. "O gün bizim nöbetimize denk düşüyor. Onun için rahat ol."

Derda, bir haftadır giyinilmeyi bekleyen gömleğin ve pantolonun içine girdi. Üzerine de bir ceket geçirip iç cebine telefonu sarkıttı. Nasıl göründüğüyle asla ilgilenmemişti. Saçını taramaz, bıyık bırakmazdı. Temizlik haricinde kendisiyle ilgilenmekten hoşlanmazdı. Üzerindeki takım elbiseyi de gardiyanlar getirmişti. Rengi de onlar seçmişti. Adalet Bakanlığı'ndan daha yüksek maaş veren Hanif'in sokaklarda nasıl gezdiğini bildiklerinden siyahı tercih etmişlerdi. Çöpçü Hanif, ölümsüzlüğe giden yolun, oğluna verdiği kendi adından geçtiğine inanmıştı. Belki de haklıydı. Belki de bütün sırlar, adlarda saklıydı. Ama gardiyanların aldıkları emir açıktı: "Derda adımızı bilmeyecek." Bu yüzden, üzerindeki takım elbisenin neden siyah olduğunu da asla öğrenemedi.

Ayaklarını, önlerindeki siyah ayakkabılara tane tane gömdü ve uğruna yazmayı öğrendiği mektubu somyanın altından çekip aldı. Ceketinin tek kanadını aralayıp onu da telefonun yanına bıraktı. Dört adım atıp hücresindeki lavabonun üzerindeki aynaya baktı. Kırk yaşındaydı ama her zamankinden güçlü hissetti kendini. Profesyonel bir boksör gibi yumruklarını kaldırıp gardını aldı. OĞUZ ve ATAY'a baka baka gülümsedi. Sonra o gülümseme de silindi ve Derda, yumruklarını indirmeden bekledi. Profesyonel bir boksör heykeli gibi. Dünya üzerindeki bütün rakiplerini nakavt etmek için, ringin ortasında yapayalnız bekleyen bir boksör gibi. Her an aynayı parçalayacakmış gibi. Hatta aynanın arkasındaki ve bütün duvarları parçalayıp cezaevi binasını yıkacakmış gibi...

Çözülmesi için, hücre kapısının açılmasını duyması gerekti. Bir de "Haydi bakalım Derda, çıkıyorsun" cümlesini.

İki yanında iki gardiyanla, hayattan alındığı yere teslim edilmek üzere koridorlardan geçirilip cezaevinin kapısına kadar getirildi. Gardiyanlar durup Derda'ya baktılar. İçlerinden biri, "Geçmiş olsun" dedi.

Derda gülümsedi.

"Daha geçmedi. Esas şimdi başlıyor."

Tokalaştılar ve Derda, kapıya dönüp son bir mahkûm nefesi aldı.

Yüksekliği dört metreyi, ağırlığı da tonları bulan kapı, sihirli bir duvar gibi sağa doğru kaymaya başladı. Kaydıkça da içeri hayat girdi. Günışığıyla birlikte. Derda o ışığa doğru yürüdü ve iki omuz genişliğinde açılıp durmuş olan kapıdan geçti.

Hayatının yolculuğuna çıkmak için ilk adımını atmıştı.

İkinci adımında yolu kesildi. Takım elbiseli bir adam tarafından.

"Derda Bey, değil mi?"

Derda yanıt vermedi. Gözünü kamaştıran günışığına elini siper edip adamın yüzünü görmeye çalıştı. Yeniden konuşan adamın.

"Bana biraz zaman ayırırsanız çok sevinirim."

Eli, ceketinin içine doğru kayan adamın bileğini tuttu Derda. O elin neyle döneceğini bilmediğinden. Adam, "Kartımı çıkartacaktım" dedi. Derda parmaklarını gevşetti ve uzanan kartı alırken duydu:

"Sefer Baylan, avukatım. Ve sizinle mutlaka görüşmek isteyen bir müvekkilim var."

Derda, duyduğu adı üzerinde okuduğu kartı geri vermek için uzattı.

"Sizde kalabilir."

Derda kartı ne yapacağını bilemediği için yere attı. Kartvizit almaya alışık değildi. Avukat, bu hareketi görmezden gelip gülümsedi.

"Derda Bey, arabam hemen şurada. Benimle gelirseniz çok sevinirim. Hem fazla uzun sürmez."

Derda, sevgilisinin peşinde çıkmış olduğu yolculukta her şeyi göğüslemeye hazırdı. Dövüşmeye, yaralanmaya hatta ölmeye bile hazırdı. Ama bir avukat beklemiyordu. Hele böylesi bir teklifle karşılaşmayı hiç beklemiyordu. Ne diyeceğini bilemedi, çünkü konuşmayı da hiçbir zaman becerememişti. Sadece bir yolculuğa çıktığını biliyordu.

"Gitmem lazım" dedi. "Gitmem gereken bir yer var."

Avukat, "Lütfen" dedi. "Önce sizi müvekkilimle görüştüreyim, sonra nereye isterseniz bırakırım."

Derda daha fazla dinlemek istemedi. Yüzünü güneşe verip ilk adımını atmıştı ki, her şeyi değiştiren cümleyi duydu:

"Derda Bey, bakın, konu Oğuz Atay'la ilgili ve çok önemli."

Derda ikinci adımında durdu ve olduğu yerde döndü.

"Nerede araban?"

Avukat, kendisine yüklenmiş görevin en zor bölümünü hallettiği için o kadar sevinmişti ki içtenlikle gülümsedi ve "Buyurun, hemen şurada" dedi.

Bindikleri arabanın geçtiği yollar, bir zamanlar Derda'nın kaldırımlarından koştuğu caddelere döküldü ve saatçi tarafından tutuklandığı üstgeçidin altından geçerken sordu:

"Kimmiş bu benimle konuşmak isteyen?"

"Her şeyi kendisi anlatsa daha iyi olur, Derda Bey."

"Benim hangi gün çıkacağımı nereden biliyordun?"

"Takip ediyorduk efendim. Ayrıca, koşullu salıverilmenize de çok sevindik."

"Neden?"

Avukat ne diyeceğini bilemeyen birçok insan gibi konuyu değiştirdi.

"Şu trafiği de atlatsak, sonrası kolay."

"Nereye gidiyoruz?"

"Az kaldı, Derda Bey. Kusura bakmayın, sormayı unuttum. Sigara kullanıyor muydunuz?"

Sefer iyi bir savunma avukatıydı. Gençti ve çok fazla deneyimi yoktu ama müvekkillerini savunmak için her türlü fedakârlığa hazırdı. Sırf Derda'nın sorusuna yanıt verip de gerekenden fazlasını anlatmamak için, o güne kadar içinde tek sigara yakılmamış arabasını feda etmişti.

Derda, uzatılan sigarayı uzatılan çakmakla yakıp dumanı tavan döşemesine üflerken Abdullah'ı hatırladı. "Yak bir tane!" diyen Apo'yu. Kim bilir neredeydi? Kim bilir, kimleri yalnızken yakalayıp konuşarak, doğduklarına pişman ediyordu? Derda o günleri hatırlayınca gülümsedi. Sefer de, bir an için başını çevirip o gülümsemeyi görünce sordu.

"Affedersiniz ama nasıl bir his acaba?"

"Ne?" dedi Derda.

"Yirmi dört yıl sonra özgürlüğe kavuşmak."

Parmaklarının arasındaki sigaranın yarısı kadar bir nefes çekip konuştu Derda.

"Onu başka mahkûmlara soracaksın. Benim zaten gidecek bir yerim yoktu. Onun için beni dışarıda da bıraksan, ben yine öyle gider, yirmi dört yıl bir yerde otururdum."

Sefer duyduğu yanıt üzerine şaşıracaktı ki aklına, Derda'nın ilk sözü geldi.

"Ama bir yere gitmeniz gerekiyormuş, öyle demiştiniz."

"Tamam işte" dedi Derda. "Ne zaman ki bir yere gitmem gerekti, o zaman zor geldi cezaevi. Yoksa umurumda değildi."

Sefer, ortalama yetmiş yıl yaşayan bir insanın yirmi dört yılını dört duvar arasında geçirip bunu umursamamasının nasıl bir şey olduğunu düşünürken geniş bir caddeye doğru kırdı direksiyonu. Derda caddeyi derhal tanıdı. Mezarlığa giden caddeye çıkmışlardı. Hiçbir şey değişmemişti. Tabii ki kaldırımlar, asfalt renkleri, duvarlar, binalar ve insanlar değişmişti. Ama öyle bir şey aynı kalmıştı ki, diğerleri yok sayılabilirdi. O da, caddenin mezarlığa gittiğiydi. Sadece mezarlığa. Bu yüzden, "Mezarlığa mı gidiyoruz?" diye sormaktan vazgeçti. Onun yerine bir tabelayı aramak için ön cama eğilip sol kaldırıma doğru baktı. Aradığı tabelada bir zamanlar ÇİVİ yazıyordu. Ama göremedi. Ne mermer atölyelerini ne de birahaneyi. Parmaklarındaki dövmelere bakıp İsa'yı düşündü. Sağ ol, dedi içinden. Her neredeysen, sağ ol...

Mezarlık kapısına gelince yavaşladılar ve Yasin'in kulübesini aradı Derda'nın gözleri. Ama boş döndüler arayışlarından, çünkü kulübe yıllar önce yıkılmış ve yerine, dış cephesi tamamen cam olan, iki katlı bir bina inşa edilmişti. Demir parmaklıklı kapı da yoktu artık. Sadece geceleri kapanan. Bir bariyer vardı ve kendiliğinden yükseldi. Ne bir bekçi ne de başka birini gördü Derda. Çocukları nasıl dışarıda tutuyorlar, diye düşündü. Bariyerle olacak iş mi? Bilemezdi. Mezarlığın arka duvarına bitişik gecekondu semtinin tamamen yıkılmış olduğunu tahmin edemezdi. Çünkü o semtteki evlerden birinde yaşarken, Derda'ya orası bir cehennem gibi gelirdi. Ve kimse cehennemi yıkamazdı. En azından, hiçbir insan... Oysa ne o semt kalmıştı ne de mezarlıkta çalışmak için duvarların üstünden atlayacak ya da bariyerin altından geçecek çocuklar. Hepsi okuldaydı artık. Derda'nın bir türlü gidemediği okulda...

Bir zamanlar çeşmenin olduğu meydana gelince, avukat arabayı durdurup Derda'ya baktı.

"Buradan sonrasını biliyorsunuzdur, herhalde."

Derda kapıyı açıp indi ve çocukluğuna ait ne varsa, gözlerinin önünden geçip gitmesini izledi. Alıp verdiği her nefeste, mezarlıktaki geçmişi vardı. Belki de cezaevinden çıktığından beri ilk kez, aradan geçmiş yirmi dört yılın dokunmadığı bir yer görüyordu. Aynı mezarlar, aynı taşlar, aynı ağaçlar. Belki biraz daha yaşlılar. Derda gibi. Ama hepsi o kadar.

"Tanıştığımıza memnun oldum" diye bağırdı avukat arkasından. Ama Derda duymadı. Çevresindeki mezarlarda yatan ölüler kadar iyi tanıdığı mezarlığın içinde yürüdü. O kadar çok duyguyu aynı anda hissediyordu ki başı dönmüştü. Her ne kadar ayakları nereye gideceklerini bilseler de, Derda sarhoş gibiydi. Mezar taşlarına dokuna dokuna, ağaç gölgelerinde dura dura yürüdü.

Ve birden, ayakuçları toprağa saplanmış gibi durdu. Çünkü Oğuz Atay'ın mezarının başında bir kadın duruyor ve elinde bir zarf tutuyordu. Beyaz bir zarf...

Yıllar önce yaptığını bu kez yapmadı ve saklanmadı Derda. Ne ağaçların arasına karıştı ne de nefesini tuttu. Sadece yürüdü. Oğuz Atay'a ve kadına doğru.

Derda'nın gölgesi üzerine düştüğünde başını çeviren kadın, bir rüyadan sıyrılmış gibi sordu. Ya da dünya üzerinde sadece ikisi kalmış gibi.

"Derda, değil mi?"

"Evet" derken gözlerini kısmıştı. Okyanusta kaybolmuş bir denizcinin, ufukta gördüğü bir karaltıya kara umuduyla baktığı gibi. Çünkü kadının iki kelimelik sesi ve kendisine bakan gözleri o kadar tanıdık gelmişti ki, Derda "Olamaz" demişti içinden. Bağıra bağıra!

"Kusura bakmayın" dedi kadın. "Sizi buralara kadar yordum."

Derda'nın iki kulağı kadının iki gözüyle dolu olduğu için ne dediğini duyamamıştı. Ancak zaman durursa çözebilirdi her şeyi. Özellikle de bu benzerliği. Ama ne yelkovanlar ne de akrepler Derda'yı umursuyordu.

"Neler yaşadığınızı biliyorum" dedi kadın. Ve Derda'nın elini tuttu. OĞUZ olanı. Sonra da zarfı bıraktı avucuna. "Bunu okursanız, her şeyi anlayacaksınız. Size yazdım. Bir mektup."

Derda, on bir yaşında yaptığı gibi çöktü, Oğuz Atay'ın mezarının dibine. Ölü tozlarına aldırmadan. Ayakta duracak hali yoktu çünkü. Ve Oğuz Atay'ın mezarı, o an için, gerçek olduğunu bildiği tek şeydi. Sırtını ona dayayınca kendini daha iyi hissetti ve derinlerinden bir nefes verip zarfı açtı.

İçindeki kâğıtları çekerken, başını kaldırıp kadına baktı ve yanındaki toprağı tokatladı. Kadın da oturdu yere. Derda'nın yanına. O da sırtını dayadı Oğuz Atay'a. Sonra da dizlerini çekip üzerlerine çenesini yasladı. Ve gözlerini uzaktaki bir ağaca dikti. Bir zamanlar Derda'nın gölgesinde uyuduğu ve rüyalar içinde kaldığı bir ağaca...

Derdâ'nın mektubu

Sevgili Derda,

Nereden başlayacağımı biliyorum ama bu mektubun nasıl biteceği hakkında hiçbir fikrim yok. Öncelikle sana, sen, diyeceğim. Siz, değil. Belki seni ilk gördüğümde bunu yapamayacağım ama benim için sen, sensin. Hatta seni ilk gördüğümde, o kadar heyecanlanacağım ki, büyük ihtimalle, adımı söylemeyi bile unutacağım. Oysa sana bu mektubu yazmam için bana cesaret veren nedenlerden biri de o. Adım ve adlarımız. Çünkü ikisi de aynı. İkisi de Derda. Her neyse...

Yatırca adında küçük bir köyde doğdum. On bir yaşına gelince zorla evlendirilip Londra'ya sürüklendim. Beş yıl boyunca bir apartman dairesinde hapis kaldım ve bir gece oradan kaçtım. Eroine başladım ve eroin için her şeyi yaptım. Hatta bir defasında elli iki erkekle yattım. Üstelik bu, kameraya alındı ve artık biliyorum ki, milyonlarca insan beni o halde izledi. Bütün bunları anlatıyorum çünkü beni tanımanı istiyorum. Eksiksiz ve tam olarak tanımanı. Bugüne kadar, bunları kimseye böyle basitçe anlatamamıştım. Ama şimdi, sanki kendime anlatıyormuş gibi sakince yazabiliyorum her şeyi. Aslında kendime anlatırken olduğumdan bile daha sakinim galiba. Garip bir huzurla yazıyorum sana... Her neyse...

On altı yaşımda, eroinden kurtulmak için gittiğim bir rehabilitasyon merkezinde Anne adında bir kadınla tanıştım.

Emekli bir hemşireydi. Beni o güne kadar tanımadığım bir sevgiyle kabul etti ve evine aldı. Sonra yıllar geçti ve ben onun kızı oldum. Anne'in kızı. Türkçedeki anne gibi yazılırdı adı. Yazılırdı, diyorum çünkü iki yıl önce beyin kanamasından öldü ve ben, onunla birlikte her şeyimi kaybettim.

Kendime geldiğimde yaptığım ilk iş, günlüklerini okumak oldu. Bir hazine gibi sakladığı günlüklerini. Ve öğrendim ki, Anne, bir zamanlar, Londra, Wimbledon'daki Atkinson Morley Hastanesi'nde çalışıyormuş.

1976 yılının 22 Aralık gecesi, o sıralar 28 yaşında olan Anne gece nöbetindeyken yoğun bakıma bir hasta getirilmiş. Beyin tümörü ameliyatından çıkmış olan bir hasta. Bir Türk. Kim, biliyor musun? Belki de biliyorsun. Ne de olsa, adı parmaklarında yazıyor: Oğuz Atay.

Oğuz Atay, o yoğun bakım ünitesinde 31 Aralık'a kadar kalmış ve Anne daima yanındaymış. Oğuz Atay'ın ona söylediği ilk söz şu olmuş:

"Senin adın, Türkçedeki anne kelimesiyle aynı yazılıyor."

Oğuz Atay, çektiği baş ağrıları yüzünden hiç uyuyamıyormuş. Hatta "Başım, Ağrı Dağı!" dermiş. Tabii ki Anne, bunun ne anlama geldiğini çözememiş ve bir kâğıda yazması için Oğuz Atay'a rica etmiş. Sonra da, tanımadığı bir dildeki bu cümleyi harf harf günlüğüne geçirmiş.

Sekiz gece boyunca, sabahlara kadar konuşmuşlar. Başlarda Anne sadece dinliyormuş. Çünkü o günlerde, Anne'in aklında sadece ölmek varmış. İntihar etmek. Herhangi bir nedeni olduğundan değil. Bütün hayatı tek bir neden olduğundan. Yaşadığı her şey yüzünden. Bazı insanlar böyledir. Diğerlerine göre çok daha kırılgan olurlar. Ölümü sırtlarında bir çanta gibi taşıyıp yorulduklarında önce onu açarlar. Her neyse...

Her nasılsa, Oğuz Atay, Anne'in bu düşüncesinden haberdar olmuş. Belki de sadece hissetmiş ve ona hayattan söz etmiş. Hayatta kalınması gerektiğinden. O sekiz gece öyle bir geçmiş ki, Anne sonunda ikna olmuş ve kendini hayatta bırakmış. Çünkü karşısında, ölümle Don Kişot gibi mücadele eden bir adam varmış ve o güne kadar duymadığı kelimelerle yaşamayı anlatmış.

Anne, İngilizcesinin ne kadar iyi olduğundan da söz ediyor: "Sanki Shakespeare konuşuyordu karşımda ve ben bir kitap gibi okuyordum söylediklerini. Burada tekrarlayamayacağım kadar, yazdığım anda anlamlarını yitirecek kadar güzel sözlerle inandırdı beni. Bana hiçbir şans bırakmadı. Ona ve anlattıklarına inanmaktan başka."

Oğuz Atay hastaneden ayrılınca bir daha görüşmemişler ama Anne onu asla unutmamış. Bana sorarsan, Oğuz Atay'a âşık olmuş. Ama günlüklerinin hiçbir yerinde bundan söz etmiyor. Sadece şöyle bir cümle geçiyor: "O, hayatım boyunca tanıdığım, âşık olunacak tek adamdı."

Sonra yıllar geçmiş ve Anne, Türkiye'ye gelmiş. Tam olarak, eğer bu mektubu okuyorsan, şu an durduğun yere. Edirnekapı Şehitliği Sakızağacı Mezarlığı'na. Oğuz Atay'ın mezarının başına. Günlüğünde bir mektuptan söz ediyor. Oğuz Atay'a yazdığı bir mektuptan. Kim bilir ne yazmıştı? Her neyse...

İşte, o mektubu Oğuz Atay'ın mezarına gömmeye gelmiş, Anne. Şöyle yazmış günlüğüne:

"Bugün mektubu onun üzerine gömdüm. Belki de yıllar geçecek ve sadece toprağına karışacak. Belki de ben gider gitmez, ruhu okuyacak... Sonra bir çocuk geldi yanıma. Öyle yoksul görünüyordu ki. Belki de o mezarlıkta çalışıyordu. Mezarları temizliyordu. Bir şeyler anlattı bana. Anlamadım tabii. Mezarı temizlemesini işaret ettim. Keşke biraz para verseydim. Ama o kadar üzgündüm ki ağlamaya başladım ve oradan koşarak kaçtım. Ardıma bile bakmadım."

Bir zamanlar mezarlıklarda çalıştığını öğrendim. Sen olabi-

lir misin o çocuk? Sanmam. Ama kim bilir, belki de öyledir...

Sonuçta, Anne'in günlüklerini okuduktan sonra, hayatımı kurtaranın sadece o olmadığını anladım. Beni o cehennemden çıkaranlardan biri de Oğuz Atay'mış meğer. Çünkü Oğuz Atay da Anne'in hayatını kurtarmış. Ve Anne olmasa, ben mahvolmuştum.

Halbuki bütün bunları öğrenene kadar, Oğuz Atay'ın varlığından bile haberdar değildim. Oysa burada, Edinburgh Üniversitesi'nde edebiyat profesörüyüm, biliyor musun? Ne kadar utanç verici! Bu arada, Türkçem için de özür dilerim. Hayatımda ilk kez Türkçe bir mektup yazıyorum. Hatta yirmi dokuz yıl sonra Türkiye'ye ilk kez gelmiş olacağım, sen bu mektubu okuduğunda...

Günlükleri bitirir bitirmez, Oğuz Atay'ın bütün yazdıklarını okumaya ve hakkında araştırmalar yapmaya başladım. Sonra da karşıma sen çıktın. Seninle ilgili bütün haberler. Fotoğrafların, mahkemede söylediklerin... İnanamadım. Hele bir de adını okuyunca...

Şimdi mektubu başından beri yeniden okudum ve ne kadar kötü yazılmış olduğunu fark ettim. Her paragrafın sonunda, bir "her neyse" var. Oysa her neyse, değil! Oysa o her neyse'lerin devamında, şu an yazamadığım binlerce hikâye var.

Küçük bir kız gibi hissediyorum kendimi. Aslında belki de on bir yaşındaki bir kız yazıyor sana bütün bunları... Her neyse!!!

Mektubun başında da belirttiğim gibi, nereye varacağını bilmediğim bölüme geldik: Sona. Çünkü senden ne istediğimi bilmiyorum. Ama sanki sen ve ben... Ne diyeceğimi bilemiyorum...

Hâlâ okuyorsan hâlâ yanımdasındır. Ama eğer, bütün bunların sadece birer tesadüf olduğunu düşünüyorsan, hemen gidebilirsin. Hayatlarımıza devam eder ve her şeyi unuturuz.

Hayır, yalan söylemeyeceğim! Ben hayatıma devam ede-

mem ve hiçbir şeyi unutamam!

Çünkü Oğuz Atay'ı da okudum, seni de tanıdım...

Diyebilirsin ki, bir insanı, fotoğraflarından ve hakkındaki haberlerden ne kadar tanıyabilirsin? Haklısın. Belki de çok az... O zaman şöyle demeliyim: Seni az tanıyorum... Az...

Sen de fark ettin mi? Az, dediğin, küçücük bir kelime. Sadece A ve Z. Sadece iki harf. Ama aralarında koca bir alfabe var. O alfabeyle yazılmış onbinlerce kelime ve yüzbinlerce cümle var. Sana söylemek isteyip de yazamadığım sözler bile o iki harfin arasında. Biri başlangıç, diğeri son. Ama sanki birbirleri için yaratılmışlar. Yan yana gelip de birlikte okunmak için. Aralarındaki her harfi teker teker aşıp birbirlerine kavuşmuş gibiler. Senin ve benim gibi...

Bu yüzden, belki de, az çoktan fazladır. Belki de az, hayat ve ölüm kadardır! Belki de, seni az tanıyorum, demek, seni kendimden çok biliyorum, demektir. Bilmesem de, öğrenmek için her şeyi yaparım, demektir. Belki de az, her şey demektir. Ve belki de benim sana söyleyebileceğim tek şeydir...

Seninle buluşmak için Oğuz Atay'ın mezarının başından daha uygun bir yer gelmedi aklıma. Çünkü okuduktan sonra arkana bakmadan gidersen, ben de bu mektubu gömeceğim toprağına...

Derdâ

Derdâ ve Derda

Uyandılar. Aynı anda. Başlarını çevirip birbirlerine baktılar. Derda, bir boyun mesafesindeki dudaklara ulaşmak için kendini uzattı ve öptüğü yerde kaldı.

O günü Edinburgh sokaklarında geçirdiler. Akşam erken geldi ve eve döndüler.

Derdâ salona, Derda banyoya doğru yürüdü.

Elindeki sprey boya kutusunu salladı ve geniş banyonun geniş duvarına, büyük, kırmızı bir O harfi çizdi. Birkaç dakika boyunca, Derda gülümseyerek izledi. Bembeyaz duvardaki kıpkırmızı harfi. Sonra, O'nun içine bir A ekledi. İlk kez görüyormuş gibi onu da izledi. Ya da bütün hayatı boyunca izlemiş gibi.

Yatak odasına geçip üzerindeki giysileri yavaş yavaş çözmeye başladı ve Derda, çıplak kalana kadar soyundu. Salondan gelen bir müzik duyuldu. Kapanmış olan dudakları dalgalandı. Evdeki en sevdiği albümdü: *Altre Follie, 1500-1750*.

Derda, yatak odasındaki boy aynasının karşısına geçip yumruklarını kaldırdı ve bir boksör gibi gardını aldı. Kendine, OĞUZ ve ATAY'ın üzerlerinden baktı. Ta ki Derdâ içeri girene kadar. O da çıplaktı. Ve o da gülümsüyordu.

Derda, Derdâ'nın elinden tutup geçmiş zamanların bir soylusu gibi banyoya giden yolu gösterdi. Eğilerek. Derdâ yürüdü ve küvetin yanında durdu. İçindeki suyun sıcaklığını ölçmek için dizlerini büküp iki parmağını ıslattı. Sonra doğruldu ve tek hamlede tokasını çekip topuzunu çözdü. Saçları, omuzlarına bir nehir gibi döküldü. Önce bir ayağını, sonra diğerini soktu sıcak suya. Kayboldu küvetin içinde çıplak bedeni.

Derda, iki elindeki iki şampanya kadehini küvetin yanına getirip damalı zemine bıraktı. Sonra da sıcak suyun içine kendini yavaşça batırdı.

Buhar bulutunun arasından bakıp karşılıklı gülümsediler ve gözlerini kapatıp bir süre müziği dinlediler.

Notalar yavaşladı ve gözkapakları birbirlerine kalktı. İkisi de uzanıp kadehlerini aldı ve gözlerini aşklarından ayırmadan yudumlarını çektiler. Bir nefes gibi. Bir nefes zehir...

"Seni az seviyorum" dedi Derdâ.
"Ben daha az" dedi Derda.
Bir daha da konuşmadılar...

Bir ara, duvardaki işareti izleyip düşündüler: Oğuz Atay'la başlayanın Oğuz Atay'la bitişini.

Follia adındaki sonsuz melodinin eşliğinde
Birbirlerine son kez bakıp uyudular.
Ölümüne.
Seksen yaşındaydı.
İkisi de.
Birlikte olabilmek için kırk yıl,

Birlikte ölebilmek için de
Bir kırk yıl daha
Yaşamışlardı.

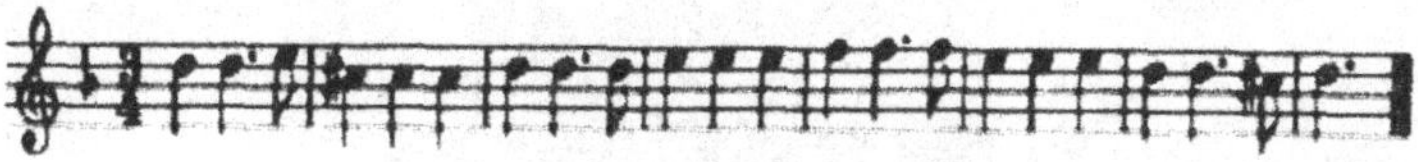

"Follia", XVI. yüzyıl

...ve daima...

Hakan Günday'ın diğer kitapları